谨以此书献给我的孩子
及那么多在成长的道路上艰辛跋涉的人们

子从军记·2

江苏凤凰文艺出版社
JIANGSU PHOENIX LITERATURE AND ART PUBLISHING

图书在版编目（CIP）数据

胖子从军记.2/陈黎著.——南京：江苏凤凰文艺出版社，2023.8
ISBN 978-7-5594-7869-6

Ⅰ.①胖… Ⅱ.①陈… Ⅲ.①纪实文学–中国–当代 Ⅳ.① I25

中国国家版本馆 CIP 数据核字（2023）第 125296 号

胖子从军记.2
陈　黎　著

责任编辑	张　婷
装帧设计	王小耳
封面题字	章剑华
美术编辑	徐忠觉
责任印制	刘　巍
出版发行	江苏凤凰文艺出版社
	南京市中央路 165 号，邮编：210009
网　　址	http://www.jswenyi.com
印　　刷	苏州市越洋印刷有限公司
开　　本	718 毫米 ×1000 毫米　1/16
印　　张	17.5
字　　数	290 千字
版　　次	2023 年 8 月第 1 版
印　　次	2023 年 8 月第 1 次印刷
书　　号	ISBN 978-7-5594-7869-6
定　　价	48.00 元

江苏凤凰文艺版图书凡印刷、装订错误，可向出版社调换，联系电话 025-83280257

目 录

序　言	001
2018 年 12 月 29 日	001
2019 年 1 月 6 日	001
2019 年 1 月 9 日	002
2019 年 1 月 10 日	002
2019 年 1 月 21 日	002
2019 年 1 月 28 日	003
2019 年 3 月 7 日	004
2019 年 3 月 8 日	006
2019 年 3 月 20 日	006
2019 年 4 月 21 日	008
2019 年 4 月 28 日	008
2019 年 4 月 30 日	009
2019 年 5 月 2 日	010
2019 年 5 月 6 日	012
2019 年 5 月 12 日	013
2019 年 5 月 17 日	017

日期	页码
2019 年 5 月 29 日	019
2019 年 6 月 1 日	020
2019 年 6 月 6 日	021
2019 年 6 月 7 日	021
2019 年 6 月 9 日	022
2019 年 6 月 11 日	023
2019 年 6 月 12 日	024
2019 年 6 月 20 日	026
2019 年 6 月 20 日	027
2019 年 6 月 25 日	031
2019 年 7 月 9 日	032
2019 年 7 月 10 日	033
2019 年 7 月 11 日	035
2019 年 7 月 18 日	035
2019 年 7 月 23 日	036
2019 年 7 月 28 日	040
2019 年 8 月 1 日	042
2019 年 8 月 3 日	044
2019 年 8 月 6 日	046
2019 年 8 月 14 日	047
2019 年 8 月 21 日	048
2019 年 8 月 28 日	049
2019 年 9 月 3 日	051
2019 年 9 月 4 日	052
2019 年 9 月 10 日	053
2019 年 9 月 11 日	054
2019 年 9 月 13 日	056
2019 年 9 月 14 日	057
2019 年 9 月 29 日	058
2019 年 10 月 1 日	060

2019 年 10 月 19 日	061
2019 年 10 月 20 日	063
2019 年 10 月 21 日	066
2019 年 10 月 22 日	067
2019 年 10 月 24 日	067
2019 年 10 月 26 日	068
2019 年 10 月 30 日	069
2019 年 10 月 31 日	071
2019 年 11 月 12 日	072
2019 年 11 月 15 日	074
2019 年 11 月 16 日	076
2019 年 11 月 18 日	078
2019 年 11 月 29 日	079
2019 年 12 月 2 日	081
2019 年 12 月 8 日	082
2019 年 12 月 22 日	082
2019 年 12 月 30 日	084
2020 年 1 月 14 日	086
2020 年 1 月 20 日	088
2020 年 1 月 23 日	089
2020 年 1 月 25 日	089
2020 年 1 月 28 日	090
2020 年 2 月 2 日	091
2020 年 3 月 27 日	093
2020 年 3 月 28 日	094
2020 年 4 月 4 日	094
2020 年 4 月 8 日	094
2020 年 4 月 16 日	095
2020 年 4 月 20 日	096
2020 年 4 月 26 日	097

2020 年 5 月 5 日	098
2020 年 6 月 26 日	099
2020 年 7 月 7 日	100
2020 年 7 月 9 日	101
2020 年 7 月 11 日	106
2020 年 7 月 16 日	106
2020 年 8 月 25 日	109
2020 年 8 月 28 日	111
2020 年 9 月 8 日	112
2020 年 9 月 12 日	113
2020 年 9 月 29 日	115
2020 年 10 月 1 日	115
2020 年 11 月 3 日	117
2020 年 11 月 3 日	119
2020 年 12 月 1 日	120
2020 年 12 月 13 日	122
2020 年 12 月 30 日	123
2021 年 1 月 10 日	126
2021 年 1 月 18 日	127
2021 年 1 月 31 日	130
2021 年 2 月 2 日	132
2021 年 2 月 14 日	133
2021 年 3 月 1 日	134
2021 年 3 月 15 日	137
2021 年 3 月 23 日	139
2021 年 4 月 4 日	140
2021 年 5 月 1 日	142
2021 年 5 月 9 日	142
2021 年 5 月 27 日	143
2021 年 6 月 29 日	146

日期	页码
2021 年 7 月 7 日	148
2021 年 7 月 12 日	149
2021 年 7 月 22 日	154
2021 年 7 月 31 日	156
2021 年 8 月 9 日	169
2021 年 8 月 11 日	171
2021 年 8 月 13 日	172
2021 年 8 月 15 日	174
2021 月 8 月 20 日	175
2021 年 8 月 24 日	177
2021 年 8 月 30 日	179
2021 年 8 月 31 日	181
2021 年 9 月 8 日	183
2021 年 9 月 9 日	185
2021 年 9 月 11 日	187
2021 年 9 月 17 日	188
2021 年 9 月 18 日	190
2021 年 9 月 27 日	192
2021 年 10 月 6 日	194
2021 年 10 月 9 日	196
2021 年 10 月 19 日	200
2021 年 10 月 22 日	202
2021 年 11 月 20 日	203
2021 年 11 月 22 日	205
2021 年 12 月 10 日	206
2021 年 12 月 23 日	208
2021 年 12 月 26 日	210
2021 年 12 月 28 日	211
2021 年 12 月 30 日	213
2022 年 1 月 6 日	214

2022 年 1 月 23 日	216
2022 年 3 月 29 日	218
2022 年 4 月 17 日	222
2022 年 5 月 8 日	223
2022 年 5 月 12 日	224
2022 年 5 月 13 日	226
2022 年 5 月 17 日	230
2022 年 5 月 19 日	235
2022 年 5 月 23 日	237
2022 年 7 月 14 日	238
2022 年 7 月 17 日	240
2022 年 7 月 26 日	241
2022 年 8 月 1 日	243
2022 年 8 月 1 日	245
2022 年 8 月 21 日	249
2022 年 8 月 30 日	251
2022 年 9 月 23 日	254
2022 年 9 月 26 日	255
2022 年 10 月 10 日	256
2022 年 10 月 25 日	259
2022 年 11 月 10 日	260
2022 年 12 月 4 日	261
2023 年 1 月 16 日	263
2023 年 1 月 22 日	264
2023 年 1 月 24 日	265
2023 年 6 月 9 日	267

致　谢 269

序 言

《胖子从军记.2》是《胖子从军记》的续集。

《胖子从军记》记录了我的儿子鲍雨昂在义务兵阶段一年半的经历,他体形蜕变的同时,精神与心智也逐渐强大。2019年4月出版后,五湖四海的单位采购此书发放给入伍新兵,期望新战士能像书中的兵哥哥一样,排除万难,收获进步。一些读者通过各种方式找到我,想了解儿子后续的发展情况。继续把儿子的从军经历记录下来,是我对读者应负的责任。

吐胸中块垒,掀笔底波澜,我继续将陪伴儿子成长的所见所闻所历,还有内心想说的话全部写出来,记录儿子一路走来的艰辛和成长。

儿子2019年8月通过全军大学生士兵提干考试,成为一名共和国军官,被授予中尉军衔,实现了他当初入伍时的梦想。但作为母亲,我印象更深的是,公布录取名单的时间到了,却仍没有任何消息,分数与录取线都不知道,情况晦暗不明。那几天,我们在隔着一片海与一座山的两头,在电话中相互安慰。只记得送他去开学,办好入校手续后,立马回程,自驾1200公里,最后脚肿得鞋子都穿不进去的心酸与狼狈,只记得儿子和战友们在暴雨倾盆中完成五项体能测试的笑与泪……

人生的路,就是这样艰难,充满意想不到的坎坷和曲折。当今天变成昨天,当昨天变成历史,以前的那些困难当时感觉难以逾越,而支撑人们没有垮塌的,就是内心的那些坚持和勇敢。作为一名军人,儿子经受住了命运大起大落的锤炼,军营生活磨砺了他的心性,锻造了他不屈的意志。到目前为止,我可以骄傲地说:

儿子是一名合格的海军战士。

我知道夸自己的孩子，有些像挠痒痒，自己特舒服，别人看着不雅。与其说我在夸自己的孩子，不如说是在讲部队这个阵营的故事。在本书中，我的描写对象有我孩子的领导，有我孩子的战友，还有他带着的一个小小团队。

一个英勇无畏，有血有肉的群体。

他们值得被刻画、被尊崇、被讴歌，被所有人爱着。

"胖子"入伍迄今的经历只是一个缩影，所有新时代的中国军人的成长都与强军发展脉搏同频共振。

用一沓纸，许多字，诚实地记录下这些远离我们视线的牵念，记录下这些为我们的平安生活保驾护航的最可爱的人，是一个曾经的军嫂、一个兵妈妈的使命。

2018年12月29日

时间是人和事改变的底层逻辑。2019年与2018年相比,不会有革命性的变化,但2019年的中国和1979年的中国相比那是有翻天覆地的变化的,20岁、30岁、40岁、50岁的自己和小时候的自己在某种程度上就不是一个物种。

2018年将要和我们告别了,无论你是踌躇满志还是怅然若失,无论你顺风顺水还是荆棘遍地,无论你原地踏步还是认知升级,无论你是城市中产还是乡镇青年,无论你是轰轰烈烈的创业者还是普通的打工者,无论你是精英阶层还是平头百姓,无论你是身价过亿还是薪水很低,我们每个人都处在社会发展的洪流中,和中国这列时代的高铁一起滚滚向前,我们都将成为收获最大的人。

感谢我们身处的伟大国家和伟大时代,致敬改革开放40年,只有通过对比时你才发现,它真的那么生动、那么鲜活、那么有意义。

2018,已然过去;2019,未来已来。

2019年1月6日

身份证找不到,影响了一些事情的处理,派出所的朋友帮我联系了办事警员,周日赶来加班给我办妥了。

总有温暖让人含泪微笑。所有关怀、问候、安慰就不一一回复了,诸位放心,我与孩子不会对灾难俯首称臣。

儿子说:事情坏到极点,就会朝好的方向发展,否极泰来,柳暗花明。

丘吉尔说:这不是结束,甚至不是结束的开始,只是开始的结束。

2019年1月9日

梦见自己仍是懵懂少年，坐教室考试，面对一张数学卷子束手无策，四周同学都在闷头刷刷刷答题，唯独我一个字写不下去——即便在早已经不用各种考试来证明自己能力的时候，数理化仍无数次在午夜梦回时将我推到那个恐慌、尴尬、深感羞辱的境地。

醒来，方知它只是一场梦，长舒一口气。

看吧，那些在绝境中险些被吞噬的希望，那个瑟缩的、卑微的自己，都会被一线曙光唤醒。今天，明天，未来，依然生生不息。

2019年1月10日

孩子开学、考试、远行，江南人有煮碗馄饨的习俗，寓意"稳当"。

儿子说：一碗馄饨下肚，换上军装，我就找到感觉了，要奋斗啊，要比以往更拼更努力！

敢于直面人生，感受命运波折的苦乐，抵御全世界的迷惘与悲伤，这不是绝世英雄小说般的故事，这是每一位用双手、用头脑，为自己编织幸福未来的普通人本然的生活状态，从这个意义上来说，每一个这样的人，都是英雄。

儿子，新的征程或许比以往更艰难，但妈妈与你同在，我们一起战斗，活成我们平凡人生的英雄！

2019年1月21日

下午去剪头发。这个方圆几公里最简陋的理发店，十几年以来，承载着我们一家三口的头面工程，从当初的5块钱，渐渐被老板娘羞涩地涨到了15块。

店里坐着三个染发的阿姨，小街小镇的阿姨，总以白发为耻，顶着一头花白，显得老态憔悴，走亲戚都没面子。

推门而入，老板娘简单与我打个招呼，我坐下，她帮我打理已经翘出肩部的乱发，顺便拔了两根白发，她轻声地安慰我：才长出来，你这个年龄很多人头发已经白得不像样了。

10分钟，头发剪好了，我站起来，她从身后抱住我，低低抽泣：你怎么会碰到这样的事呢？这事怎么会发生在你身上呢？多好的一个人，我不相信这事是真的。

生活的种种刁难与黑暗，我所见到的官僚冷漠的嘴脸，都休想让我落一滴眼泪，但在这微小的温暖面前，所有的苦涩、哀伤排山倒海，一瞬间涕泪纵横。

我家后面的一个阿姨，常在小区里转悠，捡些空瓶子，听人说，她老头子是残疾人，除了照顾老头子，她还伺候另一个瘫痪的邻居，以赚取些生活费。我将家中的纸箱书报收集起来，隔一阵，就在窗户口留心她，见到她过来，就喊她拿去，次数多了，她很不好意思：家里养着鸭子呢，我给你攒些鸭蛋。我说不要不要。前几天的晚上，我去倒垃圾，这个阿姨在垃圾桶旁走过，之前见到她，我都会喊她，但那天，我没有。她站着，看着我，目光里饱含悲切怜悯，我也看着她。她喏嚅着：我一直想来看看你，可总见不到你出门，给你攒了30个鸭蛋，想送给你。

谨以小短文，献给无数个在我身处黑暗、误解、伤害、痛苦中努力试图让我获得光明、理解、温暖与爱的人们。

2019年1月28日

儿子语录：

1. 作为战斗值班舰，我们必须要保证百分百的战位率，也就是说，所有舰员在春节期间不可以休假、外出，保持战斗出航等级，随时应付突发情况，执行战斗任务。想让大家过一个快乐祥和的新年，我们就要坚守阵地。自己想轻松，老百姓就轻松不了。国家利益与人民利益高于一切，这不是豪言壮语，这是军人的职责与使命。

2. 我们的自由很有限，8点半填写申请，领走手机，8点45分点名集合，部门长简单总结一天情况，部署明天工作，9点10分上缴手机。觉得点名很形式主义吗？不，点名就是清点人数，下达任务，它是必不可少的硬性规章制度，与出操、训练、看新闻联播一样，在固定的时间发挥着强大的作用。你猫这里，他待那里，使用手机没有严格规定，那不叫军营，那样松散无序的环境培养不出钢铁战士！

3.今天帮厨一天，削了几十斤土豆，刷了六小时锅碗瓢盆，累得腰都直不起来，本来晚上不想申请加班学习了，但刚才冲了个澡，疲惫给冲走了。没事，小伙子继续学习两小时，没有问题！

2019年3月7日

近来感觉胸口闷闷的，偶有不适，昨天去做了心电图，检查结果良好。

做心电图的医生是朋友。

元旦至今，朋友见我，都会讷讷的、小心翼翼的，不知道该用什么样的语气与形式跟我打招呼。完全如平常一般，觉得轻慢了我的伤痕；见到我就一脸哀愁，又怕揭开我的痛楚。所以没事我不出门，出去散步也是挑人少的地方。

但在做心电图面对面的时候，朋友没法装作这事没有发生过。

她非常委婉地说：怎么可能，这种事怎么会落在你头上？

我一声叹息。

她继续说：前些日子，我去栖凤山，见到你先生了。

你怎么会去那地方？

我爸没有了，正月十九走的。

我愣怔，朋友父亲我熟悉，70出头，电动车骑得飞快，红扑扑的脸，笑声响亮。

是啊，心脏衰竭，医了好长时间，治不了了。我爸的墓地，就在你先生的那一排。你先生儒雅地微笑，我站了一会，仔细看，仍觉得荒谬绝伦，不敢置信。

我们站着，眼里有泪，悬而未落。

她说：最近在家陪着我妈，他们一辈子争争吵吵，但我爸这样走了，我妈接受不了，连吵架的人都没有了。我劝慰她，你在思念他的时候，就想他怎么骂你，那样，心就硬了，不那么难受了。

是啊，之前我都听到阿姨骂过叔叔，叔叔毫不让步，他们两个都是急脾气，一个不服输，一个不买账。夫妻一场，可一个人走了，那种空空荡荡的孤苦伶仃，无处诉说。

朋友说：在我爸治丧期间，按照农村风俗，亲戚朋友来吊唁时，女儿该哭，哭出调调，哭得每一句都像诗一样，我哪能这样？哭给别人听，把悲伤袒露给别人看，我不愿意。我弟弟对亲戚说，不要让我姐哭，她的眼泪都在心里。

真正的悲伤，会让人无声地呜咽，或许，也会话不成句地如泣如诉，而这个时候，精准的语言功能是丧失的。一边号啕大哭，一边仍能飞快地考虑下一句该如何编排，的确不是我等凡人所能掌握的技能。

我们不是演员，我们不演舞台剧，我们只想诚实地面对自己的内心，一颗被伤得千疮百孔的心。

悲伤，它会在任何一个时刻席卷而来。坐在书房，抬头看窗外，暮色四合，他该下班了吧？这个念头一出，顿时黯然神伤，他永不会回家了。他不是出国，不是出征，甚至马航MH370的所有乘客都有回家的一线希望，但是，他不会回家了。他的身体，化为碎屑，聚拢在一个小小的盒子里，我亲眼看到我们的孩子，将那个盒子端端正正地放进墓穴。

这不是做梦，不是幻觉，是真的。

孩子来电话，说到部队的事情，一些专业术语我听了一知半解，心里想着，待会儿去问下他爸。转念一想，问不了了，他爸再也无法就军事知识为我解惑。

做早餐时，蒸了年糕，煮了赤豆粥，会想着，一会儿他下楼又该给他蹙着眉、板着脸训斥，他不吃糯米制品，不吃豆类。一阵紧张忐忑后，回过神来：他不训我了，不管做什么，他吃不到了。

回过神来，没有如释重负，而是悲从中来。

……

不知道一个人要走过多长时间的黑暗岁月，但是，这种黑暗，用不着以当众号啕的形式展现给人看。

朋友问起后续的矛盾，我孩子的姑姑以我婆婆的名义主张我先生遗产继承一事，我说都解决了放心吧。她们只是很现实，一直是我先生负责赡养老人，担心我先生出事后我从此不管婆婆，甚至担心我会将房产过户在我自己名下，最后卖房携款嫁人。她们并非大恶，不过是人之常情，都是为保障自己的利益不受损，或者，能为自己卸掉一些责任，而在世俗的泥泞里纠缠折腾罢了。

我与朋友互相祝福彼此：如果有悲伤，如果有黑暗，我们把它们放在心底，相信这些都是瞬间，都会过去，而平静、温暖，才是人生的主流啊，就像雨过总会天晴，冬去将会春来。

2019 年 3 月 8 日

　　一个男人，他生的是儿子还是女儿，如果仔细观察，还是能够看得出来的。有女儿的男人，因为女儿的生动、可爱、娇柔，他的脸上常会浮现出一些细腻而单纯的表情，他比只生了儿子的男人更富有同情心，更圆润通达，更易沟通，对普天之下的女性更宽厚包容。他相信人世间有很多美好的事物，一如他家中女儿爱吃的小甜点，长发上粉蓝的蝴蝶结，内心本真而纯粹。他觉得女性理应被整个世界所爱，因为她不过是一个女孩子。

　　三八节，愿所有女性既坚定又柔软，既有大女人的素质，又有小女人的情怀，即便布衣素履，仍散发光芒。

2019 年 3 月 20 日

　　昨日午后，我去看我婆婆。

　　去年腊月底我对她说，春节期间我不来拜年了，一些人，我不想见到，理解我吧。

　　她说好的好的，你自己当心好。

　　一个 80 多岁的农村老太，她不会说保重。

　　"一个人当心好"，算是她对我这个儿媳的叮嘱与心存戚戚的不安。

　　年后，去探望过她两次，第一次是在晚上，她出去串门了，找不到她。第二次，朋友陪我去的，撂下东西，没说几句话就离开了。

　　这次和她有了一些聊天。

　　她在午休，穿着毛衣毛裤给我开门。

　　我说你不要感冒了，坐床上吧。

　　她翻着身上的衣服：你看看，好多件呢，不冷。你穿得少，要不要给你找个衣服？

　　我说明天可能要下雨，下雨就不要出门，待屋里。

　　她说女儿女婿他们给她选了墓地了，花了 9 万多。她说都是花的你的钱，谢谢你啊。

　　我说不能说是我的，是你儿子的钱。

　　提到她儿子，她开始落泪：他怎么就这么不当心？一想到再也不能见到他，我就要哭。

我简单陈述了一下出事的经过。我说我已经竭尽全力，无奈他伤得太严重。他这么一走，坑了我，坑了孩子，也坑了他的老娘。

她见我咬牙切齿地痛诉，母亲无条件维护儿子的念头涌起：你不要怪他了，他也没有想到会这样啊。

怪与不怪，都翻篇了，我有我的任务和使命，要照顾好自己，照顾好我的孩子。孩子在部队挺好的，今年下半年如果有假期，就回来看你。

她与这个唯一的孙子不亲，孙子与她也不亲。一来，没有共同生活过；二来，每次见面，都是乱糟糟的一堆人，连说话的机会都没有。那种温馨难忘的祖孙情，在我婆婆与我孩子之间的确没有。

她与其他孙辈也是这样，他们叫她奶奶、外婆，她"嗯"一下，再无交流。

也许想到这个孙子没有了父亲，她的情绪前所未有地充沛起来：我看电视，上面当兵的都在地上爬，手上有血，怎么那么苦啊？

我说当兵就是这样，要爬，要跑，爬不过别人，跑不过别人，就只能"挨打"。

我想诠释的是"落后就要挨打""一切为打赢"的意思，她误会了，发出呜呜的悲怆的哭腔：还要给别人打？那还在那里干什么啊？长得这么好看的小伙子回来就会饿着？

不会饿着，但人生，不能只顾着吃饱，还要做一些有意义的事情，要挑战自己，要趁年轻的时候，尝试各种可能性，要用辽阔的目光看世界，要忍受苦难磨炼，才不虚度年华，才对得起这滔滔一生。

她肯定是听不懂的。

但听不懂也没有关系。

原本毫无关系的两个人，因为我与她儿子的婚姻关系，变成了婆媳。20多年，我们没有共同语言，交集甚少，彼此生疏客套。她知道我是她儿媳，我只是不定期地给她钱，给她置家电和衣物之类。某一日，因为相同的剧痛，我们有了交流。她不再仗着她儿子能够掌握家中足够的话语权而对我不屑一顾，我亦不因为文艺青年与农村老太话不投机的理由而自命不凡。

彼此都不用说抱歉，却能够达成最平和的谅解。

尽管为此付出的代价如此之大。

善意，爱，与希望，是这个世界的光芒。

2019年4月21日

每每看到路边有关军人的宣传画，总会驻足观看。罗墅湾高速公路出口处，大幅的公益宣传图片巍峨矗立：让军人成为全社会最受尊崇的职业！我已经看过千遍万遍，但每一次，都带着朝圣般的虔诚，把那句话读出声音来。

这让每个从其他地方来到常州的朋友，一下高速公路就能感受到：这是一个崇军尚武的城市，这里政治与投资的生态环境安全健康。尤其是我们的这个小镇，有驻军安营扎寨，街头驶过的，是挂着军牌的军车，路边走来的，是穿着迷彩服的军人。看一眼都热血沸腾。

4月23日，是海军节，中国海军走过70年艰苦卓绝的奋斗之旅，迎来了伟大的庆典，这是一个强军兴军的大时代。作为曾经的军嫂，现在的兵妈妈，我为我们一家有两个海军战士而自豪。

儿子说，为迎接海军节的到来，他们非常辛苦。每天天没亮，就开始走队列，用最气吞山河的声音大声喊：首长好！为人民服务！但是，想到自己有幸参加海军节活动，见证这一庄严的时刻，再苦再累也心甘情愿。

4月22日央视四套9点半的《今日关注》将播放他和战友们一起在舰艇工作生活的情况，他说：老妈，你端个小马扎6点钟就开始在电视机前巴巴地等啊，也许会有我一个背影、一个后脑勺什么的。

没有儿子的背影和后脑勺，我也会巴巴地守着电视机，谁穿那一身浪花白，都是帅无敌啊！

向海图强，中国海军威武雄壮！

2019年4月28日

《胖子从军记》的样书出来了！

除了黄髫小儿一呼一吸时的奶香，梦中情人发际的幽香，母亲厨房传出的饭菜香，淡淡油墨香也应该列为世上最好闻的味道之一吧？

那些被我不分昼夜歇斯底里催促过的各路大神，多包涵、多担待啊！

那些在撰稿与出版的过程中，给予我肯定、指引、鼓励，还有无私帮助的人们，感恩戴德啊！

致敬自己！致敬我的胖子！致敬陪伴我一路同行的伙伴！致敬给予我剧烈痛楚也使我越加宁静达观的生活！

陈黎在此——谢过！

2019 年 4 月 30 日

三天来，一直在与蠢蠢欲动的哮喘做斗争，那日傍晚，就那么一刹那的喉咙口不爽，给我迅捷捕捉到了，大量喝温水，吸舒利迭，暂时遏制住了哮喘，但它又不肯轻易放过我，时不时让我觉得它就要冒出头。这时候，意志力极重要，就好比一场战役，敌我双方均打得精疲力尽的关键时刻，拼的就不是武器精良，而是谁更有耐力，谁更经得起耗。

傍晚情况未有决定性缓解，我就服用了氨茶碱片剂，采取的是丢车保帅的战术：这药会让我心脏不适并且失眠，不到万不得已不用，但它对控制事态进一步恶化有奇效，失眠总好过大张旗鼓喘起来。

失眠有更多的时间好捋一捋思绪，白天诸事缠身，总是忙乱不堪。

《胖子从军记》本周就将从印刷厂出来了，热爱文字的人很多，但真的自己去写本书的人可能还是少，我给一口一个"陈老师"喊得无地自容。师者，传道授业解惑，我算哪门子老师啊。

每本书出来，从撰稿、结稿、改稿、校对，到与责任编辑、出版社、美编、印刷厂沟通，到最后定稿、出版，作者都是呕心沥血，这毋庸置疑，一个标点符号卖 10 块钱都不为过。但是，它的命运往往令人心塞。曾经亲眼见到一个诗人将刚出炉的诗集郑重其事地签上名送人，但大家离场时，那本诗集就扔在凳子上，人家别说如获至宝地珍藏，甚至连装进包里拿走的基本礼貌都不想呈现。

生活如此急功近利，谁还愿意读诗？

可是，世界需要诗人啊，需要文学啊，否则，我们的喜怒哀乐、悲欢离合用什么形式展示？

听说有的诗人咬咬牙出了本诗集，印了 1000 册，最后除了免费送出去的 100 多册，其余都堆在家。还听说有一个作家酒后恸哭，说手头写了几个长篇，但没钱出版，自己名气又没大到出版社上门约稿的程度，只能无助地流泪。

唉，心都碎了。

承蒙大家对《胖子从军记》的热切关注，它受欢迎的程度目前已见端倪，基本上隔10分钟就有人向我订书转款，一副生怕洛阳纸贵求购无门的样子。有的量比较大，吓我一跳。

大家众口一词，它励志朴实，老少皆宜，值得宣传推广。这点我很自豪，我终于用平凡的家常语言，完成了我的初心。它是一个礼物，献给儿子，献给所有在成长的道路上艰辛跋涉的人们。

愿每一个人，都能在阅读中看到自己不屈不挠奋斗的影子。

奋斗很苦，但苦着苦着，总会有甜。

今天遇到一个并不相熟的朋友，她的儿子去年刚从海南部队复员，儿子坐邻桌吃饭，她将他喊过来。这孩子是个富二代，很快，他将是一个企业的掌舵人。但是，他谦逊、诚恳，目光里有充满善意的坚韧。他说，海南超级热，军营生活很苦，但他不后悔，感谢你们这些伟大的母亲，将儿子送进军营，这最艰苦的两年会让我受益终身！

上周，一个小伙子送我去市区办事，他曾经在连云港监狱当过两年武警。他说：之前在家用小碗吃饭，到了部队用大瓷盆吃，因为体能消耗太大。非常苦，拉单杠拉不上去，给背包带绑着吊在上面，手都抓出老茧。有次老茧脱了，留下个乌溜溜的洞，钻心地痛，还得练。他第一年就评上优秀士兵，第二年立了三等功，军功章里面，都是血泪。但是，我的儿子长大了，我仍会送他去部队，这苦吃下来，以后的人生就再不会无病呻吟！

任何合法职业都在为社会做贡献，《胖子从军记》不是"怂恿"每个孩子都去当兵，而是试图告诉我们及我们的孩子：无论经历怎样的磨难，只要我们咬牙坚持，它便总归在某一天，被我们微笑着说出来。

2019年5月2日

儿子：妈妈，采访一下，你一些同学的孩子都结婚了，请问你是怎样一种百感交集的心情？

我：同学的孩子非但结婚，有的同学几年前都做祖父母了，对此我没有什么羡慕，只是会滋生出一些时不我与的哀愁，我们这代人的青春已经落幕，世界，就交给你们了。

儿子：我们休息的时候，会有战友的家属带着孩子来舰上探亲，看着他们一家三口喜滋滋的样子，我会幻想一下以后属于我的婚姻生活会是什么样的，会有一个什么样的女孩陪伴着我。她的性格温柔可爱还是特立独行？她的父母给予她怎样的家庭教育？她足够善良懂事吗？她现在在哪里呢？她知道我吃了多少苦吗？我也会经常问自己：如果有这么一个明亮的姑娘与我相遇，我是否有与之匹配的分量？

或许我的观念中还有很多传统守旧的成分，我觉得人是需要婚姻的，一起生儿育女，一起听晨钟暮鼓，一起看岁月流逝，一起同喜同悲，一起创造明天，一起构筑未来，一起对抗生命的孤独，一起享受细碎的幸福。

如果用世俗的眼光考量我在婚恋市场的价值，因为爸爸的离去，我成了单亲家庭的孩子，我受欢迎的程度或许要大打折扣。人们可能会觉得一根支撑门户的顶梁柱坍塌了，这个家庭有缺陷了。这就好比纵然现在离婚率居高不下，但是，找对象的时候，父母离异的孩子仍会遭遇偏见，除了家庭关系复杂之外，人们还会有其性格偏激古怪的担忧。中国人好面子，面子这个东西，它像荣誉，又不是荣誉，但是它比任何世俗的财产都宝贵，它比命运和恩惠还有力量，太多的中国人正是靠这种虚荣的东西赖以生存。

我：幼年丧父，但是凭借自己的奋斗，活成了历史上闪闪发光的人物比比皆是。孔子两岁就失去了父亲，他是儒家学派的创始人，他提出的"仁"的思想核心就是"爱天下所有人"，要求统治者体察民情，关心百姓疾苦。他一生主要的言行，都被编成《论语》一书，供世人学习体悟。华人首富李嘉诚，14岁父亲病逝，他被迫辍学，走上社会谋生。如今，作为全球最有影响力的华商，他的成就举世瞩目。例子太多，不胜枚举。

每一个人，降生在什么样的家庭，带有太多的偶然性，没有人能够选择自己的出身。在成长的过程中，父母关系的好坏，生命的无常，都不是一个孩子能够掌握的。一些人，父母双全，更由于父母的地位所积累的资源和人脉，会给孩子带来很多的便利与机会，他（她）的奋斗，要比普通家庭的孩子轻松得多，我们不用羡慕，唯有祝福，愿他（她）珍惜这种好运气，不辜负父母的期望。但是，仍是有太多的孩子，他（她）不过是平头百姓的娃，父母给予他（她）的一切都很有限，面对异常激烈的竞争，面对未来的路，他（她）赤手空拳，只有自己。

在年纪小，或者事业刚刚起步的时候，老天给予一个人的好运气，的确可以帮助他（她）更轻松地活着，然而，到了某个年龄之后，真正让一个人走远的，都是自己的积极、勤奋、努力。

现在的你，陡然成了个没爸的孩子，这很残忍。或许，命运想要把更多的礼物送给我们，却又怕我们背负不起，于是，把我们推入深渊与低谷历练一次。我们不要怕，现在有多不顺，未来就会有多好。别灰心，挺过去，继续奋斗，磨难过后便是福报。

"奋斗"一词，常常被世人过于凝重地对待，似乎奋斗就是为了改变世界，总是要做了不起的、宏大的事情，才算堂堂正正。不，哪怕你的奋斗，是为了赢得你喜欢的姑娘的青睐，是不想在婚恋市场给人挑三拣四，我仍然认为你的奋斗非常伟大。你要保护好对自己的热爱，对爱情的向往，对未来生活的追求。你将自己打造成自己喜欢的样子，那些黑暗和痛楚就被你重重地甩到了身后，你想要的俗世的小确幸、小欢喜就会如期而至。

不远处，一定会有一个美丽懂事的姑娘，值得你跋涉千山万水，走向她，你们慷慨地给予彼此温柔的爱，过美好的日子。祝福你，我亲爱的孩子！

2019年5月6日

儿子：老妈，立夏了，青岛气温骤然上升，阳光炙烈，室外工作变成苦役，水泼在后甲板上，嗞溜一下冒白烟。凡尘世间是否小麦拔节长穗？树木日渐繁茂？花开荼蘼？那些花儿草儿依照岁月的温度安静生长？街头大排档是否开始火热？光着膀子撸串吃小龙虾白日放歌长夜纵酒的人一下子都冒出来了吧？女孩子们都换上了飘飘欲仙的裙子轻解罗裳独上兰舟了吧？

立夏是为春天饯别的季节，这名字听起来既文艺又滚烫，一肚子的热烈与赤子之心。我与我考学的战友也进入到了人生最燃的时刻，除了工作，就是争分夺秒地学习，抓住一切间隙，琢磨每一道题，背诵每一个知识点，夜以继日。

我的那个超龄两个月被卡住的战友还在集训队，领导告诉他有可能因超龄无法参加考试，但直到有人来通知他不符合资格审查条件，请立刻收拾行囊离开集训队回到原单位之前，他都在拼命学习，他都不会放弃哪怕 0.0001 的希望！

　　坚持下去，万一被卡的年龄不是问题呢？万一政策变了呢？在一切都乾坤未定的当下，我们都在做全力以赴的拼搏！结果如何固然很重要，但过程中，我们认识到了这个一边丧着一边燃着的自己，一边打着瞌睡一边强撑着读书的自己，我们喜欢这个在黑暗中跋涉的自己，万一看到微光呢？我们喜欢这个在青春年少中不轻言放弃的自己，万一梦想成真呢？

　　命运从来不会告诉谁：你一定会成功！胜利绝对属于你！正因为人生有太多不确定的机缘，如此奇妙，它才值得我们为这个"万一"拼搏！

　　我：前天，你爸的一个战友与我联系，说他最近陪着领导下基层，领导是一个中将，改自己的发言稿到凌晨 3 点，顶着一颗花白的头颅，挑灯夜战，眼睛熬得通红。将军说我这个级别必须得有这个级别的水平，不能让人看笑话。

　　告诉你这个事情，是因为这个事情感动了我。

　　部队对于我们普通人来说，一直是一个神秘的存在，我们一鳞半爪地知道士兵很苦，经常进行高强度的体能训练。军队为战事而存在，士兵为打赢而训练。在生命攸关的战争面前，所有残酷的实战化训练都不为过。

　　如果这个叔叔不说，谁相信军队高级将领会自己改发言稿到凌晨呢？我们常常会庸俗地猜测：他没有秘书帮他改吗？

　　但是，他亲力亲为，只是为了：到了这个级别，我要有这个水平，才不给人笑话。

　　他身处高位，可依然心怀敬畏——对别人的评价，对党和人民赋予给他的权力。

　　勤勉，是一个支点，一个美好的支点，撬动的，是人生中所有的美好，最后，你的人生会因此发生剧变。

　　所以啊，别羡慕别人的优秀，优秀，是有重量的，这份重量，必定耗尽了心血。

　　亲爱的孩子，加油！

2019 年 5 月 12 日

　　妈妈，之前我跟你说过的一个河南籍回民战友，去年 9 月份才入伍，部门就我们俩是义务兵。昨天晚餐时，他约我：鲍哥，一会别急着去学习，想跟你商量点事情呢。

我们躲到后甲板的一个角落，他说：我想请假回趟家，鲍哥你觉得跟部门长请假，我有希望批到假吗？

他向我说了他家的事。

去年9月份入伍前两天，他爸突发脑溢血，送去医院抢救，住了近半年的医院，人是救活过来了，但啥都不知道了。他有一个哥哥一个姐姐，哥哥酗酒，不负责任，姐姐出嫁后有自己的小家庭需要照顾，只能偶尔回来帮衬一下母亲。母亲60岁了，照应一个生活完全不能自理的病人非常吃力。前几天，他父亲再次因病情加重而入院，母亲来电话，在电话中无助地哭了，说没钱，说大儿子不管父亲，也不拿钱出来，父亲就在床上气息奄奄地等着续命的药。

战友搓着双手，月光下，他眼睛通红，声音低得像叹息：鲍哥，我爸真可怜，我妈太不容易了，我想回去看看他们。

难怪这几天他总是愁眉紧锁，心事重重。他1999年生的，比我小4岁呢，不该背负这样沉重的家庭压力，不该遭遇这样的打击啊。

自义务兵实行两年制以来，是没有探亲假的，除非发生直系亲属病故这样严重的事。事实上，每个军人都想家，但每个人都不愿意请那种假。军队，不是地方的单位，它有铁一样的规定，军人来自五湖四海，若家里有事就请假往家跑，那还叫军营吗？

我对他说：兄弟，我无法想象这半年多你是怎么挺过来的，来部队前两天爸爸就生病，病情危重，你在新兵连吃尽苦头，没法向家里人诉苦，还时时牵挂着家里，你可真能扛！

战友说：军装都换上了，咱没法退缩，总想着爸爸会一天天好起来的，等我义务兵结束，有假期了，回家好好照顾他一阵子，这下还不知道他挺得过挺不过。

我们说话的过程中，彼此都含着眼泪，他说：鲍哥，你是我敬重的老兄，你爸没有了，可是你表现得那么坚强，换了我，我做不到。

我对他说：我是短时间的剧痛，猝不及防的打击，但兄弟，你更不容易，你是漫长的钝痛，是无可奈何地看着亲人遭罪，你见不到他，插不上手，帮不了忙。

但是，流泪归流泪，我仍是冷静地分析准假的可能性：舰上工作这么忙，一个萝卜一个坑，走一个，就会影响到工作的有序安排。再加上义务兵没有假期。

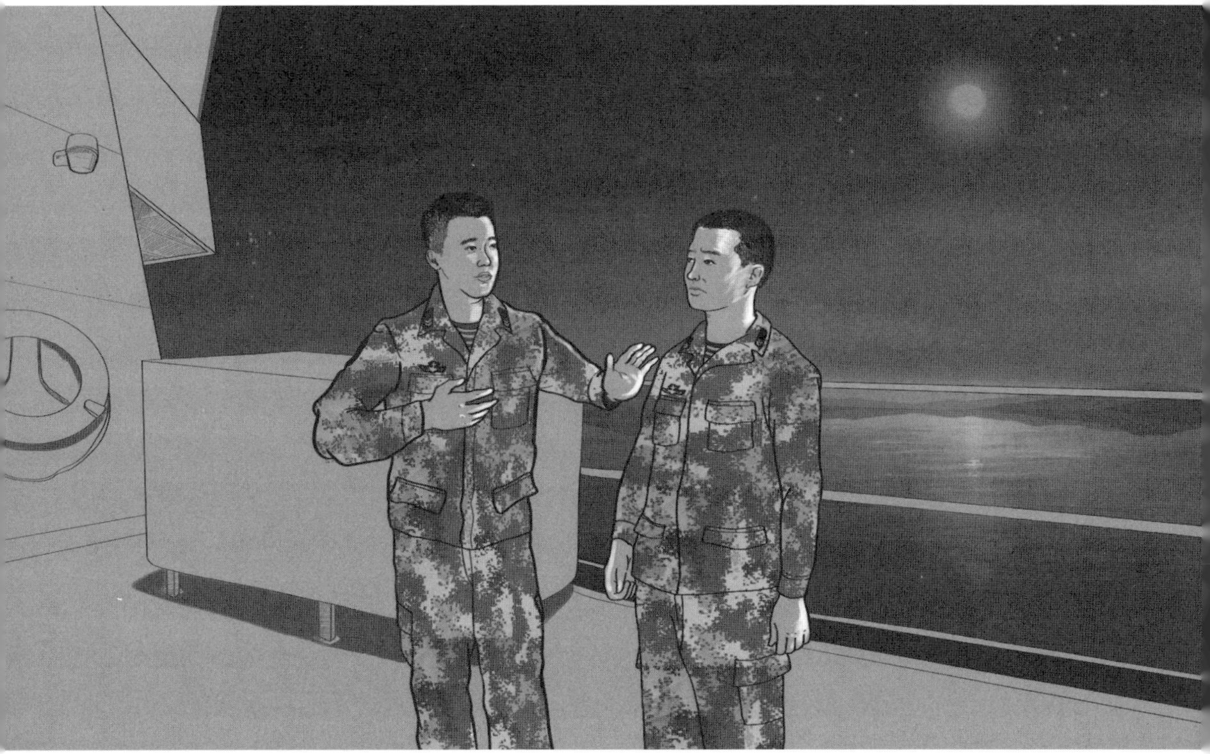

我几乎能够想象,部门长会对你说:你回家能筹到钱吗?你回家父亲会恢复健康吗?既然都不能,就必须安心待这里!从情感上来说,领导会同情你、理解你,但是,我们是军队,军营是一个备战的场所,没有那么多的情意绵绵。我建议你别去尝试,因为准假的可能性微乎其微。

他哀伤无助地别过头去,天空,一轮明月映照着大海,波澜不惊。他转回来的时候,泪光已经不见了,他恢复了钢铁一般坚毅的面容:鲍哥,听你的,不去请假了,祈愿我爸能够尽快好起来!儿子在保家卫国,他好意思不康复吗?咱们一定要有爸爸!

是的,我们都是爸爸的好儿子,我们都有爸爸,不管爸爸在远方,还是在心里。

2019年5月17日

妈妈,我的那个兄弟请到假了,今天一大早就回家了。他家在南阳,挺远的,路上就要耗掉两天。

昨晚,我在会议室学习,他在门口向我做了个手势,示意我出去。我们在码头上待了一会儿,他说:哥,批到假了,四天。我缠了部门长好几回,他答应我去找领导,但迟迟没有消息,我都认为没指望了,刚才他却给我送来了准假单。唉,好歹回趟家看看吧,我实在不放心,不知道我爹怎样了。

我们都是不孝的儿子,面对父亲的疾病,乃至故去,竟然无能为力,陪伴不了,给不了帮助,解决不了他们的痛苦,唤不回他们。前阵我批到假回家弄档案,下了火车就直奔爸爸的墓地。爸爸的后事结束后,他的墓碑还没来得及立起来,我就归队了。"云山苍苍,江水泱泱。先生之风,山高水长",我爸一生清正廉洁,内心明亮,他配得上这16个字!但是,配得上又如何?他终究是离我而去了,庇护我的这棵大树倒下了。所以,妈妈,我让你先到车里歇一下,我想与爸爸独处一会儿,我想问问他:爸,你这样猝然离去,给我和妈妈带来灭顶之灾,你怎么忍心?我还想告诉他:马上快5月20日了,我爱你,老爸。520对我们军人来说,有一种新的说法,5000米20分钟跑不完再来一波!我还想说,爸,儿子是不是挺英武?你之前有的马甲线现在我也有了!你睁开眼睛看看我呀。

聋子才会珍惜听力,瞎子才能体会看见花花世界的幸福,哑巴才知道能说出内心的想法是莫大的奢望。我们在利用自己的天赋与感官时，都是麻木不仁的，不失去某些美好，永远不会明白它有多珍贵。

战友说：哥，我才20岁，还小，我不能没有爹，我害怕他不好了，昨晚我梦见他死了，我吓坏了。

平日里，我们对"死亡"这个词永远保持避讳，除了它本身代表不吉利之外，更多的，是因为它实在太残酷了。

兄弟流着眼泪说：我哥在父母跟前，可他咋就不珍惜呢？不肯好好工作，没事就爱喝酒，爹危在旦夕，也拿不出一点钱，我真是恨得牙痒痒啊，可是，我凭什么指责他呢？来部队半年多，轮到我外出我都不出去，一点点攒钱，攒了近5000块钱，这次带回家，可杯水车薪，解决不了问题。离家这么远，给爹擦个身体，守个床的义务都没有尽到，我与我哥有啥区别？都是不孝子！

他呜呜地哭了起来，为无助，为艰辛，为压抑许久的痛楚，为承受着这一切的自己。

"百善孝为先，论心不论迹，论迹寒门无孝子。兄弟，我们都是普通家庭，现在当兵收入也有限，能尽力就好。大学里退给我的学费三万多还在我卡上，我转给你，咱先救人要紧。"

我就这么对他说。

他拉着我的手，眼里泪光闪闪，喉结一上一下滑动，讲不出一句话。

当一个人身居高位，他看到的都是浮华春梦。当一个人身处卑微，才有机缘看到世间百态。当一个人见到亲人的衰败与死亡时，才会真正明白，无限延展的时间原来也有尽头。在为生命的无常和易逝而扼腕痛惜的时候，我们更该眷恋、热爱每一天，每一分，每一秒，无论它赐予我们的是美好还是哀愁。

战友表扬我：鲍哥，你真深刻！

我噙着泪水笑着告诉他：如果我有爸爸，我可以给他打电话，对他说，唉，最近手头紧，给我转点钱，他眉头都不皱一皱就会秒转三五千。如果我依然拥有那种肤浅的快乐，谁愿意深刻呢？

我们朝甲板走去，赤子之心照明月。我们的心都有流血的伤口，但是，因为身着戎装，我们就要胸怀星辰大海，因为我们是一个家庭的希望与未来，我们的身姿必须威武雄壮！

2019 年 5 月 29 日

妈妈，白天，我要正常工作，在甲板上顶着似火骄阳干活，一头一脑的汗。午休时间，要背诵专业知识，应对一周后的考核。这个考核不是选择题，是问答题，不能靠蒙、靠运气，只能在理解的基础上花时间背诵。

这几天，轮到值武装更，都是半夜 12 点到凌晨 3 点、3 点到 6 点这样的，值更后可以休息一下，但是，我没有空睡觉，除了航空部门专业考核外，我还要见缝插针地学习 10 天后就要面临的文化知识考试。

在学习时，更位长轻声说：兄弟，你这么拼，别人看不到，可是，我看到，星辰大海看到，星星特别闪亮，海浪都悄无声息，我呼吸也变得小心翼翼，我们都不忍打扰到你呢。

更位长说得特别有诗意，其实，真实的状况是：我挤不出睡觉的时间，轮轴转地在工作与学习中穿梭，忍住疲乏，用枪托顶住下巴，强撑着张开眼皮，不让自己站着也能睡过去。

与我一起参加提干考试的战友，有的因为所在舰艇出海，他们早就在集训队参加封闭式脱产学习，也有一部分战友与我一样，只能利用工作间隙学习。同舰的一个战友，我见到他在过道上走路时，嘴巴都念念有词。只有走路和睡觉的时间是属于自己的，那么，这点时间也要充分利用起来，不能浪费一分一秒。

昨天我在爬舷梯的时候，脑子里还在想着一道题，额头不小心撞上铁杆，瞬间就肿起了一个包，紫红色，很丑地鼓着。早上跑操时，教导员对着我的额头拍了个特写，他说：样子是挺狼狈，但我就想记录下你努力的样子。

是啊，追求梦想的过程中，总会有许多狼狈，许多窘迫，许多遍体鳞伤，只有经历过这些，才有可能抵达终点。

我没有空去锻炼，为了保持身材，不能多吃，学习到深夜，火燎饥肠，饿。"饿"这个感觉让人保持清醒，没有人想在四野茫茫的船头饿着肚子啃书本，只能把皮带勒紧一点顶一顶那汹涌而至的饥饿感。没有人不想日日玉盘珍馐，顿顿金樽美酒，睡到自然醒。这种理想与现实的差异让你看清自己：你是生活的无名之辈，你就只能用这种方式与生活死磕。

生活这条窄路，像极了桃花源的入口，你得走下去，走下去，方能见到落英缤纷，豁然开朗，再继续走下去，才能见到它的微光。

这一程，是艰苦与希望的交织。

艰苦描述的是现状，把希望寄托于未来。

用尽全身力气，在艰苦的环境中，开出一朵花。花开之处，就是我们怀揣满腔孤勇，迎着生命的逆流，写出的一个绝地反击的故事。

妈妈，我不苦，我不怨，青春万岁，生活万岁，我愿意在竭尽全力的拼搏中，看到更好的自己，那个更好更强大的自己，才有资格、有力量去爱这星辰大海，去爱这一片皎洁下的静好世界！

2019年6月1日

小时候我们词不达意，长大后我们言不由衷。这是成长所付出的代价。

孩子不懂得什么是诗，属于他们的万物，皆是诗。

儿子幼时学习成绩一般，常被老师批评：字写得不工整，作业马虎，默字粗心之类。某天，放学回家，我问他：今天老师表扬你了吗？

他兴奋地用童声回答：

> 表扬哦
> 老师说
> 鲍雨昂是一头小猪猪
> 他午休睡得特别沉特别好
> 还流下了口水
> 那么长

哈哈，诗一般的语言，如今晚的月色一般无邪。我爱极了我的娃，内心干净，容易满足，对世界抱有天真的善意。六一儿童节了，愿我们无论多大年纪，都活得美好赤诚。

2019 年 6 月 6 日

早上 6 点去儿子之前就读的初中办事，校园里已拥满了学生，我睁着惺忪的眼睛，急急上楼梯。听到他们站着读书，甚觉新奇。老师说：孩子们起得太早，没睡醒，加上天气热，更容易犯困，早读就让他们站着读，还有"走读"的形式，一面走一面晃着身体读。

睡觉是人最基本的生理需求吧，可是这些孩子睡不够。中国，有多少孩子可以睡到自然醒呢？我娃六年中学，哪一天早上不是在我的河东狮吼中闭着眼睛穿衣服起床？我曾经听到他迷迷糊糊下楼梯时还在打着呼。

而现在，在为理想而奋斗的关键时刻，他说：妈妈，我没有时间睡觉，白天要正常工作，我只能剥夺睡眠时间去学习，困的时候，拧自己一把，用冷水泼下脸。

明天，就要高考了。每一个在艰苦卓绝的征途中努力的孩子，我的孩子，所有母亲的孩子，愿你们以渺小启程，以伟大结束！

你们穷，只此一身青春。而青春无敌，你们终将一往无前，迎接所有未知的精彩！

2019 年 6 月 7 日

去南京办事，所住房间是豪华标间，普通间都给高考考生订满了。昨天午后，在电梯里，遇到几对母女、父子模样的人，有的孩子在乘电梯时，仍在看书，有的目光涣散看着电梯门发呆，家长均神情紧张。

酒店斜对面就是一所高中，马路上竖着"学生考场禁止鸣笛"的字样，警察叔叔戴着墨镜在大太阳底下值勤，行人们文明礼貌，送餐员都很绅士地小心翼翼低速穿行。我买了双新鞋子，走路有点儿声音，吓得差点脱下赤脚。整个社会，都在为高考学子保驾护航。每个人的心，都提到嗓子眼。

昨天看到江苏高考作文题目，担忧不已，"水加水还是水，盐加盐还是盐"，这得让娃娃们多伤脑筋啊！

可是，任何不掺杂黑幕与暗厢操作的考试都有相当难度，都在这重重困难中考验着一个人真正的实力：你掌握知识的多寡，你心态镇定淡然与否。

角逐、奋斗、坚守，自你开始求学，这便是你成长过程中的日常。

想起昂爹曾经说过数次，他在45岁前常梦见考试。他经历过名落孙山的高考，经历过残酷的军校考试，他惧怕考试，痛恨考试，但是，又不得不考。痛苦的过往给他留下阴影，长久的不安折射到现实生活中，便经常会为哪道题不会做，哪个英语单词背不出而从梦中吓醒。

想来凄恻。

可从来没有随随便便的成功。

我孩子说：妈妈，竞争非常惨烈，任何一个细节都能筛掉一帮人。这几天放假，除了站岗，我就躲在一个地方学习，做题。苦的是已经被淘汰出局的战友，我还在拼搏的路上，我想看到8月底收到录取通知书那一刻喜极而泣的自己，我不苦！而且，从此以后，不管再遇到什么困难，我都会想起自己现在拼了命努力的样子，那简直没有什么挺不过去！

令人热泪盈眶的昂扬斗志！

所有参加各类考试的年轻人，你们还有通过考试让自己变得更好的可能，再远大的梦想，也抵不住无尽的坚持！加油啊，愿你们有耀眼的文凭，辽阔的远方，有闪闪发光的远大前程！

2019年6月9日

见到了20多年前结婚时贴在窗玻璃上的"囍"，只是它风化得只剩半截斑驳的痕迹。纱门上的插销还是我敲上去的。见到黄梅天便大面积返潮让人一筹莫展的水泥地。见到儿子就读的海鹰幼儿园，屋檐瓷砖剥落，瓦楞间细草飘零。

一幕幕旧时岁月，多少人过去的影子在那里影影绰绰。曾经向上挣扎的姿势依然停留，残破的院内有丢弃的篮球与海魂衫。一帧一帧过去之后，如今都变成尘土飞扬的废墟。

2019 年 6 月 11 日

那次去电视台，一进门，X台长就说：《胖子从军记》的作者来了啊！你的书我看过几篇呢。我讶异，细问后才知道台长通过他的微信朋友圈，看到了他同学的推荐。

区新闻中心的秋艳姑娘写：盛名之下，作者也从未忘记她的初心。

这明显言过其实了，哪里有什么盛名呀？

但是，相较于过去，我这个无人问津的小人物，因为《胖子从军记》，的确有了一点点名气。很多人，礼貌地叫我"陈老师"，刚开始不适应，徒有虚名啊。如果我同学谈灵芝听到会当场笑死。当年我们读高中，流行写信倾诉衷肠。她含泪写：陈黎，这次数学我得了5分（特别备注：百分制的试卷）。我回信：你还好，我是3分。一度我们怀疑自己的脑水应该掺杂了猪脑水，否则不至于这样一窍不通啊。上次同学聚会，有成绩好的同学好奇问：怎么会这么差？你们上课不听吗？谈总代表我回答：听啊，但听不懂。

现在人模狗样被人尊称"老师"，我没法不心虚。我可以装优秀，出类拔萃，但谈灵芝不会饶过我。

时不时会有人加我微信，留言：老师您好，谁谁谁推荐的，想拜读您的书。

老师，您能给我的孩子写上几句寄语吗？谢谢老师。

更多的人，会给我谈读后感：掩卷而思，双目湿润。同样作为母亲，我做得太有限了。您和您的儿子真了不起！向你们学习！

他们对我的崇敬之情完全超出了我的客观实力，有时候读者夸得过火，我羞愧得恨不得掘地自埋。

我充其量就是做到了坚持，将孩子入伍一年半的思想及身体的变化，还有我们母子之间的聊天沟通用文字的形式记录了下来而已。这是一个认识几个字的母亲的本能。

而我的孩子，他离"了不起"还实在太遥远。他是一个典型的95后，会偷懒，爱上网，贪图享受，只是，部队这个最能锻炼人的地方，锤炼了他的意志，让他变得冷静、勤奋、肯吃苦。漫长的人生之旅，他才迈出了一小步，砥砺奋进的路上，小鲍任重道远。

《胖子从军记》再版的5000册快到手了，最近印刷厂在帮我赶。在纸媒没落到心酸的当下，这样的销量的确可喜可贺。有一些学校邀请我去做签名售书。我的各路朋友，在竭尽所能地帮助我做推广，他们坚定地认为：这是一本好书，值得他们为我四处奔波，摇旗呐喊。

有时候想一想，我何德何能得此厚爱，不过一个孤寡老人。

朋友不许我这么说：陈姐，你不是。你该活得花枝招展，活得明媚。

藉着这些盛大磅礴的关注，贵州、湖南，一些在为中国的路桥事业背井离乡的野外工作者有了这本书。一些儿行千里母担忧的兵妈妈有了这本书。人们口口相传，在为一个普通的士兵母亲献出他们内心的感动。

感激的话无以言表啊！

也有朋友在催我：《一个人的命运》怎么不写了呀？等着更新呢。下面你还写什么啊，反正你写什么我们都要看。

写字的确特别耗神，我的腰与眼睛都有严重的问题，入睡有障碍，一想到写东西就亢奋，一亢奋就不要睡觉。我与我妈睡在一个房间，我听到她翻身都烦躁，其实自己当时又在想那句话该如何表达，生怕任何一点风吹草动就给扰乱了思绪。害得我妈在家走路都恨不得光脚，轻易不敢发出一点点动静。

所以我无法想象莫言的家人该怎么活。应该够苦的，诺贝尔文学奖都弥补不了这种痛苦的创伤。

写这段话也不知道想表达啥中心思想，东拉西扯罢了。小人得志的嘚瑟啊，衷心感谢啊，诉苦啊，林林总总一大杂烩。

想保持记录的爱好，那就需要安静的环境，一个健康的身体，才能在这方寸之地激发自己深层的生命力和感受力。

持续的记录很辛苦，但除了年龄和一身五花肉可以不劳而获，干什么不辛苦呢？

谢谢各位，不管你们认不认识我，我认不认识你们，感谢你们对我的支持和鼓励。没有你们，我撑不下去，你们很重要！

2019年6月12日

妈妈，还有一个礼拜的时间，我就要奔赴考场了。可是，我没有脱产学习的机会，白天，我仍在正常工作，今天凌晨的0点到3点，值了武装更。半夜值更，按规定白天可以申请休息，我哪有时间休息呀，下更后，眯了一小会儿，就咬咬牙爬起来做题目了。如果没有参军，没有接触到军考，我永远不知道这个行业有多艰辛，这场考试有多困难。按理，我可以跟领导提出要求：临近考试了，能不能准我几天假，让我安静地复习功课？但是，即便这是合理要求，我也不适合说出来。一个部门有一个部门的工作安排，我们每个战位都在发挥着自己的作用，如果我退下战位，势必就要有其他战友顶上去，他们除了自己的本职工作，还得为我干活，半夜三更站岗这些苦役就落在他们头上了。我不忍心我的战友为我的私事多费心。我唯一能做的，就是争分夺秒地利用各个零碎时间学习。妈妈，不要舍不得我，我是个成年人了，成年人世界哪有"容易"二字？成年人的成长，不是通过年龄的增长获得的，而是通过克服一些困难实现的。

与更位长一起在半夜站岗，偶尔疲惫地打一个哈欠，更位长心疼地小声在我耳边说：兄弟，我看着，你就站着眯一下。

心理的防线一下子被冲垮。

人，就是这么奇怪，天大的委屈都不会吭声，听到一句怜惜的话却骤然溃不成军。

我控制好自己决堤的泪水，不敢看他，我对着夜空做出了一个比哭还难看的笑脸，说：没事，哥，我不困。

上周在食堂小会餐的时候，遇上一个军龄比我年龄还大的一级军士长，我们都叫他"叔"，他往我餐盘里夹了块属于他自己的鸡翅，问：孩子，考试准备得怎么样了？我说还没有底呢。他用慈父一般的口吻安慰我：相信自己，一定会取得好成绩。多羡慕你，你还有通过努力去书写自己前程的机会，一定要加油！有什么叔能帮你做的事情，叔一定替你代劳，而唯有求学的艰辛，叔只能看着你一个人吃苦啊。

有天深夜，也是在站岗，教导员走过来。领导检查工作，我与更位长紧张地敬礼。教导员笑着说：辛苦了，书还夹在胳肢窝里呢。当年我考军校，半夜复习实在犯困，十分钟洗把冷水脸把自己激醒。正是这股子劲，让我一考夺冠。你也一定行！

当时，我什么话也没有说，只是热泪盈眶地看着他，只是突然，觉得什么困难都不怕了。

那天在帮厨，弯着腰刷盆子，我们舰的炊事班长踢一下我屁股：兄弟，考完了跟我说一下，不管什么结果，哥要给你做一顿大餐。

每每我因为辛苦，因为精疲力尽想松懈的时候，这些片段，就会在我脑子里浮现。

每一句温暖的话，每一个在黑夜里向我投来的如星星一般闪亮的眼神，都逼着我挺起胸，昂首阔步坚定地走向我的未来。

妈妈，放心吧，我挺好。现在 10 点半了，我接到通知，来机关核对资料。进大楼的时候，在军容镜前看到了自己，瞬间满血复活：连续 30 个小时没有休息，小伙子换上白色短袖水兵服，依然很帅！

2019 年 6 月 20 日

我用的电蚊香是两三年前买的，明显药效勿灵光，夜里始终有一只蚊子没被熏晕，在我枕边嗡嗡嗡。形容人类说话声音极小，用"蚊子般的叫声"，但搁夜深人静，这声音就是聒噪，吵得很。又懒得起床开灯，喷驱蚊水，一番折腾睡意打消更睡不着。干脆与它形成灵魂深处的约定：你咬吧，你吃一饱我们各自安好，你睡你的、我睡我的。我已做出让它大快朵颐、我忍受痛痒的准备了，但它仍不下口，一会儿飞左边一会儿飞右边一会儿在脑袋上方盘旋，不知道它几个意思。我有些恼火：你还挺流氓，我都任你宰割了你还一个劲儿调戏？

儿子是傍晚 6 点到 9 点的武装更，下更后睡一下，继续半夜 3 点到早上 6 点的更。他说这两个更不算最辛苦的，中间可以睡三小时左右，最辛苦的是凌晨 0 点到 3 点的更，上半夜，不敢入睡，撑到快半夜，给喊起来了，下更后，才勉强合上眼，起床号吹了，整个一夜没法睡觉。工作不忙时，可以申请补睡，工作忙时，连轴转干活。

我问：如果有虫子、蚊子咬你们，可以用手赶一赶，挠一下吗？

儿子说：如果夜里值更，进出的官兵少，稍稍挠一下无碍，但白天肯定不行，荷枪实弹矗立的军人，为祖国和人民站岗放哨，在那里抓耳挠腮像什么样？虫子咬都忍不住，怎么去打仗杀敌？我们对这方面的要求还不是最严的，武警哨兵、出接待任务的礼宾哨，他们在站岗过程中要做到纹丝不动，包括打喷嚏、喉咙痒咳嗽、内急这些正常的人体生理现象都得克服。所以，"卫兵神圣，不容侵犯"八个大字写在了每个军营的门口，用"神圣"来形容你的职业，你还不能忽略一只虫子叮咬你的不适吗？

我们常觉痛苦疲惫，原来是我们要求太高，深陷欲壑难以自拔。

2019 年 6 月 20 日

妈妈，针对我提干的事情，上次支队有干部到我们舰来民意测验，大家无记名投票，结束后，干部找我：全票通过，这可非常难得，小子，你的群众基础很扎实啊！

后来一个老班长跟我说，干部挑几个人个别谈话，问我作为一个大学生士兵，平时工作生活中是否有骄傲自满、高人一等的表现。班长急了：怎么会呢？我这兄弟可接地气了，干苦活累活从不含糊，特别卖力。这样优秀的兵如果提不了干，提谁我都要举报！

我吓得差点捂住班长的嘴：老哥有你这么夸人的吗？大家都不容易，都在拼命奋斗，如果没有名额和条件限制，提谁都应该。

班长对我的反应很不满，他梗着脖子斜眼看着我：这话我不爱听，太官方！我要说真话，你就是出类拔萃！就是优秀！就该受到组织提拔重用！

妈妈，这些就是我的战友兄弟，真让我感动得想落泪。刚上舰艇的时候，环境不熟悉，工作进步慢，手把手教我、指引我、帮助我的就是他们，吼我、训斥我的也是他们。大家共同作战，日日夜夜厮守在一起，性格脾气都了解了，就成了唇齿相依的亲人。上次我回家弄档案材料，晚上急需支队开出的一纸证明，我那同部门的兄弟，黑灯瞎火赶到机关，拿到后，拍照传给我。第二天一大早，他等不及快递员上门收件，骑了几十里路自行车，赶到市区给我寄顺丰快递，他怕稍有耽搁就影响我的大事。我给他转快递费，他拒收，还发我几个白眼。前一阵，我连轴转地值更，还要帮厨，抽不出一点学习的时间，内心焦虑。一个战友看出来了，他悄悄跟我说：今天半夜的更我代替你去值，你赶快多看看书，拳不离手曲不离口，可不能给荒废了。我正不知道说什么好的时候，他朝我口袋塞了几颗坚果，朝我挤挤眼睛：学习费脑子，补一补！

舰艇上分来了几十个去年入伍的新兵，他们集中在新兵区队训练。其中有个女孩非常优秀，一本院校毕业，中共党员，她主动向我了解大学生士兵提干的情况，我对她做了介绍。我的考试结束后，我就将之前买的所有的学习资料送给了她。虽然我的事情还没有结果，但是，作为一个经过层层严酷的筛选，最后能够挺到考试关的士兵，我已经感受到了其中的万般艰辛。支队干部针对我们预提干对象，建了个微信群，以方便联系。学历审核，组织关系审核，体能测试，民意测评，公示，文化知识初试，理论考核……一轮一轮的竞争，每一轮过后，我们发现，群里又少掉了几个战友。资格审核的过程细致极了，即便你都入党几年了，还要审查你的入党情况。党龄与支部大会通过时间相差一天，都要由入党时的单位写清楚情况。我与另一个战友为这些事情，跑得心力交瘁，但是，我们内心很敞亮：这样的严密，是为了杜绝弄虚作假，我们所有的材料都是真实可靠的，我们经得起这个审核。

每天晚上，领取手机，第一件事情，就是迫不及待看一下自己是不是还在那个群里，在，就长舒一口气：谢天谢地，我还没有出局，我还有机会拼下去！

天天心都提到嗓子眼儿。支队负责这块工作的干部在上面发文字：你们都辛苦了，逐梦的过程最美丽，希望你们不以物喜，不以己悲，明年，我还在这里等你们！

这是向谁说的告别语呀？我的心都紧张得要跳出来，然后，很快，刷刷刷，几个人给踢出群！

虽然，我坚挺到了最后，一直都在，但每次刷人的时候，我睁大眼睛看，又觉得太残忍，想闭上眼睛。都是自己的战友，实在不忍心他们失望。理想暂时地搁浅，摊谁身上，能不郁闷呢？

送书的时候，我以过来人的口气语重心长对这个女战友说：轮到你吃苦了，好好努力吧。这个过程崎岖曲折，但一步步闯过来，你就会觉得离越来越好的自己又近了一步。

女战友挺感激，还说要请我吃饭呢。我没有空，天天干活，再说哪有女生请男生的道理？要请也是我请啊。

昨天，新兵区队班长带着他们在码头走队列，我正好路过，班长突然停下，指着我对几十名新兵说：同志们，这位就是优秀的鲍雨昂班长！

新兵争先恐后热烈地说：班长好！班长好！

这情景给我吓坏了。我不是班长啊，再说有啥优秀呢，大家都一样。

我害羞地跑开了。

晚上，班长来找我，郑重其事地说：鲍雨昂同志，作为一名义务兵，你非常优秀、

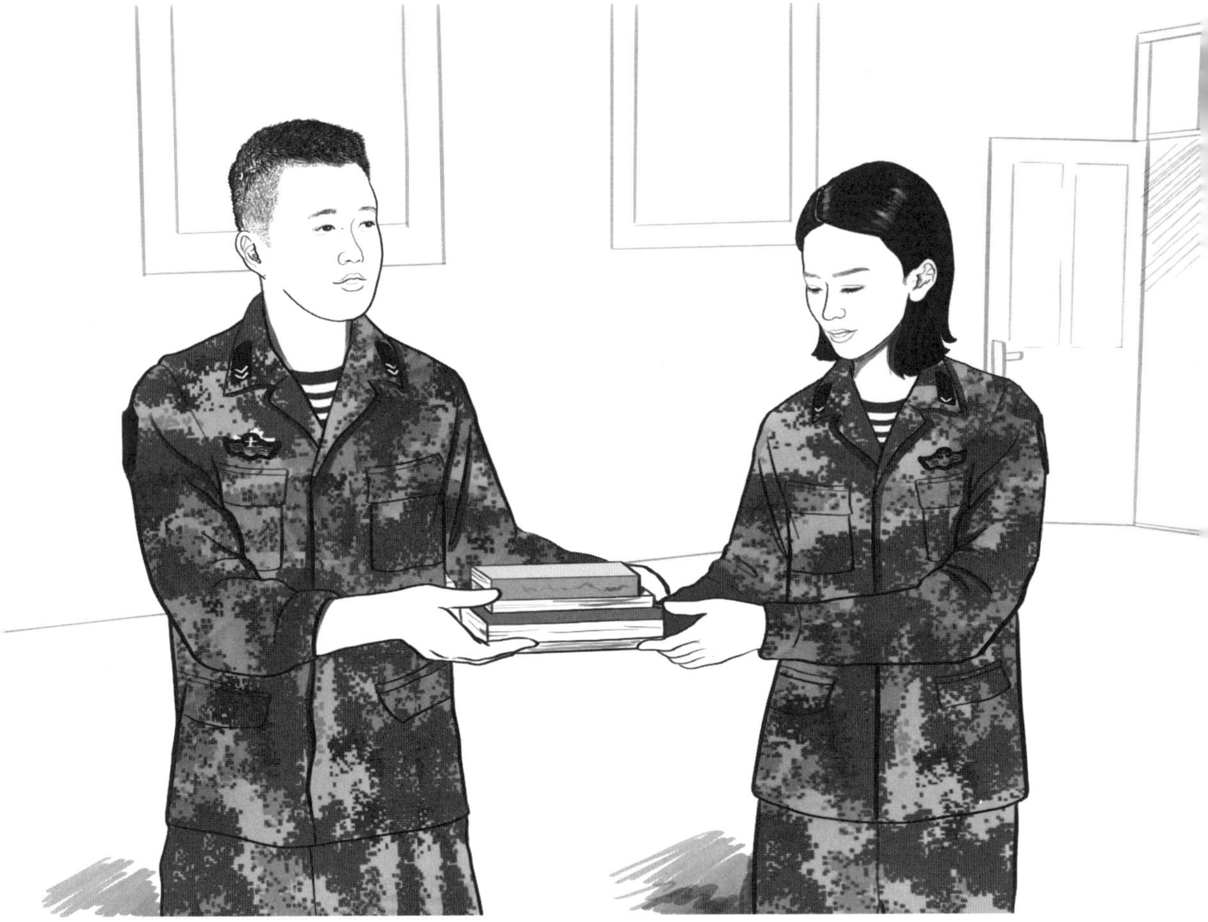

勤奋、努力，展现了新一代共和国水兵的风采，我想请你到我们新兵区队来给新兵讲讲话，谈谈你入伍后的体会，你的进步，你的成长，你遇到挫折困难后如何战胜自己的心路历程。

我再次脸红耳赤：班长同志，饶了我吧，我就做些分内的工作，与大家一样值更、干活，既没有立过功也没有得过奖，有什么资格大言不惭去跟新兵讲话呢？

班长真诚严肃地看着我：鲍雨昂同志，请不要拒绝，也请你酝酿一下讲话框架，我们一起集思广益，让社会青年顺利转型，让有志青年奋发图强，为我们的海军事业做贡献！

老妈啊，我何德何能呢，得到这么多的厚爱与器重？尽管我知道自己只是一个微不足道的义务兵，成绩平平，但是，因为这些信任和支持，我除了逼迫自己进步，更健康地成长，无以为报。

2019年6月25日

备考期间，即便工作，我也是满腹心事地惦记着学习：几天后要上考场了，一些薄弱环节还没有弄懂呢。忧心如焚啊，学习时间只能自己想法挤，利用一点点零碎的空隙。现在，考试终于结束了，恰逢舰艇在保养阶段，这几天，是我上舰一年以来最松弛的一段日子。老妈，知道我在干什么吗？说出来你要对我刮目相看，我网购了几本书，《百年孤独》《红与黑》《战争与和平》，怎么样，品位高吗？深刻吗？都是掷地有声的世界名著呀。

我们军考的内容，涉猎面广泛，包括政治、历史、军事、地理、文化、哲学、艺术等方面的知识。在备考期间，我发现了自己的弱项，就是知识储备量严重不足。有的东西，通过强记的方式花一点时间可以掌握，纯粹是为了应试；但有的东西，考的就是你的内涵，你对包罗万象的世界的了解。就比如，一个人不能一口气吃成一个胖子，一个人智慧的渊博、旁征博引的才能都是日积月累的成果。

我在这方面有短腿。

怎么办？——努力改变呗。

当初刚入伍时，一身的五花肉啊，体能统统不行，班长训，区队长吼，拖班组后腿，自己无地自容，怎么办？——苦练，才是唯一出路！等妈妈你第一次来看我的时候，我已经卸下了几十斤的赘肉。外表只是一个人状态的直观呈现，透过一个人的外表，看到的更是他的内心：只要我持之以恒，没有什么不可能。

对于学习，我对自己也有同样的要求。多读书，读好书，提高自己的文化修养，我希望自己看待世界的眼光更加深刻，表达出来的语言更加动听，我的灵魂能够得到净化和升华。

妈妈，之前你用最直白的口气对我说过：你要多读书啊，起码你在扯淡的时候都能扯得比别人好听。一片大海在面前，你可以来一句：东临碣石，以观沧海。水何澹澹，山岛竦峙。如果你只会说：啊呀我的妈呀，这海怎么那么大！多丢脸。失恋了，QQ签名如果将"你不爱我我好难受"换成"明月楼高休独倚，酒入愁肠，化作相思泪"，姑娘说不定就冲着这句回心转意了。在外工作，夜深人静叹息一句"谁不说俺家乡好"，如果脑海里还能浮现"风一更，雪一更，聒碎乡心梦不成，故园无此声"，你简直就能触摸到自己帅气的外表里面独特的灵魂。多带劲！

我希望今后的自己不管从事什么工作，不管度过怎么样的一种人生，即便不能经天纬地安社稷，文韬武略定乾坤，也要培养自己对于浩瀚知识驾轻就熟的翩翩风度。

许多事情，努力了不见得就有好的结果，但是，对于学习，我坚信，这是一个厚积薄发的过程。我不敢去评论这些经年传承的著作，只是用屏息凝神的姿态去静心阅读，用内心惊涛骇浪的虔诚来表达对作品与作者的敬意。

2019年7月9日

晚9点，儿子刚结束部门的专业知识考核，给我打电话，嗓音嘶哑：最近可忙了，午休时间都没有，前阵为考试缺的觉还没补上，这下又是干活又是考核又是准备演讲比赛，累坏了，扁桃体发炎，喉咙痛，咽口水都费劲。明天要参加演讲的首次筛选，为了防止失声，下午去医务室要了几片药吃了，但愿明天能够正常表现。

在八一建军节前夕，儿子单位将举办一场规模空前的演讲比赛，他作为舰政委钦点的士兵，被推上了台。前一阵，他写了篇题为"继往开来，父子俩梦想交叠，赓续奋战，两代人奉献海军"的演讲稿，他写得深情，字里行间透露出了隐而不发的悲伤，但那是一种令人充满敬意的悲伤，悲伤唤醒了他的人生，他勇敢地明白了生命的真相：人生，是一场开往终点的列车，路途会有很多站口，没有人会自始至终陪伴你走完，你会看到太多来来往往，上上下下的人。父母亲友，会陪你走过一段，当这个人要下车的时候，离别的滋味是那么凄凉，要说声再见需要多么坚强，可是，即使万般不舍，也必须挥泪道别，听着那个人对你说：我只能陪你到这里了，剩下的路，你要自己走，不要回头。

所有的成长，到最后，都是一场一个人的天涯孤旅。

这六分钟的演讲稿，浓缩了一段23年的父子情，一段刻骨铭心又充满爱与温暖的故事，一对年岁相差36年的战友，对万里海疆的捍卫与热爱，对国家和平的维护与珍惜，从不动摇！

儿子将手机放在免提上，说要隔空演讲一遍给我听，我说我看不到你呢，只能听声音，他说营地不可以开视频，到处都是军事秘密。但是，有信仰的明灯在前方导航，还有老母亲关注的目光，这些都会给我无穷的力量！放心吧，我一定会在初选中胜出，然后顺利进入决赛！

我当然放心，希望在今后面对更多的挑战时，你都可以勇敢地说：来吧，我不怕！我必胜！

2019年7月10日

一共有13个参赛者登台，评委由我们支队首长和有关部门的领导组成，下午3点半开始比赛，晚上结果出来了，我被告知成功入围，以第三名的成绩参加月底支队的演讲比赛。妈妈，这成绩虽然在意料之中，但听到消息的时候，还是有一丢丢小激动，等会儿你发个8块8的红包祝贺我一下吧嘿嘿。

参与竞争的有校官军衔的干部，有服役多年的士官，义务兵只有两个人，冠军就是另一个义务兵。他与我有很多相同之处，都是大学生士兵，都是学生党员，只是，我的经历比较单纯，他则度过了一个激情燃烧的大学生活。四年本科，每一年，他都会选一个地方游学，前三年分别去了革命圣地延安、大凉山深处、改革开放前沿城市深圳。大四那年，他在华为公司实习，华为给他开出了两万元的实习工资，但是，实习期满，他还是义无反顾地选择了从军报国。那天，参赛官兵在一起聊天，他谈起了他的故事，每一个细节都是一个大写的"牛"。他的演讲风格也符合他生猛火辣的气质，字字句句，都情绪饱满，特别有鼓动性，有血脉偾张的力量。如果给演讲分类，从形式上来看，有鼓动性演讲、叙事性演讲、娱乐性演讲等，那么，他就是属于第一种，注重于"演"，而我则属于第二种，更多的只是在"讲"。他用振臂高呼的呐喊表达情怀，我用静水深流的口吻娓娓道来。我成不了他，他也成不了我，每个人都有与生俱来的特质。在演讲的过程中，我注意到坐在第一排的支队首长始终凝视着我，频频点头，这给了我极大的鼓励，让我蓄起所有的深情去表达我的真诚。虽然只是第三名，但是，能够入围，将意味着我能去更大的舞台展现自己！我还会有表现得更加出色的机会！

我们搬进了修船大楼后，洗澡就成了问题，水压不够，三楼用不上热水，一楼就一个小洗澡间，供那么多人用，很难轮得上，我就用冷水冲一下，别看这青岛白天骄阳似火，一入夜，还挺凉，凉水浇身上，要哆嗦一下呢。可能冲了凉水澡的原因吧，今天感冒了，头痛、鼻塞、流涕，很难受。没开水喝，买了几瓶矿泉水，喝下去还没收到效果。每天爬上爬下刷油漆，到傍晚时，站着都要倒下去一般疲累虚弱。部分战友都休假了，宿舍里就我一个人住着，熄灯前交手机，在小床上躺下，不敢冲凉水澡了，我盯着黑暗中的天花板发呆，白天那里挂着一只蜘蛛，兀自在结它的网，现在它还在吗？一瞬间感觉孤单，妈妈，流露这些负面的情绪可耻吗？表达脆弱是不是很没有面子？解放军战士就应该时刻保持坚强勇敢吗？

唉，不管是文学作品，还是电影电视，诠释军人的角色时，往往都是这样的形象：咬牙承受一切痛苦，从来都没有挣扎和沮丧，永远斗志昂扬。而其实，作为一个正常的人，有糟糕的情绪，偶尔的怅惘，这才完整、真实呀。

曾经看到过一篇文章，一个男人去看心理医生，说他感觉人生无情、残酷、绝望，他非常孤独。

医生建议：伟大的小丑演员帕格里亚奇来了，你去看看他的表演吧，他一定会让你振作起来！

这个男人大哭：但是医生，我就是帕格里亚奇啊！

社会就是这样，衣着光鲜的成功人士说孤独，就是矫情。军人的职业属性赋予其保家卫国的神圣使命就不该有情绪上的软弱低落，否则就是没有担当，不够坚强。但是我想，心理上的挣扎，不会减损我的力量；孤独时的诉说，也不会腐蚀我的思想。我只是不想做一个面目模糊，永远微笑的人，我向母亲，向《胖子从军记》袒露自己的脆弱，就是等待着，一觉醒来，阳光照进缝隙，我的内心，依然光芒四射。

放心吧妈妈，明天，感冒说不定就会好很多，神清气爽，新世界会来，我庄严地挺着胸膛，拎着油漆桶，卖力地干活、跑步、训练。哈哈哈！

2019 年 7 月 11 日

1997 年，初次去青岛，儿子两岁，我们都是第一次见到大海。在海边石墩上拍照，儿子吓得缩着腿，照片上，他一脸惊恐。

后来党员活动也去过五四广场、甲午战争纪念馆，去重温过入党誓词。

去过就去过了，很少会再想起青岛。

直到儿子在那里，青岛，便成了心头的朱砂痣，白月光。

因为一个人，爱上一座城，就是这样吧。习惯性看看那里的气温，了解那里的房价。

不要拦我，这个夏天，我要休假！我要去青岛！

2019 年 7 月 18 日

妈妈，此刻我独自伫立，面前是一片大海，波澜不惊。远方是纷繁铺满视线的火烧云，头顶却有一轮皓月，这是属于我一个人的山河岁月。身处空旷，感觉微妙，我被一种巨大的激动包围，很多东西被过滤，剩下的只有辽阔的感谢。

"雨昂，昨天工作完后，已经 10 点多了，我来到你们住的大楼，你们都已经睡着了，地上整齐地放着你们的鞋子，门上写着一个个熟悉的名字。"

妈妈，这是已经调离舰艇半年的老政委给我发的短信！昨天晚上 7 点多发的，我才注意到。

我的老政委一直在惦记我！惦记着他带过的兵！在想念着与他一起共同战斗的弟兄们！

和老政委认识仅 6 个月的时间，他就去机关了，我们再没有见过面。按照常规的认知，这段上下级关系戛然而止了，在他调任新职的第二天，我给他写过一封信,不为攀附,只想倾诉。他给我发了寥寥数字的短信:雨昂,相信你是好样的!有什么事随时给我打电话!他站在我身后给我翻作训服领子。他让我站正了掏出手机给我拍照。他重重地拍拍我肩头,什么话都没有说。他在踏上送行的汽车时回首,对我使劲地挥手。

我们相处的所有情节不过如此,我只是想回忆,想记录下来,让他看到:在我一无所有无依无靠的时候,我知道,我的政委就站在我的身后。他用无声的语言告诉我:生活有瑕疵,人间有苦难,但没有人,会永远彷徨于黑暗,努力不懈,加油拼搏,就一定会看到光明,遇见更好的自己!

每一次,痛苦与孤独无处排解,回忆与心碎无情肆虐,我期待回家,拥抱妈妈。如果我的眼前曾经是一片黑暗,那么,政委就是黑暗中的那一颗星星,我跟跟跄跄地行走,我起起落落地挣扎,但是,因为这一点光芒,我竟然没有摔倒,我知道,我不该下落不明,我知道,我的政委希望我有一个值得喝彩的人生。

战友说,别看咱政委是个东北爷们,其实他特别温文尔雅。

在一次全体舰员的会议中,我见识到政委发火,那段时间大家频繁出海,可能太累了,一些军容风纪疏忽了,政委非常生气地批评这种散漫的工作作风。在每天晚上熄灯后例行的夜谈会上,同卧室的战友说,咱们政委是严厉地训斥,但同时又是柔软地要求,他知道我们累坏了,会议结束后还将我喊住,说我最近瘦了好多,可要注意身体。这样的领导,让我拿青春热血换家国和平,我一点都不会犹豫!

妈妈,政委一共给我发过 6 条短信,承载军人职业威严又浸透人性慈爱光辉的零星文字,我都保留着,不删,舍不得,路遥遥,无止境,它们将陪着我,一起走。

2019 年 7 月 23 日

妈妈,我们单位的一个士官,前一阵已经签了二期。签二期,是工作的需要,也是家长的要求,但是他本人,是不太愿意的。签约完后,他开始后悔,因为,这意味着,他将在大海上,继续漂泊三年。三年,他接触不到人间繁华,感受不到家庭温暖,枯燥、艰苦、寂寞,各种各样的约束,在三年的时光里,会一直伴随着他。他变得激烈、烦躁、极端,他给父母打电话,声称:你们非要我留这儿,

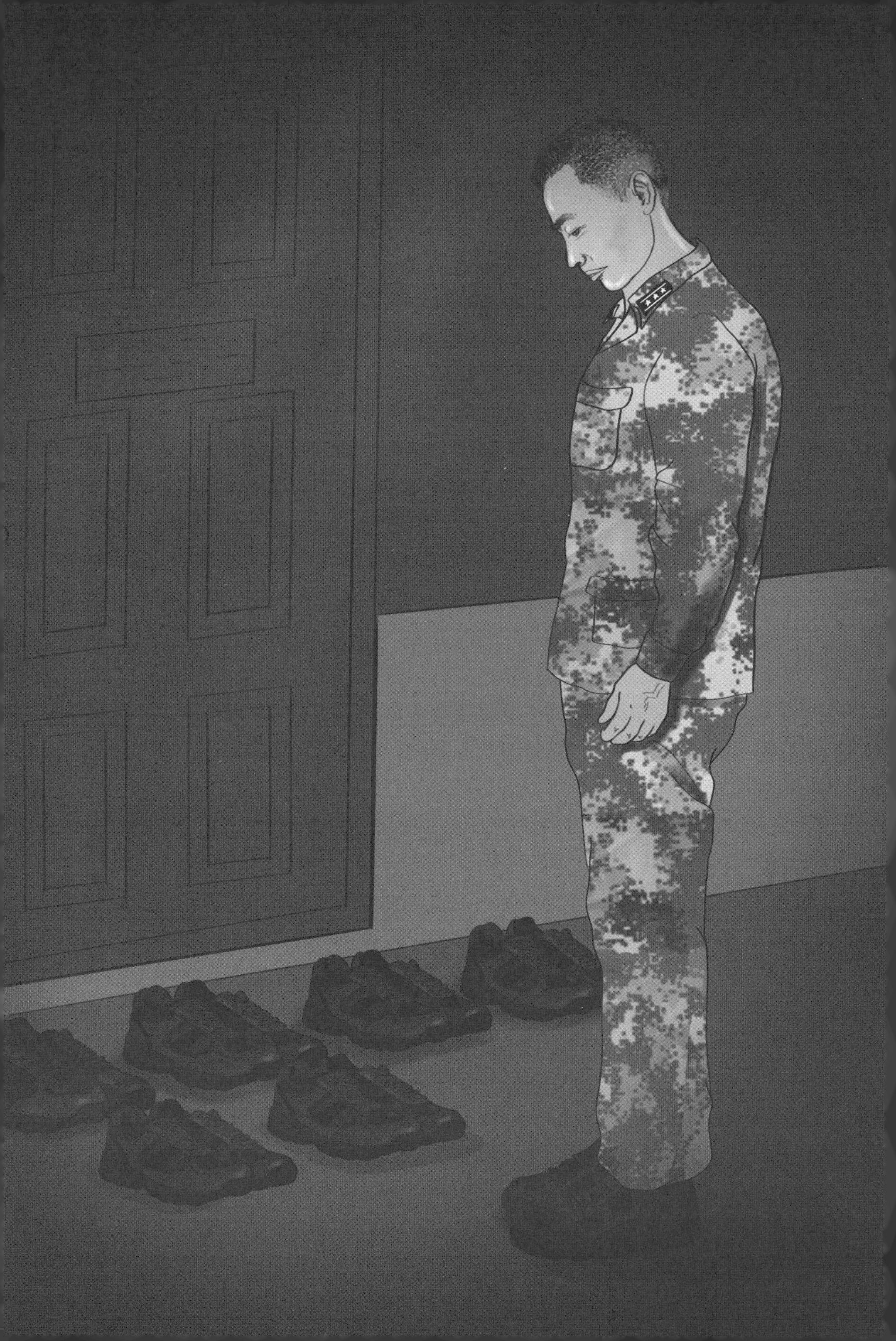

那就等着接到部队通报吧，你的孩子某某某因为意外不幸身亡！

我和这个战友认识，但不是一个部门的，平时交集不多，但是，当我听到这个消息的时候，我觉得，我有必要找他，和他聊聊天，我要唤回他，我要"骂"醒他！

干部找士气低落的士兵谈心，了解士兵的心理状况，疏导他们的郁结，帮助他们重拾信心，军队干部与战士进行这样的沟通交流，是做思想工作的重要法宝，但是，由于身份、等级不一样，从喊"报告""进来"开始，一道无形的墙就在心里悄然耸立，战士有时候也不一定会打开心扉，直抒胸襟。我是一个义务兵，与士官相比，他们是我老兄，是我领导，我来找他，他一定不会排斥我！

信任是交流的基础，找到这位战友后，我先把自己入伍后接近两年的经历向他做了汇报。新兵连94天，身上掉下50斤肉，现在说起来，这是一个励志的笑谈，但身处当下，哪一斤肉，不是自己拼死拼活挣扎的证明？现在偶尔翻到那时候画的手制日历，仍心有余悸，但战栗之后，是由衷的骄傲：我挺了过来！我打败了肥胖、懒惰的自己！我为自己赢得了强健的体魄和战无不胜的毅力！

我跟他聊到"死亡"，这是一个随便何时谈到都有难以言说的沉重的话题。或许有一些人会指责我，爸爸出事后，我并没有呼天抢地，我只是逼迫自己接受这个噩耗，整理好情绪，控制好表情。我曾经说过：母亲，决定一个家庭的品质，父亲，指引一个家庭的方向。一个引领我前进的人，最爱我的人丢下了我，留我独自在原地呆立，我的迷茫、苦楚、悲恸，无人能及。但是，沉溺于痛苦中一蹶不振，除了毁了我自己，还有什么好处呢？我的父亲出身贫寒，他用无数年的努力打拼，为我创造了优质的成长环境，我有责任，将他苦心经营的家庭支撑起来，我不能因为他的离去，而让这个家庭改变它的航向与底色！

我们的军旅生活，的确异常枯燥乏味，异常艰苦，长时间地在大洋上漂，没着没落的，心理的沮丧和低落很正常。但是，这是一个军人的使命，这个使命，不只有令人血脉偾张的责任，"让军人成为全社会最受尊崇的职业""从军磨砺报国志，起航扬帆新征程"，这些铿锵的荣誉，更多包含的是坚强的隐忍，伟大的牺牲和付出。我在大海上漂荡的时候，孤独、疲惫的感觉袭上心头的时候，我就偷偷地溜到甲板上，抬头看一看天空，我想，我所承受的苦难，天空都知道。

回到战位，我捏紧拳头，继续战斗，浩森无垠的天空赐予了我坚持不懈的力量。

"作为我们军人，如果说到'死'，除了不幸病死，要死，就该战死在疆场！""君不见征西徐尚书，为国捐躯矢石间""常思奋不顾身，而殉国家之急"，古人舍身取义的豪迈悲壮，振聋发聩。如今，你用死来威胁给予你生命，对你寄予厚望的父母，你是个懦弱的不孝子！如果，你真的用这种方式结束你20多岁的生命，那么，你的死毫无意义！且，你与临阵脱逃的叛徒无异，你将是我们军人中最令人唾弃的耻辱！

我喝斥完，紧张的气氛亦松弛了下来，战友垂下头叹了口气，我适时保持沉默，等着他表态。他说：兄弟，别骂了，我比你痴长两岁，白活了。有时候看到同龄人享受灯红酒绿，自己在这受苦受累，一签又是三年，所以就动摇了。谁想死啊，活着多好，再说死都不怕，还怕活着的那点苦？

我对着他胸口捶了一拳：答应我，别做孬种！咱爸爸妈妈在故乡为我们守着家，门上钉着人民政府发的"光荣之家"的牌匾，提到咱们的时候，满是骄傲，咱咋好意思说我累了我不想干了甚至说我想自杀？！咱们来个3000米跑，跑到终点大吼一声，去你的苦不苦，老子就要好好活！

12分钟一口气冲完，我们大汗淋漓地倒在操场上，蓝丝绒般的天幕上，星星以微弱的光芒照亮暗夜。战友喘着粗气：兄弟，你是上帝派来拯救我的灵魂导师吗？你这哥们，我一辈子认了！

不，与其认为我好为人师，多管闲事，倒不如说我只是愿意去尽己所能地拯救那个曾经的自己，那个羸弱的自己，下坠的自己，迷茫的自己，常常缺乏勇气的自己。我一直在不断地与这样的自己斗争，我希望自己不管顺境逆境都能够被善待，被关注。我看到了别人的无力与痛处，我就想用有限的体会告诉他们：内心的伤痕是艺术，坚韧的背后都是苦难，活着，就是一种神圣，只要活着，就有辽阔的希望。仅此而已。

2019年7月28日

妈妈，今天挺有成就感的，一个学弟在我的影响下，决定当兵，昨天参加了体检，身体合格，刚才他给我打电话了，说明天开始准备模拟军训，营造部队的训练氛围，去了之后，就能够很快适应了。

这个学弟在大学时比我低两届，我上大三，他刚入学。每年9月份有新生报到，我就会在新生报名点转悠，看看有没有老乡考入这个学校。新生初来乍到，来到远离家乡的省份,举目无亲,如果能够遇着一个老乡,陪着他度过最初的孤独无措,一定会感觉亲切又温暖。

我就是在新生报名处做接待志愿者的时候认识他的。他爸帮他拎着行李,父子俩说着常州方言,再一细问,哈哈,我们家与他们家就相隔两个红绿灯,只是在老家的时候相互不认识。

自此,这个小学弟就成为我在大学最后两年的影子,除了上课,其他时间他都和我在一起,我们一起吃饭、一起上街、一起打球、一起看电影。他喜欢一个女孩子,可追求了半年也没有进展,死心了,很受打击,跟我说:哥,作为一个失恋的人,命运已经够背的了,你再也不能抛弃我,必须天天陪着我,给我信心让我走出黑暗。

那段时间我和另外一个班级的女生也有些眉来眼去,女生约我参加她们舍友的小聚会啊,故意让我去小店带杯奶茶啊什么的,这些都是示好的信号,如果我迎合上去,一场恋爱在所难免。但我的课余时间都给学弟占据了,他唱歌给我听:爱情来得太快就像龙卷风,不能承受我已无处可躲,不知不觉,我跟了这节奏,它来得快去得也快,就像龙卷风。哥,没意思,你就陪我,咱哥俩一起共度这苦涩的青春。硬是给他搅和黄了。哈哈。

那女孩后来每次见我,都示威似的挎着一个男孩的手臂,我必须要做出错失绝代佳人的痛悔表情才能配合她的骄傲,真是累。哈哈。

学弟出生于干部家庭,自小养尊处优,通身非名牌不穿。在学校里的时候,我就说他:你这样不行的,靠天靠地靠父母,都不是长久之计,最后都得靠自己。

妈妈,大学入学时,你对我说过:我可以给你一个月5000元甚至10000元的生活费,这笔钱会让你过得很滋润,但是,它最终也会毁了你。因为,由奢入俭难,你怎么确定自己今后就能够有这么多的收入保证自己的开销?保证不了的情况下,你是啃老,还是去偷去抢去骗?我不相信"能够花钱就能够赚钱"的说法,赚钱如从善,从善如登,花钱如从恶,从恶如崩。生活费让你别挨饿就行,想过好日子、渴望优质的生活,就自己挣去。

我将这些话说给学弟听,现在的锦衣玉食,都是父母赐予的,今后的路,还要自己走,磨炼自己吃苦耐劳的秉性,或许有一天,会帮助我们在遇到困难的时候能够坚强克服。而一个纨绔子弟,终将一事无成。

后来我入伍后,与学弟也偶有交流,跟他讲部队的事情,讲我的班长和战友,讲我们艰苦也火热的军营生活,讲向海图强实现时代夙愿,讲我已经不是胖子啦,讲我取得的进步和我的梦想。这些，天长日久，在他的心中，也播下了从军报国的种子。

不是说只有部队才能锻炼人、塑造人，才能走向成功。我只是觉得，让一个年轻人明是非，传善念，树正气，立三观，唯有人民军队。的确，每个人对"成功"的认识差别很大，包括我自己，对于"成功"的概念还处于茫然阶段。到底什么是"成功"，对于一个年轻人来说，需要他自己去定义。有人觉得大学毕业后，能够考入公务员队伍，有个铁饭碗，能够进世界五百强企业，年薪丰厚，就是成功。有人觉得成功就是做一个普通的上班族，买套房子，找个漂亮的媳妇，生一对儿女，存一点小钱旅旅游。

人生那么短暂，我希望自己和我的学弟，能够去一个闪耀铁血荣光的地方，在那个地方，用血肉之躯创造奇迹，学会绝对地忠诚和服从，培养自己钢铁般的意志。

毫无疑问，这将让我们终身受益。

人生数万天，要活出自己认为的值得。磨砺青春，阳刚自信，坚韧不拔，保家卫国，愿拿满腔热血换取家国和平。这就是我认为的值得与成功。

愿我的学弟，能够顺利走进军营，我期待看到那个梳小辫的非主流少年，成长为一个顶天立地的威猛汉子！

2019 年 8 月 1 日

去年 7 月底，我先生信誓旦旦要在 8 月 1 日，这个儿子第一个以军人身份过的属于自己的节日那天，给儿子写封信。

他铺开几张信笺，开始酝酿。称呼到底是写"雨昂"还是"儿子"，就让他费思量，写了又涂，涂了又写。我嘲笑他闹出洋相，憋不出一句话就别赶鸭子上架，儿子本来对你还有点盲目崇拜，因为你是 20 世纪 80 年代初的大学生，但一封信如果写得错字连篇，用词不当，语法混乱，反而让他摸透你底细，你这张老脸还往哪里搁？

他反唇相讥：你喜欢拿腔作调，运用比喻句、排比句，整那么华丽有什么用？家书只要表达真情实感，再说儿子也不会怪我写得不好。

到了 8 月 1 日，他的家书还没出炉，他说工作太忙，没有整块的时间来构思，不过大的框架已经基本形成，我继续讽刺：还构思？还框架？慢慢写，我和儿子等着看你的旷世奇书呢。

他的包里，塞着一沓纸，每天带进带出，我说别为难了，给我看看，我指导你一下。他不肯：你写的东西矫揉造作，无病呻吟，不要乱指挥，影响我的创造力。

结果他写了十来天，终于在8月5日那一天，完成了一生中给儿子写的第一封信。

1000多个字，我找出七八个错别字，"诠释"的"诠"不会写，用圈代替，等着我填充。我写给他看后，他说：这么简单！天天看到，怎么会提笔忘字呢！"卧薪尝胆"的"薪"写成"新"，我解释了一下"薪"的含义，他不耐烦地训我：写对字又怎么样？真正经历过卧薪尝胆之苦的人才牛！你就只能纸上谈兵！

见我拿着笔在一字一句地看，他不放心地交代：你别瞎忙，别随意篡改我的意思，否则我剥夺你再看下去的权利！

水平臭还不谦虚，我一气之下差点不想指导他，让他在儿子面前原形毕露，出丑，但在信的最后，读到了他嘴犟背后的忐忑：写得没有你妈妈好，不要见笑。

信中，类似"儿子，你一定比我有出息"，出现了五六处。我质疑这是不是重复太多了？他说：每一处，我都有我的意图。我是海军，但只是后勤保障，没有上过舰艇，儿子登上的是目前国内最先进的导弹驱逐舰。我的战场是一片水泥跑道，而儿子的战场是整个星辰大海，他比我有出息！我当年的新兵训练，3000米跑都没测试过，儿子现在是按照新的训练大纲严格要求自己，他的体能比我强，当然比我有出息！我考入军校才入党，儿子是大学生党员，入党年龄比我早，怎么不比我有出息？我是农民的儿子，从小生活艰苦，儿子成长环境优越，但他比我更能吃苦，他一定比我有出息！你不要动，每一句都不能删！

我将草稿打出来后，发给雨昂。第二天，他爸一早起床就说：我睡觉时想到一句经典之语：曾经的时间塑造了我们现在的样子，现在的时间正在创造你未来的样子！你看看塞哪一段里比较合适？

他希望这句有深度、上档次的话能够为他的处女作增光添彩。

我说：这句话对鼓励雨昂很贴切，唯有珍惜当下的时光与机会，方能成就自己的梦想。但这信昨晚已经发给他了，别再画蛇添足，今后你再写信的时候用上吧。

这封信，在《胖子从军记》第92页至94页。

仍是引用我先生在信中的几句话：海军是目前需要扩大的军种，更需要大量的有灵魂有本事有血性有品德的人才，望你继续发扬新兵连期间不畏艰苦的奋斗精神，锻造自己，淬炼自己，不负青春，不负众望！以此来献给儿子以军人身份过的第二个八一建军节！

儿子，此生，你爸不会再给你写信，我们已经站在一个时光的渡口与他永久地告别了，但是，他给你写下一字一句，因为你的受苦受累他黯然自责，为了见你他开了16个小时的车子困得使劲拧自己的腿，与朋友聊到你的时候习惯性沉默的他掩饰不住地骄傲……这些，都是你心里的光，你心里有光，你的世界就会光明，没有黑暗。

你必将从这些絮语与琐碎间体会到你爸博大的爱给你的灵魂带来的冲击，以及坚强。

生命往来，岁月繁杂，你们是父子，亦是战友。他对你的爱，没有尽头，洪荒永远。当一切感情归于无声，我相信，他希望你在他的衰朽中得以茁壮，山高水长，你始终是他最值得骄傲的少年！

我代你爸对你说一句：跨越时空，父子俩服役海军，赓续前行，两代人梦想交叠！上等兵，八一快乐！天天进步！

2019年8月3日

自今年起，只要儿子不出海执行任务，他都会在晚上8点半左右给我打电话，我们各自把一天经历的主要事情说给对方听。

本来上午我是去朋友那里探讨怎么做紫薯饼的，提到儿子，完全不记得自己去干什么的了，话题转移为：你说我怎么生出这么一个正能量的儿子？世界上还有比我儿子更真善美的年轻人吗？

朋友脑袋摇得像拨浪鼓，配合着我的情绪坚定地回答：没有，真没有！你对儿子的爱是否已经升华为对他个性和魅力的崇拜？

怎么不是呢？我儿子思想时而单纯时而成熟，他待人诚恳，心地通透，憨厚用在他身上不确切，憨是指愣头青，他不憨，可机灵了。他眼里有人，手里有事，他行走于细腻粗犷之间，理性与感性相映成趣，他积极向上又不标新立异，他淡定从容，心理素质强，他遇事冷静，考虑问题面面俱到。我爱他，爱他不卑不亢不慌不忙，爱他不肯在命运中随波逐流的坚韧顽强，爱他对每一个生命的怜惜和对世界的通透的认识，爱他因自我蜕变得到的真正洗礼……

朋友厌恶地要赶我走。

我说我还没有说完呢，赖着不肯走。

女人在面对自己孩子的时候，那种幸福感是铺天盖地的，是波涛汹涌的，是气吞山河的，世间所有的快乐在这种爱面前都轻如鸿毛，相形见绌。我跟人谈正经事三言两语就说完，但谈起孩子来我能够连说五个小时不喝水。

看到贾平凹写的一段文字：

> 为什么活着，怎样去活，大多数人并不知道，也不去理会，但日子就是这样有秩或无秩地过着，如草一样，逢春生绿，冬来变黄。

人生是在不可知中完满其生存的意义的，人毕竟永远需要家庭，在有为中感到无为，在无为中去求得有为。

为适应而未能适应，于不适应中寻觅适应吧，在有限的生命中得到存在的完满，这就是活着的根本。

咱能改变的去改变，不能改变的去适应，不能适应的去宽容，不能宽容的就放弃。

何必计较呢，遇人轻我，必定是我没有可重之处吗，当然我不可能一辈子只拾破烂，可世上有多少人能慧眼识珠呢？

人过的日子必是一日遇佛，一日遇魔，心上有个人，才能活下去。

"心上有个人，才能活下去"。对于很多女人而言，这心上的一个人，应该就是自己的孩子吧。

曾经在网上爆红的一首小诗，由一个 8 岁的孩子所写：

> 你问我出生前在做什么
> 我答我在天上挑妈妈
> 看见你了
> 觉得你特别好
> 想做你的儿子
> 又觉得自己可能没那个运气

没想到
第二天一早
我已经在你肚子里

柔软如棉花糖的文字，读来令人心都融化了，只想轻吻我们的孩子，希望世界给他们多一点平安喜乐，还有好运。

2019年8月6日

在宁波大学读完大二后参军的徐州籍小伙子马俊宇，是儿子在新兵连期间最好的哥们，今天，他收到了海军工程大学的录取通知书。祝福俊宇，在接下来四年的学习中，愿矢志海防、戍卫海疆的信念在心头越来越坚定清晰！

下午，一个模样清秀的年轻人来我们这里办事，他父亲说孩子在一所五年制大专院校读书，专业是幼儿师范，但孩子志不在此，一心想当兵。同事吓唬他：当兵很苦的，你能行吗？这个读初中一年级就失去妈妈的孩子回答：能吃苦。看他单薄瘦长，我问他：你能跑步吗？3000米跑有问题吗？他说：我参加过各类田径比赛，1000米跑差零点几秒就是国家三级运动员的速度。我能行！到了部队，班长训斥你，能承受吗？这个孩子低头想了一下，轻声说：可以。我肯定有问题，才受批评，才受罚，继续好好练，练到他们找不到惩罚我的理由。

没有妈妈，才19岁，脸颊上有一层细细的绒毛，乳臭未干的一个小孩子啊，他这么说，我母性的恻隐之心涌起：如果去了部队，不管遇到什么困难，都要咬牙坚持。部队的这些苦能够承受下来，自身的抗挫能力就会大大提高，保卫了祖国，又强大了自己，去锻炼一下再回来，多好啊。

他说：不，如果去了部队，我就不想回来，我想留在部队当士官。

喔，那你想去什么部队呢？

随便，最好是最艰苦的地方。我听他们说陆军和海军陆战队最苦，我想去那里，但是，不知道我们这里有没有这样的军种，再说，还不知道能不能选上我呢。

之前老听人说，苏南因为经济发达，征兵工作有难度，父母舍不得孩子去部队，地方工作收入可观。基层人武部每到征兵季就犯愁，想去的人身体不合格，符合条件的积极性不高，再加上家长拖后腿，孩子怕苦畏难，人武干部还要一个个上门做工作，大道理小道理讲到唇焦口燥。现在这现象发生了变化，当然与地方良好的优抚政策有关系，"让军人成为全社会最受尊崇的职业"，总书记的讲话鼓舞人心啊，整个社会渐渐形成了崇军尚武的风气，"我是军属，我的孩子在保家卫国"，说这句话的时候，谁的心头不是满满的自豪？

我鼓励这个害羞的孩子：你可以去找人武部的领导，倾诉你立志从军报国的心愿，他们都是很好的人，都曾经是军营的带兵干部，一定喜欢真正有理想有抱负愿意扎根部队的年轻人！

孩子腼腆地说：他们是当官的，我有点怕他们。

马上要成为军人，敌人都不怕，还能怕领导？

这个孩子挺了挺胸：我就说青春很美，奉献很美，领导，我想投身强军伟业，肩负责任担当，诠释家国情怀，请助我一臂之力！

下午我与同事给嘈杂烦乱的工作搞得差点心肌梗塞的时候，这个可爱的年轻人的到来，让我们焕发生机，一个个变身业余人武干部，热忱得不行，如果我们能拍板，这孩子今天晚上就已经被我们敲锣打鼓送去海军陆战队了。

年轻人有理想，肯吃苦，这个时代就有希望。

2019 年 8 月 14 日

今天来办事的一个人，1978 年入伍，参加过对越自卫反击战，1981 年大裁军时退役。军功章左一层右一层包在布袋里，骄傲地向我展示放大的黑白照片，让我猜哪个人是他。口头禅是"我们当兵的"，仿佛自己仍是战火纷飞的峥嵘岁月中，那个一怕不苦二怕不死的英武战士。

我一眼就看出后排右边第一个半蹲着腿的是他，他哈哈大笑，夸我明察秋毫，眼力不凡。笑声中尽是"我依然是当年的战斗英雄"的自豪。

他向我介绍他们班，共 24 人，牺牲 5 个，8 人负伤，余下 11 个人在当时的越南友谊大桥旁边合影留念。前排右二干到正团职转业，后排左三后来成为他们部队的营职股长，其他人都裁军裁回去了，大多都是农民，分散在天涯海角。从硝烟滚滚的战场中幸存，不怕刀不怕枪不怕炮不怕敌人，却在生活面前屡屡受挫。

他吃低保，早年离异，女儿残疾，今年，他又来做廉租房租金补贴年审。

拿血肉之躯去捍卫国家尊严国土完整的人，无论在任何时代，都该得到敬重与善待。他说，不去争什么，比起十几岁二十几岁就牺牲的战友，咱能活着下战场，就是天大的幸运。

不禁又想起儿子出海时遇到他国军舰挑衅的事，我问儿子：你怕吗？万一打仗呢。儿子说：我们想不到怕，战斗警报一旦拉响，大海就是我们的疆场，我们就是斗士，就要蓄起所有的力量来打败他！消灭他！我们就要用青春热血换取家国和平！怕？请问怕是什么？军人的人生词典上该有"怕"这个字吗？！

还有个把月，秋季征兵工作就接近尾声了，经过严格筛选最终合格的孩子将换上军装，背上行囊，踏上列车，艰苦又火热的军旅生活自此拉开帷幕。感激用心良苦的父母吧，他们忍住怜子之痛将你送进军营，你们在训练场上流下多少苦不堪言的汗水，他们就在家淌下多少肝肠寸断的泪水。感激自己吧，你们在青春正好的年龄，选择了一条披荆斩棘的道路，阳光坚强地走过来，那么，你们待人接物将会更有条有理，两年后，一种少年该有的沉静和青年该有的力量将会交织出现在你身上。你将脱胎换骨，你将会有一颗充盈而光明的心，足以照亮未来的路。

致敬老兵，致敬所有的现役军人，致敬每一位立志从军报国的热血青年！

2019年8月21日

邻居是1980年入伍的老兵，他跟我感慨：当年不知道从哪里搞到一本书，路遥的小说《人生》，我就像那个男主人公高加林啊，不甘心像父辈一样面朝黄土背朝天，不想再"修地球"，幻想跳出农门。兵干部来了解情况，问我想去哪里当兵，我想离开农村的渴望太强烈了，我说新疆西藏都去，哪个地方都去。后来到了河北当陆军，冷，站岗时冻得满手都是冻疮，咬牙忍住。我们三天两头搞两分半钟紧急集合，而且不许开灯，睡觉时不敢瞎翻身，棉衣盖住上身，保证集合哨吹响的一瞬间套上它，挎包水壶都得在手边，稍耽搁几秒钟就来不及。有次将棉裤穿反了，心想紧急集合也就是到门口走个队列，又得叠被子、打背包，来不及换过来，裤子就这么反着穿了，哪知道点名完毕，班长命令直接五公里跑，前后反穿的棉裤包着屁股，迈不开腿，但有什么办法呢。现在想来各种受罪，但熬过来，当了志愿兵，每个月领工资，家里建房子，我气吞山河地汇了200元，说：买最粗的木头做椽子吧，我有钱！介绍给我的女孩，看照片就觉得秀气，小巧玲珑多了，再不是之前五大三粗的类型。转业后的工作也挺顺利，当过农民，当过军人，这两种职业培养了我吃苦耐劳的精神，干啥都不觉得累。早上喝杯牛奶，烤面包里面夹个鸡蛋，拎着包开着汽车上班，恍惚间真觉得步上了人生巅峰。

我们国家也许还有缺点，还有欠公平之处，但是，它的总体走向是越来越正义，越来越健康光明。我们这一代，有的人身上还有劣根性，比如，人多会偷偷插队，公众场合缺乏自律，大声喧哗，抽烟，但到下一代，他们已经将这些视为不文明，唾弃这种行为。优质的生活或许让他们少了些吃苦精神，但作为现代人的社会公德意识很强烈，他们对培养孩子的全面发展更重视。这就是社会的进步，公民素质的提高，时代的发展。

如果每个人都知恩惜福，焦虑感就会消解很多。

三人行，必有我师。记得有一个草根明星说过：当我不知道自己是谁，当我膨胀的时候，就回老家看看，那些长得跟我爹一样苍老的人就是我同学，看一下我读小学的破校舍，啥都整明白了。

特别喜欢听在一家企业看门的舅舅兴奋地告诉我：70块钱一天！不要干活，就按个遥控器，开门，关门，帮他们发发快递，喂个狗，70块一天啊！这么多怎么花得了！

给餐桌换了块桌布，早餐还有越南芒，生活赋予的伤痕苦涩终究会走向淡化，又是新的一天，越来越接近理想的一天。莫焦虑，要平静。

2019年8月28日

得知宁夏银川市几个区的人武部将《胖子从军记》作为新兵入伍前的教辅材料，甚是激动。六年前我曾经去过那里，侠女千里走单骑，一个人坐绿皮的普快卧铺，停靠过无数陌生的站台，见到过各式各样陌生的面孔。在那里，我第一次见到沙漠，人从沙漠中走来，就有一种荡气回肠的奔赴感。第一次感受到了"大漠孤烟直，长河落日圆"的壮阔浩渺。第一次见到骆驼，那绝尘而去的驼铃声声，在沙漠深处最终不见的时候，内心荒凉又充满孤勇。

银川人将"手抓羊肉"简称为"手抓",这一直令我莫名其妙,"手抓"是定义吃羊肉的方式,怎么变成菜名了?那手抓饼呢,手抓猪蹄呢?统统叫"手抓"还怎么区别真实的材料?后来觉得自己委实太较真,听得懂就行,入乡随俗吧。你再纠正人家,人家还是说"手抓"而不叫"手抓羊肉"。

银川人说话我百分之八九十听不懂,打车、购物、问路,一大半的交流靠比划带瞎蒙,这让我痛苦。真佩服那些语言不通的涉外婚姻,怎么能够维持的呢?换作我,早就要急得跳脚啊。

看书就免了说话,文字是抵达心灵的促膝谈心。

6年前去银川,今年入伍的孩子,应该刚上初中。说不定我在异乡街头晃悠的时候,遇见过他。只是,我当初不知道会有《胖子从军记》,他也不一定知道今天就去当兵。人生有无数的偶然。

当兵是真的苦,我孩子说,在新兵连练爬行,裤子被磨破了,膝盖的皮掉了一块,肿成一个小馒头,第二天继续爬,肿胀的地方扯下一块肉,手肘也擦伤严重,血浸红了作训服,一边爬,一边用绝望的眼睛丈量着远方。伤口进去了好多沙土,用冷水冲不掉,去卫生室用碘伏涂上,一点点给抠出来,卫生员抠一下,儿子就发出一声惨叫。抠完后,包扎好,一瘸一拐继续爬!

儿子说:没有退路,不管不顾向前冲,新兵连就是磨炼自己的血性与意志,就是一段血与泪融合的青春,就是让人迅速成长的经历!就是一笔巨大的财富!

是啊,财富,我所认识的每个军人,都由衷地说:没有参军,就没有今天的我,军队培养了我!

即便军队没有给他们职务,但赋予了他们坚韧不拔的意志,在任何苦难的挣扎中最后都能够拥有打一个翻身仗的能力,这就是谁也夺不走的财富!

在我们的家乡,许多今年入伍的孩子手头都有本《胖子从军记》,它不是树立榜样,而是记录成长。当你们觉得苦的时候,当你们熬不下去的时候,要知道,千千万万个新兵都这样,痛苦是走向成熟的最好课程,披荆斩棘,不管你笑着,哭着,叫着,吼着,你都要向前冲,冲到后来,你会发现,一个越来越好的自己,已经成形,矗立。

愿遥远的西北,愿我们家乡的新兵孩子,都能够在军旅生涯中遇见更好的自己!

2019年9月3日

妈妈，今天开课了。我们学油料专业的一共就4人，享受的是硕士研究生的小班制待遇呢。两个老师给我们上课，一个大校与爸爸一样，是1981年入伍的老兵，57岁。另外一个上校女教师，说话细声细气的，可温柔了，40出头的样子。他们都是教学领域这个专业的佼佼者，桃李满天下。虽然教室里显得空荡荡的，但是，规矩、程序一点儿不怠慢。队长任命我做课代表，由我在上课前负责喊：报告教员，油料专业学员集合完毕，应到4人，实到4人，请指示！教员说：按原计划进行！然后，我们再坐下，正式开始上课。

怎么会觉得好笑呢？部队讲究的就是团结和严肃，面对庄严的仪式感，作为军人，我们是笑不出来的。之前在舰艇上站武装更，三小时到了，接替我值更的战友来了，哪怕我们是最熟悉的哥们，最亲的兄弟，业余时间大家嘻嘻哈哈，但在交接换哨的时候，他依然会踢着正步走到哨位前，对我说：哨兵同志，下面由我接哨，请介绍执勤情况！

我会说：一切正常！是否明确？

战友回答：明确！

我再说：换哨！

然后我们互相敬礼，我卸下腰带和弹袋，他戴上，我再将枪平举，他再敬礼，接枪。他踢正步走向哨位，开始他的值更，我则踢正步离开哨位。交接过程即便在半夜三更，周围没有其他人，我们也有条不紊地执行着。

一部法国小说《小王子》里有这么一段对白：

狐狸说：你每天最好相同时间来。

小王子问：为什么？

狐狸说：比如，你下午4点来，那么从3点起，我就开始感到幸福。时间越临近，我就越感到幸福，我就发现了幸福的价值，所以，一定要有仪式感。

小王子问：什么是仪式感？

狐狸说：它就是使某一天与其他日子不同，使某一时刻与其他时刻不同。

我们军人的仪式感，就是强化军人身份的过程，重新认识自我的过程，有效激发官兵内在认同感的过程，更加明白肩上责任和使命的过程。这跟形式主义无关，跟矫情无关，它只和热爱有关，和职业荣誉感有关！

2019年9月4日

我们学兵队已经成立了党支部，今天，我被指定任命为党小组长，虽然只有两个党员，但还是挺激动的，这是我在党内担任的第一个职务呢。

党支部书记兼任学兵队长，他找我谈话：我们这个新支部刚刚建立，党员之间不是很熟悉，只能根据入党时间来指定支部委员和党小组长。我观察了你三四天，觉得你成熟稳重，能够胜任这份工作。党小组长的职务要求你熟悉党的基本知识，有较强的党性修养，善于联系群众，还必须成为业务骨干。现在你们的就职前培训，是士兵到干部的转型，需要刻苦学习，掌握专业知识，也需要培养自己运筹帷幄、掌控全局的工作能力。相信你能够干好！

队长的话既是肯定鼓励，也是期望鞭策。提干成功不是个一劳永逸的事情，如果体能与学习不行，就属于不合格学员，到时候就麻烦了，义务兵早就服役期满，士官又没有签，原单位也不会接受一个培训不合格的干部，处境会特别尴尬。收到录取通知书的那一刻，我长长地舒了一口气：皇天不负有心人啊，一轮一轮艰苦的搏杀终于尘埃落定。它是一段少年奋斗时光的终点，但更是未来主战场的开端，我必挂云帆，踏万古江河，济沧海，铸不朽人生！

之前我们就知道，大学生提干是个小概率的事件，竞争太激烈，优秀的人太多，个个都非等闲之辈，要想在这样的厮杀中胜出，绝非易事。到了学校，与伙伴们在一起，相互介绍后，目瞪口呆于他们辉煌的过去。有毕业于211、985的，有学金融的高材生，放弃了保送读研的机会来参军，就是想看看自己能考上地方名牌大学，部队院校能不能也录取自己，成绩优秀到可以这么任性！有几个战友和我一样，在大学里就入了党。大学生党员可真是不容易，要思想品德高尚，学习成绩出色，群众基础好，即便自己已经做到了这些，可是僧多粥少，名额有限，不出挑根本轮不到你。更令人啧啧称奇的是有两个义务兵战友，他们在入伍第二年就是预备党员了。当过兵的人都知道，这太难太难了。

如果说，我在两年的义务兵阶段有一些诸如党员身份和本科学历的优势，到了学校，这些优势已经不存在了。汪洋大海，我只是大海中的一滴水，风吹过八千里，我是风中的一颗微尘。

与强者为伍，与能者同行，与勤者共勉，妈妈，相信平凡的儿子必定也会有所作为！我和我的战友都很年轻，二十四五岁，心地干净，单纯热忱，有治国平天下的雄心与抱负，肩负着国家和社会赋予我们的责任，我们丝毫不会懈怠！

另外报告母亲大人，每天中午自觉跑步 3000 米，噜噜噜，跑完回来冲个凉水澡，特痛快！今天当上党小组长，有一官半职了，再多跑个 2000 米庆贺一下吧，哈哈哈！

2019 年 9 月 10 日

节选 2019 年新北区新兵欢送大会的发言：

有幸再次受邀参加新北区新兵欢送大会，内心百感交集。两年前的今天，我也站在这里，作为新兵家长代表发言，台下，坐着我的孩子和 2017 年应征入伍的所有新战士。"天将降大任于斯人也，必先苦其心志，劳其筋骨，饿其体肤，空乏其身，形拂乱其所为，所以动心忍性，增益其所不能"，我用孟子的话来鼓励每一个即将步入军营的年轻人。时光倏忽而逝，不管那批孩子是否将要脱下军装，还是仍有机会在部队继续发展，但可以肯定的是，两年的军营生活，已经强健了他们的体魄，培养了他们坚韧不拔的意志，他们从社会青年，从学生，成长为顶天立地的男子汉。当兵的历史，将会成为他们一生的骄傲与财富！

亲爱的新兵孩子，作为一个和你们的母亲年龄相仿的长辈，我不会跟你们讲大道理，因为你们不愿意听。请你们看看，不管是今天坐在主席台上，还是下面听众席前三排的各级领导，世人眼里的成功人士，他们的身上，都有一段血泪史，都有一部奋斗史。从来没有随随便便的成功。军营生活苦吗？当然苦，但是，你所受的苦，一定会化为一束一束的光，照亮你前行的路。你在训练场上所淌下的泪水，所洒下的汗水，一定，会成为泅渡你们的河，你身上的伤疤，一定，会成为你人生辉煌的勋章！

军营生活虐你千万遍，你们一定要爱它如初恋，相信自己，即将远征的你，将要谱写属于自己的人生传奇，你们一定，也必须要成为父母的骄傲，成为全区人民的骄傲！

最后，祝所有的新兵孩子前途似锦，鹏程万里，祝所有的领导、家长身心愉悦，万事如意！

2019 年 9 月 11 日

2017年9月11日早上7点，儿子随队伍进入火车站月台，踏上了他从军生涯的第一步。手机中，仍保留着那一天的几段小视频，他频频回首，用眼神告诉我：快回去吧妈妈，放心，我会好好的。

返家的路上，他爸手握方向盘，不吭声，心事重重。在孩子参军的问题上，他态度始终不坚定，一会儿说我将孙子的兵都当完了，18年啊，从山东到江西，江西到海南，海南到苏北，苏北到苏南，颠沛流离，还让儿子去当兵干吗？现在孩子享受惯了，这苦不一定能扛得住。一会儿又说部队锻炼人，吃了苦才能成器！

自打儿子读初中开始，我就对儿子说：你读完大学肯定要去参军。独生子女最缺乏的就是责任心与吃苦耐劳的精神，大环境太优越了，万千宠爱于一身，你必须去感受那种举目无亲，在举目无亲的孤独与艰苦的训练中摔打自己，你才会成长为真正的男子汉。

每当我向儿子灌输我的理念，他爸就会在一边唱反调：八字还没一撇，太早了，才多大的人，天天说当兵当兵！

我知道他舍不得。

我先生的家庭出身说起来一把泪，他的父亲常年身体有病，不能参加生产劳动，母亲也不能干，兄弟姐妹众多，在几十年前的农村，男丁、劳动力，就意味着可以勉强吃饱饭。但他们家没有像样的劳动力，吃饱饭这个最低层次的理想，在那个贫困的家庭，一直到我先生去当兵那年都没有能够实现。他数次回忆，童年与少年时代，最大的感受就是饿。饿，贯穿了他生命最初的17年。

春秋战国时期，伍子胥作为吴国大夫之子，被楚兵一路追杀，辗转来到昭关，此关却被官兵把守，极难过关。东皋公同情伍子胥的冤屈与遭遇，决定帮助他，但一连7天，好生招待，却不谈过关之事。伍子胥实在熬不过，急切地对皋公说：我有大仇要报，度日如年，这几天耽搁在此，就像要死去一样，先生有什么好的办法吗？

东皋公说：我已经为你筹划了可行的计策，只是要等一个人来才行。

晚上，伍子胥夜不能寐，他想告别皋公而去，又担心过不了关，反而惹祸。若是不走，又不知还要等多久。如此翻来覆去，身心如在芒刺之中。第二天，头发全白了。

我先生17虚岁高中毕业后进了部队，获得考学资格的第一年，中专都没有考上，咬咬牙，继续啃书，继续备考，第二年，终于考上了大专。而就在这考军校的两年时间里，作为一个20岁的小年轻，他的头发白了一小半。

我知道他的心思：自己吃了太多的苦，经济窘迫，生存压力大，前途渺茫，现在终于过上了好日子，他不想让自己的独生子再受罪。

用他的话说：你这么恶狠狠对小孩干什么？你是养不起他还是怎么的？

他一说这话我就厉声反驳：一代要比一代强才行，你鼠目寸光，小富即安，就惦记着吃饱穿暖，就这点追求！孩子是自己的，但不是我们的私有财产，他更是社会的，他要为这个社会做贡献，他要培养自己成就大业的基本素养，在这种养尊处优的环境中，他今后就是个没出息的啃老族！

我先生毫不留情挤对我：还成就大业？啊呀，就你高瞻远瞩，雄心大略，当个兵就成就大业了？！

不是说当兵就一定能成就大业，我是说到一个特定的环境中去锤炼，对孩子后续的发展肯定有好处，艰难困苦，玉汝于成！

因为我代表光明势力，代表正能量，他也只能骂骂咧咧说我最毒妇人心，或者瞒着我偷偷塞钱给孩子，用这种令我最恼火的方式暗中对抗我的决定。

很快，孩子将要大学毕业，几年前的规划就要着手落实，我先生终于不再挣扎，愿意正视这个铁一般的现实，他转变了态度，全力以赴地为儿子联系做近视激光手术的医生，儿子那段时间为了让体重降到军检标准，饿得有些心灰意冷，他爸对他吼：你这种吊儿郎当的样子，有屁个兵味！你要是我的兵，我早一脚踹过去了！你看看你长什么猪头三的样子？还不给我赶紧跑步？肠肥脑满的准备去战场一屁股坐死敌人吗？

有时候他兴奋地对儿子说：你看看，又一艘舰艇入列了！下饺子似的！你看看我们这航母的英姿！小子，你赶上好时候了！争取在部队提干，咱爷俩如果都是海军军官，在我们这十里八乡的还绝无仅有呢！

他留着他白色的礼服,还有他尉官与校官军衔的肩章,他畅想着那一天,他和儿子穿同样的浪花白合影,肩上星星闪烁。

今天,是儿子入伍两周年纪念日。

儿子一定记得两年前的今天,他爸站在候车厅的落地玻璃窗后看他的时候眼里的祝福与不舍。而今天,他一定想对他爸说:春夏秋冬该很好,你若尚在场。

2019年9月13日

昨天傍晚接到我先生之前所在部队的领导夫人打来的电话,她对我与儿子的日常一目了然:儿子去天津读书了,又瘦了,我搬家了,长肉了。她说我天天看你写的东西,跟家人说快看快看,陈黎又发了段长长的文字。所以,即便好久不联系,你也仿佛就在身边。你去青岛了,你从天津独自开车回来,替你着急啊,不敢给你打电话,直到看到你已经平安到家的新动态,才放心。

雨昂叫她大妈。24年前的那个晚上,就是这个大妈送我去医院分娩的。

她说雨昂明天生日了,哪能不记得?1995年的中秋节,他生下来6斤8两。跟他讲啊,就说老伯伯和大妈祝他生日快乐,前途似锦!

然后开始操心雨昂工作稳定下来找对象的事情,准备找常州的还是青岛的姑娘?我说这事不急,先立业后成家。大妈问:为什么不急?青岛买房你是不是没钱?

买套房子我没问题啊,不要担心。

大妈问得很具体:青岛目前的房价,准备买多大面积,期房还是现房,首付多少,月供多少,靠海近吗?会不会湿气太重,雨昂现在拿津贴还是领工资,你的收入够不够还款?

一句话:怕我穷,怕我过得糟糕。

对一个人好,应该就是这种不放心吧,没来由地操心他(她)饿着、冻着、苦着。每每听到这些担忧,泪腺便会被戳中,铠甲渐渐生出裂纹。

这8个多月以来,我出版了一本书,售出10000册,卖了一套房,买了两套房,儿子提干了,我搬出旧居,换了地方生活。每一天,都很忙。手机时刻捏手里,电话不断。

别人看我面如平湖处理着一茬又一茬的事,其实,偶尔,会觉得非常丧,这时候,儿子，就是我的光。他用每天的一个电话，教会我看到希望，看到美好。生活如果没有希望，也会是个平静的结局，而不是绝望。

很感谢儿子，是他告诉我，要如何热爱生活，健康最重要，珍惜每一天的所得，余生应该过如诗如画的，不将就的日子。

也感谢那么多为我提心吊胆的朋友，谢谢他们的鼓励、陪伴，谢谢一起走过的路程。上回与同事晚餐，一同事喝多了，热泪盈眶地将我拉到一边：咱交往不多，可看到你，我就想起自己远在千里之外的母亲，想起母亲的平凡坚韧与伟大，想起母性的光辉。我眼睛不好，朋友给我捎来蓝莓叶黄素脂软糖，说反正你爱吃甜食，这东西又解馋又治眼睛。

家里有老鼠，啃破了我的红枣与饼干，针对用何种方式消灭老鼠，各有什么利弊，同事恨不得给我编个教程。

对待生活，我付出了很多，但得到更多。今日中秋，希望诸位满怀欣喜，毫无悲愁。希望今晚的月光所照之处，人人尽得圆满！

而今天，亦是儿子的生日，这个本命年的小寿星昨晚10点钟还在练引体向上：部队放假不放制度，体能一点不能松懈下来。挺好的，练完之后躺草坪上看看月亮，不管它是一弯新月还是一轮皓月，它都用遍洒大地的清辉包裹我们、陪伴我们。生活的序幕才徐徐展开，那些让我们苦或者甜的正是我们的经历，也是财富。明天，儿子，我们在天涯的两端一起赏月，然后，告诉彼此：各自努力，我们于最高处见！

属猪的人总体来说运气不错，猪柔顺、踏实、真诚、执着，是财富与福气的象征。

那么，祝福儿子，生日快乐，继续勇敢善良而坚强！

2019年9月14日

昨晚8点多儿子打电话过来，我已昏昏欲睡。他窃笑：我们还在看晚会，晚会前发到一只月饼，等会战友们还要在透过开满鲜花的月亮下席地而坐赏月吃月饼，过充满仪式感的中秋呢，你白白浪费这良辰美景，竟然睡觉！

我为自己的枯燥无趣狡辩：明代王守仁写《中秋》：吾心自有光明月，千古团圆永无缺。山河大地拥清辉，赏心何必中秋节。看这境界比普通人高太多对吧？心里挂个小月亮，时时陶冶自己，灵魂就跟月亮一样高洁。就好比网上有人说，只要爱对了人，天天都是情人节，老妈与王守仁这情况，应该就是"只要层次到了，天天都是中秋节"吧？

十五的月亮十六圆，祝各位：人比新月寿，心比满月明。

2019年9月29日

南京海军指挥学院张晓林教授为拙作《胖子从军记》作序之前，我对他一无所知。朋友向我介绍，说教授是著名的国防教育专家，军事战略学权威，经常全国各地跑，做报告开讲座。朋友说她的朋友与教授是战友，可以试试通过他与教授联系，请他为你的书作序。我打哈哈说挺好挺好，内心根本不抱希望：一来人家大忙人，哪有时间看一个家庭主妇唠唠叨叨的鸡零狗碎？二来，即便人家看了，也不可能愿意作序。凭啥呢？别说没任何交情，你与人家的学识、地位都相差十万八千里，没理由理会你。

这个朋友是个热心人，她将我尚未成册的书稿发给她的朋友，她的朋友再发给教授。辗转了几个人，她的朋友我也不认识。我心想：发吧，反正不可能。

一个多月后，朋友的朋友将教授的回复转发给我：书稿看完了，字儿很小，看得很累，眼睛吃不消，但很感动，我一定给这个兵妈妈的书作序，已经写了一部分，尽快抽空写完！

我不敢置信。

教授在我心目中是学术怪胎，古怪、高冷、不食人间烟火，可这一小截的回复分明来自于一个忙碌但温暖的长者之手！

很快，序言发来了，教授让人转告我：写得仓促，有不妥或需要调整的地方让陈黎尽管改，毕竟她写的书，她最有发言权。

谦逊低调得再次让我目瞪口呆。

序言的质量勿须赘述，他从老兵的视角，来看待一个小战士的成长故事。他对新时代士兵的关怀、疼惜、爱护、期望、祝福，字里行间流露出来的真情让我忍不住数次泪目。

我一定要去拜访教授，我要送书给他，我想亲口对他说一句：张教授，谢谢您！

初次会面是在南京城教授的半山园寓所，兜了几圈，找不到。朋友的朋友指着路边喊：那不是晓林教授吗？

晓林教授坐小区门口小马扎上，花白平头，藏蓝色圆领海军T恤，藏蓝色海军裤，皮带扣子上"八一"两个字闪闪发光。他盯着每一辆过往的车子，在等我们。我们下车，他敦厚地笑着迎上来：哈哈，来啦来啦！

教授不该平易近人、和蔼可亲啊，明明是南海问题专家啊，可是，张教授像我们路边随处可见的退休职工，朴实、真诚。

教授夫人如教授一样亲切和善，她告诉我们：教授常年不在家，什么事都是她一个人干，不去影响他，他实在是太忙太忙了。他去上海，她让他去看下在那儿工作的女儿，他说没空，但他的学生有事，再远的路他也赶过去，可起劲了。

嗔怪给教授听到了，教授反驳：学生对我毕恭毕敬，我说的话他们听啊，女儿听我的吗？

我们哈哈大笑。笑这奈何不了女儿的可爱的教授。

师母悄悄说：他对女儿怒其不争，女儿保送上的北大，但他仍认为女儿不够努力。现在的年轻人，像他这样拼的实在太少了啊。

教授1970年入伍，1978年考上南京大学哲学系，1985年被国防大学录取，成为军队首批军事学研究生。40多年戎马生涯，用师母的话来说：天天都在啃砖头厚的书。

教授送给我一本书，他说：如果我不从事军事研究，我会成为一个诗人。

这本《军旅诗路》诗集，是教授自17岁穿上军装后断断续续用诗歌的形式记录下的生命中激情燃烧的岁月。

拿到手后，我一首首认真阅读。"守卫着山啊守卫着海，钢铁意志英雄胆，祖国装在咱心里，飞车拖炮越千山！"现在读来，尽管感觉有些口号化，但是，一个17岁少年的赤子之心，一个立志扎根军营的小战士报效祖国的滚烫情怀，难道不值得读者肃然起敬吗？

教授的微信朋友圈，是一座宣传海军的博物馆，是一部讴歌祖国大好河山的游记，是一个老兵的嘉年华。他用脚步丈量国土，他用手机镜头捕捉山川云树，一花一树，他对每一个学生、干部、军人、市民讲述朝核、南海。教授既抽烟也喝酒，严肃认真与纵情大笑，感性与理性，写诗著文摄影与学术高峰，丰满立体地出现在教授身上，竟然丝毫没有违和感。

今天中午，收到师母给我寄来的教授另一领域的作品：西藏之旅画册。

一帧帧精美的画，一篇篇忍着高原反应的头痛写下的游记，教授与他的同伴，在西藏，再次展现了老兵壮怀激烈的军人情怀与坚韧不拔的钢铁意志！

作品的产生取决于时代的精神，岁月如诗，风华如歌，教授用一本画册，如歌者一般，再次吟出了时代的绝唱，山河的壮歌！

致敬张晓林教授！感谢师母！

2019年10月1日

今天是我与昂爹的银婚纪念日。

25年弹指一挥间。

去菜场买菜，那个头发花白的阿姨一眼认出我：哎呀，你是那个军官老婆吧？你们结婚我还吃过你们喜糖呢，很多年看不到你了，你孩子多大啦？啊，都去当兵了？你看看多快啊！他爸爸转业了吧？

她头发花白，可仍像20多年前一样，编着两根麻花辫。

20多年，有人固守着一种发型，有人则再也见不到这世间日升月落。

我说是啊，孩子爸早就转业了。

担心她再问什么，我拎着毛豆、青菜急速离开。

银婚的日子，我能够模拟得出我与昂爹的对话。

"都银婚了，你看看给我买个什么礼物？"

他稳坐在沙发，把眼镜推到额头上，看《参考消息》，充耳不闻。

我继续："这么多年吃苦受罪，忍气吞声，没有功劳也有苦劳吧？"

他终于开口："我呢？谁给我买礼物？礼物不在乎多贵重，随便看着办。我都后悔死了，找你这么个乡下人，你看看我战友，哪个不是娶的城里姑娘？我比他们哪里差了？搞得我到现在还在农村生活！"

之前类似于生日或者情人节，也曾学着别人的样矫情地讨要过礼物，但结果都是自取其辱。他总是说："你没钱吗？想买什么自己买去好了！宝刀赠英雄，鲜花送佳人，你又不是佳人！还情人节？！你是我情人吗？"

我们总能将本该温情脉脉的话题引到他对我乡下人的控诉，然后进行讽刺、挖苦、嘲笑，我愤怒回击，最后不欢而散，拂袖而去。

唯有说到我们的儿子，他终于放下了报纸，耐心地听我说儿子电话中通报的现状。儿子思想稳定，有进步，他傲慢地说："不错，像我！"孩子有情绪，哭了，他不耐烦地训斥："没出息！怕苦畏难！就跟你一样！"

前一阵与他战友聚会，其中一战友喝了点酒，对我说："你是个好母亲，老鲍数次对我们讲过，你对孩子要求高，规矩严，他说陈黎将教育儿子当成事业来干，大事小事都不放松，挺佩服你的，以你为荣呢。"

我不知道他佩服我，更不知道他竟然以我为荣，只知道他与我对着干。我说男孩子要管好，大学给他的钱够他生存就行。他说大丈夫不可一日无权，小丈夫不可一日无钱，同学们在一起，我要让他成为买单掏钱最快的那一个！瘪索索的像什么样？重蹈我当年覆辙吗？！

电话中我对儿子说：部队苦，就苦你一个人吗？再苦也得干下去！而且必须要干好！

他在一边嘀咕：那么恶狠狠干什么？你就对他说实在受不了回来算了，天无绝人之路！

我回头怒斥：放屁！

我们肯定不是恩爱夫妻，也不知道恩爱夫妻的标准是什么，什么是完美的婚姻。谁发明了"过日子"三个字？它朴素而坚定，将一个个具体的琐碎的吵吵嚷嚷的日子融入流水一般的岁月。

曾经很多人认为，那流水一般的岁月没有尽头。

银婚纪念日，纪念一颗高尚的灵魂，一个大写的人，脱离了低级趣味的人。如果这个世界上有这样的人，很幸运，我遇到了。

或许我们不是最合适的夫妻，但婚姻赐予了我们青春正好的儿子，感谢、感恩。

2019 年 10 月 19 日

重阳节时我在越南，吃不到开糕团店朋友的重阳糕，今天傍晚她让人捎来几块，还热乎着呢。下班后送去给我婆婆，她与邻居老太坐门口聊天，邻居老太有轻微白内障，看不清我是谁，我婆婆骄傲地介绍：我大儿媳！

之前给她买什么她都客气地说不要不要，但终究比现在理直气壮多了。现在我任何一点的小小付出，她都会不知所措地连说好几遍：别浪费钱啊，你一个人不容易。

这份"过意不去"让我心生酸楚。

她跟我说村里人告诉她，雨昂今天回来看她，在村子里找她。她斥责村邻：怎么可能？我孙子在当兵，在外面学习呢，马上当官了！在部队当官的人怎么可能像厂里上班的人一样想什么时候回来就什么时候回来呢？

口气非常倨傲。

我说低调低调，她不懂啥叫低调，我说就是不要显摆，当官也是小官，芝麻绿豆官，优秀的人、本事大的人多着呢。

她不服气：那他年纪小啊，年纪大了就是大官！

我哈哈大笑：那你等着吧，孙子当了大官接你去享福。

她乐得很，笑得露出稀疏的牙：好的好的，那时候我要100岁了吧？

谁都希望长寿，看到比现在还好的未来。活着就是神圣。

小叔子与妯娌听到声音，过来了。

这十来个月，我与他们没有见过面。

我比他们还小四岁，但他们一直叫我嫂子。

包括今天。

我不太流泪，为什么要哭哭啼啼呢？当下，既已注定，便坦然接受，无须评判。今日由过往铸就，绝非偶然，别无他选。再深切的哀伤过后，仍要看到不远处的繁花似锦。我们只能活得更坚强，更有力量。

但当我在灯光下看到小叔子穿着他哥哥的衣服与裤子，泪水忍不住决堤。黑色的羊毛衫右肩给蛀了个小窟窿，我粗针大线缝的痕迹还在。

小叔子粥都咽不下去，放下筷子，趴桌上哭。妯娌陪着流泪。

她加我微信，在姓名备注里写上"嫂子"两个字。

返回的时候，天已擦黑。远方有树林，清秀绵延，头顶是夜空，星光依稀。

很好，所有的困难都是勋章，它激励着我们立志强大，立志成为无所畏惧的人。

2019年10月20日

妈妈，来天津学习一个多月了，与战友们也都很熟悉了。我们宿舍一共8个人，4个是大学生提干的，还有4个是高中毕业后考军校的生长干部，大家来自五湖四海，所学专业也不一样，但年龄相仿，吃住都在一起，很快就成了好哥们。昨天周末，没有上课，大家围坐在宿舍开心聊天，有一个战友接到家里电话，脸色突变，好像非常紧张，他用家乡土话说着，我们听不懂他讲什么，只能够面面相觑地愣着。

他电话通完后，心事重重地坐下，再也没有刚才一起聊天的心情了，焦灼地搓着手，我们问他怎么了，他长叹一声，开始讲家里的事情。

他出生于一个贫瘠的山村，父亲个头矮小，还残疾，直到40多岁，才用半生攒下的两万块钱，从人贩子那儿买了一个贵州女人为妻，他是这桩法律明令禁止的非法买卖婚姻的独生子。

人生第一次喝到牛奶，是初中的班主任让他在办公室帮着做点事情，离开的时候，班主任从桌子底下拉出一箱牛奶，对他说：都忘记喝，过期了，你顺便给我拎着去给门卫大爷，他养着的狗可以喝。

他扣留了那箱牛奶，假装上厕所，在厕所里拆开纸箱，一盒一盒塞进自己书包。

那天晚上，昏暗的灯光下，他与父母一人一根管子，吸上了纯牛奶。他妈妈说：真好喝，只有一点点苦。

上高中，同桌有次给他吃了块奥利奥饼干，里面有巧克力夹心，他坚信，那是世界上最好吃的饼干。学校小超市有，4块多一卷，他买不起。

这个贫穷的农家，好多年来一直拿着政府的低保，为了读个不花钱的大学，他第一志愿就填报的军校，但没有录取。改读地方大学，他没有要家里一分钱，用勤工俭学的方式完成了4年的本科学习，这期间送快递、酒店端盘子、发小广告、做家教，啥活都干过。毕业后来到部队当了两年义务兵，今年与我一样参加了全军大学生士兵提干考试并顺利录取。刚才家里打电话给他，告诉他，家乡政府得知他提干消息后，认为他已经有了固定的工作和收入，从这个月开始，取消他家的低保资格。

他急坏了，他说：父母就指望着低保的钱过日子呢，他们都有病，取消后他们怎么活？

虽然，我们现在已经提干了，不再是义务兵，但我们处于就职前培训阶段，还是拿 1000 多块钱的津贴，分管财务的领导告诉我们，培训结束后，才会以干部工资补给我们差额。

一个战友出主意：去找我们政委，让他以单位名义发个函给地方民政部门，说明情况，目前拿的还是义务兵津贴呢，低保暂时不能取消。

本来我想说：也许，到明年 6 月份，单位就会给我们补发培训阶段的干部工资，好几万呢，就几个月时间，让家里克服一下。

但沉吟了片刻，我还是没有说，自小，我生活在一个衣食无忧的家庭，父母尽管没有对我娇生惯养，但是，厨房堆着的牛奶和各种零食，取之不尽，吃完就又有了。我没有经历过贫困，也许，有一种贫困，真的就是等米下锅，几百块钱的低保收入，就是溺水的人呼吸到的氧气，极其珍贵。而一旦取消，就是沉沦，万劫不复。

我们的宿舍很简陋，狭小的空间，置了 4 张双层床，8 个未来的共和国军官，每天凌晨 5 点半，在嘹亮的起床号中噌一下弹跳起来，以最快速度穿戴整齐，冲去操场集合，我们迎着朝阳奔跑，3000 米、5000 米绝不掉队。体能训练依然非常辛苦，练不动的时候，战友在一边鼓劲：你不是想当你们支队一号首长吗？加油！钓鱼岛需要你！再做十组俯卧撑！

我们血气方刚，无坚不摧，但是，我们都没有钱，我们只拿这么点津贴，在贫困面前，我们集体陷入沉默。

一个生长干部是沈阳籍哥们，他打破了凝固的空气：你们相信吗，我五六岁就开始帮助父母干农活，拿不动锄头，我用小锹砸地，东北严寒，土地板结，半天砸下来，一双手都砸烂了，记得妈妈捧着我手直掉泪。初中开始，就是个一顶一的劳动力了，挑一担大粪跟跟跄跄在田间行走，大粪稀的部分在上面，干的部分沉在桶底下，我得用手去把干的捞上来，撒在地里。臭？地里的庄稼是一家人赖以生存的所有资源，活着重要还是鼻子重要？上回我妈给我打电话，说到这么多年我吃的苦，妈妈疼惜不已，说对不起我，怎么还有对不起一说呢，咱这样的家庭，生下我，我能够活下来，节衣缩食举全家之力把我供养到高中毕业，已经是父母对我最大的恩德了。

谁的人生不曾有过苦痛？

大家一起长吁短叹，一起迷茫也一起期待必将光明的未来。

话匣子打开，我鼓起勇气说出自己的故事：290 天前的那个晚上，我成了一个没有爸爸的孩子。

战友们惊得从小马扎上跳起来，怎么会呢？不可能的事情！你那么开朗乐观，没有一丝阴影！

是啊，我常常希望这不是真的，我有爸爸，我爸爸善良、正直、儒雅、仗义、节俭，他身处官场，但两袖清风，这让他始终保持一种高洁的气质。他是我的偶像，是我崇拜了20多年的男神。

但是，他不在了，还有90天放寒假，我回家，只能去墓地看望他，在一个刻着"我把身体留给了痛苦的人们，我将精神留给了这个世界，我并没有离开，这，就是我的全部"的墓志铭前掩面而泣。

之前在舰艇上，经常要求填各种表格，战友们把表格的家庭成员一栏填得满满当当，父亲母亲哥哥姐姐弟弟妹妹，而我，只能躲在一角，填上我的母亲，我的家里，只有我的母亲了。我把它卷在手里，从码头走向机关，去交表格，我的心里非常难过，感觉自己被这张轻飘飘没几个字的纸给彻底打败了，我被沉重的痛苦掩埋。

我泪如雨下。

我想到我的母亲，在我紧张备考的过程中，她与我一样忐忑不安。大学生提干真的是一个极小概率的事件，优秀的人太多太多了，除了严格的体能测试和文化知识考核，还有严苛的资格审查。为了补一份我参加高考的材料，母亲从我就读的高中，赶到区教育局，再赶到市教育局，均无果，如果材料在第二天提供不上的话，我就会与提干失之交臂。尽管，那是一份在正常人看来并不重要的材料，但是，部队需要，它需要用强有力的依据一环一环证明你获取的学历合法，你政历清白，成长没有瑕疵。母亲咬咬牙，驶上沪宁高速，她去省教育厅，去一个从没有去过的地方，一个人也不认识的地方。但是，省教育厅也拒绝了她，他们说，没有必要出这个证明，这个孩子的录取当然是合法的。母亲唇焦口燥地解释，恳切地哀求他们，既然是合法的，就麻烦你们证明一下，不要因为我们执拗地坚持原则而耽误了一个优秀孩子的前途，这个孩子是我唯一的希望。但是，她仍然没有开到证明。母亲回到车上，绝望地趴在方向盘上哭泣，可是，抹干眼泪，母亲依然走进那个办公室，她后来对我说：我要做最后的努力，即便我的样子已经卑微得让人看不起，但是，为了自己的孩子，我顾及不到面子了，必须豁出去。

她带着这种赴汤蹈火的悲壮，再次敲开那扇可以出证明的门。

所幸，他们最终被一个普通军人母亲的执着所打动，开出了那纸证明。

母亲是一个强大的人，在被命运摧毁性地打击后，她并没有成为怨妇，她始终保持得体的笑容，尽管有时候会是苦笑。她维持了自己和我们家庭的体面，她很冷静，有一种骨子里渗透出来的坚强，像一棵大树，根扎得很深，一般人撼动不了她。

是的，我没有了父亲，只有母亲，这已经无可逆转，一直被父亲深深爱着的我该如何生活下去？如何穿越这层层地狱重返人间？

就此一蹶不振，随波逐流？还是从苦痛中爬起来，重新驾驭命运？

走着走着，忽然我就开阔了，每个人，都会有鲜为人知的悲伤，那是老天给人打下的烙印。而这种痛苦的烙印，就是真正让你成长的东西，它多少会扒下我们一层皮。可是，这层皮就是你能力的边界，扛过去了，你就能拥有一个更大的世界。

万般皆苦，唯有自渡。

妈妈，最后，我含泪笑着对战友说：哥们，刚才我说错了，我并没有失去我的父亲，只是，我的父亲，他带着我与我母亲的思念，生活在一个我们看不见的别处，我能感受到他对我们娘俩的爱与祝福。你们也都不苦，有父母，有家庭，尽管他们贫穷，一无所有，但是，他们爱你们，有人爱，就是万千苦痛中的甜蜜曙光。

而目前我们所遇到的困惑与磨难，就是与命运狭路相逢时候的较量，路很长，也很黑，但我们别无退路，只能在胸口刻上一个"勇"字，克制着所有的担忧、恐惧、孤苦无依，咬牙走过这段独行的夜路。走着走着，天总会亮的吧，全新的世界，就会在眼前了。

2019年10月21日

儿子说，娘，从今天开始，你密切注意你们单位门卫，我给你买了一批礼物，陆续就会收到。先卖个关子，到时候给你惊喜吧。

又是口红、眉笔、香水这些玩意儿吗？我用不上啊！

不是不是，都是实用性相当好的礼物，一到手马上可以用起来，而且你正需要。

会是啥呢？礼物还以"批"为计量单位，该花多少钱啊，1000多元津贴，得抠自己多久才能攒下？但儿子心意温暖，老母亲甚觉幸福。刚才步行上班路上，我大摇大摆地走出了六亲不认的骄傲姿态。

哈哈，谢谢亲爱的胖子！

2019 年 10 月 22 日

　　食物对于人类来说，有超于想象的治愈能力，在胃被慢慢填满的过程中，所有的好心情都随之而来。对于盛放食物的餐具，妈妈，我希望你不要将就。

　　这套古朴、自然、厚重的粗陶餐具，取名"一人禅"，我在海量的淘宝上浏览的时候，发现了它。图片中，看出它有凹凸不平的表面，给人一种时光的厚重与返璞归真感，比起你平时用的青花瓷和白釉细瓷或者玻璃餐具，它更贴近我们最本真的生活。

　　食材多种多样，食物甜酸苦辣，愿这些美好的餐具能参与妈妈最稀松平常的人间烟火，陪伴妈妈历经生活中的每一次就餐，让粗茶淡饭在诗意与实用艺术间得以美好呈现。

　　……早上醒来看到胖子的这段留言，散文般清新深情。感谢儿子。

2019 年 10 月 24 日

　　这批礼物的第五拨，是一束如诗如画的百合花，于生日上午如期而至。
　　让人沉醉的花香四溢。
　　花束中间，插着一张卡片，卡片上写着：

　　　　凯风自南，吹彼棘心。
　　　　棘心夭夭，母氏劬劳。
　　　　凯风自南，吹彼棘薪。
　　　　母氏圣善，我无令人。

　　翻译成现代汉语，即是：

和风煦煦,来自南方,吹在枣树的嫩芽上。枣树芽心嫩又壮,母亲养育儿子辛苦操劳。和风煦煦,来自南方,枣树成柴风吹成长。母亲明理又善良,儿子付出再多也不足以回报。

我给儿子生命,只是一种偶然,儿子不用感谢我,我倒是深深感谢儿子给了我另一种生活。如果儿子的盛开需要肥沃的土壤,我情愿腐朽在他的根下。

他是我在这世上唯一的奇迹。

2019年10月26日

床宽了不行窄了不行,床垫软了不行硬了不行,被子厚了不行薄了不行,枕头高了不行低了不行,对于一个资深睡眠障碍者,在异乡陌生的床上能睡着真是奇迹。

去河南警官学院办事。5点半,起床号吹响,还是第一次躺在一个响起床号的地方,赖被窝是对这种催人奋进的声音,预示着战斗的一天又开启的声音的一种无视与不敬。快速洗漱,下楼。校园里,随处可见在朦胧的曙色中列队跑步的学员,嚓嚓嚓,一二一,有时也有"跟上""保持间距"的低吼。我也想随着队伍跑两圈,体验一下在深秋的朔风中寒凉的身体慢慢热血沸腾的感觉,但我四体不勤惯了,我的心在澎湃,在驰骋,在狼奔豕突,腿却像灌了铅。

还见到在树底下,教官模样的人在与一学生谈话的场景,听不清他们说什么,教官手插裤兜,随意站着,学员毕恭毕敬肃立,谈话结束,学员说"是",敬礼,双手握拳,跑步离开;教官也快步走了,消失在一排梧桐树下。

真酷啊!遗憾这辈子没有人训我,对我吼:"出列!"哪怕让我排个队,报个数,或者让我挤在队伍中喊个"一二一"都从来没有过。

我没参加过军训,那时读书,上体育课,老师刚从街上卖小猪崽回到学校,裤管沾着猪粪,他对我们说:你们在窗户底下嘎脂油渣(天太冷,让我们排队挤一起取暖的意思)。我们闹哄哄站一起,嘻笑着互相你挤我我挤你,笑得鼻涕都冒出大泡。这就是体育课。

与朋友在一起聊,我说我要上战场,肯定冲第一个,手持炸药包,跳出战壕。

朋友嗤笑：你那是匹夫之勇，瞎拼，啥章法规矩都没有。

我就喜欢这些章法、规矩，每个人都要有章法、规矩，收敛人性里的随意散漫，让人遵守秩序，敬畏原则，服从命令。

2019年10月30日

学院的引体向上测试非常严格，抓住单杠后不允许身体有一丝晃动，全靠硬拉，两腿并拢，脚尖下压，双手抓杠悬停三秒。身体晃动的学术语叫"抖腹"，抖腹它会产生一定的惯性，凭着身体前后晃动的一股惯性，拉单杠就显得相对轻松一些。不管是在新兵连还是在学兵连，抖腹一直是允许的，但到了这里，测试严格度升级，考验的是手臂全部的力量。刚开始时硬拉，但一个都拉不了，只能想办法与战友协作，他从后面抱住我双腿，我就挂在单杠上，锻炼双手拉杆的持久力和耐力。每天中午，战友们午休，不方便打扰他们，我就借助于背包带，独自将自己吊杠上，进行悬吊训练，增强手臂的抓力。两个月下来，今天体能测试，终于12个单杠一气呵成完成！不过这仅是合格，离优秀还有很大差距，往后我依然会抓住间隙时间训练，争取在放寒假前突破20个！

一双手烂了，拍照留存，哈哈哈，我才不顾影自怜呢，只为纪念一段奋斗岁月！

苦？我从没想到苦，踏上了军旅生涯，首先，身体素质必须是合格的。在信息化程度已经非常硬的当下，高强度的体能训练仍然是每个士兵的必修课，体能测试伴随着你的一身戎装，直到你脱下军装那一天为止。

我们的教员，好几个都是大校军衔，50多岁了，上周考体能，一个女教员在跑3000米的中途，啪一下重重摔倒，那一跤摔得不轻，她的身体与跑道之间瞬间产生了一记沉闷的撞击声，我们在边上围观，都不由自主地发出惊呼。但是，我们的教员，她没有丝毫停顿，更没有向四周观瞻，她迅捷地从地上爬起来，继续冲刺她的3000米！尽管，因为疼痛，她跑步的姿势有些怪异踉跄，但她一直在奋力地奔跑，直至终点！

她50多岁了，两鬓如霜，是老母亲，是教授，但她还有个最重要的身份，她是个军人，军人体能的强悍就是战斗精神的体现！她那种顽强的韧劲，启迪着我们每一个学员。年龄上，我们或许比她的孩子都小，娘都在拼，儿子拉单杠还是问题吗？

今年的国庆 70 周年大阅兵，我们学院有三名战友参加，昨天，勠力奋战数月终载誉归来的他们给我们做了一堂讲座，讲述那气吞山河气贯长虹让世人为之震撼的场景背后的动人故事。

此次阅兵有百余名将军参加，平均年龄 54.5 岁，最年长的高级指挥官超过 60 岁，穿过战争与和平的峥嵘岁月，肩负时代的使命重任，他们以普通兵的身份在儿孙辈士兵班长的指挥下喊口号、听口令、走队列，树立了高级领导干部带兵打仗、砺将谋胜的鲜明导向，体现了身先士卒的良好形象。他们本该颐养天年，他们不是血肉之躯吗？他们不累不困不苦吗？但是，为了这一神圣的时刻，为了展示绝对听党指挥，勇于担当尽责的高度自觉，彰显人民军队领导干部的时代风采，他们拼了！

我们如此年轻，没有任何理由懈怠，哪怕片刻、须臾！

打开手机，有时会看到我的同学，他们恋爱了，出去旅游了，照片上，尽是他们自由放纵的不羁青春。开学至今，除了统一组织去邯郸学习一周，我还没有出过学院的大门呢。我们的外出制度非常严格，层层报批直至大队政委，所以，天津大麻花、茶馆相声于我还是传说。但是，我在教室里埋头学习，我在运动场上挥汗如雨，那是我独享的世界，是这个世界上绝大多数人不曾拥有的芳华，我与我战友所拥有的事业，是年轻人最至高无上的荣耀！

今天单杠合格挺激动，借着这股豪情，写首诗吧，哈哈！

  身高，可以停止生长
  梦想，却依然飞翔
  人生，是不断追求高度的过程
  不仅有高度，还有远方
  掠过波涛，拥抱朝阳
  让青春淬火成钢
  让生命散发光芒
  我需要热血沸腾
  捍卫祖国万里海疆
  年轻军人使命必达
  民族复兴吾辈担当

2019年10月31日

　　那天找到我与孩子的两份保险单，都到了缴费的时间，这些之前都是从昂爹银行卡上扣，一年一次，两三千块钱。按理我没有什么印象，但记得牢的原因是每次他扣了，都会对我发牢骚：又给你缴了多少钱，还说你没有费用，你的费用大得可见一斑！

　　给孩子买的这份保险，投保人是他，现在要更改成我了。

　　我去保险公司办理，工作人员小心翼翼：冒昧地问一句，为什么要变更投保人？

　　我不说话，把户口注销证明拿出来。

　　户口注销证明一直放在办公室的档案袋里，我扫过一眼，不忍卒睹。

　　我总是觉得，这不是真的。

　　一直没有去换户口簿，但办一些事情的时候，又需要我明确现在婚姻状况，我对派出所的两位熟人说：我不想看到婚姻状况的那一栏由"已婚"改成"其他"。

　　他们商量：是不是写"暂不明确"？不妥啊，还是要用他的户口注销证明配合说明婚姻状况，这也是你不愿看到的一张纸。

　　最后，他们安慰我：总是要面对，将户口簿换了吧，否则办事不方便。

　　打出新的户口簿，我没看一眼，塞包里，就快速离开了。

　　搬家，搬的不光是家，也是过往。很多东西我都不想要了，但是，在保险单上，他签的字，我不能扔掉吧？结婚证，已经不派用场了，我扔去哪里呢？

　　搬到这边小区生活，应该没有一个人认识我，我也不认识他们。有时候他们在楼底扎堆聊天，看着我上楼，我想他们会窃窃私语：这女人是谁？怎么总见她一个人进进出出？

　　生活的哀伤真的是太多，只是我们停下来哭一哭，还要走向前方，不是吗？

　　10个月整了，300天。

　　幸好，每个晚上，有儿子的电话，他问娘你好吗？我说很好啊，今天干什么干什么，你呢？他说我涛声依旧，上课、训练、开会，单杠考过了，与战友一起在网上买了几只螃蟹尝尝鲜，哈哈，挺好挺好。

　　生活一往无前，儿子是我的百忧解。

2019年11月12日

摘录部分书友点评：

《胖子从军记》是我这20年以来第一部花了一夜的时间如饥似渴读完的书。书中每一个人都牵动着我的心绪，泪湿衣襟的同时更是想知道他们现在怎么样了。偷偷借手机给雨昂打出第一个电话的老乡班长与雨昂还有联系吗？忘了给他打开水叫雨昂滚的学兵连班长呢？雨昂用笔深情地道出感恩与敬仰的第226号舰员呢？那个身高不够又超龄的孩子能参加考试吗？那个在不当时间玩手机的老班长还留在部队吗？雨昂的奶奶家里人释怀了吗？他们与这对母子现在是怎样的一种关系？雨昂妈妈一个人生活得好不好？

这本书有血有肉地向我呈现之前没有关注过的陌生的军营，那里，生活着一群年轻的军人，他们艰苦、优秀、迷茫、热血、服从、勇敢、坚韧，他们不是宣传画上不动弹的人，他们是生命力旺盛的自家兄弟、侄子。

我喜欢书中提到的每一个人，只想对这些真实又陌生的可能这辈子无缘相见的军人说一句：你们辛苦了！我爱你们！

《胖子从军记》为我打开了一扇窗，透过这扇窗我看到了一个此前未知的世界——军人的世界，让我有机会跟随着母子之间朴实真挚的交流了解一个军人的成长历程，见识了部队的严格硬朗作风，近距离一窥当代军人乃至将领的风范。仅仅是看着书，读着这些文字我就跟着感动、激动，看到母亲因儿子的吃苦受挫流泪的时候跟着流泪，有时又被母子间亲密幽默的对话逗得哈哈大笑，更多的是被这书中满满的真挚情感和正能量鼓舞。

遇到好书的时候我就会不自觉地放慢自己的阅读速度，就像遇到好吃的东西要细嚼慢咽，细细品味一样，很珍惜这种精神共鸣的感觉。

整个阅读是享受的过程，雨昂从军的点滴经历成为日常闲暇的牵挂，一个能让人牵挂的书首先是一本非常有趣的书。在"序三"中，我看到雨昂的政委对他的第一印象："阳光、自信、坚毅、果敢、言行得体、不卑不亢，他勇敢直视你的眼睛，面带微笑和你说话，思维敏捷地回答你提出的每个问题,这是新兵胖子给我的第一印象。"作为母亲,我希望我的孩子未来也能够成为这样的阳光男孩,我决定和儿子一起阅读,我在书上画下感动我的句子,贴上标签,以至于书像穿了流苏裙。有时间我就组织家庭共同阅读,我打电话跟曾经当过兵的父亲说起这本书,我给我的同事们推荐,一本让人想要跟身边的亲人、朋友分享的书一定是一本有益的书。

很多人渴望岁月静好,现世安稳,稍微翻一翻我们中国的近代史就会明白,哪里有什么岁月静好?岁月静好的背后是因为有人在替你负重而行。如果没有那么多有志青年、仁人志士在奋斗,我们的民族哪能实现自救、自强?没有一个个像雨昂这样的军人保家卫国,我们哪里能这样享受岁月静好?

血性、阳刚、坚强、勇敢、勤快的雨昂,对照生活中见到的太多"早上起床还要妈妈喊,下班回家打游戏为主"的青年,更让我感慨理想、拼搏、奋斗这些高尚情怀对人的塑造。爱国、爱家、爱生活,母子交流中处处流露的高尚情怀真挚感人,催人奋进,由此反观自身,身处在多少代人祈盼的和平时代,怎能愧对?对孩子的教育又怎能只局限于考试成绩?所以,这同时又是一本有高尚情怀的书。

见到作者本人倍感亲切,陈黎老师气质非凡,目光坚定,通体给人洁净、坦荡、磊落之感,女性的恬静婉约中又夹杂着男性的刚正不阿,令人想在心里直呼:爱了爱了!

听别人的故事,悟自己的人生。我不善言辞,两个小时时间,静静地听着陈老师分享着她儿子从军艰辛及母子如何抱团取暖走出人生困苦黑暗的经历,每一个情节都是那么感人,让人不禁泪目。而陈黎老师讲述让人落泪的情节的时候,也是神情平静地一语带过。可能,眼泪对于这样一位内心强大的女性来说,太轻太轻了。活动中场,我忍不住给远方也读过《胖子从军记》的朋友发信息:这个作者朴素、真诚,没有一丝一毫的造作,读此书,宛若见到本人,见到本人,又宛若重读了此书。

母爱的伟大在整个《胖子从军记》里体现得淋漓尽致,任何事只有经历了才会成长,我们对孩子的事总是大包大揽,舍不得给孩子吃苦,怎么锻炼孩子的抗挫能力?

一个优秀的儿子背后一定有一位伟大的母亲，温柔而坚定的母亲，在他们母子面前，再大的困难都不是困难，他们就像奥特曼打怪兽一样，打了一关又一关，生活再残酷，都没有低头。

感谢就在常州，就在我们的身边，有这样一位母亲，有这样一位人生的老师，给我们的内心注入了弥足珍贵的生命的力量，让我们用幽默与发展的深远目光来看待世事变迁，沧海桑田，成败得失。

矫情毁掉所有，信念战胜一切，当你拼尽全力从困苦中走出来，你就获得了重生！

……

评论很多，余不一一而道了。
昨晚，我在感动中睡着。
今早，我在感动中醒来。
感谢你们的积极参与，认真阅读及真诚反馈，感谢你们内心的善意与友爱。
爱是瞬间，也是永恒。

2019 年 11 月 15 日

叔叔病了两年多，贲门癌。动手术，化疗，吃尽苦头，仍日渐消瘦。现在，几乎没有食欲，躺在病床上，说话声音气若游丝。

儿子说：妈妈，你要多去看看外公，陪陪他。

儿子知道我对这个叔叔有感情。叔叔大我 14 岁，当年母亲生下我后，他便辍学在家带我。14 岁还是一个孩子，也不知道他怎么克制贪玩的天性抱一个婴儿，喂她吃喂她喝给她换尿布哄她睡觉，她哭闹的时候又怎么办。后来我生了孩子，断奶时候就放叔叔那里，孩子半夜要吃奶，叔叔起床抱着逗他，一天天哄，慢慢才戒了奶瘾。

叔叔年轻时候做木工，他的头发、衣服上总沾着木花，回来还得伺候农田，挑水、施肥、锄地，早早就累出了腰椎间盘突出。家里的房子拆迁后，寻了个小区当保安的活，保安上班一天一夜，休息一天一夜，我问他：保安没有办公室，白天可以找人聊聊天，夜里你待哪里呢？他说要巡逻，巡逻完后冷得不行，就随便找个避风的楼道口蜷缩一下，只能蜷缩一会儿，按规定要一直巡逻，领导查呢。

一个月工资 2000 多。

我唉声叹气，他挺知足。

让他知足的好日子没过多久，他生病了。

他病后，我去看他的次数不多。如果出于礼貌或者责任不得不去探望一个病人的时候，出了门，我们就会谈笑风生，讲真，这只是一场无关痛痒的礼节性问候，稍稍唏嘘一下便又回到自己平静的生活轨迹。但看望叔叔，每次我都会久久缓不过来，我站在他床前，他指着腹部与背部，比划着伤口，他挣扎着翻身，他的形销骨立，都让我有种锥心的痛，有时候我会哭出来，他也侧过脸哀哀地落泪，呜咽着让我别哭。可是见到他病成那样，我的心都碎了。

化疗后，效果时好时坏，好的时候，他还能到我办公室找我，我带他去菜场，他说什么我买什么，我对卖肉的、卖鱼的、卖鸡的商贩说，如果我没空过来也给我叔叔拿去，钱我来付。

他对化疗充满信心，那样痛不欲生的化疗，他坚持住了，只想多活一年半载。

生命何其珍贵，谁不想健康长寿啊。

但是，病魔无情，他的现状很差。前天傍晚和堂弟说好去医院看他，但开到半路，我又回头了，带着那样的哀伤去看他，我晚上会失眠的，白天去看他，再回到单位做做事，可以分散一些忧愁。昨天去医院，他那么衰弱，说几个字都要使出全身的力气，一口痰卡在嗓子眼，咳半天咳得满脸通红也无力咳出。我无可奈何看着他。我没有办法。我恨自己不是神仙。

离开的时候，他终于哭了出来，我也是，憋了半天的眼泪开始肆虐，我说我没有办法，我不敢来看你，见到你受罪我的心就痛，我也不知道对你说什么，你熬住一点，坚强一点……

我边哭边说。

人生那么苦，堪比黄连。

今天中午，我带我妈去看他。病到一定程度，科学再昌明也有无能为力的时候。告别的时候，他泛红的眼眶，他瘦到已经没有皮下脂肪的身躯，都让我不忍卒睹。

堂弟很不容易，父母亲双双重病，婶婶是乳腺癌，他还有一对幼子需要抚养，给父母亲看病已经弹尽粮绝。

人世间百分之九十的事情可以用钱解决，还有百分之十用钱可以得到缓解。

我能做多少呢，我又有多少能力呢？

人要是草木该多好，无悲无喜。人为什么要有感情呢，某一天，浩浩荡荡的离愁别绪袭来，会撕心裂肺的啊。

2019年11月16日

给我们上心理学课的是一名文职干部，刚研究生毕业，也就大我们两三岁，非常年轻，私下与我们关系很好，亦师亦友的那种。但今天上课时，由于不敢苟同一个观点，我们产生了冲突。

教员谈到当下应试教育的弊端，形形色色滥竽充数的培训机构，家长对孩子成绩、分数、升学、读名校、赚大钱的畸形热盼，学生普遍焦虑的心态，无忧无虑的童年的丧失。教员说，该从关注孩子的成绩转向关注孩子内心的快乐。

快乐是什么？它是人类精神上的一种愉悦，是心灵的满足，是真正由内而外感受到的一种非常舒服的感觉，是所有人孜孜不倦追求的东西。它当然重要。

但是，快乐不是肤浅的傻乐，不是无聊的吃吃喝喝，不是不受制约的随心所欲，而应该是一种拼尽全力吃尽苦头面对自己获取的成绩内心滋生出来的喜悦与欣慰。它的得到，必定蕴含着痛苦。

我举手向老师示意：教员同志，请给予我机会谈一谈我的不同看法行吗？

教员同意了。

我说起了自己与朋友成长经历中的小事。

幼时练书法，大热天，老师舍不得开空调，一台电风扇呼呼吹，我左手按住纸，右手写字，手忙脚乱一头汗。回家的时候，一瓶墨汁打翻在书包里，把书包染脏，自己生气，觉得书法难学，还闯祸，就再也不愿意去学了。

后来，母亲出的一本书，要用到我记的日记，那手歪歪扭扭的丑字，被拍成照片，永远定格在书中，每翻到那一页，我都不好意思看。

小学五年级，因为个头长得高，给选去篮球队，放学后又要做功课又要打球，周末也得练，很辛苦。教练有心将我培养成主力，我却主动说：马上小升初了，学习任务重，不练了吧。

我们读大学时，舍友都集体去考驾照，那教练脾气大，老训斥我们，羞辱我们的智商，一哥们受不了，赌气说不学了，下一次碰到好说话的教练再考。后来他再没去驾校，现在他工作了，很忙，依然没有考驾照。

太多了，半途而废的游泳，三天打鱼两天晒网的画画，明天再背的英语单词……它总会在某个猝不及防的瞬间，跳出来为难我们。

因果报应真的是恒久存在的真理，偷过的懒，少读的书，没尝过的苦，都会变成打脸的巴掌。

一棵小树长一年，只能用来做篱笆或者当柴火烧，10年的树就可以做檩条，20年的树用处可大了，可以做房梁，可以当柱子，也可以制家具。

一个孩子，如果不上学，他六七岁开始就能放羊，长大了能放一大群羊，但除了放羊，他几乎不能干别的。如果他读到小学毕业，他可以去建筑工地打工，做保安。如果初中毕业，他可以学一些机械操作。如果高中毕业，他可以参军，保家卫国，也可以学习很多机械的维修。如果有大学文化，他就可以设计道路桥梁、高楼大厦。而如果他有硕士、博士学历，他就可以创造发明出我们的生活中原本没有的东西。

而这些获得，无不与长期艰苦的学习有关。

学习的苦累与枯燥自不必言，今天在课堂里的每一个学员，未来的共和国军官，都经历过身份转型之前旷日持久的深深自律，都明白挥洒汗水与泪水时积累的妙处，那些丝毫谈不上快乐的努力积淀，却树立了我们的信心，唤起了更为强烈的奋斗意识。雕塑自己的过程中必定存在疼痛与辛苦，可那一凿一锤的自我敲打，收获的是较之过去更好的自己。

《孟子·告子》中写道："性，犹湍水也，决诸东方则东流，决诸西方则西流。人性之无分于善不善也，犹水之无分于东西也。"

孩子们还小，缺乏足够明辨是非的能力，偷懒与懈怠伴随快乐逍遥，约束与管教终究令人不爽。再加上，人是有惰性属性的动物，一旦过多地沉湎于温和的散养状态，难免会削弱投进风暴的勇气与力量。孩子需要家长及老师的正确引导，树立远大理想。成长不是儿戏，外面的世界不会原谅你的散漫随性，你追求短暂的安逸与快乐，未来都会用另一种让你难堪的方式回赠给你。

教员同志，内心的快乐是每个人正常的情感追求，但是单纯把孩子的快乐奉为圭臬，我认为有失偏颇。每个人都会长大，要肩负自己的人生，让人生变得丰富、润泽、圆满的唯一途径，便是吃苦和奋斗，而这，常常饱含血泪。

不当之处，请教员批评指正。

2019年11月18日

　　部队有句话叫"可以不睡觉吃饭，不能不体能训练"，尽管有些夸张，但也能体现出体能训练在部队生活中占有很大比重。

　　单杠训练是入伍以来最令我百感交集的一项活动，我永远都不会忘记在新兵连抓单杠时满手的血泡，还有双臂力竭时的痛彻心扉，更不会忘记实现零的突破时的惊喜，以及终于拉够满分时的自豪。从上海到青岛，从青岛到天津，从新兵到学员，从舰艇到军校，训练场上无言的单杠，见证着一个曾经的胖子军人拼搏向上的精神和克服阻力的决心。

　　拉单杠分"借力引体"和"静力引体"两种，"借力引体"是指双手抓住单杠时身体前后摆动，在引体向上前依靠甩起来的惯性拉上去，这相对轻松一点。上去就硬拉、干拉的叫"静力引体"，这需要有极大的爆发力与强健的上臂力量，在以前的我看来，完全不可能。到了这里，才发现，即便是不可思议的静力引体合格都已经不能满足战友们的体能需求了，他们追求卓越挑战极限，向"双力臂""倒挂金钩"等高难度动作探索。为了增加负重，战友们自加训练难度，在腿部绑上沙袋练习，不断努力，当卸下沙袋时，成绩就有显著提高。

　　欣赏着战友们在单杠场上展示着独属于革命军人虎气血性的力与美，亲眼见识到他们平日的艰苦训练，军营男子汉誓把铁杵磨成针的信心和决心，用"感慨"还不足以表达我的情绪，应该是"震撼"。与他们比，我是菜鸟、弱鸡，刚过合格线而已。我也要奋起一搏，也要成为单杠运动这个曾经长久让我深感恐惧的项目上的王者！

　　目标已定，说干就干！

　　我早已经不是胖子了，力量不够的原因一是还没有达到训练的总体要求，二是肌肉量不够。除了多做俯卧撑，多跑步，多去单杠上吊一吊，饮食上我也做了调整，从这周开始，我暗自宣布：10天内一天三顿吃鸡胸肉与全麦面包！

　　鸡胸肉营养丰富，热量低，脂肪含量低，但富含蛋白质，特别适合健身和需要长肌肉的人食用。但是，讲真，几片鸡胸肉下肚，一块无糖无盐的全麦面包吃下去，只够塞牙缝，尤其现在天津已经降温至零下四度，北风那个吹，雪花那个飘，晚上一个人孤零零挂单杠上吊着，远处灯火通明，每个窗口都能飘来红烧羊肉与萝卜炖排骨的香味，真有那种"念天地之悠悠，独怆然而涕下"的凄惶。

哈哈，老妈，逗你玩呢，我就随便卖个惨，撒个娇，心疼啥啊。人啊，对自己不能太客气。部队是培养我的载体，体能训练只是希望每个军人将顽强奋斗的精神发扬到战场上去，到祖国最需要的地方去，我要打造自己的硬核，用最健硕的体魄与最坚韧的斗志，在未来的军人职业生涯中拼搏到底！

瘪着肚子在逼人的寒气中练得浑身冒汗，我甚至能够感受到体内肌肉的生长，体会到自己所拥有的生长能力，体会到坚持与积累的重要，我越来越有信心：我行！一定行！我能够克服饥饿与疲劳，我能够战胜惰性与懈怠，我能够掌控我的身体，我看到了下午比上午进步，今天比昨天进步，我热爱的或许不是坚持下去的结果，而是一直在坚持着的越来越棒的自己！

一口气 20 个引体向上不是梦，老妈，期待我"只要功夫高，杠上随便飘"的那一天！

很欣慰，在断崖式降温的第一个晚上能接到儿子的电话，电话中凛冽的西北风宛如骤然吹起的哨声般尖利，但儿子青春热烈的声音仍像一束光，温暖明亮。

用路遥先生在《平凡的世界》中的一句话勉励亲爱的小鲍：痛苦啊，往往是人走向成功的最好课程，愿我们都能披荆斩棘，拥抱幸福！

2019 年 11 月 29 日

今天来我们这儿办事的老爷子，1928 年出生，1947 年入伍，1952 年，怀揣一颗革命志士马革裹尸当自誓的悲壮雄心，参加了抗美援朝战争。目前，住养老院，离休工资 16000 元。

下面，是我与他的对话。

我：战争有伤亡啊，您参战时害怕吗？

老爷子：害怕？人固有一死，保家卫国还怕死？不怕死！哪怕上战场之前怕死的人，上了战场都不会怕，看着自己朝夕相处的战友牺牲了，你的眼睛都红了，你只想报仇,只想杀一个够本,杀两个赚一个。不怕不怕,军人没有怕这个字。

我:部队生活苦吗?

老爷子:苦才能磨炼人,不苦有啥出息?我当年在高炮部队,待战场一年半,睡觉没有脱过鞋子,随时跳起来打仗。

我:没脱过鞋子?那您洗过脚吗?

老爷子:战场不是家,命都可能丢掉,还惦记洗脚?不洗。

我:您91岁了,长寿有什么秘籍呢?

老爷子:性格开朗、豁达,不算计人。多想光明正大的事情,少想阴暗龌龊的事情。少荤腥油腻,多吃粗粮。

我:您对现在的生活以及现在的社会满意吗?

老爷子:都16000一个月了,还能不满意?国家也发展得挺好,贪官抓了很多,老百姓都有吃有穿。就是孩子们不知道吃苦,耳朵里插个耳机,听不进你的话,天天低着头玩手机。

我:我的孩子也是军人,才入伍两年多。您有什么话想对这个新时代的小战士说吗?

老爷子听说我是兵妈妈,很感兴趣地问了好多,比如什么军种,在哪个战区,是党员吗,学历是什么,在部队两年干出点成绩没有。像自己的爷爷,问得具体又深情。

了解一番后,他说:转告这个孩子,在部队好好干,部队环境单纯,肯干肯吃苦有脑子就会有前途。让他坚持学习,不管在什么时代,学习能力与文凭是能够派上用场的。我当年是苏高专毕业的,属于文化人,一入伍就是干部,当兵36年,直到团职政委退役,一直坚持读书看报记笔记。不学习,给你当政委你也当不好。你让孩子要站得高看得远,海军、空军、陆军都一样,胸襟要像海洋、天空、大地一样博大。

我:老爷子您是社会的有功之臣,还是能打仗的诗人啊。请问您还会敬礼吗?我特别喜欢看军人敬礼,觉得太神圣庄严了。

老爷子缓缓从凳子上站起来,立正,向我敬了个礼。

可惜我不能还礼,只能搓着手,热泪盈眶地傻笑。

老爷子叫张学政。

业务办好后,他要离开。我说政委您慢走。

他回过头来，非常激动地与我握手：你叫我政委？这称呼让我想起当年在华东军区的时光，几十年了。

叫政委多好，它蕴含着刀光剑影的战斗岁月，纵横四海，杀伐果断，来之能战，战之能胜！

妈呀，今天真幸福，手给打过仗的老兵握过，不洗手了。

2019 年 12 月 2 日

有次发现家里卧室的天花板一角涂料有剥落，再仔细看，是长期渗水造成的，可能因为是顶楼，爆竹将瓦片炸破了，或者当初防水层做得不够好，房子又老化之类原因。我跟同事说起这事，该去哪里找个师傅把瓦翻了修一下。我再威猛似汉子，但爬到楼顶拎着瓦刀矗立在猎猎风中这样的事也断然不敢啊。同事说这事只需跟社区说一下，他们就会安排人去修，既不要你爬也不要你花钱。

还有这等好事？我屁颠屁颠向社区副书记说了，他当即做了登记，说尽快让师傅去处理。

今天刚到单位，电话响了，问我在不在家，师傅马上就来。我赶回家，三个师傅拿着长竹梯已经在门口等我了。他们先派一人进屋看了一下渗水的部位，并拍照，另两个师傅从平台洞口爬上屋脊察看。然后三个人站门口商量修缮方案，说楼顶的瓦修好后再给我将屋内脱落的地方刷一下，将它搞得跟新的一样。我说感谢感谢，但不用太麻烦了，里面涂料刷不刷无所谓，谁还天天仰着脑袋看天花板啊，能不渗水就好了。他们正色说：那不行，你是军属呢，一定要给你修得漂漂亮亮让你满意。我奇怪：你们怎么知道我是军属？他们说你家门上贴着"光荣人家"牌匾，还是共产党员户，你家客厅有孩子入伍时的喜报，还有大红花呢，你家有人在部队舍小家顾大家，我们帮你做点这个事算什么呢？应该的应该的。

一点小事竟然因为家中有军人而享受福利，所谓"让军人成为最受尊崇的职业"，这就是最实际的获得感。

感谢胖子，靠你沾光了。

你也唯有好好努力，才不辜负社会普通民众对军人这个职业的由衷拥戴！

2019 年 12 月 8 日

（转摘胖子日记）

今天这个日子，对我来说，可以载入史册，是特殊的、隆重的日子，是倍感骄傲又深觉重任在肩的日子。

身为党小组长，我主持了个人历史上第一次党员民主生活会！

会前两天，队长找到我，他先考了我几个问题，了解我对民主生活会制度、形式、内容等掌握的情况。幸亏这一阵各方面学习没松懈，我回答得还算流利：民主生活会制度作为群众路线教育活动的重要环节，是在加强和改进党的建设的长期实践中形成发展起来的，为了廉政建设，防止腐败，避免腐败现象是它的存在意义。

队长点头：鲍小组长背得挺溜啊。

我继续：民主生活会是党员领导干部召开旨在开展批评与自我批评的组织生活制度，是党内政治生活的重要内容，是发扬党内民主，加强党内监督，依靠领导班子自身力量解决矛盾和问题的重要方式。

队长从凳子上站起来：哦嚯，小子来劲了啊，8 号的民主生活会就由你来主持，三个正式党员，五个预备党员，我作为普通党员的身份参加！

本来想炫一下现炒现卖的背诵功底，这下揽了个瓷器活，可我没有金刚钻啊，内心一阵慌张。但部队没有说"不"的习惯，无条件执行命令是天职。

"谢谢队长委我以重任！保证完成任务！"走出队长办公室，一头汗。这会咋开啊？

2019 年 12 月 22 日

妈妈，今天是冬至，首先祝你冬至快乐！

冬至是一年中黑夜最漫长的日子，漫长的黑夜与极寒将我们抛入黑洞，我们无法避开冬至，正如我们无法避开人生的至暗时刻。

冬至是一年中最后的考验，熬过这最漫长的黑夜，我们的生命就由衰转盛，代表下一个循环的开始。

我看到你昨天写的"穷冬极风水"，我们要护住自己，像双手捧着一盏摇曳的火烛冒雪前行穿过这个长夜。越是寒冷,越要做些晴朗的事,越是黑暗,越要歌唱。

否极泰来,冬至阳生春又来!

刚才翻手机,看到朋友圈都给饺子承包了,当然还有各式各样的火热聚会。满眼所见的也都是民以食为天,"蓼茸蒿笋试春盘,人间有味是清欢""绿蚁新醅酒,红泥小火炉",或清雅,或粗朴。从皇权贵胄,到贩夫走卒,绵延千年不变的饮食文化里,满满的都是对生命最真诚的关爱。

四方食事,不过都是一碗浓浓的人间烟火。

杜甫诗云:九九消寒醒冬酒,胡辣羊羹烂汤浓。很有热气腾腾的画面感啊,但我的晚餐只是象征性地吃了三个饺子。

天津目前零下七八度,每天得端着枪全副武装在门口站岗。这场景是不是很英武?寒风肆虐,睫毛上布满霜花,呼出的气凝结成冰,依然保持纹丝不动的挺拔身姿。而其实,都是血肉之躯啊,戴着手套寒气也直往皮肤里钻,一岗下来腿都冻僵了,在暖气片下哆嗦好一阵才能缓过来。

那时候,红油四溅,沸腾着的羊肉火锅是我最渴望的东西!但即便羊肉火锅在边上,我也不敢猛吃。前几年出台的《军事体育训练改革发展纲要》上明确提出实行军人体重强制达标、推行军事体育训练与人事管理挂钩、建立军事体育训练荣誉体系等配套政策。军人体重超标,不仅影响了军人的形象,而且拖累了战斗力的提升。军人的体重,实际上反映了平时的训练成果和军人的基本素质,从一个侧面折射出是建设一支和平军,还是建设一支能打胜仗的精锐之师。体重这个东西,虽然是一个量化的标准,但却有实质性的内容,体重强制达标这个立足点,就是向能打仗、打胜仗这一主线聚焦。

以前觉得,有菜有肉,才有了抵抗孤独与寒冷的力量。吃了睡睡了吃,生活才算是舒适。但自从穿上军装,我的价值观得以重塑。到今天为止,我已经足足掉了55斤肉,缩水了四个码的腰围,高耸如峰的肱二头肌,有着完美分离线条的肱三头肌,都无声地记录着两年多奋不顾身的日子。

妈妈,别心疼,连岳有句话说得好,一个人若没有草芥一般谦卑而顽强的生命力,就配不上拥有好的命运。

我跟你说零下七八度我也要在冰天雪地里站岗,我不敢放纵自己的胃口,有时没忍住多吃一个包子都会独自在黑暗的操场加跑 3000 米,不是让你觉得儿子可怜,只是想让你举起大拇指,重重地为我点个赞:2019 年,儿子为了实现自己的理想,为了一身戎装的荣耀,为了维持一个家庭的体面,为了树立一个男子汉的形象,曾经多次想放弃,但仍坚持了下来。我们都是 2019 年的英雄,都值得为自己点一个大大的赞!

2019 年 12 月 30 日

老鲍:

昨天,你大学的战友束军大哥与我联系,说想来看看我,代表你们大学同学,了解一下我与孩子的近况。他说:小陈,我最亲密的战友鲍华东同志离开一周年了,我时时想到他,深感惋惜啊。

一周年了,你离开人世已经有 365 个日夜了。

束大哥来常州办事,我正好去市区参加一个活动,我们约好在一个茶室碰头。

你的大学同学中,唯有束大哥给我的印象比较深,他是丹阳人,与你算是老乡,之前你常说到他,说他是马克思主义哲学博士,讲话引经据典,大段大段生涩的理论信手拈来。前几年他来我们家,我见识了他的滔天口才。那回他与另一个战友住在我们家,早上吃好早餐离开时,我们在院子里送行,他拥抱你,眼含热泪对你说:我比你大两岁,当过你班长,当过你区队长,我将你一直看成我小老弟,看成我下级,最不放心的也是你,你那时候太自卑内向,但这次常州之行,我彻底放心了,你事业稳定,家庭幸福,身体健康,好,我放心了!

你出事后,束大哥从上海赶过来,他站在你身边,悲怆地喊:鲍华东,你这搞的哪一出!你给我出列!

你再也出不了列了。

束大哥在茶室门口见到我,他说《胖子从军记》是他多少年以来唯一完完整整仔细阅读的书,他搞学术,博览群书,但大多挑精华部分看。这本书,因为是他战友夫人所作,记录的是一个兵二代的故事,字里行间都是亲切,所以读得特别认真。他推荐给他的侄女看,侄女的孩子今年入伍了,他对侄女说:不知道跟孩子如何沟通的时候,就多读读这本书,就会打开与孩子心灵碰撞的绿色通道。他对侄孙说:受不了约束的时候,就读读这本书,它会教会你咬牙忍住一切的苦与累,然后于某一天骄傲地告诉别人:我战胜了困难,成就了自己!

他说很好，它写得励志又真切，传递着一个母亲望子成龙的热望，又呈现了一名新时代革命军人的勇敢和坚定。转告小侄子，在部队尊重领导，团结同志，继续发扬吃苦耐劳的精神，听党话，跟党走，一定前途无量！

他问我一周年有什么纪念活动吗？

我说没有。

世间为心最大，所谓心外无物，我与儿子好好地生活，便是对往事与故人最好的祭奠。

今天上午我去看你，不知道谁已经放了一盆花在墓前，应该有些时日了，金色的菖兰凋落了一半。我很欣慰，除了我与儿子，这个世界上，还有好些人惦记着你，想到你，为你唏嘘伤感。

你是一个高尚无私的人，一尘不染的人，这点，从来令我骄傲。

虽然，作为寻常夫妻，我们一贯吝啬于表达对彼此的肯定。今天我穿了件崭新的衣服去看你，你对我的行头向来不屑一顾，之前，我要你评论一下衣服如何，你冷漠地瞥一眼，不置一词。逼急了，就来一句：不就想我昧着良心夸你吗？可我实在看不出哪里好看。我循循善诱启发你：不觉得文艺吗？不觉得闲云野鹤吗？你爆粗口：狗屁，就是一个尼姑！女和尚！

我们的审美情趣格格不入。

我见到你在家里到处糟蹋环境卫生就来火，看过的报纸摊茶几上，刷个牙搞得洗脸池边上都是水，我骂：18年军营生活都没调教好你内务卫生？你这兵白当了！你回吼：家里是军营吗？我上纲上线：你就是混进革命队伍的兵痞啊！你反唇相讥：我可是参加全军统一考试录取的正牌军校生，这水平搁现在，怎么着也是博士后，你初中数理化就不及格，文盲还敢跟我叫板？！

我们总能将家长里短的闲聊上升为人身攻击。然后一个咬牙切齿埋头干家务，一个铁青着脸继续葛优躺看报。

直到命运拿你当案例，向世人诠释着什么叫人生无常，我们才恍然大悟，我们竟然始终都没能学会如何做一个好丈夫，好妻子。

想来也真是遗憾。

但生命的遗憾与悲伤也未必需要用涕泪纵横来表达。

生命是什么呢？一条鱼，一滴水，一阵风，一朵花，一只快乐的小昆虫。有时候我们觉得扑面而来的风很熟悉，也许因为它在很早很早之前就认识我们。生命有不同的模样，在这个世界上不停地变幻，有些生命因为有缘分，一直在相互缠绕，有时候它们知道，有时候不知道。

  生命在变化的那一刻，就是死亡。死亡是新旅程的开始，它虽然悲伤，却是一种轮回。感觉哀恸悲凉的时候，我试着闭上眼睛，依稀看见冰山在阳光下闪耀，底下有股清泉缓缓流淌，然后我站起来，迎面吹来的暖风，跳跃在脸上的阳光，风铃草在花盆里歌唱，我想这一切都可能是你，教会我明白生命的去向，平静地去接受泥泞的现实，同时又不失去勇敢和希望。

  我给你带去很多好消息，与你同一天入伍，目前硕果仅存还留在部队的战友前阵已经被授予少将军衔了，金豆在肩上闪耀，代表的是荣誉、权力，更是责任、担当。去年10月份你在电视中看到你战友，你反复地回放那些镜头，你隔着屏幕对战友挥拳：好好干啊，我们都是半拉子兵，就看你的了！

  雨昂之前在舰艇的政委晋职了，你说过这小伙子赶上风清气正的政治生态环境，没背景有能力照样能行。你没看走眼。

  雨昂再也不是胖子了，75公斤，单杠拉合格了。发了一套双排扣的呢制冬装，挂学员肩章，拍了照片回来，帅无敌，这模样应该不会打光棍。

  一切都很好。

  我想你也一定平平静静地走来世的路。

  如是，即好，即安。

2020年1月14日

  妈妈，今天下午参加会议，才知道我们学院常年结对帮扶贵州一个深度贫困山区的小学，学院有关领导曾经去过那里，给我们展示的视频中，那里非常贫瘠，山体赤裸，一座一座连绵不绝，庄稼也种不出。一所小学，13个学生，两个老师，摇摇欲坠的几间破房子，孩子们稀稀拉拉的读书声听来让人心酸。他们中，有的是留守儿童，与年迈的祖父母相依为命，有的早早失去父母，像一棵野草一般萌芽、成长、飘零。他们对着镜头，无措地挤出一个笑容，却看得人想落泪。

  学院领导发动我们捐款，说临近春节，捐款可以给孩子们买些吃的，割点猪肉，置件新衣服。捐款金额虽然出于自愿，但还是有约定俗成的规矩：干部500，士官

300，拿津贴的学员100。我身边正好有188块钱的现金，就投进了捐款箱。188是个吉利的数字，愿这些大山深处的弟弟妹妹们，在新年里能够丰衣足食，人生有好的发展。

视频中一个二年级的女孩，志愿者给了她10块钱，她将纸币抹平整，小心翼翼地折起来，然后掀开衣服，藏在最里层的衣兜里，再用手压一压，确定安全后，才对着志愿者腼腆地一笑，破衣如旗，笑容却纯净似天使。志愿者蹲下来，拉着她手，问：想怎么花这个钱？女孩说：带回家给奶奶买盐。

10块钱，一杯鲜榨果汁都买不到，对这些孩子及孩子的家庭来说，却是赖以生存的资源，非刚性需求不会轻易动到它。

贫穷的生活施予他们重压，一分一毫都是他们救命的稻草。

那个吃了五年辣椒拌饭，一天生活费不超过两元，体重只有43斤的贵州女大学生吴花燕今天去世了，她常年营养不良，她是在贫病交集中凄然离去的。

这些消息，在本该歌舞升平、普天同庆的岁末年尾让人深感寒凉。

很幸运，我从小生活在富庶的江南，没有经历过贫穷。刚去湖北读大学时，宿舍一位孝感籍的同学说，他的人生理想就是买一辆夏利轿车。夏利轿车只要区区几万块钱，这也是人生理想？我愕然。他说，他的父母在山里种地，一年只有几千块钱收入，他收到大学录取通知书，母亲厚着脸皮借遍了所有亲戚才凑出开学的费用。

当时我真是瞠目结舌，电视上没钱读书的新闻报道，真切地发生在我的身边了。

国家对贫困大学生有补助，但僧多粥少，必须提供相关证明材料，还要经历一个非常残忍的"竞选"，就是当着全班同学的面，讲述家庭的贫困程度。我是班长，每年组织这场"比穷"活动的时候，都于心不忍。男生还好一点，脸皮厚，女生站在讲台上，在众目睽睽之下，说自己父亲早亡，母亲有精神分裂症，每个月靠吃药控制就得花300多元，弟弟残疾，还有个类风湿性关节炎下地走路都困难的爷爷，家里只有三头羊。她说这些话的时候，心里该有多难堪！谁不想做个集万千宠爱于一身的公主？我深深地低着头，我不敢看她噙满泪的眼睛，她一定感到非常不好意思，她一定希望有个地缝好让她钻进去，但是，她有什么办法？她只能敞开自己，袒露贫穷，呈现不体面的伤口，就为能够得到每年几千块钱的补助。

缓解生活的压力和抛开生命的尊严哪一个更重要？

无疑是前者。

然而，即便这样，也不是每个贫困生都能如愿得到补助，证明材料的复杂，同学的投票，班委会商议，老师考量，最终学院定夺，每一环节都有落选的可能。

记得一个同学，每次到了饭点，他都是最后去，他悄悄跟我说：补助没弄到，买不起菜，趁食堂师傅收摊时去，运气好，卖不掉的菜可能会打一勺给我。

我一直记得他镜片后闪着光的眼神，那个光，是为今天又有可能能蹭上一勺免费的剩菜而兴奋地闪耀。

当你站在安全地带的时候，真的不要嘲笑处于危险中的人挣扎的样子有多难看。

这世上还有无数的人，被生活逼迫到低入尘埃。

这个世界总喜欢以己度人，你看惯了灯红酒绿，高楼大厦，纸醉金迷，就会以为贫穷与疾苦已经不存在。

那是因为你没有穷过，也没有看到过贫穷是什么样，所以你不知道。

当你想批评别人不够努力的时候，你要知道，有的人仅是活着，就已经耗尽了所有的力气。

当你想奢侈一把的时候，你要想想，有那么多人，没有你所拥有的优越条件。培养自己节俭的美德吧，这个世界还有那么多人，与美好生活隔着透明的屏障，前面是光明，却始终无能为力。

妈妈，今天的话题有些沉重，我要调整一下心情，一会儿要去排练，我有个独唱节目，就聊这些吧。贫穷如果是深渊，愿我们的善意，就是爬向光明的梯子。

2020年1月20日

儿子早就订了天津南到常州北的票，可能给回家的喜悦搞得过度亢奋，赶到天津西去坐车，临上车前傻了眼，只能改签，原定到家午餐变成了到家晚餐。

学院捎回一封告家长书，明确表示学员假期严禁驾车，他很自觉地不摸车子。他说：放假不等于放肆、放纵、放飞自我，所有规定与纪律要遵守。

中午带他去看他爸，一年又20天，我们提及这个悲伤的话题，终于不那么沉重得难以启齿了。

儿子说他一个沈阳籍的战友，6岁就失去父亲，父亲这个角色，在他记忆中已经模糊到几乎一片空白，20年以来，只记得母亲带着姐姐与他卑微地度日，缺吃少穿，受尽歧视与冷遇。他每天晚上与母亲视频聊天，镜头里，50出头的母亲苍老得像祖母，白发萧萧，皱纹里都是常年累月积攒的凄苦。

儿子说：比起战友，我何其幸运，我的成长过程中，父爱没有缺席。铆足劲考学的那半年，我完全没有时间去伤心，有限的每分每秒都要花在学习上。我总觉得我爸在监督着我：儿子，你与你妈现在的状况已经够糟糕了，但越艰难越不能懈怠!

我没有退路，孤注一掷地拼搏! 我再也不想让我爸有一点失望!

而且，一个人，是不会轻易地死去的，我爸他在我们对他无边的怀念中顽强地活着，永恒地活着!

上次放晴还是元旦那天，后来便一直下雨，今日，太阳出来了，白菊圣洁绽放。儿子一身戎装，肃立于他父亲面前，向他爸久久地敬礼。

把所有停不下来的言语变成秘密，关上了门，把岁月化成歌，留在山河中。

寒冬已过，只待春风渡。

2020年1月23日

6点半，听到儿子起床去卫生间称体重的动静。昨晚吃了顿大餐，他可能有罪恶感，夜里酸奶都不喝，说喝点水就行。他就穿了件短袖海魂衫，外面套个薄夹克，下楼了。我问这样不冷吗? 他说跑起来就不冷了，在舰上时，除了下冰雹，每天6点起床，6点05分在码头上开跑，每个人都睡眼蒙眬，都带着一身被窝的气息，海风凛冽，刀子一样割脸，也得跑，现在都这个点了，不冷。

一上马路，他就撒腿跑起来，我低头整一下遛狗绳，再抬头，他如利剑出鞘，蹿出去老远，不见人影，只有一轮初升的朝阳，于地平线处喷薄而出。

2020年1月25日

世界上的女性，面对孩子，骨子里应该都是温柔的，即便有时候，她们的爱并非都以一种特别和风细雨的方式来呈现。

先说高阿姨。我弟弟说我一举手一投足像锄地，又像开山，还像杀猪宰牛，穷凶极恶、张牙舞爪，他说高阿姨眨个眼睛都有韵味，永远娴静婉约，楚楚动人，给人这么高度夸赞，我心里痒痒的，也想跟着学，我弟弟说，别东施效颦，你学不像。我就放弃了，继续"堕落"。

高阿姨本是我的邻居，她的父亲早期是我先生所在部队的领导，作为军营长大的孩子，她受到过良好的传统教育，中国女性的美德，在她身上如平静湖面的水波，于阳光下闪耀得那么自然温柔。

她爱雨昂，雨昂是她带大的孩子。后来，她住到市区去了，也会给我打电话：别打雨昂啊，他还小呢。电话中小声央求我，仿佛那是她的孩子，是寄养在我家里的她的孩子。

高阿姨的梦想就是雨昂哪天结婚了，生娃了，她去给他带孩子，她怕我粗声大嗓地吓坏孩子。

还有一个是雨昂初中的班主任贡老师。如果人的一生中一定会有一位恩师引领你不断前行，贡老师当之无愧。彼时我最头大的事情就是贡老师来电：鲍雨昂妈妈，你来学校一趟好吗？上课做小动作啊，看杂书啊，午休讲话啊，我心想这多大事啊，至于这样投诉吗？但贡老师觉得千里之堤，溃于蚁穴，不积跬步，无以至千里，芝麻绿豆大点的事也不放过，一双犀利的眼睛时刻盯着雨昂。考试不好，吼。排名倒退，训。如今雨昂感慨：初中三年，愣是给贡老师逼着骂着，我是因为怕她，才考上了重点高中，虽然在她手里提心吊胆，但现在最感激的还是她。

今天带雨昂去看望她们，感谢这些平凡而伟大的女性，用爱滋养着一个孩子的成长。

2020年1月28日

有热心人对我说：我朋友的女儿，研究生三年级，各方面条件不错，雨昂在家，倒可以见见面，看看能不能朝着恋爱的方向发展。

我婉拒，还小呢，培训都没结束，男子汉先立业后成家，到30岁都不迟。

朋友骂我老脑筋，不开化，再说只是见见面，又不是现在就恋爱结婚。

然后就发我几张照片，我看了一下，说太丑。尽管好看的皮囊千篇一律，有趣的灵魂万里挑一，尽管外表美取悦一时，内心美经久不衰，尽管……再怎么尽管，长相仍是第一位的，在长相看得舒服的基础上，再考量其他。毕竟要看一辈子，长一副自己不能接受的样子，是一件相当不道德的事情。

朋友气得哇哇叫：五官端正，文文静静，学霸，哪里丑了啊？你这个老变态！

回来给雨昂看，雨昂研究半天，挤出一句：还行，肯定不丑，更谈不上太丑。

我说你长期在部队，接触不到女性，审美标准严重下滑。

他沉吟片刻，承认可能有一丢丢，但是，他话锋一转：你长成这样不也能嫁给我爸？

我差点气歪鼻子：我长成什么样了？你爸是白马王子？

他说我爸后来老了，颜值走下坡路，但怎么样走下坡路也是帅哥，年轻时真是仪表堂堂，我留着他好多风华正茂时候的照片，非常帅。你这大饼脸完全配不上我爸。

聊天聊到这里，初心已经忘记了，他拿出他藏在兜里的他爸照片，指给我看，说他爸头发浓密，鼻梁挺直，浓眉大眼。然后语重心长对我说：老妈，你是真的丑，跟我爸不在同一个档次。

我知道儿子想念他爸，爸爸在他心中，是一个完美的男人。

有儿如此，深深地爱着一个永无归期的人，我想我先生也该欣慰。

2020年2月2日

昨天下午儿子去当疫情防控志愿者前，我说问问看，我能去吗？儿子咨询了他朋友，说新北区团委招募的，男女倒是不限，但年龄不能超过45岁。

罢。一腔赤胆忠心报国志卡在年龄上。

早上8点半，儿子到家，有些许一宵未眠的倦容，但依然兴致勃勃地跟我聊这一晚上的感动。他所在的卡口是老312国道与239省道交界处，往东500米就是邹区灯具城，再往东2000米就是凌家塘果蔬批发市场，这两个大型的市场别说在常州，在整个长江三角洲都有名气，云集了全国各地的经销商，平时南来北往的车辆非常多，生产、销售、装货、送货。前天，邹区发现一例新型冠状病毒确诊患者，疫情防控更是万万不可疏漏。他们所在的卡口人员配置有医生、警察、路政人员、政府工作人员，亦有义工、志愿者。志愿者所做工作是给来往车辆的司机量体温，严防疫情输入，配合交警劝返来自疫区的车辆。

儿子说卡口处搭了个铁皮简易棚，志愿者两小时换一次岗，可以去棚子里喝点水，坐着歇一下，政府工作人员半夜还送来些方便面。他们知道儿子的身份是现役军人后，很感慨，夸赞受部队教育的年轻人就是不一样，觉悟高，国难当头时能够挺身而出。儿子说：很惭愧，在家窝了这么多天，还不知道有志愿者招募令，早知道的话可以早些出来帮着干点事了。

他向卡口他们这一岗负责的医生说：在新北区范围内，哪里缺志愿者就让我去哪里好了，白天晚上都行，上通宵也行，在我本月中旬返回部队的任何一天。

医生感动地拉着他手说：小伙子可真行，我们当医生的虽然说医者仁心，救死扶伤是天职，但多少还是因为有个单位约束着，一只饭碗要紧，节骨眼上不能说我不上班，我害怕感染，可是你们志愿者零报酬，是松散的、自由的，而且还面临一定的风险，你却愿意继续干，真将我感动到了，我要和你交朋友。

我在厨房择菜，听儿子对我说：要说风险，还有比军人更高危的职业吗？任何一次的战斗任务，都面临成与败、生与死的考验，如果都惦记着自身安危，军队还有什么血性与斗志？此次疫情，于整个国家来说，就是一场战役，尽管没有炮火连天，但是，它已经危及到老百姓的生死存亡。军人，不管在真刀真枪的博弈还是看不见硝烟的战斗中，都该保持军人的勇敢！

儿子说这些话时一脸的庄严，我也给一个年轻人的思想境界感动到了，夸他纯良优秀，老母亲倍感欣慰。

儿子说，他们志愿者中，有一个开奔驰车来的 40 岁左右的男人，一看就是有钱人，成功人士。还有一个腿不是很利索的年轻人，之前是操作数控机床的工人。两个人，代表两个阶层，但是，他们戴上口罩，戴上橡胶手套，戴上一次性帽子，在寒风凛冽的卡口认认真真工作的时候，社会赋予他们的身份，不管是老总还是普通打工仔，都消失了，他们就是千千万万的志愿者之一，是自己的祖国母亲遭受重创的当下，忧心如焚的孝顺儿子。奔驰车主在棚子里喝水的时候腼腆地说：在家睡不着，出来帮帮忙，每天帮几个小时，心里踏实一点。数控机床工人说：我腿不好，但当这个志愿者又不要抓贼，能胜任！明天继续通宵！之前加一小时班都要问老板要钱，现在白干心甘情愿！钱不钱算什么啊，大家安安稳稳活着才好！

感恩我的孩子在疫情泛滥的黑暗时光，能够遇到一些人，他们或许没有什么远大的理想与抱负，都是最平常不过的路人甲、路人乙，但是，他们真实，善良，有担当，不功利，他们用朴实的言行感染并影响着我的孩子：目光所及之处，皆为征途，但行好事，莫问前程！

2020年3月27日

儿子每天向我播报世界疫情，哪个国家感染者一周内暴发多少例，哪个国家的副总统检测为阳性，哪个国家的首脑面对记者采访落泪了。他跟我说中国向多少个身处灾情的国家伸出了援手，捐赠了多少医疗物资，他骄傲地感慨：一不留神，我们国家已经发展得这么强大！这次疫情，完美检验了中西方两种制度的差异，共产党执政的制度优越性体现得淋漓尽致，"我是中国人"这应该是目前最自豪的身份介绍！

我预测，疫情过后，有了钱就往国外跑，去国外生孩子、定居的现象会少很多。我们的国家，当然还有一些问题，但我们亲眼目睹了自己的国家在不断地修正，不断地进步。

我们常在报纸与"学习强国"上看到"增强四个意识，坚定四个自信，做到两个维护"的消息，其中"四个自信"中的制度自信，用通俗易懂的话来诠释，应该就是这几十年间，我国执政党在社会经济上的进步，在政治局势的稳定等各方面折射出的巨大定力与强大活力，我们普通百姓都是受益者，凭什么不对中国特色社会主义制度产生高度的自信呢？

今天5点20分公布的国外疫情大数据报告显示，确诊病例38万多了，2000多人在一天内因感染病毒丧生。惨绝人寰。

无比热爱自己的祖国，我从未离开过我的故乡，这里的每寸土地都慈悲，每根草木都含情。

2020年3月28日

儿子说今天是地球熄灯日，他作为城市照明管理处曾经的实习生，要践行这项公众环保活动，晚上8点半到9点半把灯关了。

一到8点半，他啪一下按灭了客厅的灯，我正在泡脚，陡然的黑暗让我看不清桶里的水是否还可以加一点，但孩子有这种觉悟当然要配合，不管个人的力量如何微不足道，如果有更多的人愿意自觉陷入一小时的黑暗，其实就是在心里点亮了一盏明灯：保护地球，爱护家园。

借着手机的光摸索着去找了烛台，这玩意儿几年前在宜家买的，第一次派上了用场。烛光将我的影子拉得好长，刷牙洗脸洗澡，愣是没开灯。儿子说我唱首《烛光里的妈妈》应应景吧。我说可别，哪有那么惨，黑发泛起了霜花，腰身倦得不再挺拔，眼神失去了光华，我目前只是胳膊疼。儿子哈哈大笑。

站阳台上看到对面小区景观灯没熄，他挺生气这宣传没到位：政府重视了民众才会效仿，进而反思人类与自然的关系，从最微小的行动开始改变，为环保做贡献。

失去让我们珍惜得到，黑暗让我们珍惜光明。

2020年4月4日

人的一生，是遇见与别离的一生。在清明时节，怀念先祖、故人、往昔，也祭奠一下远处和更远处的悲伤，是告慰自省，也是身心整理。

有敬畏，才自觉节制。

有珍惜，才下意识呵护。

有面对，才能在伤心过后，再次回到春天。

2020年4月8日

天气是真好，昨晚与儿子散步，明月相照，清风袭来。早上出门，朝露晨阳，霞光万丈。各种叫不上名字的花儿，朵朵在枝头盛放，草坪碧绿绵延至目光尽头。

武汉今日解禁，国内疫情随着武汉人可以自由外出而宣告取得了这场战役的阶段性伟大胜利!

想想这两个多月以来所经历的一切，我们通过各种渠道所获得的信息，我们的心中交织着太多的情绪：悲愤、惊恐、感动、绝望、挣扎、骄傲……就会热泪盈眶。

上回与朋友小聚，餐后朋友搀着她老母亲下楼梯，突然回头对我说：陈黎，觉不觉得像梦一样？有钱不好出门吃饭？没犯罪却要禁止自由？宁可走楼梯不敢乘电梯？又不抢银行又不做坏事又不是医生，天天捂着口罩？

灵魂拷问，听了都想哭，疫情时代，无论哪个无辜的人都受到了很大的影响。国外差不多疯了，儿子今天还没向我播报最新消息，但人类是命运共同体啊，覆巢之下安有完卵？人家崩盘就你发财？不可能。

现在不管是散步还是上班，戴口罩的人越来越少。清明小长假去了趟上海，郊野公园八成游客摘了口罩，而且人很多，又忧又喜。但我想我们仍要继续听医生的话，不可放松警惕，少去人员密集处，出门仍要戴口罩。

100步我们已经艰难地跋涉了99步，还有至关重要的最后一步，到那时候，我们再撒花放鞭炮，仰着又大又圆的胖脸自豪地说祖国万岁，共产党万岁，中国人民万岁，我们彻底战胜了疫情！我命由我不由天，新冠肺炎滚蛋！

现在还没到时候。

保持冷静。冲动是魔鬼。

2020 年 4 月 16 日

温塞特曾说过，如果一个人有足够的信念，他就能创造奇迹。

2020 年对于所有人来说，都是不平凡的一年。新年伊始，新冠疫情牵动着全国人民的心。因为疫情，学校推迟了开学，公园和大型商场全部关闭。所有的小区居民都被要求遵守防控措施。我们每天只能从电视新闻、社交媒介等渠道了解疫情的情况。这次疫情远比想象中的要可怕，每天都有新增病例。但是最让人感动的还是我们全国人民团结一致共同抗击病毒，正所谓病毒无情人有情。

你看，只要是公共场所，到处都有勇敢的志愿者们，他们始终坚守在一线，这些志愿者中有医护人员、社区工作人员、退休人员、在校学生……他们不怕辛苦，不惧风险，认真负责地工作。这就是一种信念，一种舍身忘我报效祖国的信念！为了社会的稳定、为了国人的平安，他们从早到晚日日夜夜地忙碌坚守，这种信念让人感动。即使再苦再累他们也从不抱怨，这就是坚定的信念！

在这次疫情中，雨昂舅舅就去当了一名志愿者，雨昂舅舅是一名共和国的准现役军官，去年9月刚考入军校，这次本来是放假回家探亲。他了解了目前的疫情，自己主动申请去当志愿者。而且雨昂舅舅主动要求去最辛苦的岗哨，因为自己比较年轻，还主动承担了午夜国道岗哨的检查任务。每天都到天亮才回家，他仍是微笑地面对一切。用他的话说军人就是为人民服务的，他觉得自己是一名军人，这个时候国家需要他、家乡需要他，他就应该献出一份责任，再苦再累都值得！我想这也是一种信念，一种有担当有抱负的信念！

雨昂舅舅你真棒，我在心里也忍不住为舅舅点赞！

虽然我还是一名小学生，我也有我的信念，我要好好学习，用知识和智慧去报效祖国、服务社会。所以，和妈妈商量之后我也用我的压岁钱为这次疫情尽一份微薄之力。中国加油，武汉加油！我们所有人齐心协力一定能够战胜疫情。这就是我的信念！

信念是什么？妈妈告诉我：信念不仅是一种态度，也是一种精神力量，让我们不怕辛苦，不怕困难，在任何时刻都保持坚定。

转发一篇郭开心小朋友的习作。郭开心是我先生之前部队领导的外孙女，她的爸爸也是位海军现役军官。

才9岁，后生可畏啊。没有唧唧歪歪，而是充满力量地叙述，字里行间，一枝铿锵玫瑰含苞待放。

2020年4月20日

记得孩子幼时跟我去路桥，跟丢了，在熙熙攘攘的顾客与星罗棋布的摊位间，我惊惶凄厉地大叫他的名字，好在很快他从人群中钻了出来，我抱住他大哭，又忍不住打他，泪流满面地责骂他。他还记得我们单位那时的办公室，窄窄的楼梯，墙皮剥落，卫生间是家用的抽水马桶，三楼还有我的一个宿舍，他常在房间被我逼着睡觉，"但很舒服，有空调"。他还记得我同事的名字，描绘得出他们的长相，记得我们办公桌位置的排列，记得一个落满灰尘的堆图纸的仓库。记得政府食堂有非常好吃的早餐供应，一拐弯就走到了街上。

他记得自己曾经在街上那个私人幼儿园待过，中午他们男孩女孩挤在一起睡觉，醒来会吃到另一个男孩分给他的半块麻糕。我告诉他，去年这个跟他同岁的男孩结婚了。他说好快呀，分麻糕的时候他们只有三周岁。

我记得他在得到一个他喜欢的好吃的东西的时候，会先给我尝，我如果推辞，他会佯装很生气：你不吃是吧，那我扔垃圾桶了。见我吃，他会一边心满意足地看着我，一边问：没骗你吧，是好吃的吧？他的目光诚恳温暖，全是对母亲的热爱。

差不多10年前他就憧憬过某天他拍婚纱照，也会邀上我与他爸，"来个大合影，我们可以去海边拍，马尔代夫吧。我爸坚持锻炼，胖不到哪里去，你可不能长得太走形，露背装给撑破就太丢脸了，嘻嘻"。我们在胡乱幻想的时候，是夏天，空调嗞嗞作响，卧室里有栀子花与电蚊香混杂的味道。

他有成长的烦恼，要中考，要高考，要当兵，我为即将到来一事无成的40岁而焦虑。

那些童年，那些夏夜里闪烁的理想与苦恼，都是人生的一个瞬间，不可复制的每一个瞬间都再也不会回来了。

2020年4月26日

我去之前的家里搬些东西，当年我们的结婚照还在，放大后，镶在玻璃镜框里，时间久远，加上返潮、风化，照片斑驳了，与玻璃粘在一起，一揭肯定就破了。照片中，我先生穿着西装，蓝底印花的领带，三七开头发喷了摩丝，吹得很高。我穿照相馆里的白色婚纱，头上顶着鸡毛一般的饰物。过了一个夏天，我的胳膊晒得很黑，上臂与小臂有明显的色差，照片上也能看出。我清楚地记得那是9月上旬，市区南大街的国际照相馆，我们两个没见过世面的乡巴佬傻子一般走进去，说拍结婚照，连同结婚证上的标准黑白合影，一共要400多块钱，我们还犹豫了一下，觉得贵，但来都来了，还是拍吧。摄影师是个中年男人，戴着眼镜，态度很差，不问三七二十一就给我涂口红，我忸怩着不肯涂，他就训我，说不涂怎么拍照？涂好后，我翘着嘴唇，非常不适应。那婚纱有明显的污渍，但挂杆子上的每一件都脏兮兮的，别无选择。婚纱下摆又宽又长，我把它收缩起来，抱在胸口，才能走路。拍照正式开始，摄影师在我先生脚底下垫了块厚木板，让我们四目相对，做出情意绵绵的表情，我们做不出，一个是钢铁直男，一个是女汉子，摄影师又发火：新娘，你威武不屈地干什么？挨近一点！新郎，眼睛不要看我！看新娘！靠上去！

我们傻傻地站着，任人宰割，脸上都呈现一种可笑的愚蠢。

后来照片出来，我们的神情僵硬尴尬，我的口红都涂到腮帮子上去了，我先生也是一脸的不自在，彼时作为一名现役军人，估计面对敌人都没有那么紧张过。

有些回忆像星星点点的萤火虫，在夜里闪烁。

此时天幕暗蓝，一轮寒瘦的月，悬挂在香樟树的枝丫间，如同落在巢中。有种苍凉，如藤蔓缠绕心头。

每一个人，属于过往生命的瞬间，总是再也无法回来。

世事大梦一场。

2020年5月5日

今天去看我先生之前部队的老领导。

老伯伯亲自买菜、掌勺，整了一桌好吃的给胖子，作为回报，胖子陪老伯伯喝了一瓶红酒。老伯伯当年是士兵提干，立过两次三等功，早年就被评选上海军航空兵部队优秀党支部书记。作为一个资深政工干部，老伯伯勉励胖子：依然要保持吃苦耐劳的精神，不管什么时代，不管别人说当官都要靠关系，你要坚信，关键还是要靠自己足够努力。不要心存侥幸，你努力别人或许不一定看到，但不努力别人看得很清楚。老伯伯关注着你呢，下回回来咱爷俩整瓶白酒！

感恩一见到胖子就抱住他的大妈，当年她经常抽空给忙得鸡飞狗跳的我抱孩子，她见到我给孩子手忙脚乱换尿布时脸上怜惜的笑容永不消逝。感恩生命中从来不缺对我们真诚以待的领导、朋友。生活有漫长的平常与无常，还有星星点点的希望与无尽的苟且，但那些关爱，总让我们坚定地重新启程。不管路途相隔多远，有多久没有见面，你们的好，我们都铭记于心，并且，不再感觉孤独。

2020 年 6 月 26 日

儿子刚入伍时，所有的体能测试都不合格。

3 公里，跑不完全程，第一次跑完全程，耗时半个多小时。400 米障碍，对矮墙和高板充满恐惧。蛇形跑，跌跌撞撞。俯卧撑，做几个不标准的就趴那儿再也动不了。引体向上，费了吃奶的力气，也拉不上一个。

记得入伍后一个月，他给我打来电话，在电话中绝望地哭诉：我该怎么办呢？

3 公里不行，就坚持每天跑 3 个 3 公里，在奔跑中掌握呼吸的节奏。引体向上不行，就让班长用绑带把自己胳膊吊在单杠上，双脚离地，提高臂力。400 米障碍不行，就在矮墙和高板上死磕，熟能生巧。俯卧撑不行，大冬天在地上铺两层报纸，让汗水湿透报纸的角角落落才允许自己爬起来……

多少次精疲力尽，十指握不住筷子，手掌的老茧不断更新，身上淤青破皮擦伤没有痊愈过。

但是，他从来没有想过放弃，他说：这条路是自己选的，跪着也要走完！

还有两个月，儿子入伍满 3 周年了。

他所有的努力都有了回报，体能训练得到了突破，今天，在学院组织的阶段性考核中各门科目都达到了优秀。

之前，3 公里跑下来，会呼吸急促、胸痛，但现在，他说"喘几口大气就跟没事人一般，感觉还能跑个 3 公里"。他总结是心肺功能增强了，除了正常训练，他每天找时间跳 5000 个绳，"当然很苦，但如果这是必须要吃的苦，就不能认为它是苦。快乐与成功，不是歇得有多舒服玩得有多爽，而是有能力把石头从痛苦的围墙移到通向天堂的阶梯上"。

平时晚餐禁食，今天体能过了犒劳自己两个杏子、两只蛋。他说，仍要严格控制饮食，争取 10 天后的联考一举通过。

莫惜金缕衣，须惜少年时。这一路的荆棘坎坷，都会化作养分，滋养着生长的树根，见证着一个少年的成长。就像化茧成蝶一样，蜕变得越利索成长得就越快，每一次蜕变，虽煎熬痛苦，但终有进步。

金带连环束战袍，马头冲雪度临洮。在慷慨从军的路上，唯有这种铁骨铮铮的壮士气概，才能让你走稳今后的每一程！

加油孩子！

2020 年 7 月 7 日

儿子 2013 年参加高考，7 年了，真快。家长共有的紧张应该也会有吧，但 7 年前的今天我没穿寓意旗开得胜的旗袍，也没在儿子的书包里塞象征"折桂"的桂花树叶片，他就去考了，我就上班了，与平时差不多。三天考完，傍晚下大雨，带他去路边店吃了顿火锅。问他考得怎样，他闷头涮牛肉卷说清华北大总归没戏。吃完回来，他把那些书啊复习资料啊都踢在一个角落，还骂骂咧咧：明天全部一把火烧掉，见到这些就来气！

第二天就打工去了，在超市扛米搬油卸货卖鱼收银，他打工的店就在学校边上，常有老师去购物，他堂而皇之地用着手机，再不怕老师没收了。

后来就被一所三流的二本院校录取，接到通知书的那一天，我们又吃了一顿大餐。虽然与清华北大相差十万八千里，但好歹有地方安放他四年的青春，我也不用扯着嗓子催他起床，风雨无阻接送了。

今日高考，全社会都严阵以待。考场周围不许鸣笛，实行交通管制，夜间建筑工地停止施工，考点门口，警戒线拉着。翘首以待的家长、警察、医生随时恭候。后面一两个月，上演各种几家欢喜几家愁的人间悲喜剧。

大家都知道这热度该降温，更知道高考决定不了终生，但天下父母心，总希望孩子的每一步都走得踏实成功。

何谓成功呢？考上一所好大学就算成功吗？

看一个情感访谈节目，男主人公是家乡县城当年的高考状元，研究生毕业，数年后成家。母亲要其归还他读书时欠下胞姐的 20000 元债务，妻子不同意，觉得读书的钱由父母承担天经地义，男主无措，自己收入全交给妻子，心有余而力不足，拿不出钱还债。

那种唯唯诺诺的窝囊样，高考状元又如何？

当然这只是个例，不是宣传"读书无用论"，读书有用，有大作用，通过一举成功的考试实现命运华丽转身的人太多太多，但它也没有重要到押上全部身家性命，没有重要到考砸了就砰一下跳楼的程度。

个人认为，即便掉到阴沟里，仍能在阴沟里找乐子的人，才是成功。身上总带着那种对生命不灭的热爱的人，才是成功。苦乐皆满足，具有任何人都撼动不了的强大的抗挫能力，才是成功。

今日拉开三天高考序幕，少年们，愿你们都不慌张，从容答题，多大点事啊，觉得人生苦涩苟且，早着呢，后面还有长长的苟且，有时苦不堪言。恋爱谈得呕心沥血，早餐钱都用于买花但她照样会投入别人怀抱。职场中加班加点当老黄牛但总被会来事的同行打压得体无完肤。再节俭一年也攒不下买个卫生间的钱……一个接一个的坎与坑，高考的那点罪，根本不算啥。

怎么办呢，绝望吗？当然不。

如果你站在深渊里，你就仰望星空。如果你有幸站在山巅，那就俯视大海。沧桑之美，浩瀚之美，皆为绝色。

放宽心，万物自有来处，亦自有去处。强大地活着，就是王者。

2020年7月9日

夏季，天津的气候特征是晴热干旱，然而，在决定我们这批学员能否顺利毕业的最关键的体能测试当天，下起了大雨。

下午2：30，考核在暴雨如注中如常进行。

下雨对仰卧起坐没有过大影响，只是脸给豆大的雨点砸得生疼，且不去管它，闭着眼睛做就是了！这个项目我很有信心，每次都完成得不错。疫情复课后的这两个月，学兵班的每个战友都玩命练，70多个学员毫无悬念地一致通过了！

接下来是蛇形跑。

雨依然倾盆而下。

大队领导与考官穿着雨衣，我们穿着训练服，在暴雨中列队。

大队长吼：练兵为了什么？

我们回吼：打仗！

下雨就不打吗?!

我们吼：必须打！而且打胜仗！

吼声震天，盖过轰隆隆的雷声！

注意安全！考核继续进行！

蛇形跑是短距离的快速冲刺，它最主要的精髓是绕杆，绕杆的时候会有驾车急转弯的感觉，地面湿滑有积水，雨点砸得难以睁开眼睛，这给巧妙绕过杆子奔向下一根杆带来难度，如果摔倒就会影响速度，影响成绩！我的脚泡在浸透雨水的鞋子里，10个脚趾牢牢巴住鞋底，弓着背，压低身子，步子放小，双腿频率不变，绕杆成功！继续！迈开大步，猛摆手臂冲刺下一根杆！

我的蛇形跑成绩也是优秀。

引体向上，曾经让我痛不欲生的拉单杠，认为永远不可能合格的单杠，新兵连期间被班长用绑带吊几小时以增加臂力的单杠，我见到就犯怵的单杠，给我天天练，前几天的最好成绩是13个！

双手都是水，杆子上也是水，摩擦力减弱，抓不牢，易滑，这无疑给测试增加难度，但困难是用来克服的！一个！两个！三个！我知道自己涨红了脸，青筋暴起，掌心磨破的皮钻心地痛，浑身的汗水与雨水，可能还有满手的血水俱下，我的心底只有一个声音乘风破浪：我要打破自己的历史记录！

漂亮！14个！

不敢置信呀，这突破花了我一年半的时间！

技巧固然有，但关键仍是死磕！

按规定四小时内完成所有测试项目，大队长问：休整一下吗？是不是等这大雨过一过再跑三公里？

打了鸡血似的年轻声音吼：不行！我们继续！

八百里分麾下炙，五十弦翻塞外声，威武如山的军营训练场，斧戟耸立，直指苍穹，瓢泼大雨也在为我们鼓掌呐喊！

我们驰骋在赛道上，水花四溅，每一条有力的腿勇猛无惧。

两个月艰苦的训练，所有的体能测试都结束了，七十几只落汤鸡不屈不挠地站着，此时，雨神奇地停了，天边，出现一道彩虹。

哭和笑的冲动一齐涌上来，在我们的脸上形成丰富的表情，而那表情又左右着我们颧骨的肌肉，攀爬进了我们的眼睛，每一双眼睛，都含着热泪，精疲力尽又

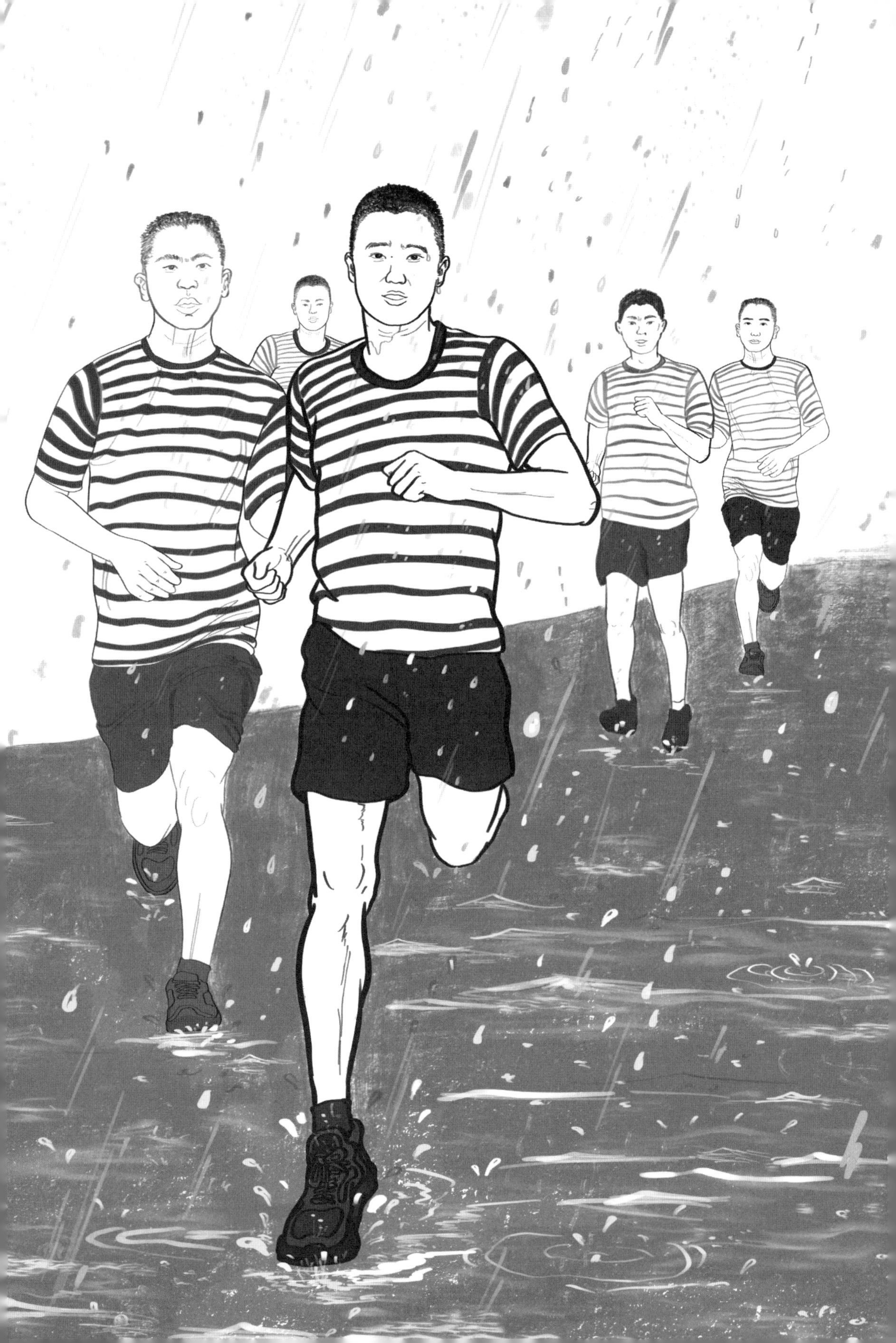

心满意足。

相比较训练的苦，更多的是精神的压力。

之前的单位、领导、战友，家中亲朋好友，都知道我们作为优秀大学生士兵提干成功了，殊不知，我们这一年的就职前培训，要通过军事体能与专业技术、文化知识的联考，成绩合格才算是完成士兵到干部身份的真正转型。万一考砸了，何去何从？作为士兵退役？前程在哪里？脸往哪里搁？

这漫漫的逐梦之路，我们每个人都走得艰辛，都内心恐慌，都压力山大。

除了睡觉、上课，我每分每秒都耗在运动场上，天气燥热，硕大的汗珠掉进眼里，再淌进嘴巴，辣眼睛、咸涩。我看到一个小学生从训练场的围墙边走过，吸着一杯冰粉，我也想吃，但不敢，我要保持体重。

前一阵父亲节，我写了一篇小文章，怀念我的父亲，感谢23年父子相伴的永恒时光。一个东北籍的战友在下面评论：父爱是什么？可咸可甜吗？我回复：是啊，他明明知道你是个没出息的熊孩子，但仍宠溺你，使劲给你钱，把自己缺失的强塞给你。

他问：父亲到底是巍峨如山还是沉默如山还是庄严如山？

战友的父亲在他四岁时去世，对父亲的印象，就停留在家中土墙上一帧黑白照片上，照片中，一个年轻而陌生的男人微笑着看他。战友1994年出生，种过地，挑过粪，辍过学，甚至常常挨饿。

训练场上，我们两个人练得最狠。

努力才能有所收获，我们俩的各项体能测试成绩都达到优异。

傍晚，我去小店买了两杯酸梅汁，这是这么长时间以来第一次喝有甜味的水。

我们俩坐在图书馆的台阶上碰杯，雨后的草坪有泥土与青草混杂的气息，天空繁星点点，不远处的高楼里，灯光下饭菜飘香。

我们莫名其妙就一起哭了。哭什么，哭我们都是没有父亲的娃？哭人为什么活得如此悲壮吗？心疼那个拼尽全力浑身酸痛的自己吗？

擦干眼泪，我们就又如钢铁一般坚毅、顽强。人生总要吃苦受累，去他的脆弱！

下个月要分配至新岗位工作了，参军快三年，这三年，我从一个忐忑慌乱的士兵，变成人们口中的"优秀青年"，这一切令人措手不及，我甚至不知道是怎么发生的。

感谢一路帮助我指引我陪伴我关注我的每一个人，亦要感谢吃得来苦的自己。

当初参军更多的是完成父母的心愿，今日才发现它培育了我吃苦耐劳的品质，这才是真正的无价之宝，使得我无论遇到怎样的挫折挑战，都能不认输，坚韧地矗立。

我对战友说：每一滴汗水眼泪都是积累，所有的匮乏苦痛都是成长，我们长大了，是男子汉了，我们知道，自己只是一辆列车，亲人、朋友、工作、机会，都在不停地上车下车，唯有自己必须孤独地向前驶去，没有终极陪伴。

但是，我们可以有终极信仰。

有信仰的人，苦乐皆为意义。

致敬每一个热爱生活不屈奋斗的人。无论现在经历的是艰难还是幸运，日后回头望，都不过是我们渺小的感情所幻化出的若梦浮生。

命运已足够慷慨，我们只管马不扬鞭自奋蹄！

2020年7月11日

"谁是我战友""我与某某某是战友"……每每听到这些话，就会对他们长期共同学习、训练、战斗的峥嵘岁月有很多崇高的联想。部队是封闭式管理，远离家乡、家人，年轻的军人24小时同吃同住同拼搏，彼此鼓励，相互促进，一起挨训，见证成长，怎么能不培养出坚如磐石的团结一致与浓烈深厚的战友情呢？

儿子收到战友自己设计的珍贵礼物，一块特制的毛巾，印着儿子的名字"昂"，写着两排字：坚持锻炼，为共产主义事业奋斗终身。电话中，他动情地对我说：娘，我非常感动，人世间，最昂贵的就是真情。

是的，在什么都可以唾手可得的时代，唯有人们对你的用心、细心，深挚的情意最为难得。如果你也用这份情感回报他人，那么，你所处的世界，便常常有温暖、支持与爱。

2020年7月16日

入夏以来，各地连续出现暴雨，洪水泛滥，刚才看新闻联播，与突发疫情时一样，又是人民子弟兵受命于危难时刻，抢险救灾，筑起人肉堤坝，发出"洪水不退我们不退"的壮烈口号。看哭了。

坚持锻炼

为共产主义事业奋斗终身

新闻联播也能让我看哭，我不是有多感性，是真正被一支一往无前的英雄部队所感动！

前几天，我问儿子：如果你们接到抗洪救灾任务，要参战，要扛沙袋，要睡堤坝上，要在滔滔洪水中转移受困群众，要与暴风雨搏斗，你会怕吗？

儿子说：军人以服从命令为天职，《吴子·论将》中说，师出之日，有死之荣，无生之辱。我们的使命与国家利益民族荣誉捆绑在一起，怕？怕是个什么玩意儿？

前几天，有幸听了一位海军部队资深教授的课，时长一个半小时，他几乎全程脱稿。他讲向海图强，讲我们的征途是星辰大海，讲大国海军走向深蓝，讲控制海洋就能控制世界，讲海权发展的民族特征。这一个半小时，我眼皮都没舍得眨一下，教授30多年从事战略研究，术业有专攻，这是他的本职工作，但是，如果没有对祖国的热爱，如果没有对祖国3.2万公里海岸线寸土不让的强悍决心，如果没有对军队发展强烈的美好期待，他能讲得这么激情澎湃吗？他又如何能够打动每一位聆听者继而发出长久不息的热烈掌声？

我看到过一位部队领导在执行某项任务前的朋友圈动态：此行，我只想为国捐躯！

军人为军队的荣誉而生，为荣誉而战，荣誉心是人最高尚的情感之一，是战争中使军队获得灵魂的生命力。荣誉，铸就了人民军队一往无前的英雄气概，是官兵成长进步和部队建设发展的不竭动力！

2020年8月25日

你离开这个世界已经595天了，只是我一直相信，没有人会莫名其妙地消失，除非记得他（她）的人，亦一同死去，不然，那人不会就这么轻易地不存在。如果我们一日不死，那个人就在我们的记忆中永远共存。

595天，可以让一个刚出生的婴儿长满口的乳牙，学会稳稳地走路，能清晰地唤爸爸妈妈爷爷奶奶。也能让镌刻在石碑上的"云山苍苍江水泱泱，先生之风山高水长"因为日晒雨淋而蒙尘黯淡。当儿子匍匐着用湿巾纸细心擦拭着你的照片，不知道咫尺天涯的你，是否与我一般心如刀绞？

因为你的突然离开，我们的儿子承担了他这个年龄不该承担也很难承担的东西。人们在夸这个孩子林林总总的好的时候，常会惋惜地叹一句：真是没得挑的，除了没有父亲。这时儿子就沉稳地说：这是我的劣势，但也成了逼我奋发的最悲壮的动力。

我与儿子常会幻想，你如果好好的，知道他提干成功了，知道他当上了党小组长，能滔滔不绝地给党员上两个小时的党课，当了几个战友的入党介绍人，以优异成绩完成了培训所有科目的测试，顺利分配到一艘最先进的导弹驱逐舰工作，你会怎么的嘚瑟。儿子说我爸会否认我的所有努力，而统统归功于他的优良基因，然后你会斥责他厚颜无耻，明明是遗传了母亲的天资聪颖，你们会闹得不可开交。

现在没人跟我抢功了，我倒是想嘲笑你小人得志的嘴脸，打击你克制不住的沾沾自喜，如今竟然独孤求败，再无对手。

儿子在这595天里，得到了一个义务兵梦寐以求的一切，这看似顺风顺水的表象背后是他夜以继日，马不停蹄的拼搏。就如一只小小的鸭子，优哉游哉地在湖面荡漾，有谁会在意它的两只脚在我们目光所不及之处竭尽全力地划水？所有让我们暂时松一口气的美好的面纱下面，都有血肉模糊的挣扎。而如果岁月确实送来了礼物，那么必定是用汗水与眼泪包装起来的。

我对儿子说：这个世上，没有人会不受伤，受伤是生命的常态。只是我们预测不了，伤哪一天会以哪种形式来破坏和摧毁我们的生活。我们所要做的，就是活在当下，现在所过的每一天都坚定、顽强、皮实，都足够努力，我们就会有勇气与力量面对任何挑战！

在以往的岁月，特立独行的我，受你关照的印象寥寥无几，我几乎没有记忆，有次哮喘发作，非常痛苦，我喘着跟你说受不了，要去住院。你先说要开会没有空，一会儿又说老毛病没什么大惊小怪的，我一气之下自己开车去了二院，哮喘剧烈发作时走路都困难，我要楼上楼下挂号就诊，走每一步都是攀登珠峰般的咬牙切齿。儿子放学后见我不在家，问妈妈哪里去了，你轻描淡写说：住院了，她能搞定。

你坚信我什么都能搞定，坚信我是铜墙铁壁，是打不死的小强。

即便这样，我从来没有否定过你的好，你是著名的好人。

之前，你常常聚会的战友，因为你的缺失，他们聚会少了，但每次，都会一如既往地邀请我。这都是一帮饱经风霜的老男人了，但酒过三巡，会泪眼婆娑地说起你，反倒是我，平静地安抚他们。他们会给我打电话，问候我，了解孩子的事，牵挂着这个侄子，让我一定要告诉儿子：有什么困难跟伯伯们讲，伯伯有钱出钱，有力出力。

这些赤诚的战友情深，因为你曾经的厚道忠实，温暖地投射到了我与儿子身上。所以我对儿子说：你爸一身正气，两袖清风，在部队，是最普通的基层军官，转业后，是最平凡的乡镇干部，如今，他不在了，我们还能处处得到尊重善待，是你爸正直无私的人品积攒下来的，它比你爸留给我们的钱与房子有价值得多。

我们是一对最常见的凡俗夫妻，从来不习惯用语言来表达对彼此的认可。可是，当离别成为世间的劫难，方明白，珍惜，才是最好的解药。

儿子在路口，即将踏上他全新的征程。我在人间，走你未走完的路。你在天堂，开始下一场轮回。但我们仨都相信：这世界所有的别离，都会以另一种方式重逢。

2020 年 8 月 28 日

儿子昨天下午去报到了，我在离门岗 500 米远的地方停下，目送他拖着箱子独自远去，我无法进去的军港，是他职场生涯的第一站。

回到住所，我有些失神。他的手表老停摆，很抱歉地解释不是自己搞坏的，麻烦我带回去修好。前几天给他买了只手机，用一天就丢网约车上找不到了，他难受得不行，觉得对不起我。他买杯咖啡，第一口必须让我尝尝。他下载了很多认为我会喜欢的歌，只是我老忘记如何连接蓝牙。对自己的工作，他忐忑，怕干不好，见我跟着紧张，他旋即安慰：逗你玩呢，我其实是兴奋。他对小狗说：你要乖乖的，陪你妈妈，听你妈妈的话。他拍拍我肩：后面一年之内不会有假期，没办法回家，等我稳定下来，说不定你可以来看我。他要我学会大张旗鼓花钱：省啥呀，儿子都快工资上万了，是一个万元户！

……

想起这些家常琐碎的瞬间，心底就会涌起一股柔情。人生沉沉浮浮、兜兜转转，错过很多事情，得到很多，也失去不少。但诞育了一个孩子，我们相互依存，天地万物才真正开始有了意义。

亲爱的孩子，如果天空黑暗，一定要相信总有光明照彻大地。如果生活艰辛，一定要记得初心看到希望。我们共同加油！

2020年9月8日

其实，所有的日子都普通，都将消失在无边的岁月中。我们记住的，不止是时间本身，也非特定一天里的自己，而是在这个时间节点里，所承载、孕育爱与期望的一段时光。

今天，是儿子告别一年入职前培训回到原单位，经过一周隔离后，完成新学员干部转型教育，去某某舰正式报到的日子。

儿子军人职业生涯的第一站，将在某某舰副连职副军需主任这个岗位上启航。

下午，儿子与新学员一起听了某舰政委长达三小时的授课，政委有演示文稿，但是，这三小时，他基本脱稿。他讲甲午海战，讲南昌起义，讲辛亥革命，讲中国海军从无到有从弱到强的艰辛之旅，讲新时代军人的历史使命与重大担当。儿子说：数字与时间是在演讲或授课中比较容易混淆的东西，但这个政委全程自带高光，那些内容仿佛刻在他脑子里，需要报的时候就如流水一般自然而然淌了出来，如数家珍。他目光坚定，声音沉稳，横扫我们一眼时，师职领导干部的威武霸气令我们腰板挺得更直了。我想这个政委除了有研究军事历史的高度兴趣外，一定是个非常勤勉的人，常年钻研学问，苦心孤诣攻读，否则记不住那么多，达不到这个水准。

儿子感叹：新兵连时，觉得班长好牛，被子叠得方方正正，打靶一枪瞄准，跑三公里气都不带喘。而越往下走，看到的世界越大，见识的偶像更多。无一例外，他们都努力、顽强、积极进取。对照他们，清醒地认识到自己的渺小与不足。这种对照亦是一场自我革命，一棵树摇动另一棵树，一朵云推动另一朵云，一个心灵震撼另一个心灵的润物无声的教育与影响。

2017年的9月11日，儿子背上行囊，从家中离开，登上了奔赴军营的列车。

三年了，我仍然保留着他在候车室列队点名，我被拦在候车室外玻璃门口，给他录下的一段16秒钟的小视频。彼时他还是个180斤的胖子，神色紧张地肃立，捏了捏自己的挎包，他爸站在离他5米远的地方，百感交集地看着他。

心疼儿子，也祝福亲爱的儿子。所幸我们在每一次竭尽所能的努力中，得到了治愈。

过去属于远山，过去属于河流，过去属于终将凋零的夏花。人回头没啥意义，最美好最有力量的，是我们的未来。

而真正的人生智慧,不是让过去过去,而是让过去能够校正我们的未来。

军人只有两种状态:战斗与准备战斗。愿少年,乘风破浪,战斗胜利!

2020年9月12日

早上去看我婆婆,带了点早餐,油条、麻团、大饼啥的,应该够她吃上一周了。

婆婆幼时是个孤儿,出生没多久父母就身故了,她被一户生不出孩子的夫妻领养,但自从领养她后,那对夫妻陆续生了好几个孩子,自此,夫妻俩就把所有精力放在亲生子女身上。之前听我先生说,他的舅舅们不是学校校长就是机关干部,一个姨妈还参军了,是军医,后作为营职干部转业至上海地方医院,是妇产科方面的专家。婆婆幼时却放牛放羊割草,无人问津。

可能是童年这段生活的影响,她比一般人要木讷,感情反射弧过长。我先生刚入伍的前三年,没有回过家,待三年后考取军校,才有了第一次回乡探亲的机会。正常情况下,母子三年初次团聚,1000多天的牵肠挂肚要让一个母亲多么心酸又激动啊,但婆婆见到儿子,就抬一下头,自顾自干活,没有啥表情。我先生跟我提起这些的时候,概括其原因:傻了,人整个儿给生活折磨傻了,跟了我父亲,父亲脾气暴烈,非打即骂,对她不好,天长日久,就变成这样了。再加上没有文化,不会表情达意,子女孙辈都与她亲近不起来。

20多年婆媳关系,我与她真是非常疏离。那时住在部队家属区,她来帮我带过半年孩子,每天早上,孩子见我上班,声嘶力竭地哭,企图挣脱奶奶的怀抱。奶奶不擅长哄孩子,只能用手臂紧紧勒着他,说不要哭不要哭妈妈赚票票给你买好吃的。她不会转移孩子的注意力,比如逗个趣啊讲个故事什么的。直到小孩哭累了,自己睡着了。那半年天天这样。我下班后要乒乒乓乓忙太多事,与婆婆也没有什么过多交流。现在回想起来,如果说有矛盾的话,那就是我觉得她长那么胖,米饭应该少吃点,对健康不利。这话应该是通过我先生转述的,不知道他如何表达的,好像她非常不悦,委屈地说,吃点饭都嫌我吃多了。

时至今日,我依然认为正常人一顿不需要吃三碗米饭,这会引起血糖升高。但她健康地活到了如今的85岁,所以我的科学论断是狗屁。换成现在,我啥都不说。

后来我与婆婆的交集只限于逢年过节时的短暂性接触,仅是浮于表面的给点钱给点物，她的子女只是围绕在能说会道的父亲身边，对母亲也是疏忽的。唯独有一次，都已经70来岁的公公一言不合还差点动手打同样70来岁的婆婆，我先生跟我说后，我觉得婆婆太可怜，公公太过分，我赶过去，对婆婆说：以后再发生这样的事情，你就警告老头子，子女会为你出头的，不能让他一辈子作威作福。婆婆流着泪说好的好的。

那之后公公的确收敛了很多，再后来，就没有后来了，公公去世了。

上回儿子回来，带他去看望奶奶，孙子与奶奶也无话可说，彼此客套地寒暄：你好吗？你长得真高。奶奶你保重身体。就这些。

上回儿子没穿军装，今天我将一身戎装的儿子的照片翻给婆婆看，婆婆说：天面的，人相好的（指长得帅的意思）。

我说你孙子已经去船上正式工作了。婆婆问：他会开船啊？我解释：他不会开船，但船上不是只有开船一件事，有很多人配合着开船，开船要用油、电，开船的人要吃饭，你孙子就是负责他们吃饭。婆婆终于开窍：他能烧饭吗？他是红锅师傅（土话厨师的意思）吗？我再说"军需"她肯定听不懂，只能打哈哈，是的，差不多就是这样，要让开船的人吃饱吃好有营养，船才能稳稳地开。她喜笑颜开：好的好的。然后她狡黠地问：自己好多吃点吗？我哈哈大笑：想吃多少吃多少，但哪敢多吃？多吃了发胖，跑步跑不动，要退回来的。她吓一跳，不再敢说多吃的事了。

事实上，儿子目前还是拿的义务兵津贴，为了让她知道我们过得很好，我牛皮哄哄地告诉她：你孙子一万块钱一个月呢，每个月有那么一大沓钱！

她又吓一跳：这么多！

我说是啊，准备去青岛买房子，他也大了。

婆婆一反木讷，为我的未来指明方向：房子买大点，你今后总归跟他在一起住。

我说哈哈当然当然。

她的电饭锅里煮着白粥，放了六颗红枣，她留我吃早餐，叫我"空着手来看看我就行"，见我短袖短裤塑料凉鞋，关照我多穿点，"白露"身不露。我说你也当心，少出门，老来防跌。

生活中没有那么多完人，悉心照顾瘫痪公婆，几十年如一日端屎端尿，我没那么高尚，也没那个耐心。经历巨大创伤后，一家人冰释前嫌，相互扶持抱成一团，我也没有那个渴望，并且享受不被打扰的宁静生活。

于我而言，我原谅一切，放下一切，顺从时间，顺从内心，做一个有善意的普通人。并且教育儿子，受人滴水之恩也当涌泉相报，即可。

2020 年 9 月 29 日

  我们说爱国的时候，常常觉得这话题太宏大，不好意思说出口。我们关注柴米油盐个人喜怒哀乐，孩子成长房价飙升。可是，却真的有这样的人，苦心孤诣几十年地钻研学术，只是为了高中时代"为中华之崛起而好好读书"的崇高理念。他没能成为军人，但思想上已经入伍。"疲累的时候，我就想，我是战士，不能懈怠，不能倒下，不能认输。"他参加全球顶级学术研讨，"我和我的祖国，一刻也不能分割。我代表的不是我个人，是我亲爱的祖国，外国人不能做到的，我要做到，外国人能做到的，我要做得更专更强"。"我愿意把自己的一切，献给国家，包括在我生命终结的时候，这具平凡的肉身。我希望它在推动社会文明的进程中，起到一点微薄的作用。如果我的孩子不能支持我的想法，那是我教育他最大的失败。""脚踏泥土，但心要在云端，要为这个世界留下点什么，哪怕是一点勇于牺牲，乐于奉献的精神，并在力所能及的情况下发扬光大。""偶尔我也困惑，这样的热爱是否太理想主义，是否太傻，但是，如若没有炬火，我便愿成为唯一的光。"

  在物欲横流、人心浮躁的世界中，热爱祖国的一颗赤子之心显得尤为珍贵，也唯有这份热爱，可抵岁月漫长。

  不油腻，人至中年仍会热泪盈眶，一生温暖纯良，不舍爱与赤诚。

  致敬一个教授，常州二院骨科刘瑞平主任。

2020 年 10 月 1 日

  国庆与中秋凑在同一天的几率不多，大约 19 年才出现一次。19 年，一个刚出生的婴儿可以成长为应征入伍的适龄青年。一个年轻的女孩可以衰老为更年期妇女。时间最客观公正，也最残忍无情。

  大街小巷上都插上了红旗，71 年砥砺奋进，中华人民共和国迎来了庆典。中国人讲究整数，逢十的庆祝会更盛大。但不管哪一年的国庆节，国人的心里仍为我们深深眷恋的祖国由衷祝福：皮之不存，毛将焉附，祖国母亲，只有你强盛了，我们才能活得精彩，活得骄傲！艰难时刻，光辉岁月，我们同甘共苦，永远热爱你，祖国！

中秋节在中国人心中的重要性接近于春节，如果硬要说有些区别，中秋因为是一年中月亮最圆满皎洁的时刻，人们赋予了它更浪漫温情的色彩。夜初色苍然，夜深光浩然。重君远行至，及此明月光。古人这一天要赏月，吃月饼，要喝酒，要举杯邀明月。现代人会呼朋引伴，团聚是今天最重要的主题。

今天是儿子的生日，25年前的中秋节下午，我剖腹产生下他。仍记得第一眼看到他的样子，额前的头发上还沾着没洗净的血迹，圆脸，气质稳重，很小，6斤8两。现在他正随战舰在祖国的万里海疆上战巡，已经十多天了，杳无音信。"战巡"这个词是儿子领导说的，我还是第一次听说，望文生义，大概就是战斗巡逻的意思吧，有关工作的一切，我不敢多问，去哪里，多少人，执行什么任务，何时归，儿子说都是军事机密，不能说。

三年前的中秋节，儿子在新兵连集训，一个跑步跑不动、单杠拉不了的胖子，痛苦不堪地承受着煎熬。那天他好不容易领到手机，一听到我声音就号啕大哭：今天是我生日，你不祝我生日快乐啊？然后啥话都说不出，呜呜呜一直哭，滔天的委屈，体能训练力不从心的恐惧。

电话的这头，我没有哭，我镇定地说：生日快乐，加油练，别人能行，怎么就你不行！掉皮掉肉不掉队，哭有屁用！

我只是在电话挂了后伤感得吃不进东西，睡不着觉。

出海前一天，儿子打来电话，说这个生日要在海上过了，我说挺好，海上生明月，天涯共此时。皓皓中秋月，团团海上生。海鸥啊浪花啊都为你庆生呢，浪是海的赤子，海是那浪的依托，每当大海在微笑，我就是笑的旋窝。儿子哈哈大笑：场景还挺带劲的呢，我分担着海的忧愁，分享海的快乐。

今日秋高气爽，白天蓝天白云，晚上会有月亮清辉洒满人间。祝福祖国，祝福这片土地上生生不息的同胞，祝福在茫茫大洋上征战的儿子与他亲爱的战友，强盛、安全、圆满！

2020年11月3日

去年，儿子写了一封万字长信给他爸，登在了《人民海军报》上，那天，适逢父亲节。

因为疫情归不了队的几个月，我们在家经常提到我先生，我们口气淡淡地聊他，那些剧烈的伤感与痛楚很少，因为我们不觉得他已经远离。

现在回想起来，他们父子的接触交流少而又少，我先生就是个传统认知中沉默隐身的父亲形象。儿子幼时，他忙于部队工作，无暇顾及。儿子上学了，因为顽皮，老师常与我联系，让我去学校处理，我有时会冲他吼：你也该管管！他的理论是：有你打就够了，还需要我出手吗？

儿子成绩一般，老师骂得凶就好一点，松懈了就退步。那时候我如所有焦虑的母亲一样，好高骛远地觉得自己的娃只要努力就能考上清华北大，会狠狠责骂他逼他，母子俩都很痛苦。我先生很佛系，而且他还用查到的科学理论来告诉我：男孩智力百分之八十遗传母亲，你笨，这小孩脑子就是像你，你骂他有什么用？

儿子读高中时，与一女生眉来眼去，我担心会影响他考清华北大，立马找到女生家长，让他们配合看管好女儿。我视这行为如洪水猛兽，我先生看到我气急败坏的样子，非但不问我解决得怎么样，反而饶有兴趣地问：亲家母长得漂亮吗？

儿子去1000多公里外的异地读大学了，一分一厘我都抠得很紧，我说某国总统给女儿也只是仅供吃饱饭的"生存费"，而不是可以随便花销的"生活费"，你爸比总统差了十万八千里，我也只顶总统夫人一根汗毛，一个月给你900块饿不死就可以了。直到儿子大学毕业，才向我透露，他爸对他说：你妈那一套狗屁不通，她根本不理解"大丈夫不可一日无权，小丈夫不可一日无钱"的古训。在外面怎么也不能苦了自己，想买什么尽管买，同学聚会你请客，尤其在女生面前更要大方，抠抠搜搜成不了器！

知道真相后我责问我先生：你怎么能与我意见不统一？怎么能私底下给他那么多钱？他理直气壮反驳：人是英雄钱是胆，再说你不是总觉得我不管他吗？我给他钱不就是在管他吗？

儿子入伍后，每次打电话给我，他爸只要在家，都会站旁边竖着耳朵听，我把手机给他，让他跟儿子说几句话，他不知道说什么，就干巴巴的似开会口气：你要服从命令，听从指挥，团结同志，克服困难，成长自己！

我嫌弃他讲的话没有温度，他说儿子大体情况我知道了就行，婆婆妈妈干什么！

有次儿子又来电话，说起受人欺负，非常委屈。他爸怒不可遏地告诉儿子：如果你确信自己没做错什么，你要警告他：再敢动我一根手指头，我废了你！

我在旁边急得跳脚：你这算什么教育方式？孩子去部队是磨炼自己意志，这也包括隐忍，培养抗挫折、抗击打能力，你让他去打架，去以牙还牙，你这不是让他闯祸吗？

他气哼哼地说：妇人之见！别人欺负到你头上了，你还忍个啥！军人这点血性没有，当这个兵有屁用！

儿子记得我劈头盖脸打他，记得我的抠，记得我的严苛，记得我对他的高标准严要求，直至现在，有时候聊天，他还会假设：如果我犯了什么错，你一定会剁了我吧？我坚定地回答：绝对会！

我不是一个仁慈的好母亲，是一个虎妈。但儿子记住的父亲，却是一个好父亲，因为有父亲的兜底和全盘的接纳，他一直生活在巨大的保护中。父亲的爱穿越时空，他曾经写信告诉儿子：我不善言辞，但爱你至深。儿子一定会在每一个见不到他的日子里，说一句：爸，我也爱你。

……

仍然会泪崩，虽然我的生活已经修复得很平静。

……

最近与几个当父亲的朋友有过交流，无一例外的是家里有恨铁不成钢的熊孩子。说给儿子听，儿子与我一样扼腕。

他说：他们难道真的嫌自己的爸走得晚吗？非要气死自己的爸才肯懂事吗？待哪一天，已经没有自己的爸战栗着骂他，他才得以成长吗？

我们巴心巴肝地期待着孩子学有所成，能有正常健康的工作、生活、三观，期间每个父母所付出的辛苦与精力，都凝结着滚烫的血泪，承受重担，又昂首前瞻。

无论多晚，光会到来，爱会抵达，在父亲没倒下前，期待每一个孩子的成长。

2020年11月3日

  两年前去儿子学兵连看他，我们在一个陈旧老楼的会客室见面，那三层楼很有沧桑的年代感，楼梯扶手是20世纪七八十年代的水泥板，笨拙愚蠢地杵着，但不管是扶手还是楼梯，都纤尘不染，角角落落都干干净净。儿子蹑手蹑脚地走路，怕打扰到办公室的长官，他悄悄告诉我：这地上都是我们拿毛巾蹲着擦的。

  我很惊讶：不用拖把吗？

  他说：不可以，拖把搞不干净，毛巾才能擦到这个程度。

  去过他服役的地方几次，都惊叹于他们高度整洁的环境，他骄傲地说：不出任务的时候，我们这些大小伙子就撅着屁股擦地、擦仪器、擦设备，擦得铜发光、铁发亮。今后回家，我干家务怎么着也是一流水平。

  这次超长假期，他干的所有家务是早上起来随手抻一下被子，我说叠个豆腐块给我见识一下呢。他拿出他蓝色的被子，指着上面划着的黑线向我控诉：可怕吗？叠不好啊，硬是用钢笔划上线，对着线折。现在我都回家了终于轻松了，还搞内务卫生，不傻吗？

  有次好像洗过一只碗，一只锅，锅盖没洗，水搞了一灶台。

  "母亲不在身边，无所不能。母亲在身边，一无所能。"

  大致就是这样吧。就像女孩恋爱了，瓶盖拧不开了，小包拎不动了，一走路就脚痛了，有人宠着你，你就是仙女、公主，无法无天。没人当你回事，你就能上九天揽月，下五洋捉鳖，披荆斩棘厉害着呢。

  即便这样，仍愿天下孩子，都有母亲庇护，坚不可摧地陪孩子一路同行很远很远。

  分享一段诗，很美，轻轻诵吟，会泪盈于睫。

    母亲卑微如青苔
    庄严如晨曦
    柔如江南的水声
    坚如千年的寒玉
    举目时
    她是皓皓明月

垂首时
她是莽莽大地

——洛夫《母亲》

2020 年 12 月 1 日

　　看到有的妈妈，天没亮就给孩子精心准备早餐，晚上再冷也得去校门口接夜自习的娃，回来陪着做作业，轻手轻脚奉上夜宵。我也曾经经历过这些，细细回忆，亲力亲为抚育孩子成长的母亲，都有一段血泪史。

　　我娃两周岁就送去幼儿园了，幼儿园就在部队家属区内，那时都没有名字，后来我故地重游，发现墙上挂了个塑料字体，叫"海鹰幼儿园"。幼儿园的老师是部队干部家属，随军来了没工作，就放幼儿园带带孩子。园内就几张桌子，几把小椅子，一块黑板，老师的职责就是看好十几个娃，缝几个沙包大家丢过来丢过去，让娃晒晒太阳，扳着手指头点点 12345 之类。

　　我娃比其他孩子小两三岁，第一天去，看到大哥哥大姐姐气势汹汹，吓得站外面不敢进去，转身逃回来，他爸急着去连队开会，一把逮住他，脱下裤子啪啪啪打了他十几下屁股，厉声问：还逃吗？！他一边号啕一边说：不逃了不逃了。然后把他往铁门里一推，以这样一种简单粗暴的方式完成了入园第一天的仪式。

　　逃是万万不敢了，但小伙伴们见他年幼个矮，推他揍他。肉体上的痛苦就算了，四五岁、五六岁的孩子力气也就那么大，主要是精神上的孤立无援。其中有个叫宣宣的孩子，又皮又捣蛋，一脸从不买账的豪横，他快 7 岁了，马上读小学了，仗着自己年纪大，在一帮小伙伴中有至高无上的话语权，喝令大家都不带鲍雨昂玩，他们在躲猫猫，雨昂也想凑上去，他们就赶他，骂他滚。雨昂急哭了，他们就用手指划自己脸，划给他看，意为："羞不羞，还哭？"

　　那段时间，我下班回家，幼儿园早就放学了，雨昂就在家属区的铁门口等我，他踩在铁门的栅栏间，寂寞地一下一下晃荡，瞅着我来的方向。远远见到我了，就哇一声哭开，抱着我腿，如泣如诉，说今天宣宣打他了，小勇也打他了，还不带他玩。他的额头、脸上会有伤，有时还在淌血。我也很黯然，带他回家给他擦干净血迹。他是真的小，一句话五个字以上都说不完整，懵懂、寥落地坐着，倾诉着一天的遭遇，说到别人孤立他的伤心处，仍会双目含泪。

我不是个泼辣的人，外强中干，带着孩子上门，去找人家大人小孩兴师问罪，做不来。

所以现在觉得，孩子小的时候，母亲有条件的话，当个几年全职太太还是挺有必要的。

但如总书记说的一般，在变局中开新局，在危机中育新机，他爸凌晨5点多就要去部队，我上班时间也早于幼儿园开门时间，儿子灵机一动，他说他每天在老师家楼道口等老师就行。我听从了他的建议，早上上班前，就将他领到老师家楼下，他找块小石头坐下，乖乖地跟我说妈妈拜拜，然后仰着脑袋伸长脖子在寒风中等老师下楼。

我明白他意思，他等到老师了，老师牵着他的手进幼儿园，有一种狗仗人势的优越感，其他小朋友就不敢轻易欺负他了。

果然，这一招管用，放学回家再不头破血流了。

有时我想，人的性格是遗传更多，还是后天培养出来的，或者干脆就是与生俱来的天性呢？

有回幼儿园老师遇到我，非常激动又惊喜地告诉我：园内长着杂草，老师带着小朋友拔草，雨昂悄悄从教室里搬张小凳子过来，塞老师屁股底下，让老师别累着，坐下拔。

我们站在家属区破旧的楼宇过道间，老师甚至都有点热泪盈眶：他才两岁多呢，这么暖心的举动真把我感动到了，其他孩子比他大好几岁，没人知道这么做。我回来跟我老公讲了这事，我老公很感慨。老师说这小屁孩儿我喜欢，让他别天天在楼下等，他妈妈送过来后让他上楼在我们家吃早餐吧。

后来，儿子回来跟我说的内容，增添了一条：老伯伯今天给他吃包子了，给他吃糖果了，给他喝牛奶了。老伯伯对他很好，还亲亲他的脸。

他舍不得吃糖果，藏口袋里，都捂蔫巴发软了，留到傍晚我回来，给我吃，热切地看着我，巴巴等着我说好吃，他便雀跃得跟一只欢快的小狗似的。

所以我们回望之前跋涉过的一条路，当时或许艰辛、崎岖、酸楚，但时过境迁，却都是感喟与欣慰：我们就这样一点一点熬过来了，现在很好，未来更好。

就比如我跟儿子提及这些，他哈哈大笑：不记得了不记得了，那打我的宣宣是谁家儿子呀，改天要见见这兄弟，好好聊聊头破血流的美好往事。哈哈哈哈！

2020年12月13日

　　胖子几天前接到通知，部队与地方搞了一场相亲会，单身男青年可以报名参加。他摩拳擦掌地报了名：我也去看看吧，说不定能遇上一个心仪的她。

　　部队管理严格，官兵出海频繁，即便不出海，走出军港去外面接触女性的机会也极少。平常我们生活中的年轻人，找对象一来自己找，同学啊、同事啊、街头偶遇的、聚会邂逅的，都有可能成就一段佳话，或者通过亲朋好友介绍，牵个线，两人随时可以约着见面。但部队不行，战友中多是男性，驻地女性多，可是没有渠道认识她们。当地政府、妇联或者一些社会团体与部队一起搭建平台，开展公益性交友婚恋联谊活动。听说还是促成了很多的年轻人在相亲中找到合适的另一半的。

　　我说：还可以啊，学校、政府机关、医疗机构啥的，都白领呢，你就去吧，别人瞧不上你，也别灰心丧气，权当找个机会出门透透气。

　　他踌躇满志：我跟我主任说了，万一我太抢手，扣着不让我回来，千万记得及时来解救我。

　　午后一点，胖子坐上了单位的大巴，一行四五十个未婚男青年穿着自己喜欢但平时没有机会穿的便装，脸上浮现着克制不住的幸福憧憬，春心荡漾地奔赴相亲会。

　　胖子说：我们单位大着呢，这些哥们我一个都不认识，但坐上这辆车，我们就同是天涯沦落人，都是一群志同道合的单身汉。

　　活动设在城区一家咖啡馆。我给他发信息：祝你一见钟情。

　　半小时后他回复：质量不行，我想回单位。但统一行动，必须一起离开。

　　后来他详细告诉我，一进门，也有差不多与男性同样数量的女性坐在里面，他大体扫了一下，发现长相都一言难尽，没有见到想象中让自己眼前一亮的姑娘，那时候就意兴阑珊。他说男人是视觉动物，看得不入眼，她有金子般的灵魂我也不能从了她啊。

　　大家的基本资料都由军地双方单位报名的时候登记在小卡片上，再翻一翻女方的其他硬件，都不如他意，这时候，彻底觉得自己白来一趟。他说领导提醒我别太激动，正常情况下十分出挑的女孩不会出现在相亲会，金科玉律啊。

　　他安慰自己：好在不要报名费啥的，如果要交钱，肠子可就悔青了。

　　他坐在角落喝不花钱的红茶，玩手机，这时候，走来一个女孩，向他自我介绍，并要求加微信。他觉得女孩主动要加微信也是鼓起了很大的勇气的，不加显得不够绅士，小家子气。刚刚加上，那边一个哥们拿着一束花（是咖啡馆现成的塑料花），在主持人的陪伴下，走到这女孩身边，男孩向女孩表白：刚踏进店门的时候，我就只注意到你，我喜欢你，虽然，目前你对我一无所知，但是，我们可以从零开始，从相识到相知到相爱，你能给我这个机会吗？

活动本就因为大家的拘谨害羞，气氛不够热烈，这个愣头青小伙火辣辣的宣言让主持人终于刷到了存在感，他摇唇鼓舌地怂恿女孩：接过他的花吧，你们特别有夫妻相！来来来，握个手吧！！

女孩伫立，不知所措，将求助的目光投向胖子，胖子吓得赶紧低头，心里嘀咕：千万别看我，这跟我没关系！我不能为你做啥决定。

我哈哈大笑：行啊，你是说这一趟好歹还有个人对你有兴趣？

他说：应该算是吧，否则加我微信干吗呢。快到5点了，她还走过来跟我说能不能再聊一聊，我说不行，到点归队了，以后有机会再说吧。

你这态度是拒绝吗？

是的，属于婉拒。我不能无情地说：不好意思，我没有兴趣。每个女孩都是天使，要保护好女孩的自尊。离开相亲会，我不跟她联系，她自然会明白我的想法。

如此说来你要求还挺高的呀。

他悠悠道来：不高，但此身决不轻许他人。我明白那个善良、温柔、美丽、谦逊的她会来，所以我愿意等，并且为此，我要变得更加勇敢、慷慨、坚定，有力量。

一场未遂的相亲还相出了点人生哲理，挺好。

2020年12月30日

梦到你了，第一次这么完整清晰地梦见你。

我们住的房子好像挺破旧，墙上挂着钉钩，吊着布袋子、皮带、钥匙等乱七八糟的杂物。我们的孩子还很小，他突然能从1数到100，我惊喜地让他再数一遍给我听，问谁教他的，他忸怩着不肯数，说幼儿园老师教的。

梦里我开车，你坐在后排，你是一场大病得了两年然后康复的人，失去了工作，没有收入。你低头翻《胖子从军记》这本书，责怪我某个章节写得失真。我小心翼翼地争辩：那段文字因为没办法与你核实，只能凭之前你跟我说的依稀记忆来写。

我要顺路带一个人，那个人算是你之前的下属，女性，你觉得她油腻、市侩、狡猾，皱着眉斥我不该和她接触。我说约好了，又是顺路，没办法不带。

那女的打开车门，见你坐后座，愣了。你头都不抬，你与这个主流社会脱节了两年，但清高的风骨一点没变，你不屑于与这样拍马奉承能言善辩的投机者说话。

女人讪讪的，跟你打招呼，叫你之前的职务。你冷冷地：我不干这工作了。

我从后视镜中忐忑地看你的脸，担心你太不给别人面子让别人难堪。

女人找了个话题，问你老本行的一个问题：体检血液呈阳性的人可不可以参军？

我怕你再怼她无知，不懂常识，急着告诉她：不用问他，问我就行了，阳性血不可以的。

她"哦"了一下，说帮朋友打听的。

她下车前，热忱地邀请你何时一起吃饭，尽管这热情掺了假客套，她不可能招待一个已经不名一文下台的前上级。但对这种寒暄敷衍一下不就完事了吗？你理都不理，黑着脸命令我快开车。

路上我说你：你都经历了生死的人，怎么还这么激进有锐气？你这叫个性吗？这叫迂腐，这叫蠢，这叫不识时务啊！

但我们经历了两年的分离，说话客气了很多，我的语气不再如之前一般凌厉，我只是苦口婆心地劝慰你，还给你复述了一遍寒山与拾得的对话：世间有人谤我、欺我、辱我、笑我、轻我、贱我、骗我，如何处治乎？拾得曰：忍他、让他、由他、避他、耐他、敬他，不要理他，再待几年你且看他。

你从鼻孔里发出一声哼，没有激烈的反驳，这是你对我最友好的态度了。

我还跟你说，你出事后的第六天吧，我与儿子去你办公室整理东西，离开时去找你之前的同事，我们的本意是感谢一下这段时间他的辛苦与帮助，他误解成孤儿寡母来提啥要求。我向你还原那场景：我们进去，他再没有之前开口闭口的"嫂子"了，第一句话便是冷漠的公事公办：那个钱不会少你们的。我与儿子愣怔，一肚子感激的话没说出来，他却认为我们是讨钱来了，我们面面相觑，我想抡起巴掌甩他一个大耳刮子：以小人之心度君子之腹！你还真小看我们了！

但我能那样做吗？

不能。

我们一字未发,也收起了感激,告辞。

出门后,北风呼啸,极冷,在你为之努力奋斗19年的政府大楼下,儿子将右手伸过来,攥了一下我的手指,说:不要难过,终有一天,我会强大到让他们不敢轻视。

声音很小,只有我听到,但它不弱,铿锵似誓言。

你听着我说,一言不发:你走后的两年,我不轻易流泪,唯独想到这一幕,才会心酸,觉得人生真是太难太难。但能怎么办呢?你倒了,我与儿子不能倒,我们要比别人更有理想,更能忍受孤独,更勤奋勇敢,我们便能获得力量,与这艰难的生活对抗!

你仍不说话,只是听我细诉。讲着讲着,我握紧了拳头,骤然醒来,才发现是一场梦。

你没有得一场病然后康复,你是去世了。

看到一段话:

"菩萨啊,为什么好人会先走?"

"傻孩子,你去花园会先采哪一朵花?"

"最美的那一朵。"

众生皆俗,唯君升仙。

今天,我会与我的一个朋友,去山里看你。那个朋友,是非常成功的女企业家。她与你一样,出身贫寒,十几岁的时候,就用柔弱的双肩担起了一个家庭的重任,沿街叫卖自己打的芦花草鞋,赚得的一分一厘都滴着她的血汗。她创办了一个20年以来一直蒸蒸日上的企业,培养了一个拿到全球最高学历证书的儿子,这些,都不算伟大,她的伟大之处,是她在家大业大功成名就的当下,依然有一颗真诚、无私、善良的赤子之心。她没有被名利场的光怪陆离所玷污,她热爱祖国,珍惜和平,同情弱者,感恩苦难。她说:人,要有大格局,朝远处看,跌倒了爬起来,告诉自己不能输,不能失败,你就会赢,就会成功。

那种平凡人不屈的斗志,值得致敬。

今天,我要告诉你:想起你,我与儿子依然很悲伤,但是,这悲伤顷刻就会化为动力,化为勇敢前行的强大力量。我平庸如斯,一如你之前瞧不上的样子,但我是儿子坚不可摧的后盾。儿子8月底正式步入职场,四个月跟着师父跌跌绊绊学习，现在师父调走了，他独当一面干上了部门长，忙得脚不沾地，午休时间都没有，跑事、请示，一点一滴在琢磨之前没接触过的新课题。他说：压力非常大，但我是吃过苦受过打击的人，啥事都难不倒我。

我们都不怕，经历了与你的离散，任何困难都能化解，我们强大如斯。

今天，我不做饭了，光喝水，不为减肥，只为用这样一种仪式感，来表达哀思。

两周年记。

我们无恙，愿你在那边安好。

2021 年 1 月 10 日

今年的冬天冷得的确变态，很多人都在极寒气温中战栗。

儿子说他们舰上的供暖设施不行，到下半夜几乎就停止运行了，盖的被子与垫的褥子都有严格规定，只能用部队发的，那薄薄一床不顶用，蜷缩着睡到凌晨，给活活冻醒，被窝里哪个角落都凉凉的，用手搓一下冰冷的双腿，把身体缩得更紧一点，继续睡，完美诠释取暖基本靠抖。

刚接手的工作很复杂，元旦那几天熬了两个通宵，做到凌晨实在冻得不行，就站起来跺跺脚，怕影响战友休息，跺脚不敢使劲，用脚尖在地上碾几下，让僵掉的脚趾头稍稍活络一下，继续坐下来加班。

他说早上的跑步暂停了：码头太冷，海边无遮挡，膝盖里、天灵盖里都漏风，穿得多跑不动，穿少了会给冻感冒。但早上不跑下午跑，常规体能训练的总量必须要保证。

儿子说为了安全起见，舰上不允许用大功率电器，比如取暖器、电热毯等，他就充个热水袋，不过热水袋在零下十五六度的空间中不消多长时间就凉了，效果甚微。但寒冷丝毫没有削弱他的乐观，他很振奋地说：算啥呀，大家都一样，再说冬天来了，春天还会远吗？军人打仗都不怕，还怕冷？

这部队真是个神奇的地方，能把一个懒汉改造到嫡亲娘老子都不认识的程度。想当年他大四下半学期实习，早上在他吃最后一口早餐的时候，我去车库帮他把车子预热，空调开好，他抹下嘴，换好鞋，坐进温度已经适宜的车里驾车离去。

现在，面对困难，自己琢磨、思考、克服，还能填词作曲，引吭高歌，这些，都是军营生活的影响、感染与培育。

2021年春季征兵的集结号已吹响,家长们,送家里的熊孩子去当兵吧,他掉一层皮,你就可以少操一分心。

咱不要说大道理,要看大道理横幅上都有,咱就讲朴实无华的大实话,你管不了他,他的班长、连长能管好他。你的家规他不执行,部队的纪律他必须严守。你穷,应该把孩子送去部队,一来,当两年兵,收入肯定比在家打工强;二来,穷人家的孩子,除了吃苦,还有其他捷径能让自己翻身吗?如果你有钱,更应该让孩子去部队,他不学好,你辛苦打下的江山早晚给他玩完。你如果是常州人,应该听说过中天钢铁集团总裁董才平吧?你应该也不会比他更有钱吧?他的孩子就曾经服役于最艰苦的陆军部队,而军营生活给这个著名的富二代留下的,就是常年健身、不抽烟、不喝酒、不熬夜,有铁一般坚定自律的良好习惯。

明明想说极寒天气,怎么说到当兵?面对自己的信马由缰,我也真是无计可施。

容我再顽强地说一句:当过兵的人,的确与没有当过兵的人不一样,一招一式都板正、昂扬。

你见过上午10点多还赖被窝的军人吗?没有。而没有当兵经历的我,此刻就在被窝里,空调呼呼,电热毯开在低温档,酸奶放床头柜上,实在不像话。

2021年1月18日

胖子自从当上了这个部门的负责人,就变得非常忙碌。就职前培训一年,他学的是油料方面的后勤专业,阴差阳错分到了现在的岗位,这个岗位,其实最合适的是掌握财务知识的人才。他的前任,就是在大学学了四年的高精尖,并且取得了注册税务师的资质。胖子刚接触的时候,乍一听"库存实物折价""分项核算"等都傻眼了,一头雾水,听不懂。但是,他的领导,是一个诲人不倦的好姑娘,手把手地教他,跟他说,不要被抽象的专业术语所吓倒,花时间琢磨,勤动脑研究,会很快上手的。又安慰信心不足的他:之前这些工作,不太会有专业人士来做,领导看到船上哪个战士有高中学历,头脑比较活络,就让他干起来了,咱大学学士,何愁学不会呢?

胖子在天津读书期间,虽然学院管理严格,基本严禁外出,但除了上课、训练,还是有一点属于自己的空余时间的，可以和战友散个步，在手机未上缴之前塞上耳机听个歌，打一会儿游戏。来到舰上，他说：干部手机自我管理，不用上缴，这对于之前的我来说，是最向往的幸福。但是，现在，我没有时间看手机，微信提示在滴滴地响，但我无暇去翻。我有一大堆的事情要做，有一大堆不明就里的东西需要学习掌握，我忙到飞起。之前羡慕人家谈恋爱，周末可以约着出去看电影吃顿饭，现在如果有个仙女暗恋我，我也会对她说：抱歉，先立业后成家，既许国难许卿，如果你有心等我，容我把工作整明白再说。

他曾经连续熬过两个通宵，他把被子垫椅子上，再裹住膝盖以抵御青岛的海面上深夜彻骨的寒冷。我调侃：有没有想到红军爬雪山、抗美援朝将士抵抗寒冷的顽强精神？他说：哪里有空想那么多，脑子里只有一个念头，必须一分一厘算清楚，将准确的报表在第二天一早呈给领导审阅。冷算什么？忙算什么？熬夜算什么？我只是在夜深人静的孤寒里感受到了奋斗的具体含义，它给予我的只有向上攀登的力量。

除了纷繁复杂的业务工作，他面对的还有从未涉猎过的管理工作。

昨天晚上，胖子来电话，一接通，我就听出他声音里的快快不乐。

事情的原委是这样的。

众所周知，部队对于士兵的手机管理相当严格，手机在规定时间内，登记后方可领取，到点了上缴。一来，手机的定位功能非常强大，一旦被敌方锁定，随时都可以知道你的位置，连接你的频道，监听你的通话。在《蓝军出击》这个电视剧里，红军旅长就是因一个参谋那里流出去的手机号被蓝军定了位，直接在空中被活捉。这虽然是电视剧，但现实中就是这样。网络无国界，须防泄密。二来，如果手不离机，还怎么能够专心搞好训练，聚焦备战打仗？三来，一些入伍时间不长的战士，抵御诱惑的能力薄弱，如果陷入网络黄赌毒，后患无穷。

但是，放眼世界，如今的智能手机已经融入到了工作、生活、学习的方方面面，军营不可能与世隔绝，如果一味地防范围堵，又显得不近人情。所以，手机的使用管理是部队基层干部一直以来头疼的事情。

除了在领导那里登记备案的手机，一些耍小聪明的战士便私藏了"账外机"。

胖子部门一个准备签二期士官的孩子，于半夜12点半沉迷于被窝玩账外机的时候，给巡逻查铺的上级领导逮个正着。

这个孩子在凌晨1点钟敲开了胖子的门，带着哭腔，双手战栗地跟他说：我闯大祸了。

扣除一个月工资，按义务兵津贴发放，这是物质上的惩罚，这个孩子最担忧的是马上签二期将会泡汤，而他非常想留下来。

而胖子，作为部门负责人，因为管理不力，也将会面临训话甚至在全体舰员大会上做检讨的严厉处罚。

胖子有些忧伤：平时苦口婆心跟他们说了很多，让他们严格要求自己，但收效甚微，慈不掌兵、义不养财这古训真有道理。我是从战士中提干出来的，特别理解战士的苦处，愿意用情同手足的兄弟情来感化、带好这个小小的团队。他们可能觉得我软，好对付。管严了，他们心情不好，消极怠工。管松了，就出事。唉。

我是这样跟他说的：工作中遇到挫折，挨训很正常，不要沮丧。但通过这个事情，要反思，对自己的管理职责要有高标准严要求。我们无法抵御俗世赞美带来的开心，亦不能因为自己失责而挨批就消极，那样的你该有多脆弱？人家打倒你还用动手？你走上了从军之路，对制度的执行与对人的管理，将会是你长久面对的课题。妈妈没有当过领导，不知道"管人"与养育孩子是否有异曲同工之处。但妈妈对教育孩子有点心得，如果孩子是一株树苗，苦口婆心讲道理是施肥，而严厉的管束是拿框架帮助扶正。没有三十大板的胖揍，就不会乖乖贯彻落实做人做事的道理。

我们在所有的文艺作品中看到的军人，都是一年四季地摔打磨炼，全年无休练兵备战，日夜不停执勤值班，精武奉献枕戈待旦，手握钢枪实现誓言，乘风破浪守护海疆，他们都是维护和平，镇守一方的最英勇无畏的最可爱的人。可其实，他们也是普通人，他们也会偷懒，也会犯错，也会违规。

很多士兵在入伍前，就和智能手机结下了不解之缘，入伍后，对手机的使用一直处于一种饥饿状态，这种得不到满足的心理就会让他们想尽一切办法耍小聪明。制度有刚性，必须恪守，部门负责人是执行制度的第一责任人，"管理不力"这个帽子扣得不过分。

古罗马的军队，对于懦弱或者不服从命令的士兵，军团百人队队长有权用拳头击打作为惩罚，司令官则有权将其处死。他们有一句固定不变的格言：好的士兵，害怕长官的程度应该远远超过害怕敌人。

拿破仑说：我有时候像狮子，有时候像绵羊，我的全部成功秘诀在于我知道什么时候应该是前者，什么时候应该是后者。

在我们国家，则有"视卒如爱子，可与之俱死"之说，又说"将使士卒赴汤蹈火而不违者,是威使然也""爱设于先,威严在后,不可反是也"。总之一句话,就是:软硬兼施,恩威并济。

你是一个非常善良的孩子,看到你的战友小小年纪,一双手苍老得跟老农民似的,就心生酸楚,常提醒他抹些护手霜。你和他们一起干活,搬沉重的货物,累得浑身湿透,你说提了干没啥了不起的,兵在干我歇着于心何忍,有福同享有苦同担才是好兄弟。让大家素质提升,精神面貌昂扬,工作态度积极,在平凡的战位上亦有荣誉感与使命感,这些你一直在琢磨。你有次由衷地叹息:之前自己非常羡慕领导,羡慕他们位高权重,威风八面,一言九鼎,现在自己管理几个人都焦头烂额,才觉得那些领导真正不容易,他们一定也有过如今我的心境。将无序变有序,整顿涣散,重塑凝聚力,形成战斗力,非一般人所为,所以他们才能在职场上走那么远,才能有非一般人的成就。

儿子,妈妈庸碌无能,见你困惑只能是干着急,无法给你指点一二,我也不知道恩与威合适的程度到底怎样,规范化管理与人性化管理如何找到平衡点,妈妈与你一样彷徨无措。当我们这种共同的困惑得不到解答,那么,我就记录下来,或许在接下来的工作中,我们就能慢慢地得到答案。

最后,仍是那句话,有关儿子军旅生活的文字,不是树立榜样,只是记录成长。优秀的人恒河沙数,儿子只是沧海一粟。儿子是我身体中最重要的一部分,是我向无边无际的世界延伸的一个链接,是我向无穷无尽命运叩问的某种解释和答案。我们各自独立,又因血浓于水的爱而牵连,适时地看他接受痛苦对他的锤炼,以获得柔韧与力量,同时尽可能地为他避免痛苦,这是每一个母亲终生的命题。

2021年1月31日

儿子入伍 51 个月,除了在军校培训的那个寒假回家过了年,其他的四个春节,均在军营度过。

今年,也不例外。

儿子昨天跟我匆匆说了几句,说除夕要忙年夜饭,守岁的 12 点到 2 点正好轮到他站岗。

我很好奇,站岗不都是战士站吗?干部也要站岗?

儿子说,每年的除夕夜,安排干部代替战士上哨,让战士安心地嗑瓜子,玩游戏,看春晚,与家人打视频电话,这是军营的优良传统。之前我在乌鲁木齐舰的时候,年夜饭的饭点到了,我还在站岗,我们舰长走过来,他像普通战士一样,向我致礼:哨兵同志,下哨时间已到,我来接替你为祖国守岁,感谢你的付出,祝你节日愉快!

我们舰长是个非常神勇的山东大汉,驾驶一艘国内最先进的导弹驱逐舰,纵横万里海疆,执行过许多重大的战斗任务。平时我对他的崇拜中夹杂着畏惧,此刻,他作为一名普通哨兵来接替我上哨,我很激动,但不管怎样激动,神圣的交接仪式不能忘了,我回礼:在我执勤期间情况一切正常,一家不圆万家圆,希望您认真履行哨位职责,不负人民嘱托,祝您节日快乐!

大年夜整个一晚上到年初一早上的哨位,都由干部站岗,这不是面子工程,是爱心哨,体现的是尊干爱兵的光荣传统呢。

儿子所在的舰艇,在农历腊月二十五中午,突然接到上级命令,要求他们紧急备航,赴某海域执行任务。那天,青岛零下6度,大雪纷飞,儿子当时正在外面办事,他边开车边给我打电话,仅说了一句:老妈,我出去有事了,不知道什么时候返航。

还没来得及反应过来,电话就挂了。我捏着手机怔怔愣神,想问他几句:去哪里?有危险吗?过年都不靠码头吗?

但我知道,我不会问,不该问,问了他也不会说,即便他知道,他也不会说,他数次嘱咐过我:如果我什么都可以跟你说,那兵与民就没有区别了,就不存在军事秘密一说了。而每一次的战斗,都有风险,作为军属,作为一名老党员,老妈你该有这样的觉悟,儿子是你的,但自从穿上这身军装,就已经与这个国家签订了生死契约,我就是国家的人,国家要我们冲,我们绝不后退半步!国家要我们牺牲,我们绝不苟活!

那天,在全国人民都热火朝天准备过年的时候,儿子与他的战友,包括已经回家休假,家在青岛境内的所有官兵,火速返回战位,冒雪出征。

农历腊月二十九,儿子执行任务完毕,随军舰返回母港,我也松了一口气。

而那杳无音信的几天,我的心一直提在嗓子眼。

儿子说,春节对大多数国人来说,就是吃吃喝喝好好休整放松一下,但军人,则不可能有这样的时候。每个幸福的节日,军人依然在远离尘世享乐远离亲人的军营忍受孤独,始终保持高度警惕,坚守战位,继续常规的训练,随时准备战斗。繁华的节日,军人仍要挥洒汗水,仍是怀揣沉甸甸的责任,仍是无私的奉献。亲情与团圆,这些个人的情感需求,深藏于心,使命、担当扛在肩头,用无声的行动为祖国守岁,为国人的安定生活保驾护航。

辞别牛年,迎来虎年,在这个万家团圆、其乐融融的日子里,所有的兵爸兵妈们,想到无法陪伴自己的孩子,不要伤感,不要流泪,我们投向远方的祝福目光,就是孩子前进与坚守的力量。我们是孩子坚若磐石的大后方,温暖的港湾,亦是孩子成长中的榜样,父母有恢宏的胸襟,我们的孩子也会有虽千万人吾往矣的魄力。

愿我们的兵娃:山高有行路,水深有渡舟,和气作春妍,新年胜旧年!站好每一班岗,刻苦训练,努力工作,用更好的成绩向父母与祖国汇报!

2021年2月2日

昂爹单位通知我去拿慰问金。

慰问金大概5000元,我记得不是太清。昂爹出事后的第一个春节,是他单位人大主席率领几个人到家里来的,面色凝重地叹息了一会,又说了些让我保重的话,然后,呈上慰问金。去年,通知我去取,包括其他的一些费用,我没看具体的明细,签字拿了就离开。那个给我支票的工作人员,用夹杂着怜悯的好奇目光注视着我,那时没有疫情,无须戴口罩,她想看到一个她熟悉的单位领导的遗孀是什么样的表情。

我没有表情。

如果有,那只是面若平湖的波澜不惊。

悲剧刚发生没几天,昂爹单位的一把手说:有什么困难,提出来,组织尽量想办法解决。

我亦平静告之:没有困难,谢谢。

啥叫困难?儿子的前途,需要他自己奋斗,别人帮不了忙。因为顶梁柱的坍塌造成经济滑坡,大不了省吃俭用,之前我就没过过有钱人的日子,我能吃苦。

相比一个亲人骤然的离世,我觉得我们母子没有困难,如果有,我们自己解决。

几天前,昂爹一战友给我打电话。事发后,他们夫妻偶尔会联系我,问问我情况,了解孩子情况,每次都会说:有什么难处一定要跟我们说。得知雨昂干军需官,特意关照他:这专业直接接触钱,千万要谨慎,难免会有人无德有私心,可能会拉拢你，你要有原则。好在现在风气转变了，再说你像你的父母，品行端正厚道，一定会干好工作的。

这次电话是问我春节去不去青岛，如果不去，就到他们家玩。又叮嘱我：保重身体，有困难要说啊。

非常感动。

给予我温暖的人，我时时都心怀感恩。人与人之间的真诚情意值得歌颂，歌颂是因为它太难得了，那是人世间稀有的光，这光让我们看到希望，对生活有信心。但是，我也理解所有的冷漠、绝情。人对外界事物的反应，建立在自己有限的认知上，随着阅历渐长，认知会越来越宽阔。

凭什么人家要安慰你给你送温暖？不安慰不送温暖是本分，你觉得孤单觉得无人问津那是你自己的狭隘。

拿了慰问金出来，站在马路对面等公交车，注视着昂爹工作了19年的政府大楼，这应该是我最后一次走进去了。

瞬间热泪盈眶，但又豪情万丈。

儿子出海已经十来天了，杳无音信，等他可以联系我的时候，我要告诉他：生活中如果有什么困难，我们也要将它碾为齑粉，轻蔑地啐一口：呸。然后，重整河山待后生，意气风发向前走。

所有失去的，只要我们足够努力，足够争气，总会在某一天，完璧归赵。

2021年2月14日

意识到自己在渐渐老去，是从孩子慢慢长大开始的。

他偶尔冒出的一句话，掷地有声。他耐心听完你的建议，但不盲从，从另一个角度分析，反而给你开辟崭新的思路。他对事件的判断，如成年人一般冷静练达。

每当这时候，你会惊觉，啊，他跟幼时不一样了，他跟读大学时不一样了，他跟刚入伍时不一样了，甚至，他跟去年也不一样了，跟前几个月也不一样了。

时光流逝让人恐慌，但更多的，是对孩子茁壮成长的欣慰、满意。

他没有长偏，没有长歪，他如天下所有父母对子女的殷切期盼一般，有序地、健康地发展，脚踩大地矗立，胸有大志成长。

还是大年夜接到儿子的电话，匆匆说几句便忙活去了。我知道他很辛苦，除了日常事务，还要张罗年夜饭，一个厨房小白，曾经分不清盐与白糖，如今却要管理一个数百人的伙房后勤。他说原材料很丰富，如何把它们做好做精做可口，就是我们要琢磨的事。他说后勤部门工作很脏，非常苦，地上淌着鸡鸭鱼肉的血水，有成堆要洗的锅碗瓢盆，他手头事情一忙完，就去厨房干活：兄弟们吃苦，咱不能光看着，光动嘴皮子，搭把手帮着干，他们也可以早点歇一下。

这几天，他要组织一场游戏活动，又是舰上春节文艺晚会的主持人之一，除了主持，还要唱三首歌。他要思考串词、排练、安排晚会后勤。迟迟没有他的消息，我在微信上问他一句：很忙吗？过了几个小时，他才回一个字：对。

晚上，他终于来电话了。

他告诉我，游戏活动与晚会都还算圆满成功，得到了领导的表扬，说整场活动体现了全舰官兵枕戈待旦的战斗精神，赤诚浓烈的家国情怀，既有庄严肃穆的军营元素，又不乏轻松诙谐的节日气氛。一个领导的家属在节目结束后还特意找到他，对他说，小伙子，你临场发挥能力强，活动气氛给你调节得恰到好处，你表现收放自如，我特别喜欢你，我要把最好的姑娘介绍给你。

他说：这嫂子夸得我很害羞，尽管终于得以松口气，但其实还有不尽如人意的地方，刚才我在细细回忆活动过程，将瑕疵记录下来，今后就可以规避。

他声音嘶哑，透着疲惫，今天凌晨还在背台词，这几天每天只睡两个小时觉。

他说，领导把任务交给我，我就要尽最大努力干好。我珍惜每一次锻炼的机会，乐意接受任何挑战。苦与累是挑战的衍生物，我热爱挑战，就必须热爱苦与累。

问候有时可能迟到，但母亲的祝福永远不过时。直到今晚，我才有机会对他说：愿你牛气冲天，牛年大吉，保持热爱，全力奔赴理想！加油，儿子！

2021年3月1日

3月的第一天，思念如细雨，密密绵绵。

儿子战巡十来天了，茫茫大洋无手机信号，失联中。

他出去执行任务之前，会跟我说一下：最近要离开码头，可能十天半个月。或者说：这次有点长，估计下月中下旬才能回来。再或者说：稍微转一下，应该不会很久。

都语焉不详。

之前我会问：执行啥任务，去哪里呢，具体多长时间你不清楚吗？

他说：我都知道，但我不能告诉你，今后这些事情别问了。

有次他兴奋地跟我说他在网上相中一辆车，那车宽敞、大气，颜色都选好了，就选时尚又低调的银色，他幻想他就是那车子的车主，驾驭它驰骋于山河故土，右侧是娇妻，如花美眷陪伴，日子行云流水。他向我撒娇：就是手头没钱，看看何时老妈能助我一臂之力，让我一偿夙愿？

话说到这里，他集合去了，再回来跟我通话，说马上要出发了，我随口问了去哪里？去多久？他从半小时前装可怜想我出资买车的孩子，秒变成一个恪守机密的庄严军人，他"语重心长"给我上了一堂增强保密意识的课：老妈，涉及我们工作安排与训练任务的事情，你别问，问了我也不会说。当然，我知道你一方面是好奇，一方面是担心，也知道你肯定会与我一样坚守秘密，但是，泄密常常就发生在无意识、不经意间。

他跟我讲了国外两个分别发生在第一次世界大战与第二次世界大战期间由于不慎泄密而导致的惨痛教训。

第一次世界大战期间，一名美国商人在途经德国柏林时，应邀出席一场大型宴会，席间认识了德国军界一高级参谋，这高级参谋已经喝得差不多了，美国商人别有用心地仍跟他频频碰杯，高级参谋酒后失态，他傲慢地大放厥词：美国支持英国和法国也挽救不了他们失败的命运，我们很快就会在凡尔登发动一次决定性进攻。

宴会结束后，这名美国商人火速赶到伦敦，将此重要信息卖给美国驻英国大使馆，美国又向英国通报，从而使得德军在随后的凡尔登战役中遭到惨败。

另一则发生在第二次世界大战时期，法国一名炮兵排长每天都会给远在国内的妻子写一封信，信中他叮嘱妻子千万不可以将他的驻地告诉任何人，妻子也确实做到了守口如瓶。但是，妻子的女友是一名德国间谍，她以集邮为名，每次都从这名排长的信封上揭下邮票，但是，排长的妻子始终没有当一回事。有一次，排长信中写：半个月中，我们部队先后换了五次炮阵地，敌人的大炮总能跟踪射击，这使得我们部队遭受很大伤亡，我也身负重伤。

正是这名德国间谍闺蜜，从排长来信邮票的邮戳上及时得知法军炮兵阵地所在地，从而使得德军对其准确进行跟踪射击。

我听出一身冷汗：乖乖，真是处处留心皆情报，一不小心就泄密啊。

儿子说：在革命战争年代，保密就是保生命。邱少云为了掩护大部队深夜进攻的秘密，宁可给流弹烈火活活烧死，也保持一动不动。《红岩》中的江姐，为了保护重庆地下党组织的秘密，经受敌人严刑拷打直至壮烈牺牲仍坚强不屈。这些先烈用鲜血与生命证明了保守机密、维护民族和党的利益高于一切。古人云：时时检饬，谨言慎行，守口要密，防意须严。这是对君子保守秘密修德养性这方面的要求，而我们军人，则更需要做到不该说的不说，不该看的不看，不该问的不问。无论对方是亲娘老子还是铁哥们，涉及军事机密，恕不奉告。

去年年底儿子出海数天，他说有一半时间头痛欲裂，风浪大，船颠簸得厉害，最严重的一天，躺床上爬不起来，一试着抬起头就呕吐。即便那样，他说：轮到值班的时候，咬咬牙还得去，一手拿着塑料袋，里面是呕吐物，一边跌跌撞撞去值班，一面走一面吐。

他说喝口水都吐，绿绿的苦胆汁都吐出来：军营是男人的天下，男人体力上终究要强一点，女军人真是太不容易了。我们有个副部门长，女孩儿，二十几岁，在家里怎么着也是父母的小心肝、小棉袄，每次出海，她就晕船，吐得皮肤都皱了，失水，脸颊坍陷，出海几天，她能以肉眼可见的速度苍老五岁。但能怎么办？必须撑！必须挺住！那是你的战位！哇哇吐完，你还得肃立，架上望远镜，凝视前方，目光如炬，向值班首长传达所看到的信息：左舵五！舵正！两车进三！航速20！报告完毕！

听起来，驾驶着军舰在万里海疆劈波斩浪，保卫着祖国的大好河山和人民的安康幸福，与有荣焉，幸甚至哉。但是，在光鲜亮丽的背后，是中国军人厉兵秣马、披坚执锐的高强度警惕，是一个个年轻的血肉之躯咬紧牙关和衷共济的艰辛之途。

正值3月，风一打开门，满手都沾满了鲜绿的春天，水涨满了湖面，绿盈满了山坡，樱花、梨花、桃花、油菜花，说不出名字的各种野花，都开得娇艳。儿子与他的战友们，在汪洋大海中，却看不到这一幕春天的盛景。

但是，我想，这无边无际的春风，总会吹向水兵的战舰吧，还有我们头顶共同的阳光、星辰、月亮，也会照亮他们。

是的，即便我们不在一起，仍可以仰头，看同一轮月亮。而那如月亮一般清澈皎洁的爱，则献给我们伟大的祖国。

2021年3月15日

儿子前阵就跟我说：最近估计要给我们新干部补发一年半的工资了。以后，我就是有工资的人了，拿义务兵津贴的时代终结了，我可以承担家庭重任，可以负责部分房贷，另外，我想资助一个贫困生，最好是学习成绩优异的小女孩，在我发工资的第一个月开始，直至她大学毕业或者研究生毕业参加工作为止。鼓励她，温暖她，陪着她共同成长，我觉得这是件挺有意义的事情。

儿子数次与我聊起过女性更该好好读书的重要性，他说女性如果无法接受良好的教育，在婚恋问题上往往糊涂盲目随波逐流，也不太有机会挑选到优质的男性，而母亲的人格特质与文化修养会直接影响到子女，间接影响到三代人。母亲宽容坚强，子女多豁达有毅力，母亲鼠目寸光，子女格局也会大受局限。孩子童年是一生中成长的关键时期，一般由母亲照顾得多，母亲的培育能力、生活技能、教养修为等，对孩子的影响力，远远超过父亲，这种影响，可能会决定孩子一生的成长。子女对婚姻和伴侣的想象，往往更多地来自于自己的母亲。母亲贤良淑德，有学问，有理想，子女未来的婚姻雏形也会在心中萌芽，他们希望成为母亲一般美好的人，或者，娶一个如母亲一般的女子，来成全自己的生活。家庭是社会的细胞，如果细胞都是健康的，社会风气也无疑是健康的。家风，是民风之基，国风之魂。没有家风，何以立家业，耀先祖？没有民风，何以安民心，筑和谐？没有国风，何以兴邦国，令天下？优秀家风的形成很大程度上取决于一个女性的作用，所以，女性对家庭、对社会有着居功至伟的无上贡献。所以，女孩子不应该因为出身贫穷而被剥夺受教育的机会。

儿子抽丝剥茧，娓娓道来，每一句，我都深表赞同。

他出海期间，我联系了安徽大别山地区希望小学的负责人汪老师，这个朴实的山里汉子，一再感激地表示：国家改革开放的政策让一部分人先富起来，那时候我们这里穷，大山连着大山，可现在精准扶贫力度大，住山顶或者半山腰的村民，都搬下山了，国家补贴了大部分钱造房子，路也修好了，走出山不远就是高速公路，去哪里都方便。孩子们午餐都免费，之前那种深度贫困需要大家拉一把的家庭现在几乎没有了。

汪老师认识雨昂，10年前去大别山，汪老师开着摩托车带着我们，路上险象环生，一会儿车子几乎竖起来爬坡，方惊魂未定时又顺着狭窄的山路俯冲下去。

我们俩坐后座吓得眼睛都不敢睁开。最后的几公里摩托车都没有办法骑了，我们仨再步行，披荆斩棘才到了由四面小山围成的一处洼地，洼地处有几间土坯房屋。家中三个人，父亲六十几岁，母亲智障，一个读小学的男孩。家中唯一的家用电器是一盏拉线灯泡，唯一值钱的家具是门口一口触目惊心的棺材（这不该算家具吧）。他们用污渍斑斑的碗从水缸里舀水招待我们。只有三四张小凳子，让我们坐下后，他们便只能讪讪站着，或者坐在破败的门槛上。窗户是塑料纸糊的，没有玻璃，一阵风吹过，噼啪噼啪响。男孩低着头，玩一根手腕上的橡皮筋，神情茫然。大夏天，他穿着冬天的棉毛裤，他父亲说他没有短裤。他每天去学校，晴天来去要步行四个小时，所以老师对他的到校时间不做要求，而雨天，就让他不要去了。

那是儿子第一次直面贫穷，他亲眼目睹了这个世界上有人真的没有喝过牛奶，吃香蕉不知道剥皮，他们束手无策地忍受着贫困，在泥潭里挣扎，没有人给他们一盏橘灯，一个台阶，他们便永远身处黑暗，永远活得卑微而苟且。

儿子被人间疾苦惊到了。后来，他在大学里当了四年的班长，他说，每次看到同学交来的申请贫困生补助的家庭状况调查表，都会心酸，一头羊两只猪也是家产。不是每个人都是含着金汤匙出生的少爷小姐，有太多的人，不过是咬咬牙过一天，再咬咬牙又过一天。有人住高楼，有人在深沟。有人光万丈，有人一身锈。

Feel the world like the weak（像弱者一样感受世界），一直是他的QQ签名。

是啊，我们眼里看到的，不应该只有金钱和地位，还应该有人情和冷暖。我们心中保留的，应该有悲天悯人的灵魂。

最后，汪老师给我找到的是一个读初三的15岁女孩，父亲在合肥建筑工地扎钢筋，母亲无业，有一个5岁的弟弟和七十几岁多病的爷爷，全家靠父亲一人的收入过日子。女孩的母亲让女孩给我通了个视频电话，镜头中，女孩戴着600度的近视镜，害羞地说：成绩不是特别好，有时候年级20名，有时候前5名，不稳定。

她的一句话令我唏嘘：每个礼拜的饭钱，大多是四十几块钱，偶尔要50多，花掉50多的那个礼拜，我觉得特别不好意思，打菜打多了，少打一点就不要那么多钱了。

儿子返港后，我跟他说了这事，他第一时间汇去女孩的生活费。他说了一句意味深长的话：在人之上，请把别人当人。在人之下，要把自己当人。如果每个人，都能传递温暖，星光和芳草便会在你的左右。

2021年3月23日

昨晚与一教师朋友闲聊，她有一个名校毕业的女儿，学习成绩出类拔萃，用朋友的话来说：成长过程中我几乎没操过什么心，我做我的工作，管好自己的事，女儿中考、高考、填报志愿、找工作、出国、考证、跳槽，我都没管。

旁边另一位朋友之前是她同事，熟悉她家情况，对我说：她可狠了，女儿小学时犯了个错，她用红领巾勒女儿脖子，我们吓坏了，都骂她太过分。

朋友想起了这事：我在学校当教师，女儿在同学面前有高人一等的优越感，我必须扼杀她这种苗头，那回就动手了。

她还提到了女儿中考前三天与她顶嘴，她抬手就是两个耳光，她丈夫责怪她在这节骨眼上不该打她，万一影响中考发挥呢？她说：这还没见到有多大出息呢就顶嘴，考得再好又有什么用？

纵观她31年育儿过程，虽然有细致入微的沟通，彻夜畅谈的陪伴，女儿出国后肝肠寸断的惦念，但暴力打骂、强势镇压亦贯穿始终。

同为虎妈，我也扪心自问：这样真的好吗？让我们重新做一遍母亲，我们还会以棍棒底下出孝子为圭臬对孩子进行严厉的责罚吗？

正好儿子那时候打来电话，我跟他说与一个阿姨在探讨体罚孩子究竟好不好的话题呢。儿子哈哈大笑：今晚你是宣讲团主讲人吧？这方面你可讲的内容太庞大了，经验三天三夜传授不完。还记得我十来岁时，有回我们俩在市区等公交车，站台后面有个肯德基门店，我被里面飘出的香气勾引得老往那边瞅，特别馋，想吃，你动了恻隐之心，说带我进去看看。我可高兴了，小伙伴们经常吃肯德基，我还从来没吃过呢。孰料我们站了一会儿，你跟我说：看够了吧，香气也闻到了吧，走吧。我失望至极，瘪着嘴眼泪都快下来了，你怒目而视，我吓得哭都不敢哭。一路上你还跟我普及好吃懒做的危害，轻则影响家庭，重则祸国殃民。你总能把我任何一点小瑕疵上升到"你这样今后就完蛋"的高度，那一年我都高二了，个头长到一米八不止了，女同学给我传个小条，我回了，她再回，来来回回几次，给你发现了，踮起脚尖抽我脸，张牙舞爪痛斥：你要心无旁骛读书，你考上好的大学意味着有更多的选择权，主动选择与被迫接受有根本性的不同，一种是享受生活，一种是在泥泞里挣扎。你想日后有更广袤的舞台更自由通达的人生更辽阔无垠的发展空间，你现在就不该理会这些拖你后腿的小丫头片子！骂的同时不忘又抽我几下，语言恫吓配合行动，匡正、管制、惩戒，招招见血封喉，令我闻风丧胆。我上大学了，你实地做了社会调查，同学最高月消费是多少，最低是多少，你取个中间偏下值，你说能吃饱就够了，钱多了就会挥霍，这挥霍的习惯养成了……妈呀，你又回到轻则影响家庭重则祸国殃民的中心思想上来。我的大学过得真寒酸，没买过一件衣服，都是中学时代那几件，我稍有丁点儿不满你就吼：选美吗，要那么多衣服干吗?！勤以修身俭以养德！由俭入奢易由奢入俭难！

回首往事儿子感慨良多：曾经受打骂的时候，除了恐惧应该也有怨恨，但如今，只有感恩。小孩自我约束能力差，溺爱、放纵、肆意满足要求，会让他们觉得一切的获得都太过轻松，对于人生艰辛最终要靠自己奋斗缺乏深刻认知。高瞻远瞩的家长不仅是把孩子当成家庭成员一般来保护，更是将他当成最终要走向血雨腥风世界的一个社会人。父母的保护终究很有限，而真正的保护，是塑造一个恩威并施的教育环境，模拟一个小社会，社会给你的苦，你在家先尝着，今后的一点点甜，也会甘之如饴。在家过得太滋润了，那苦仍在那儿，始终是个常量，后面得慢慢让你尝。

哈哈，老妈，现在你不打我了，空间距离搁这儿呢，你鞭长莫及。但你说过：你长大了，可以不打，但打你的权利，永远掌握在我手中。这话霸气，希望我80岁的时候，我的母亲仍然虎视眈眈，虎躯一震，上来就给我一个毛栗子！

我也知道你现在变慈祥了，会为曾经的棍棒式管教自责内疚，不用反省，你做得对，英明神武！我还指望你老人家今后给我带孩子，也拜托你赓续血性，保持本色，不忘初心，该打不骂，该打五下绝不少打一下，传统艺能不能丢！哈哈哈！

一番话，哪句是真哪句是假，扑朔迷离。

世上没有两片相同的树叶，每个孩子都不一样，需要因材施教。简单粗暴固然与文明相悖，但慈母败儿、爱而不教的惨痛例子不胜枚举。家长的威信固然不是通过打骂孩子获得的，但一个从小被宠溺的孩子能拥有强大的力量吗？担忧。

2021年4月4日

清明，也恰好是你56周岁生日。

去看你，坐漫长的公交车，再步行半小时。

空气湿润新鲜，远山和炊烟，狗与田野，历历在目。

携一束向有气度有品格的君子表达怀念的黄色菊花。

墓地只有我一个活人。

人生竟然可以荒芜成这样。

阴阳两界，孤独同出一辙。

想起苏轼写给故去十年的亡妻王弗的诗：

纵使相逢应不识，尘满面，鬓如霜。

我们仅795天未见，对彼此的记忆仍牢靠坚固。

那时，我们走在路上，前面如果有个胖女人，我会悄悄问你：我胖还是她胖？你冷不丁吼一句：自己什么鬼样子没数吗？还要我评论！

我也不甘示弱。进入50岁，你头发日渐稀疏，但络腮胡须依然茂盛，我冷笑：脑袋快颗粒不收了，下巴倒五谷丰登。

唯有说起儿子，我们才达成难得的统一，迂回地表达了对彼此的肯定：娶（嫁）了其他人，生不了这么懂事可爱帅气的娃。

前几天，儿子的军舰解缆远航，这次，他将在大海上过几十个没有信号失去联系的日子。离开码头的那个夜里10点半，他忙完工作，开始干私事，将卡上仅有的钱转给我，叮嘱我这个月中旬交房贷。他说这军需官不好当，忙得跟陀螺似的，怕疏忽哪项工作，随身携带个小本本，重点工作划红线，干完就打勾。说部门有个小战士，想找他"汇报思想"，可他愣是抽不出空。那天好不容易忙到半夜才有时间，小战士被他从床上叫到他房间，睡眼惺忪又热泪盈眶说：你这么辛苦，都每时每刻充满热忱，我还有什么好矫情的？没思想要汇报了，往下恶狠狠干就是了！说5月份有可能的话，想休几天假，回来看看生病的奶奶。说啊呀老妈别儿女情长，又不是第一次出海，辛苦算啥，颠簸算啥，我只是忠于对父母的承诺，披星戴月奔向理想，这过程很燃，带劲。

家事国事天下事，这小子都成竹在胸，稳稳当当地处理。

他说：清明节了，我只能在海上遥望我爸，寄托思念。不是哀思，为什么要哀呢？乐观才是无常生活的解药。

莫哀莫哀，即便伫立于你的面前，尘世轰轰烈烈，波澜壮阔，此处寂寞如斯。然人生海海，山山而川，不过尔尔。

生日快乐，昂爹。

2021年5月1日

凌晨两点，你以为世界都沉睡了，清洁工人却开着小车清运垃圾。

我知道我孩子此刻肯定也没有睡。

出海执行任务归来，刚回到码头，他就熬了两个通宵，要迎接上级部门的检查。他没有时间给我打电话，那回晚上9点多，在去机关汇报工作的路上，他边跑步边跟我简单叙述了一下近况：非常忙，太多的事情要做，干通宵，困了就冷水冲把脸。有人给介绍了一个女孩，听起来各方面条件不错，照片也青春靓丽，但没时间去加微信聊天，稍微空下来一点再说吧。这样子估计真要打光棍，不过向海图强向战而生，工作就是我的小仙女。

昨天上级检查通过了，他的部门工作得到了表扬。他给我发了信息，寥寥几个字：已过，受表扬了。准备六号的大检查，继续加油。

那些让你变得更优秀更强大的路途，从来不会走得太容易。

劳动节了，旅行、聚餐、睡觉，当我们尽情享受这五天假期的时候，要知道，有很多人在劳动，在奋斗，在为这个世界的和平美好辛苦打拼。他们平凡又伟大，他们心中有信仰，眼里有光芒，他们的劳动值得我们敬仰。

2021年5月9日

儿子入伍后，用他微薄的士兵津贴，在母亲节或者我生日的时候，给我买过好多东西。属于精神范畴的，有鲜花，一张卡片，几行诗；属于物质范畴的就更多了，治疗眼疲劳的进口药、眼按摩仪、烤箱，有特色的陶瓷碗盆、张小泉菜刀、绣着大朵牡丹花的皮包，还买过红薯。我每次笑纳的同时都挺感动，第一时间拍照晒图发圈昭告天下，朋友一表达羡慕，我嘴上说着"还行还行你们孩子也挺懂事"，其实心里那嘚瑟劲根本就掩饰不住。

今年他拿工资了，我将部分房贷还款任务转嫁到他头上。朋友说：你也不是还不起贷款，孩子后面还要谈恋爱，别把他抠得太紧，搞得捉襟见肘的。

我觉得年轻人还是要有些压力，这压力或许来自于事业，或许来自于物质，太过轻松无益于成长，无益于他成为一个善于解决困难打理生活的高手。

这手头一紧，直接取消了母亲节礼物。虽然作为独生子的母亲，节日仅收到一个寂寞，但如何安排有限的资金，孰轻孰重他还是游刃有余。我不怅然，反而欣慰。

我们这一生中，或许有许多人曾经爱过我们，但最持久最深刻的爱，一定来自于母亲。而且，只有自己当了妈妈，才会切肤地感受到那与天地一般无私广阔的深情。

母亲，是天下最痴心的角色。孩子，是我们精神世界的核心。

母亲的心，永远慈爱，流淌着汩汩热血。

军人的母亲，这是一个特殊的群体，思念远方的娃，但鞭长莫及。有个镇江的朋友，儿子今年3月份入伍，现在在最艰苦的新兵训练阶段。儿子引体向上成绩不达标，着急，唯一一次来电话，倾诉焦虑。这个朋友记得我说过我孩子之前单杠也拉不了，在《胖子从军记》中找办法，又打电话给我，操心啊，怕儿子完不成任务挨训，遭罪。他们自作主张地在给儿子寄日用品的时候塞了一条烟进去，想让儿子偷偷送给班长，结果连长检查快递包裹，发现了烟，以为孩子想抽烟，孩子吓得不行。家长弄巧成拙，母亲又急又慌，恨不得连夜赶去部队表明心迹：孩子不抽烟，这事是我们的主意，千万不要误解孩子啊。

我们几个兵妈妈在一起聊天，说到动情处都会潸然泪下。孩子长大了，离开了我们的视线，在一个陌生的领域打拼，我们纵然力不从心，可仍想为他们穿针引线，缝一件行走世界的铠甲。

我们柔肠百结的爱，如果因为儿子身处远方得不到回应，愿今晚的夜空因为母爱而变得更深邃一些吧。

凯风自南，吹彼棘心。母氏圣善，我无令人。

祝福每一个母亲无忧无虑，笑容恬静，精神富足，美丽安宁。祝福每一个孩子都能成为母亲引以为豪的骄傲！我们都要加油，为必将越来越美好的未来努力！

2021年5月27日

去年8月底儿子分配到舰艇工作后，除了出海的时间，靠码头了他便会每天晚上给我打个电话，简单说一下日常。那时候，他是部门副职，协助部门长工作，相对轻松多了。今年元旦，部门长调离，他接手，没有副手，相当于他一个新入职的小干部要干两个人的活，他一下被千头万绪的工作搞得焦头烂额。一年的军校就职前培训，他学的是油料专业，研制专用油料，计算油料储备等。现在干后勤保障，负责舰艇物资采购，舰员一日三餐、工资发放、被装管理等等，工作量庞大繁琐，他说他每天的睡眠时间只有三四个小时，而即便这三四个小时也惦记着工作，想到一件事没落实，就会从铺上惊跳起来，赶紧记下来，生怕疏漏。前阵，单位组织篮球赛，作为大前锋，领导要他带领一支队伍每天集训一小时，给他下命令：比赛必须拿奖！建党100周年的大合唱，领导让他当指挥，说：搞砸了唯你是问！

他跟我苦笑：时间是乳沟，可是现在我瘦，使劲挤也挤不出来了。恨不得长出三头六臂。

5月中旬他出海十来天，回来后就打过一次电话，昨晚10点，我在微信中试探性问：你可好？他回复：老妈我太忙了，晚点联系。后面便没有音讯。

10点钟了，年轻的水兵还没有头枕着波涛，睡梦中露出甜美的微笑。有次他说，日常事务性的工作太多太多了，核算、请示、协调、报批，白天就是马不停蹄地奔忙，到了半夜，才能坐下来做案头工作。而凌晨4点，轮到值班的战友要起床发面准备早餐，我是真累啊，爬不起来，但硬撑着也得逼着自己爬起来。军需部门的核心工作是做好每一顿饭，饭做得香不香，是领导与战友对你是否干好工作最直观的印象，哪一顿都不敢掉以轻心。

看到一篇文章，标题好像是"生活实在是太难了"之类，里面放了一些图片，捡垃圾的白头老妪，骑自行车还打着点滴的中年男人，春运时，背着小山一般沉重行囊的年轻母亲，胸前还抱着一个娃，被刁难他的客户灌醉了酒在地铁口号啕大哭的销售员……

现在有些宣传，总喜欢搞"成年人的世界哪有容易两字"之类的话题，人，都容易觉得自己不容易，被这么一说，就容易产生共鸣。可是，老强调这"不容易"，除了情绪阴郁，自怨自艾，觉得老天不公，没啥用。

我生孩子前两天，还在上班，每天骑自行车来去，有次骑到半路，胎动厉害，我停下来，看着孕妇裙下面的肚皮神奇地隆起一块，可能是孩子的拳头啊什么的，等了几分钟，胎动不那么明显了，再骑上车回家。回家把该洗的被褥全拆下洗了，生了娃后会有一段时间没法干这些活。顺带还把门口我种的几畦菜的草给拔了，水给浇了。然后晚上，带上我攒了好久的1500块钱就去医院生孩子了。

当时如果手机流行，给人拍照发网上，加上"即将分娩的军嫂的二十四小时"等夺人眼球的标题，绝对令人唏嘘感叹。

我孩子之前的一个领导，出生于贫寒的农家，上大学后，就基本不向家里要生活费。他做过家教，帮人到火车站排半夜的队买票，敲响陌生人的门推销保险，被人吼"滚"，卖过报纸，免费给人擦鞋，擦半天没人买他一支鞋油……后来工作了，领导难说话，自己人微言轻，涎着脸请教领导，一口一个"老师"，费半天劲写的材料，给傲慢的领导否定得一钱不值……谈对象，质量差的自己瞧不上，质量好的没钱追求，每个月扣除房贷就剩80块钱，想请心仪的姑娘看场电影都得算过来算过去，万一要再吃个饭压根儿就掏不出……

我一个朋友，复读三年考上大学，去学校报到的那天，家里就给他一张破凉席、一条破被褥，一分钱没有，还是邻居看不过去，塞给了他5块钱，那是他22年人生第一次拥有的一笔巨款。我问他,怎么熬过来的？他说食堂馒头一毛钱一个，热的时候不吃，因为松软，几口就下肚了，等硬了，再一口一口嚼，耐嚼，一顿吃一个。冬天冷，一条薄被顶不住，多少次给冻醒，下床跑步，跑到出汗，回来继续睡。

我的一个邻居，当年去广州推销刀具，寒酸的打扮与一辆破自行车，根本没人瞧得起他，总给客户连人带货轰出去。他咬牙买了一辆桑塔纳汽车，但再也挤不出钱租房了。曾经有两年，他睡在汽车里，白天，后备厢拿出白衬衣，扎好领带，人模狗样开车出去推销刀具，晚上，把车子停桥洞，衬衣脱下，洗了，晾干。他说：两年睡车上，后来睡床上都不适应。

……

谁的人生一帆风顺？谁能没吃苦就会成功？那些血泪难书的艰难，不都是人生阅历的积累与成长的痕迹吗？

雷霆雨露，均为天恩。

长夜痛哭算啥，吃苦受累算啥，不被理解算啥，遇人不淑算啥，这不都是生活中最平常的内容吗？我们的付出，遭遇的委屈与磨难，都是向命运渴求一个更好的未来，日子就是这样砥砺前行，它虐你千万遍，你爱它如初恋，这才是人生很酷的记忆，你曾经一边流泪一边奔跑，把自己活成了一个坚不可摧顶天立地的人！

儿子，文章的最后，我要跟你说几句大道理，中国为什么能有今日之崛起？中华民族为什么能有今日之复兴？就在于它有这么多不怕苦的青年，议酣血热，精神如画，敢作敢为，挥斥方遒，天真赤诚，朝气蓬勃。在中国将要腾飞于世界之时，有一分热，发一分光。爱国、爱党、爱军，任凭惊涛骇浪艰难险阻，粉碎之！不懈地奋斗，才是年轻人应该有的模样！

加油加油，亲爱的小鲍主任！

2021年6月29日

自从记录《胖子从军记》以来，第一次有间隔一个月的时间只字未写。究其原因是儿子实在是太忙了，他没有空跟我联系，好不容易，在昨晚10点，我昏昏欲睡之际，等到了他的电话。

他说之前在新兵连的青岛籍战友利用休假的机会带着女朋友来看他了，当年，他们分在一个班，在一起摸爬滚打，度过了由民到兵最艰苦的转型期，彼此感情都很深，一晃分开三年半了，战友在遥远的福建服役，父母与女友都在老家山东，这中间，女友因为空间距离，也曾经心生退意，但终究还是不舍多年情意，坚持了下来，今年他们准备筹划婚礼了。

儿子很惭愧：战友知道我忙，特意选个周末驱车两小时来看我，但我只是挤出30分钟来接待他，真的，我的工作都要精确到用分钟来计算。我对战友说，兄弟，还有一堆的事情今天必须完成，只能抱歉失陪了。战友向我敬了个礼，指着我肩头的军衔：新兵连我们班目前就你一个人有这两颗星星，加油干，给我们班干个将官出来，给我们整点吹牛的资本——当年这小子胖得像猪，3000米跑步要不是我推着他，死活都跑不完，现在人模狗样了！

我们在门岗处碰头，在门岗处道别，进入营区要一系列复杂的报岗手续，我压根儿就没有时间跑这些工作之外的杂事。

战友同为军人，一定理解我的怠慢。

然后，儿子故作轻松地告诉我，他与上个月人家介绍认识的钢琴教师分手了。

儿子给我看过那女孩的照片，典型的北方姑娘，肤白貌美大长腿，有江南人听来惊人的1米75的身高，家世良好，母亲同为教师，父亲是一家研究所的教授。是儿子战友的媳妇介绍的，与女孩在同一所学校任教。

一个人的恋爱，太多的时候，是由于偶尔的因素，使两个原本毫不相干的人走到了一起。遇上了，就好好珍惜机缘，坦诚以待，在相处的过程中认识彼此，如果足够幸运，或许对方还是一个与自己灵魂契合的人。海水有尽头，月亮有圆缺，人间有不足，遇到了良人，就能弥补。

我对儿子说过，我不会出"如果我与你媳妇掉河里，你先救哪一个"的难题给你，我会游泳，能够自救，说不定还能帮你一起救你媳妇。母亲只能陪你走一程，而你未来的媳妇要陪你走一辈子。故你找对象，一切以你的感受为重，你喜欢即可。

初次见面，儿子是利用拿快递的机会出了一趟营区的大门，跟女孩约好了在营区附近一个公交车站台碰头。儿子说那天刮台风，天摇地动的，人都站不稳。女孩从小在有驻军的城市长大，多少听说过军人外出的难度，提早在站台前等他，倒也落落大方。刚见上面，两个人羞怯得还没有说上三句话，儿子就接到领导要找他的电话，儿子连连应允，让女孩自己打车离开，他必须火速赶到领导那儿。

第一次会面，在离开儿子部队最近的一个公交车站台，女孩自己打车过来，耗时半小时，在风雨飘摇的海边等了20分钟，见面5分钟，儿子离开，女孩在人迹罕至的营区门口打不上车，等了一个小时公交车，坐公交车回市区。

我想，女孩一定是有委屈的，初次见面，就让她产生了做军嫂真难的畏惧感。

这一个多月里，儿子有重大的工作任务，资产大清查，合唱团排练，篮球赛训练，还有其他琐碎的军务，他每天凌晨两点后才能睡觉，五点就得起床打球，女孩给他发信息，他没有时间看手机，或者看了之后，想着等一会儿忙完事儿再回复，结果，女孩的信息给大量的工作信息淹没，事情一多，忘了，等喘口气，给她回复的时候，已经过了一天了。

女孩觉得受到了冷落，遂委婉地说：解放军叔叔，非常敬仰你的职业，也钦佩你为事业奋斗心无旁骛的努力，或许我的境界不够，对未来能不能当好一个军嫂没有把握，原谅我犯怵了。

儿子在电话里苦笑：她还小，24岁，父母舍不得她去外地，大学都是在青岛读的，一直在家长的羽翼下长大，养尊处优惯了，虽然心里有对军人的崇拜，但落到实处，让自己未来的生活与军人捆绑在一起，接受军人照顾不到家庭的现实，接受军人工作的紧张与职业的风险，让她去做牺牲与奉献，委实强人所难。

他说，送上祝福吧，祝福这个十指翻飞能在起风的初夏弹上一曲《致爱丽丝》的美丽女孩幸福，能够遇到更好的男孩，让她过无忧无虑的一生。

人们眼中再正常不过的下班回家，在军人的世界里，是不可能实现的奢望。我的朋友张英姐姐，有次她说：我们家是娘子军。这句调侃背后，有几多辛酸。

丈夫是军人，从军40载，依然背井离乡孤身一人在外奋斗。女儿是军人，生完孩子后丢家里，自己继续在部队干。女婿是军人，服役于一线作战部队，长时间的出海是常态。女婿的父母是军人，父亲在遥远的北京服役，所幸母亲已经退役，可以在家带娃，但一年也见不到丈夫几次。

张英姐姐追溯往事：我与我先生是战友，起先我在湛江，他在青岛，几年后调到一起，虽然大家都到了青岛部队，但我们也属于同城分居状态。有时候几天没有他消息，打电话也不通，就知道，他肯定出海了。都习惯了，买房啊，装修啊，生病啊，啥事指望不上，一个人扛呗。

我也当过军嫂，彼时孩子很小，不会走路，且嗷嗷待哺，昂爹在基层连队当连长，回不来家，我硬是练就了一身一手抱娃一手炒菜的高强武艺，所付出的代价是穿衣服时候膀子都痛得呲牙咧嘴，久治不愈。

与军人的联姻，需要情投意合，更需要理解、体恤、支持。我相信，所有有正义感的姑娘，见到英武帅气的兵哥哥，都会有嫁给他们的冲动，他们有责任，有担当，有血性，心之皎皎，至刚至正，他们在一个有着严明组织纪律的营地，时刻保持警戒，为普罗大众的安全秣马厉兵。但生活不是荧屏上的英正伟，高大上，他们分身乏术，他们注定成不了世俗意义上的好男友、好丈夫、好父亲。

天涯何处无芳草，我的孩子除了职业所赋予他的光环（固然职业特性也带来了择偶的局限），他更是一个有情怀有修养有品格的中华好青年，在不远处，一定会有一个好姑娘在等着他，儿子走向她的那一天，阳光温热，云朵可爱，风儿吹来，也带着丝丝甜意。

2021年7月7日

今天是卢沟桥事变84周年纪念日。

记得读初中时，给我们上历史课的是一个叫张志新的老爷子，他应该是退休后留用的教师，衰弱得已经佝偻了，脾气温和，学生吵吵嚷嚷不怕他，他自顾自讲课，把不懂事的顽劣孩子当孙辈宠，从不骂我们。

那天，他讲到七七事变，讲到日军在卢沟桥附近演习，借口有士兵失踪，日军欲强行进入县城挨家挨户搜查，遭到中国守军严辞拒绝，日军就武力炮轰宛平城，制造了震惊中外的七七事变。

张老师在黑板上写了七七事变几个字，就回转身，顿在那里，看着我们，然后，他用沉郁的声线说：从那天开始，日本侵略者就举起屠刀，发动了全面侵华战争。

他说：七七事变第二天，中共中央发出通电：平津危急！华北危急！中华民族危急！全民族实行抗战，才是我们的唯一出路！

他说：那时候，大半个中国支离破碎，生灵涂炭，山河呜咽，数不完的血泪与苦难，亡国灭种的灾难临头了！但中国人民英勇顽强，我们团结起来，愤然反抗，无数中华儿女不顾生死，为保卫河山抛头颅洒热血，打响了一场又一场气冲霄汉的战役！

我们鸦雀无声，再顽皮的同学也满脸肃穆地听张老师讲这段悲壮而伟大的历史，我想当时我一定噙着泪，被一段耻辱的历史激发起来的家仇国恨如烈火熊熊燃烧，当时如果给我一把砍刀，我能劈了东京半个城的小鬼子。

现如今山河无恙，国泰民安，但那段充满硝烟的苦难，怎能忘？

已经一周没有我娃的消息，想来他是出征去了。之前他说，老妈，如果几天没有与你联系，肯定就是执行任务去了，军事行动不可泄露，我不能告诉你何时出发何时结束战斗。你稍安勿躁照顾好自己即可。

无数的当代中国军人为维护这来之不易的太平盛世，捍卫祖国领土的完整，在高山、在荒漠、在孤岛、在海洋，日夜驻守巡逻，也是用这种方式向为争取民族独立和人民解放，为国家富强和人民幸福而英勇奋斗的先辈致敬：这盛世终于如您所愿！强军强国，从未动摇！珍爱和平，吾辈自强！

2021 年 7 月 12 日

前年在柬埔寨旅游时认识一个上海籍女士，跟我差不多年纪，在海边散步的时候，谈到各自的孩子。她说孩子在读大一，但对这所大学不满意，想参军，在部队考军事院校。我说挺好的，给自己多一次选择的机会，万一没有考上，两年的义务兵经历也会让他得到极大的锻炼，这是再厉害的大学都给予不了的体验。

回国后我们偶有联系，她絮絮叨叨跟我说孩子参加体检了，似乎心脏有些问题，可能去不了部队，复检时通过了，去新兵连了等等。根据我的经验，我跟她说，每个新兵都这样，去了后就封闭管理了，手机上缴，联系中断，他们的食宿作息都有班长区队长连长等领导指导，训练科目也在可承受范围之内循序渐进，孩子是安全的，家长不要过度担心，等孩子何时打来电话，如果有情绪，我们当父母的务必克制疼惜，鼓励他，为他加油呐喊即可。

可她仍是忐忑，常会在夜半思念儿子的失眠中给我留言：半个月了，儿子怎么还是音讯全无？他到底能不能适应高强度训练？如果适应不了，会逼着他练吗？他从来都没有离开过上海，军营一般都很偏僻，他怎么办啊？

我当然理解她的焦灼与柔肠百结，当年我也一样，手机24小时捏在手，诈骗电话都很虔诚地接听，万一是儿子用陌生号码打来的呢？新兵连期间儿子共打回三个电话，每一次都号啕大哭，他说什么我都听不清，耳朵里只是传来他含混的断断续续的夹杂着巨大委屈的呜咽：太苦了……真的受不了……快累死了……我没有办法……我知道……我忍住……可是我实在受不了……

每次挂完电话，我的心都会碎成渣，我呆坐在沙发上，泪水泄洪般流淌。想象着儿子因为3000米跑步拖了后腿，晚上训练结束后给班长叫去加练：你不是腿上没劲吗？那你给我在地上爬！手脚并用！鳄鱼爬！爬5公里再回房间睡觉！爬到一半下大雨，他在泥地里继续爬，班长在雨中虎视眈眈盯着，大声呵斥他的动作不规范，他的脸上雨水汗水泪水混在一起……

我腾一下从沙发上站起，这想象刺痛了我：我没有资格坐在这里！我的儿子在军营吃苦！我要陪着他一起，熬过这个最艰难的时刻！

那一段时间，从不锻炼的我，也天天跑步，跑过3公里，也跑过5公里，儿子的新兵连在上海某训练基地，我就往上海的方向跑，每跑一步，我都累得气喘吁吁，但是，我感觉离儿子近了一寸，他一定能够感应到这种隔着千山万水的温暖与力量：妈妈在陪着我呢，再苦再难，妈妈与我同在！

今天，这位女士给我发信息，说两年很快过去了，儿子快退役了。说儿子这两年里，吃了很多苦，有身体上的，有心灵上的，他是大学生，自视很高，与学历低的合不来，也不想在部队考学，决定回之前的大学继续读书了。

这个兵妈妈是个非常温柔的女士，她曾经跟我说过，孩子大学都不想让他报考外省的，上海条件好，每周可以回家，给儿子做好吃的，洗儿子一周堆积下来的脏衣服。同时，她也知道这样的生活环境不利于儿子成长。一方面，她溺爱，另一方面，她又渴望孩子蜕变。她觉得参军是个好机会，顺带还可以重新上个优质的军校。

她之前就常问我：领导都知道我儿子是为了考学去的，为什么还让他正常值班，不让他有大量的时间复习功课呢？或者说：儿子考上军校后，是要当军官的，是动脑子的，是搞指挥的，这天天摸爬滚打的对今后的工作没帮助。有次儿子与战友发生矛盾，她认为班长批评有失公允，一个劲地让儿子去找连长，她说：连长解决不了找营长，再不行找团长，就没说理的地方吗？

每次我都无语凝噎，不知道跟这个时尚美丽的上海女士如何交流。

军人以服从命令为天职，但人性又做不到绝对的服从，那么，军营就要有独特的体系来保证它的战斗力与战场生存，那就是铁一般的纪律，就是无条件的下级服从上级，就是领导在下属面前建立的不可挑战的强大威信。

7月初的一个晚上，儿子给我打来一个电话，他说白天突然接到出征命令，一小时之内全舰联动，备航备战，但是，因为缺乏工作经验，所在的军需部门在粮油米面蔬菜等物资储备上有可能供给不足。舰一号首长召集各部门长在驾驶室紧急碰头，了解各部门准备情况，儿子汇报：其他齐全，但蔬菜储备可能有三天缺口。领导大怒，命令他去调剂。从保障基地运输过来，需要两个多小时，离出发只有60分钟不到了，唯一的办法就是去邻船借，而这"借"，又要一系列复杂的手续，预计一小时也搞不定。领导怒斥：知道我们肩上承担的责任吗？我们随时要出去为国杀敌！浴血奋战！后勤都保障不了，要你干吗！兵马未动，粮草先行，这个你不懂？

驾驶室里站着其他的舰领导与每一位部门长，大家噤若寒蝉，儿子作为被训对象，更是羞愧难堪得恨不得钻地缝。

训斥完后，得到通知，临时出征任务取消。

原计划七一党庆的会餐在当晚如期进行。

每逢遇到重大节日的会餐，儿子与炊事班长要琢磨好久，根据节日特色，研究方案，制定菜谱，再向领导汇报，再做调整，既要推陈出新，又要符合大众口味。数量要合适，质量要提高。舰员们在大快朵颐，儿子与班长饿着肚子诚惶诚恐地站旁边看着，就想听到一句：不错，挺好吃的。

当天的晚餐结束，有了一些比平时多的剩菜，儿子分析：吃得不够肯定是不行，每顿剩饭剩菜有一定比例，突破这个比例就是预算失误。但预算往往也难以完全掌控，比如，大家对今天的面条普遍反映不好，吃得少，一下就会多出几大桶面条，残羹冷炙的现象就非常令人心惊，造成了我们干军需的人特别不愿意看到的浪费。

分管后勤的舰领导开训：怎么回事？这事情还要我亲手抓吗？你是军需主任还是我是军需主任？就不能算算好，脑子去哪里了？！

中午给一号首长斥责后的沮丧失落还未消解，几小时后又给另一位领导再次怼得灰头土脸，儿子伤心了。

他说：唉，真的打击到我了，这半年来，拼死拼活地干，睡眠严重不足，就想尽力把工作做好，但咋还是经常挨批评呢？

讲真，儿子在跟我诉说这一过程的几分钟里，我的眼里一直含着泪水，我能想象他手足无措地在众目睽睽之下挨批评的羞耻感，还有那种对自己的无能而产生的愤怒。我太知道他独当一面当部门长这半年的艰辛，天天凌晨都在挑灯夜战，一个连"壹贰"都没写过的人，却要干会计的活，一个对数字比较迟钝的人，却要天天制作财务报表，一个腼腆的人，却要涎着脸与各路人打交道，去讨教，去请示。

但是，我不能流露我的护犊之情，他有他的世界，那个世界，血雨腥风，刀光剑影，母亲的怜子之痛，只会加剧他对让他痛苦的世界的畏惧和抵触。

我依然是个虎妈，即便他情绪低落得有些哽咽。

我们看"成长"这个词，多孤单啊，连偏旁都没有，先人造字的时候，就向我们隐喻：成长就是无依无靠的奋斗，强大不是与生俱来的，只有经历过磨砺、煎熬、斥责、碾压、羞辱，方能得到成长，方能获得强大。

痛苦意味着什么？司马迁在《报任安书》中一语道破：文王拘而演《周易》，仲尼厄而作《春秋》，屈原放逐乃赋《离骚》，左丘失明厥有《国语》。中国古代文人，有多少沉郁顿挫的痛，就有多少达观不屈的逆境重生。1849年，俄国作家陀思妥耶夫斯基因为参加反对沙皇的革命活动而被捕，险遭枪决，最终，他戴着手铐脚镣离开了彼得堡，开始了漫长的流放生涯。但是，痛苦的牢狱生活，并没有击垮他，相反，将他推到了文学创作的巅峰。他曾经说过一句耐人寻味的话：我怕我配不上我自己所受的苦难。

这句话的含义，告诉我们的是，痛苦，是人生的一部分，它考验着我们的品格与智慧，而只有经受得了痛苦的人，才能够享受到由痛苦转换而成的财富。

我曾经去钢厂参观，在炼钢车间，工人师傅将铁砣砣放在1000多摄氏度的熔炉里不断挤压，师傅说每挤压一次，杂质就出来一次，千锤百炼，出来的就是纯钢、精钢，否则，就是一块废钢。

人的成长，何尝不是如此？用千锤百炼的方式活出自己，用百炼成钢的耐心奋力拼搏。

我的生活中，也随处可见有不屈意志的强者。一个叫恽琴华的大姐，现在，她是个人人羡慕的成功企业家，家大业大，然而，她的成长史，就是一部血泪史。她幼时家贫，冬天的凌晨呵气成霜，一个十二三岁才一米五几的女孩，就挑着担子，担子上挂着的是自制的芦花草鞋，步行几十公里去集市摆摊叫卖，饿得头昏眼花都舍不得买一个馒头。她后来外出闯荡做生意，坐几天几夜漫长的火车，就靠一只面包一根黄瓜果腹，导致她现在闻到面包味就想吐。她好不容易摸到一客户家，登门拜访，推销自己的邮电器材。但是，客户根本不理她。那晚，在异乡的小旅馆里，她哭了一夜。第二天，肿着眼泡堆着笑，继续一家家地兜售她的产品。大姐跟我说：白眼、嘲讽、误解、谩骂，这些太稀松平常了，现在独自静坐，常会悲从中来，大哭一场。但是，我也感激那些苦难，没有苦难的磨炼，哪来如今我百毒不侵的内心？

那晚的电话里，儿子静静听我讲完后，他说：在给分管领导训了后，我站甲板上看我政委的方向（他口中的"我政委"，是他之前的老领导，老领导虽然认可他，但儿子仍是怕他，轻易不敢与他联系，只是情感上依恋他。他们在一个军港，见不到面，老领导的船在港里，他就觉得踏实）。看不清，不知道他们的船有没有出去，我鼓起勇气给他发了信息，说了今天的事，说了我的委屈，他很快回复了。他问你想干吗，躺倒不干？退伍？这点事就把你给整趴了？你就这点出息？我政委还说了他之前给支队长狠狠训的往事，当时挺难过，太丢面子了。但我的成长，还就是给骂出来的。挨训后反省，长记性，痛定思痛，总结经验，吸取教训，这训就挨得值！

我政委还说：别老惦记过去，以为自己大学生士兵提干成功有什么了不起，干军需你根本就是个初出茅庐的新兵，要学的东西太多了。苦啊累啊算什么，来当兵就是锻炼自己吃苦耐劳的能力，这能力培养出来还不是你自己的本事？

当众挨训，忙碌，力不从心的苦干，都可以称为青春的黑暗与人生的低谷。一个与儿子去年同期分下来的年轻小干部亲眼目睹了他一天之内的两次遭批，到他房间，拥抱他，对他说：哥，我们6个新干部，只有你一个人当部门长，其他5个都干副职，挨训的机会就少。羡慕你，你比我们早一天挨训，就早一天出头。

儿子与战友搂着，泪眼婆娑。他说，听了我政委的话与战友的话，如受神光烛照，顿获新生之力，自此奇迹般突然振作。黑夜放出光明，空气柔和温暖，我的痛苦消散了，心笑开了，我轻松地叹口气，在深夜里继续努力工作。

儿子说，一号首长批评得没错，我只站在炊事班的角度看问题，担心蔬菜储存多了易烂，而领导要着眼的是宏观管理，我这边掉链子就影响大局。首长批评得对。分管领导也批评得对，剩菜多肯定是我们的预算不细致，口味有偏差，我与班长马上碰头去，找出问题症结，争取下回不出现这情况。

罗曼·罗兰说，世界上只有一种英雄主义，就是看清生活的真相之后依然热爱生活。

英雄，不过是竭力做好他所做的事，保持乐观坚韧，战胜内在的怯懦，不必害怕不要沉沦，不断地自拔与更新，终会发现一个优秀的自己已经矗立。

儿子，感激工作生活中引领我们，训导我们的人吧，他们一定比我们更成熟，更有经验，更具权威，他们用那些"骂"，纠正着我们的粗疏草率，让我们突破蒙昧，成长得缜密优秀。

苦练各项技能，熬过万丈孤独，用经历创造美好，小扁舟也会抵岸，小星辰也会闪光。

七一期间儿子外出执行任务，无法联系，那就于今天祝福六年党龄的儿子在建党百年的辉煌时刻，自豪地在战位上向党报告：我是千千万万名党员中的一员，强军强国之路，我定不忘初心，牢记使命，砥砺奋进！

2021年7月22日

想来挺对不住儿子，离家一年了，他想用从天而降给我惊喜，但终究只能在我单位门口等我，他进不了家。之前他生活了十五六年的家，他从那座庞大的屋里走出，胸佩红花，在锣鼓喧天与亲人不舍的泪眼中踏上军营。如今，房子易了主。前年寒假，他从军校返家，我已经搬到了单位隔壁，他对那套房子的一切都很陌生，我说这是你的卧室，他说好。我说还行吗？他说还行。那时之前的房子还没有新主人，我带他回之前的家，他在每张沙发上坐了一下，每个卧室每个卫生间转了一圈，摸了摸乒乓球桌与他流了太多汗水的跑步机，说：唉，哪里都好，都有记忆，但房子你要卖就卖吧。

而上半年，为了凑一笔钱，我将单位隔壁住了一年半的房子又卖了，搬到了朋友的屋子里。

他跟着我进屋，他打量着别人的房子，我有些抱歉，说人家回来探亲，熟悉的家熟悉的味道熟悉的街坊邻居，这边除了我，啥对你来说都是陌生的。他自嘲：小狗还认识我，挺好的。我回来的时间短，只要你在这里住得惯就行。

晚上回到市区的家里，平时我不住这边，这里于我，就是一座花钱买来的屋子，而产生不了家的归属感。有床有空调有沙发有锅它不是家，家要有闭着眼睛就能摸到的水杯，闭着眼睛就能调温度的空调遥控器，闭着眼睛就能在冰箱一角找到的半盒酸奶，在这里，我睁大眼睛都操作不了，偶尔来，我连房子在第几层都要想一想才能记起来。我躺在两米宽的床上，总觉得有住宾馆的客居感。早上醒来，我要愣一会儿神，才能明确去厨房是向左还是向右。

儿子不断接到工作电话，战友打来的，领导打来的，他说开车回来，六七小时的车程，开了9个小时，因为时不时要下服务区，给他们回电话，有些事情费口舌，停车交流才说得清。

到了晚上10点，分管领导又跟他联系，让他必须今晚报个材料。我听到他毕恭毕敬说：是！明白！好！行！

电话挂了，他烦躁不安：真恨不得现在回青岛！休什么假呢？回家了也是没完没了的事！

我安抚他：别急，看看能不能处理？

他说你休息吧，我来工作。

然后我听到他在客厅打了半个多小时的电话，听不清说的什么，应该在协调一项工作。

快11点了，没声音了，我走出去，他情绪平静了，他说没事没事，部队就是这样，哪天休假说不定就给你掐掉了，命令你提前归队，没有讨价还价的余地。

他这次有半个月的假期，但中间还得回趟青岛，我说你这来来回回折腾太费劲了，他说有好多事，必须去处理。但能够回家，哪怕放我一天假，也要回家！

儿子大了，不再如幼时那样给我打一顿还黏着我。他在沙发的一角不停打电话，发信息，我在另一角看着他。

一个儿子从军40载的老兵的母亲曾经跟我说，儿子即便回来，也有太多的应酬，抽不出空与我待一起，只是会在应酬完后回来的夜里，在我床头坐一会儿，问几句：妈，你好的吧。

阿姨说，但我知道儿子想我，就如我想他一样。

爱一定要文采斐然吗？我磕磕绊绊，含糊不清的语言也是爱。

一定要娓娓道来吗？我词不达意，语未由衷的叙述也是爱。

一定要妙语连珠吗？我支支吾吾，沉默不语也是爱呀。

2021 年 7 月 31 日

爸：

　　三年前的建军节，你给我写了封信，已经很少动笔的你，写了一个礼拜，信末你抱歉地对我说：不好意思，工作忙，没有整块的时间，拖到了现在，写得没有你妈妈好，不要见笑。

　　那封信，即便没有放进《胖子从军记》中，我也能倒背如流。选择于那一天给我写信，是因为 2018 年的 8 月 1 日，是我以军人身份过的第一个建军节，你向我致以节日的问候。你回顾了你当初参军的初衷，只是想谋求一条有别于祖辈务农的出路。后来你考上军校，1988 年实行军衔制，你佩上中尉肩章时，才建立了初步自信，摆脱了一些贫困的原生家庭带来的心理负荷。信不长，千把字，但有六处，你说我是你的骄傲，你坚信我比你有出息。

　　记得收到那封信，我给妈妈打了电话，妈妈向我透露，说那一个礼拜，你每天晚上都趴书桌上奋笔疾书，写了撕，撕了写，你还不允许妈妈进书房，妈妈嘲笑你：怎么？一点动静就能影响你文思泉涌？你反唇相讥：你懂个屁！给儿子写信，就是与儿子进行灵魂上的沟通，需要绝对安静纯粹的精神氛围！

　　吭哧吭哧终于写好后也不给妈妈看，想直接装信封用胶水粘上寄走。

　　我听后哈哈大笑，老爸你是报务专业出身的工科生，让你接个电换个插座是信手拈来，但遣字造句肯定逊色于文艺女青年的老婆，但你决不买账。你将一封信写了一个礼拜归结为"工作忙"，不肯承认自己敏于行而讷于言。

　　老爸，在我们家，你是个奇葩的存在，你是甩手掌柜，啥都不管，但又集强权于一身，妈妈横不过你。在你们俩力量悬殊的写作方面，你明显逊色于人家，但你仍不甘示弱。我嘻嘻笑着，问妈妈，那一团一团的草稿纸呢？妈妈说：有一垃圾桶呢，全给我扔了！

　　现在，生活中留下你字迹的地方很少，你给我写的几封信，你大学时的一本学习笔记，仅此。

那给你揉成团的草稿纸，如果能保留下来，我会一张一张抹平，珍藏，在涂涂改改的文字中寻觅一个父亲对于儿子的深情寄语。

这两年多发生了很多事，于国于家都一样，老爸，我就按照时间节点，拣重要的，向你汇报一下。

2019年的5月，我差点因为学历的问题，而失去了大学生士兵提干的机会。当年，我读的是艺术类公办本科，艺术类本科不分一本二本三本，只分公办与民办，公办就是俗称的一本二本，民办即为三本。大学生士兵提干有硬性规定，要有省教育厅出具的毕业于二本以上院校的证明。妈妈辗转通过人联系省教育厅，得到的答复是艺术公办院校就是二本，拒绝再给予证明。

如果不在一两天内出具证明，我就要给无情的政策刷下来了。

参加全军大学生士兵提干考试的战友很多，有的战友都考三四年了，只为圆心中的军官梦，今年再考不过，就超龄了。每一个人都铆足了劲全力以赴，对那仅有的一点名额虎视眈眈，淘汰率高到令人咋舌。

妈妈跑我就读的高中，跑区教育局、市教育局、省教育厅，联系我就读的大学，为了找到艺术类公办本科即二本院校的文件，她找尽了可以找的人，无果。查尽了足以证明的资料，打印了一大叠，但被告知：没人看这东西，只需要权威机构的一纸证明。那天晚上，我给她打电话，她在开车，她将车停下，用沉郁的哭腔告诉我：我没办法了，如果真因为这个原因而刷下来，那只能认命，原谅妈妈无能为力了。

我安慰她：没事，搞不到就算了，我年纪还小，后面有机会。

但是，老爸，可能天无绝人之路，在规定时间的最后一天，竟然办下来了。

资格审查真是严苛啊，这严苛体现的是从严治军的决心与魄力，杜绝弄虚作假，禁止营私舞弊，让每个大学生士兵有公开公平公正地参加角逐的机会，从而实现自己从军报国的抱负。

5月底，军事体能考核来了。

在这之前，3000米跑我的最好成绩是13分28秒，这成绩也就是合格有余，优秀不足。想在考核综合分中胜出，这样的成绩是会拉后腿的。

我没有把握能出彩啊老爸。

那天，轮到我上阵了。

"预备！跑！"裁判员一声令下，我与战友们纷纷跃出起跑线，都像离弦的箭一样向前冲。

但是，一瞬间，一颗沙子飞来，迷了我的眼。

眼睛里揉不进沙子，它的存在让我非常不适，又痒又痛，本能地，我想放缓步伐，把手抬起，揉一揉眼睛。

但是，时间不容许我有一点点的停顿。

如果跑步成绩不合格或者分数低，将会给后面的其他测试科目带来巨大压力，我能保证往下的每个科目都优秀吗？不能把希望寄托在后面的考核，唯有一场一场的考核都有优异的发挥，我才能在这千军万马的竞争中胜出。

爸，我知道你心疼我，从前20多年，我这不争气的儿子没少让你操心。高中时，半夜趁你们睡着，我偷偷起床潜伏在书房打游戏，你上卫生间，隐约看到一楼有亮光，就走下楼梯。沉迷于游戏中的我，听到你下楼的动静，吓得躲书桌底下。你已经发现了我，你在楼梯的拐角处停下了。

你没有抓我现行。

只是在第二天的早晨，你趁妈妈在车库发动汽车，客厅只有我们爷俩的时候，对我说：昨晚我怕吓着你，没惊动你，下不为例吧。

你恪守承诺，此事直到我入伍后，你才对妈妈说，你担心她对我进行严厉的惩罚。

大学四年，老爸你转给我多少钱我都不记得了。舍友问：你爸是大款吗，这么豪横。我爸小款都称不上，他一双皮鞋穿破了就去给鞋匠缝个底，继续穿。每天运动回家，就让我妈烧好开水凉透，他说凉白开比矿泉水便宜。但对我，老爸你是一掷千金，眉都不皱一下。

在花钱方面，我做了很多欺骗妈妈的事，你明明知道，非但不拆穿我，还配合我演戏，违背了你一贯光明磊落诚信做人的准则。你对我说：理性让我明白所有，要如你妈一样高标准严要求，感性让我一错再错，咋一点舍不得你吃苦呢。

一个老父亲，无奈对儿子说这些，甚至满足儿子不合理的要求，这得源于多少护犊之疼惜啊。

如果你知道我在3000米的跑道上生怕影响成绩不敢揉飞进眼里的沙子，老爸，或许你会说：去他的，啥成绩不成绩，考不上就回来，哪里饿得死人！

爸，生活不仅是吃饱肚皮，还得有更高的追求，更远大的目标，人生布置的每一次考场，咱都得全力以赴，不是吗？

我不揉眼睛，我只是将那只进了沙子的右眼闭上，张大左眼。附近景物化为一片虚影，淡淡泪雾中，我以万马奔腾之势，空心握拳，咬紧牙关，跨大步伐，向这场或许决定我前程的长征路发力冲刺！

冲完全程，回头一看，一个体能非常强悍的战友落下我大半圈。

几个考官按程序当场公布成绩，考生签名确认。

12分52秒！这是我从军史上最骄傲的成绩！

一个年长一点的考官拍拍我肩：小伙子，不错啊，之前是田径运动员吗？我以为你要飞起来呢。

说来羞愧，刚入伍时，3000米半小时都跑不完，为这恐怖的3000米不知道挨过班长多少次训。

拿到手机，给妈妈打了一个电话，妈妈在家里忐忑不安地等着我的成绩呢。电话中，我喜极而泣。

是的，那天，我一屁股坐在跑道上，抽泣，不管旁边有多少人好奇地围观，我哭着对妈妈说：眼睛里飞了沙子，我没时间揉，一揉，可能就要耽搁10秒钟，我输不起！我独龙眼一样跑完了全程！

老爸，儿子真的想争点气，为此真的拼尽了全力！

你都看得见的是吗？

军事体能与文化知识考完之后，就是漫长的等待。而备考阶段的艰辛，老爸，就容我省略一万字吧。总之，那半年，我没有哪一天的睡眠时间超过两个小时。这歇斯底里学习的劲头，如果高中时代就开了窍，明了事理，清华北大的校门没准会为我敞开。

我易他易我不大意，我难他难我不畏难，我对考试成绩自我感觉良好，但是，没拿到录取通知书，谁也不敢说胜券在握。接下来的每一天，都心有忐忑。

按照每年录取时间的惯例，8月20日左右就见分晓了。妈妈于20日当天就驱车赶到青岛，其实，得到确切消息后，我给她打个电话，她也会第一时间知道，但她不放心，仿佛离我的距离近一点，消息就能来得快一点似的。

可怜天下父母心啊。

她在我们军港旁边的小渔村住下。渔民利用自己的房子，隔了几间当旅舍。60块钱一晚上，条件甚是简陋，卫生间都没有，洗澡拿个塑料盆，兜头冲一下。

后来她说，晚上睡着了，老鼠从她脸上爬过来爬过去。她开灯，坐起来，看到几只肥头大耳的硕鼠在床脚边毫无惧色地与她对峙，那藐视人类的小眼神令她不敢采取什么措施，万一惹恼它们，趁她睡着把她鼻子啃掉都难说。她选择与它们和平共处，任它们在她耳旁脚边吱吱吱嬉戏打闹。

小渔村没啥吃的，就两个小超市，她靠吃方便面方便粉丝度过了一周。

白天，她在村子里瞎转悠，村子里弥漫着令她作呕的海腥味儿，哪家洗海蜇，哪家捞到很多牡蛎子，她都知道。晚上，她登上村边的山，遥望我们军港，大山阻挡了视线，自是什么也看不到。

到底录取还是没有录取，消息石沉大海，她焦灼得都快疯了。

而在大山这边的我，又何尝不是如此呢？

8月28日的傍晚，机关终于打来电话，让我去拿录取通知书。报到时间是8月29日。

我与妈妈在营地门口碰头，我们都没有什么兴奋的表情，冥冥之中，或许我们都认为没有悬念，会录取。这半年，我们付出了血与泪的代价，老天总得给我们一点回报吧？也或许，在痛苦的等待中，透支了我们的幸福感，我们都面容憔悴，精疲力尽。

第二天天刚亮，我们就赶赴天津。

轮流开车的途中，妈妈作为文学青年，终于得空编了一副对联送给我：

上联：过去，两年军营生活枕戈待旦顽强拼搏肩负崇高使命传承红色信仰青春无悔胖子威武

下联：未来，数载革命历程热血奋斗责任担当扛起强军重任成就最美人生保家卫国儿子加油

横批：中国军人牛啊

对联有点长，从青岛到天津一路上念叨才终于把它给记住。

办了入学手续，妈妈就马不停蹄地返回了。

从天津到常州，近1200公里，她独立自驾。当吃东西、唱歌、背诗均抵御不了困意的时候，她就掐胳膊、拧腮帮子、咬舌头，刺激自己，强迫自己痛醒。最后的两小时，她的脚肿了，将鞋脱下，光脚开。一路上有些狼狈，但终于是漂亮地完

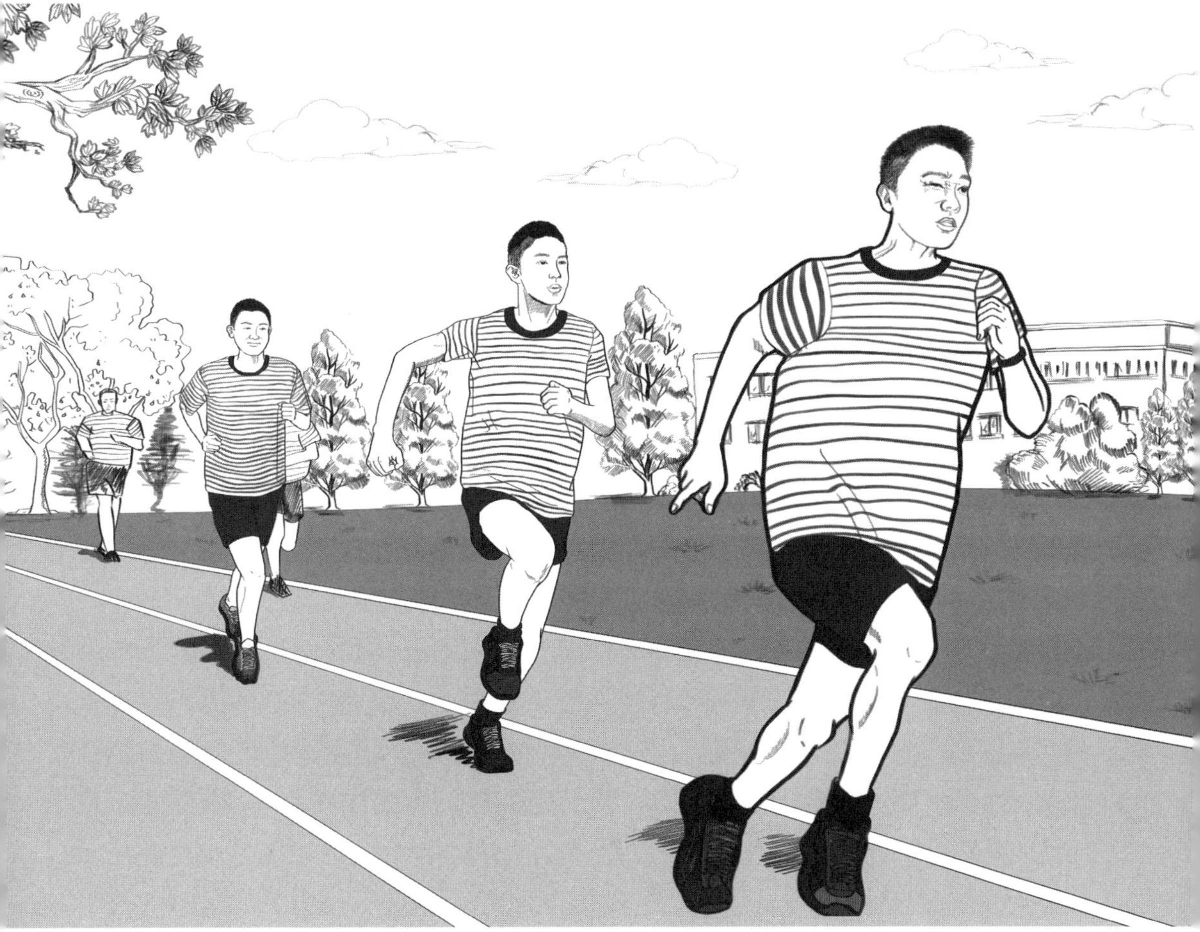

成了侠女千里走单骑的壮举。

母爱的盛大磅礴,值得我用一生感念。而母亲的不屈意志,更影响着我,要做一个如她一样坚韧不拔的人。

爸,就职前培训的院校,是一所培养海军部队后勤干部的主阵地,我学的专业是油料勤务。战友中,通过大学生士兵提干的很少,大部分是生长干部,他们年纪轻,起点高,学习能力方面有很强的优势。但是,他们的劣势也显而易见,因为没有当过义务兵,他们象牙塔中学子的气息浓,严格遵守规定的意识相对薄弱。这就好比一出校门就直接供职于省级大机关,如果哪天下沉到乡镇工作,倒并不一定会干得比基层干部更出色是同样的道理。

在这一年里,我当上了课代表,其中一个教员是女博士,她不叫我名字,总喊我"课代表",有时还让我上台给战友们讲解。专业课二十几门,我几乎都名列前茅。支部工作中,我担任党小组长,每个月,都要上堂党课。我讲甲午战争,讲割地赔款,讲李大钊38岁英勇就义,讲毛泽东34岁上井冈山,讲周恩来29岁领导南昌起义,朱德31岁参加护法战争,聂耳不到23岁谱写《义勇军进行曲》……这些有着执着理想信念的革命先烈、马克思主义的忠实信徒,用自己的奋斗和牺牲诠释了什么是共产主义,什么是共产党人,为什么要入党,共产党人的初心与使命是什么。

在讲述党课的时候,其实,爸,我只是你的一个复读机,这些内容,在之前的岁月里,你跟我说过太多。你没啥特别的爱好,空余就研读这些。你的书橱与床头柜,都堆着相关书籍。我考上大学,你对我的唯一要求是入党,你说:如果你是一名党员,你就有了很多束缚与禁忌,可为不可为,党章会告诉你,你也就有了更多的为他人服务的机会。

我看过几集央视一台的《觉醒年代》,它展示了100多年前,从新文化运动,到五四运动,到中国共产党建立这一段波澜壮阔的历史画卷,那是一段中国的先进分子与一群热血青年演绎出的追求真理、燃烧理想的澎湃岁月。没有一个人老态龙钟,他们的心里,只有主义、奋斗、牺牲、救亡!在就要沦为亡国奴的紧要历史关头,这一批狂飙突进的斗士的勇敢大义让我热泪盈眶。而作为和平年代的年轻军人,接过一代一代共产党人的接力棒,理应为逐战海天,向海图强的强军强国梦而砥砺奋进!

爸,或许一些人觉得你迂腐,与这个物欲横流的世界格格不入,但是,在我的心里，老爸你是个顶天立地的大丈夫，是一片从未被玷污的净土，是一块俗世小人望尘莫及的精神高地。作为一个公民，你默默奉献，不图回报，甘于付出，不求名利得失。作为一名党员干部，你品质忠诚，步伐坚定。作为一个男人，你海纳百川，有容乃大。

爸，你一直是我的偶像，我的男神。你自嘲七品芝麻官，惭愧地对我说：老子不才啊，给不了你啥。你可知道，你赐予我纯良的品质，就是此生我享用不尽的财富。

2019年年末，一场突如其来的新冠肺炎疫情袭击武汉，武汉顷刻沦为疫情重灾区，正值春节，人员流动大，疫情范围扩大，继而，整个中国打响了一场抗疫攻坚战。

在这场没有硝烟的战争中，中国人民解放军再次出动！

中央召开紧急会议，要求尽快充实医疗救治队伍力量，把地方与军队医疗资源统筹起来，合理利用，形成合力。

部队医护人员纷纷写决心书，请战书，主动要求到抗击疫情第一线去，很多战友明确写道：一定要去最危险的一线，要去参加救治患者的行动！这些根植于人内心深处的同情心与强烈的责任感，在这次军队抗疫行动中体现得淋漓尽致！除了抱有医者仁心的职业道德感，更多的，是他们牢记军人的职责使命，就如一位军医所说：共产党员要率先上，革命军人更要冲在前！

疫情暴发的时候，我正是放寒假的阶段，得知新北区团委发了志愿者团队紧急出征令，我第一时间报了名，申请去了市内疫情防控最严峻的老312国道，查验过往车辆，给司乘人员测温，劝返疫区旅客。天气非常寒冷，值一个班就要连续一天一夜，但是，身为军人，能够为家乡人民筑起一道坚固的防线，为守卫家园保护常州做贡献，我乐此不疲！

王师北定中原日，家祭无忘告乃翁。爸，去年到今年，发生的大事我简单历数一下。

8年前的2012年，中国共产党向全国人民许下承诺，8年内彻底消除贫困全面实现小康。至2020年11月，贵州最后9个贫困县退出序列，这就意味着中国进入了全民小康社会，实现了历代先贤的梦想。

今年的7月1日，是中国共产党成立100周年纪念日，建党百年，这是用鲜血、泪水、汗水、勇气、智慧、力量写就的100年。天安门广场上，举办了盛大的庆典，总书记发表重要讲话，表彰各条战线上的优秀共产党员，并给他们颁发七一勋章。

各地各级举办庆祝活动，以祝福祖国繁荣昌盛。

爸，如果你也能看到这一幕幕盛况，一定如所有的老百姓一样，心中充满身为中国人的骄傲与荣耀。

自去年8月，我分配在原支队的一艘舰艇工作，迄今已整整一年了。

刚分下来，是一条杠的学员军衔，去年年底，命令下来了，我佩上了中尉衔。距离你1988年被授予中尉军衔，中间隔了32年。

32年前，老爸你23岁，风华正茂。32年后的今天，我25岁，青春正好。我们爷俩，跨越时空，服役于同一支海军部队。所不同的是，你是海军航空兵，我是水面舰艇兵，你指挥战机飞行航向，我跟随战舰逐梦深蓝。

我有些骄傲，因为我们都是这个时代最可爱的人。

分到舰艇工作，我担任了军需副主任一职。这工作涉及财务预算，资产清算，军费划拨，装备购置，食谱搭配，柴米油盐储备等所有后勤保障的琐碎，工作量庞大，专业性强。讲真，老爸，我干得累极了。与我军校培训时的油料后勤根本风牛马不相及，刚来时，我压根儿就不知道啥叫借方贷方，啥叫开支凭证。我蒙了，每天都在痛苦中摸索，我买了财务知识的书，生吞活剥地现学现做，我请教之前的军需主任，一遍遍地问。每天仅有的三四个小时睡眠时间，我都睡不安生，脑子里都是事，想到那么多琢磨不懂的问题，我就坐起来，揪着头发思考。

专业水平有限，吃再多苦费再多劲，工作依然干得不好，太多次，给领导批评。也有太多次，挨训后我想对领导说：对不起，首长，这活我真的干不了。

但是，每次，我都咽下这句话，过后，都会为这念头感到羞耻。

军人以服从命令为天职，接受组织安排，党指向哪里就打向哪里，这是新兵刚入伍时班长就教诲的东西。战争年代，怕苦畏难临阵腿软不就是叛徒逃兵吗！

我硬着头皮也得干下去。

一年了，终于在一个自己完全陌生的领域中琢磨出了一点道道，专业术语明白了，日常工作能应付了，领导批评也渐渐少了，虽然，我还是个门外汉，还需要更精进地学习，但是，好歹，我撑过去了一年，那些让我头皮发麻的数据与公式我再也不怕了。

与我同期分下来的新干部，他们还没有独当一面负责部门工作，干副职压力就小多了，之前，我羡慕他们，现在，他们羡慕我：你比我们早一年接受锤炼，你就要比我们早一年得到成长。

苦，它是一个常量，不受读书的苦，就吃工作的苦，年轻时不吃苦，年老时要吃苦。

对吃苦的感受程度，也取决于你怎样看待这件事，怎样定位它，强者把挫折与艰辛看作对自己的考验和磨砺。孟子早就说过：天将降大任于斯人也，必先苦其心志，劳其筋骨，饿其体肤，空乏其身，行拂乱其所为，所以动心忍性，增益其所不能。

我老政委说：当时觉得苦，熬出来后，都是甜，这些算什么。

爸，跟你探讨一个工作中发生的事情，知道你不会给出建议或意见，我只是想在这叙述中，得出我想要的答案。

我们部门一个小伙子，一期士官，平时表现不错，努力向上，有强烈的入党意愿，列为建党积极分子。但对于整个支部来说，入党的名额总是僧多粥少。上半年，我们部门只安排 0.6 个名额，也就是说，搞得好，有一个，搞不好，就没有了。属同一支部的某某部门有 1.4 个名额，同样，搞得好，有两个，搞不好，只有一个。

在支部扩大会议上，我与某某部门的部门长列席会议。

我们都向支部汇报了目前部门积极分子的个人情况及部门意见。

作为部门负责人，他不想放弃 0.4，我不想放弃 0.6，我们都想为自己的兵争取，那是部门长的责任，也是对我们战友思想及现实表现的认可。

某某部门长见我不松口，他说：某某是整个舰的最核心部门，作为作战舰，出征打仗是第一位。军需部门，只是负责后勤保障，保障谁？还不是保障我们吗？所以，我认为你们的 0.6 得让出来。

听闻此言，我真的有些生气了，一条战舰，承担着演练、护航、巡海、远征，乃至打仗的重任，它需要每个部门每一位舰员密切协同，通力合作，方能一次次完成作战任务。单纯从打仗的角度来看，后勤部门打不了仗，但饿你几顿，你还有力气去打吗？吃好了饭，不就是对旺盛的战斗力的一种最大保障吗？

军需部门炊事班的战友们，真的非常非常辛苦，他们没有周六周日的说法，周六周日也得吃饭啊。出海了，舰员晕船，如果爬不来床，跟领导请个假，或许可以去休息，但炊事班的兄弟，再晕，也得抡起胳膊粗的大勺炒菜，一篮子菜几十斤搬上搬下。我们的老班长，腰椎间盘突出严重，医生说再不手术后面就要病变了，可是他没时间去。其他炊事员也都有同样的职业病，最年轻的小伙子，才 21 岁，也腰椎间盘突出了。他们苦笑着自嘲：啥都不突出，就腰椎间盘突出。

这些兄弟们太辛苦了，冬天，伙房的雾气迷得跟瞎了一样，摸索着也得做饭。

夏天，里面就是个巨大的蒸笼，待五分钟，就能达到桑拿房汗蒸效果。他们每个人，手上胳膊上都有疤痕，切菜切的，炒菜烫的，没有哪一天没人受伤。

我据理力争我部门工作的重要性及战友的辛苦程度，爸，我是不是太耿直了？为了一个兵，伤了与另一个军衔高于我的干部的和气。

爸，你从没对我进行说教，你要怎样怎样，你只是用你的行动来告诉我：君子可内敛而不可懦弱，面不公可起而论之。

2000多年前，曾子问孔子：何为大勇？孔子的回答掷地有声：自反而缩，虽千万人，吾往矣。

翻译过来的意思是：如果自我反省之后能够理直气壮，无愧于良心道理，即使是千军万马，我也勇往直前，决不退缩。

老爸，我希望我在工作、生活中，有血性与担当，我希望我的眼眸中，有天真赤诚的少年气，我希望自己进前而勿顾后，背暗而向光明。

这次我回来休假，陪妈妈去之前我们住的555号的房子里拿点东西，我没下车。那座房子，是你一点一点拼凑出来的家，我们在那里生活了15年。去年，房子卖给了别人，买我们房子的人，是一对热爱生活的夫妻，他们将房子打理得很漂亮，院子鲜花四季不败，点滴芭蕉疏雨过，镂空窗台闪耀，那个叔叔进进出出。

车库里再也不会停着我爸的车。厨房里忙碌的主妇不再是我妈妈。我也不会躺在这个屋子的沙发上玩手机了。

那个永远消失了的人，是最爱我的人。那些回不去的闪闪发光的日子，无不使我悲切。

可我与妈妈只能继续往前走。

没完没了地走，不知道去哪里，会遇见谁，但我们仍坚定地往前。

失去你的那会儿，我的悲伤并不强烈，我只是蒙，只是傻眼，只是恍惚，只是不敢置信。

直到妈妈带我去你的办公室整理东西，碰到那个态度冷漠的你的同事。直到我返回部队的那天凌晨，舅舅代替你送我上火车，并抱着我流泪的那会儿。直到我打开手机，拨你的号码显示已关机……我才慢慢地相信，你真的离开了这个世界。

我一遍遍追忆着似水年华，你对我的爱。

回忆诛心。

我一生再也不会有那样无忧无虑的岁月了，我的眼里再也不会有那样的光了。

哀伤蚀骨，真疼。

晚风与天空的月亮，知道我经历着磨难。

这世间有很多悲伤的人，我就是其中一个。

6月份，奶奶去世，当时我们正在海上执行任务，知道请假无望，所以我也没跟领导说。按照农村的风俗，父亲不在了，作为唯一的孙子，我该三跪九叩，但是，我做不到。

去年8月，看到奶奶，她还挺健旺，我搂着她肩，拍了一张合影。那是我最后一次看到她。

爸，有时我翻看与你和奶奶的照片，你们长得真像，都是一张有福气的脸，怎么都不在了呢？这世上那么多人都好好活着呢，你们真的就走了？人生真的是大梦一场空，孤影照惊鸿吗？

梦里有一些相逢，醒来却是一片虚无。

爸，我还想告诉你，离开你的这两年多，我与妈妈遇到很多好人，有我的领导、战友，也有你之前的战友，也有生活中妈妈的朋友。他们都是非常善良的人，从未因为我们娘俩的势单力薄而怠慢过我们一点，他们支撑着我们度过了至暗时刻。想起他们，就有暖流涌动。

你见过我的老领导，他是我认识的第一任政委，其实到目前为止，我与他接触寥寥，发过几条信息，打过几个电话，见过数次面，但是，在我心里，他是一个老父亲一般的存在。他认可我，看好我。他说，苦算什么？谁不是这么熬出来的？他说，在奋斗的日子里，千万别提醒自己啥是孤独，你有了出息，真理都得沉默。他说，你遇到的每个领导，都要把他们当成最好的人，自己拥有得越多，对他人的期望就越少……这些话，总能瞬间让我充满力量，并坚信道路泥泞只是暂时的，世间鲜花会盛放，无数的美好会接踵而至。

而我，再累的时候，都丝毫不敢对工作懈怠，也是源于不想辜负老政委的期许。我只想在我们有缘见面的那一天，我能挺起胸膛，无惧无畏地汇报：政委，我一直在努力，任何时候不想让你失望！

老爸，愿你能保佑这些善良的人，现在他们仍在艰苦奋斗，愿奋斗的尽头，是行云流水般的现世光明。

但是，在生活中，不可能遇到的都是好人。

低纬度的人，遇到小人，或许觉得闹心，很愤怒；而高纬度的人，会认为小人促使他灵魂与能力升级，是来成就他的。

我们不需要征服什么，要看我们能承受什么。我能承受得住，我就拥有坚不可摧的强大人格。

爸，我能行，我啥都不怕。

今后的成长之路缺少父亲的陪伴，注定是我一生的遗憾，或许，随着时间的推移，对父亲的记忆也会逐渐模糊，但是老爸，你是我的榜样这件事永远不会改变。不知道今天的我，是否可以成为你的骄傲。

7月已逝，8月将至，明天，就是建军节了。

之前回家，都会第一时间去山上，这次，一直没去看你，我先给你写封信吧，把两年多积攒的话好好跟你聊一聊。

明天，我将去看你，穿上军装，佩上军衔，肃立，向你献花，祝福你这个老兵节日快乐，再用这两年多积攒下来的力气，拥抱你……只能是拥抱你的墓碑了……

老爸，我羡慕你墓碑旁的青草与泥土，它们能天天陪着你呢，而我不能，终是与你天各一方了。

如果，有一架伸向天堂的梯子，爸，我会毫不犹豫去看你。

有人说，不满60岁的人去世，去世后也会受苦，但我不信，我是坚定的唯物主义者，而且，你高山仰止景行行止，一定能帮助你渡过各种苦厄。

我与妈妈会很好，会越来越好，总有不期而遇的温暖，与生生不息的希望，请放心。

致以革命敬礼！

你的儿子
一个战士　鲍雨昂
2021年7月31日

2021年8月9日

儿子前阵与阔别四年的大学同学碰头，他给同学带去了《胖子从军记》。下面文字，是他班级学习委员所写，一个成绩优秀的女生。隔空感谢这个姑娘的认真阅读，愿她成长得更好，好姑娘光芒万丈。也愿她的妈妈幸福。

胖子从军记·2

无论经历多少苦难，籍着对爱与未来的渴望，我们一定会成为强大的人，去追求我们想要的幸福。

读《胖子从军记》有感

机缘巧合之下，收到了一本《胖子从军记》，那是一本关于我读本科期间班长的书。

2013年怀着一些遗憾与迷茫进入了咸宁的一所大学，初见班长是在开学的第一场班会上，那个时候他站上讲台竞选班长，台下的我只是觉得对方是个喜欢笑的胖胖男孩，性格放得开，足够有勇气，大约是能够做好老师与同学之间的桥梁的，迷迷瞪瞪投上了一票。而我自己高考的时候是全班第三，因为想要激励自己后面大学好好学习，靠着考研的机会再来一次，所以颤颤巍巍地当上了学委。

事实证明，他确实是很适合当班长的，我是不是个好学委就不知道了，哈哈。

早早听说班长身上流淌着军人的血液，当初只觉得挺厉害，现在觉得或许那更加是一份责任与担当。我们每个人来到这个世界都有着自己的使命，或许只有明白自己的使命然后努力去完成使命的人，才算得上寻找到人生的意义。

大约女生的本质就是喜欢聚在一起讨论别人的八卦，大学的时候对班长的了解更多是从别人口中听到的有关他的花边新闻，说有这个女生那个女生追求他，直到大三的那一年，我一心沉浸在考研这件事里面，就连花边新闻也懒得关心了，只是偶尔听说他毕业要去当兵。

《胖子从军记》让本来是平行线的同学情谊，有了一些交集，也让我了解到了，毕业后他的生活与他的转变，从那个爱笑的大男孩，成为肩负责任的军人。毕业后经历更多人间世事的我，情感和心灵也变得更富有同理心，对于他人苦难能够感同身受。也终于能理解为什么当初妈妈的好朋友一到医院，看到刚开完刀的妈妈，就止不住地流眼泪，失声痛哭。人与人之间的羁绊之情，不能为金钱所衡量，是一种纯真、珍贵的情感，是一句：我希望你过得好。

这本书记录了班长与母亲之间牢牢的羁绊，在磨难之中，相互鼓励，相互祝愿。就像在那段艰难的生活当中，我妈妈时常对我说的一样："你加油，我们一起努力，熬过这段时间什么都会好起来。"

《胖子从军记》讲述的是班长与母亲之间相互目送的过程，我是站在为人子女的角度来看这本书的，我也能够感同身受鲍雨昂那句"真的很痛苦，但是没关系，我还能坚持住"。

子女爱父母，莫非是希望他们身体健康，不要为自己过度担心，更多的时候也是选择报喜不报忧。因为我们心里很明白，父母看到我们受苦受难，内心的煎熬是这份苦难的千百倍。

到了结尾，借鉴一句某歌手的口头禅：

我的愿望是世界和平。

嘉莉

2021 年 8 月 9 日

2021 年 8 月 11 日

很多朋友关心我娃找对象的事，儿子还有两个月满 26 周岁，也不过是研究生刚毕业的年龄，搁北上广深，属乳臭未干。搁落后农村，二胎都能打酱油了。我觉得他这个年龄，可以进入找对象的阶段，假以时日了解、接触、相处，然后确定稳固的恋爱关系。三五年内结婚。

当然这谁说了都不算，何时遇到心仪的女孩，过程需要多久，上了头闪婚也有可能。一切都未知。

因为未知，才会猜测、想象，给对方以条条框框的限制。

这就好比我们年轻时找对象，心里也有杆尺，尽管不知道会遇到谁，但有模糊的标准，低于 1 米 75 的不行，皮肤黑的不行，学历大专以下的不行……但人家常会介绍一些与你内心标准相差十万八千里的给你，你一看，恨不得与媒人打上一架，遂拂袖而去，牙都气得哆嗦。

我们这个年龄段的人，彼时找对象全靠媒人介绍，媒人大多文化程度不高，是一些热心的婆婆妈妈。她们只要听说这里有个未婚女孩，就开始千方百计打听哪里有未婚小伙，一旦给她们掌握了信息，她们立马就乱点鸳鸯谱，不管条件合不合适，只要不是年龄差太离谱，她们都觉得这对可以处一块。有的媒人自诩一生做媒无数，但我估计一对都成不了，瞎牵线，乱弹琴。

对双方的出生年月、毕业院校、所学专业、职业性质、家庭结构、身高体重、对异性的基本要求，这些刚性情况的真实掌握，我觉得是一个媒人的职业素养。即便是业余客串的媒人。

至于他们是不是谈得来，能否摩擦出火花，那是他们的事。

一朋友的女儿，高中数学教师，清秀，我觉得这女孩挺优秀，非常勤勉。后来与另一个朋友聊起她身边的一个男孩，男孩各方面条件也合适，但那男孩明确表示不考虑单亲家庭的姑娘。此事就没必要说，说就是浪费时间，扯淡。

之前看报道，说上海的公园相亲角，都是父母聚在那里，将自家孩子信息写纸上，再挂树枝上，他们除了希望媒人介绍，更是迫不及待自己跳出来帮孩子择偶。看着孩子恋爱结婚生子，几乎是所有中国父母最朴素的心愿，被儿女搞得倾家荡产也甘之如饴。

我比较淡定，没到那程度。相反，我觉得儿子随着时光的淬炼，他的优势会更突出，可选择余地会更广阔些。

除了理性地给未来的对象设定一些条件，更希望每个人亦能保持一点天真，浪漫无罪，相信云朵里会走来天使，泛光的湖水里有一池星星。理性的条件是柴米油盐，感性的喜欢是你们心中盛放的百合花，总是要献给你们爱着的人。

不要将就，听从内心。栽得梧桐树，引得凤凰来。宁可高傲地发霉，决不憋屈地恋爱。

与每一位尚未成为婆婆与丈母娘的朋友共勉。哈哈。

2021年8月13日

儿子昨晚8点接到领导电话，让他13日回青岛。因为疫情，不能直接归队，须在青岛医院做好核酸检测，拿到报告再隔离，隔离结束后归队。

最初的两年义务兵，是没有假期的。后来去军校培训一年，有寒假。去年8月，培训结束后分配至原单位，有五天的路途假，他回家待了几天。这次，是儿子入伍四年以来，第一次真正意义上的休假，探亲假。中间一年未归。

儿子在家里的时候，向我们解读军人休假规定，条条款款信手拈来，什么未婚下士与父母不在一地生活，任期内享受一年两次探望父母假，每次20天。什么已婚军官与父母、配偶均不在一起生活，在一年内同时符合探望父母及配偶条件的，假期45天。什么服现役不满20年，每年休假20天。在西藏地区或海拔超过3000米高原工作，服役超过20年的已婚军官，每年休假70天……我听了一头雾水，这些规定也太繁琐了吧？咋记得住啊？

儿子说：这些都与我们的切身利益息息相关，对照各自情况，我们每个人都将它研究得很透彻。

他叹息：研究得再透彻也没有用，工作忙的时候，根本不适合提。领导都没休，你咋好意思休？我们要想休个假太难了。媒体报道的军人一再推迟婚礼，甚至到了举办婚礼的那天，服役的新郎却临时接到紧急任务赶不回来，都是军营中真实发生的事。军队工作不是按部就班，遵照既定规则循序渐进。我们的状态不是战斗就是备战，你盘算得再好，票买了，跟家里人说了，摩拳擦掌准备踏上归途了，一个命令来了，好，你就赶紧退票，出发执行任务去吧！

儿子之前所服役的舰艇，他的舰长（当时还是部门长）请了三天假回去结婚，原本想着，第一天准备，第二天婚礼，第三天根据风俗，去女方家搞个宴请。结果第二天婚礼结束就让部队召回了，新郎恳求能不能缓一天，但领导斩钉截铁说：不可以！毫无商量余地。

儿子最尊敬的老领导，之前夫人在医院生娃，他在出海，他夫人是高龄产妇，身体又不好，原本盘算着能提前赶去医院，但出海执行任务中间的不确定因素谁都不能掌控。儿子说：船还没停稳，领导一个箭步冲上岸，我们都看着，特别理解他的焦灼。一个老班长流泪了，说这辈子对不起爹娘，对不起老婆孩子，唯独就没愧对身上这套军装。

这次休假，因为疫情延误了准时归队，原本13天假变成了20天。这几天，明显感觉到了儿子的烦躁，他发愁核酸检测还没出报告，他咨询领导归队细则，他半夜都趴在电脑上处理工作，他不断与战友联系了解部门情况，他研究回青岛路线如何避开一些中高风险地区……

接到今天回青岛的命令，他长舒一口气：家里再自由，再好，可以睡到日上三竿，可以吃到满嘴流油，可以不用敬礼不用出操，没领导训斥，没责任承担，没海浪颠簸，但不是久留之地，事实上我已经不认为这是一种正常的生活，除了削弱斗志，让人颓废，它对我没有吸引力了。我终是要乘上理想之马，挥鞭再次启程。

不由得想起儿子的老领导对我说过的话：离开我的码头，离开我的舰艇，离开我的兄弟，只需要五天，我就开始烦躁。

黄沙百战穿金甲，不破楼兰终不还。这是军人的意志。

但使龙城飞将在，不教胡马度阴山。这是军人的决心。

人生自古谁无死？留取丹心照汗青。这是军人的忠诚。

我自横刀向天笑，去留肝胆两昆仑。这是军人的慷慨。

男儿何不带吴钩，收取关山五十州。这是军人的使命。

愿将腰下剑，直为斩楼兰。这是军人的气魄。

每当读到这些，震撼与内心的颤动久久无法平息。儿子的老领导、儿子、还有无数的中国军人，他们拼搏，顽强，勇敢，用自己常年与家人的难以团聚，质朴地表达着守疆拓土的壮怀激烈。

这个世界上，也还有着金钱、权势所不能抵达的一片热土。

这多么让人充满希望。

行文至此，接到儿子电话，他已顺利抵达青岛某医院，接受核酸检测。他说可能只要隔离 48 小时，那样就很快，不会影响后期重大任务的执行。

他依然会很忙，很苦，用他的话，他是超级忙，超级苦，变态忙，变态苦。

我说：吃苦跟吃饭一样，吃多了，就能成长。

话虽这么说，仍是希望小鲍能保证正常睡眠时间，照顾好身体，少挨训，工作有进步。

祝福完孩子，再祝福社稷昌，黎民宁，中华民族岁岁长安。

2021 年 8 月 15 日

朋友今天去青龙高速公路出口处当志愿者，下午两点到晚上九点，零报酬，自己主动报名。先前她在所在社区当过疫苗接种点志愿者，一个衣着光鲜的仙女，套着红马甲，在 38 度高温的室外维持队伍秩序。每天晚上爬楼梯，拿着小本本上门登记居民信息。一个民营企业主，既不为了入党，又不想当政协委员，毫无私欲。她说：自己是这个国家的一员，如今国家有困难了，需要一批人挺身而出，你不做他不做,这个国家就会举步维艰。我管不了别人,但我能保证自己,哪里需要去哪里。

还有一个朋友,同为企业主,去年武汉疫情,她恨不得开车奔赴疫区,年至半百的人了,赤诚炽烈一门心思想为国捐躯。硬是给我们拦下:你去干什么?你是医护工作者吗?你有专业知识?没有特别通行证估计你到半路就被劝返,你这是去添乱!她说:我可以开车,送病号,我不怕感染!我可以给隔离的居民送物资!武汉这样了,需要我们救啊!

当时她自己困在公司,回不了家,她渴望拥有的"疫区通行证"根本办不到,只能作罢。但是,她默默地给武汉红十字会捐了数万元。

她也不特别有钱,一双180元的鞋子后跟磨得皮都斜了,她说再穿半年要考虑重买一双了。我嘲笑她混得不如我,180元的鞋也要考虑。

我娃入伍前后,也常有人问我:你们怎么舍得让孩子当兵?当兵那么苦,又有风险,咱们这里条件多好,受那个罪干什么?

军队是国家的钢铁长城,肩负着捍卫和平保护人民的神圣使命。如果每个人都舍不得自己的娃,你不当兵他不当兵,那谁来保护国家。如果那时候才为自己的自私而后悔,还来得及吗?

这个世界,有真小人,有伪君子,但是,亦有清流,他们脱俗,坦荡,高蹈于风尘之外,不屑与魑魅魍魉为伍。

转发一段话:人类社会之所以始终充满希望,是因为每当黑暗笼罩时,总有思想的先驱掏出燃烧的心举过头顶,拆下肋骨当火把,照亮前行的路。

致敬志愿者!致敬每一个勇于奉献的人!

2021月8月20日

昨晚睡着了,听到手机响,打开,是买我房子的姑娘在微信中问我话。

几个月前,我要凑一笔钱,寻思着可不可以将所住的那套房子卖了,但能不能卖掉把握不大,因为拿证时间短,过户须满两年,很多人会忌惮这点。孰料中介的朋友一发布信息,当天就说有人要。

于是认识了那个女孩。

从进门看房,到商定付款方式,到签协议,全程不过五分钟。

迅速到卡上收到三万定金的时候我仍是蒙的：这么快就卖了？往后我住哪里？天天往市区赶？这世上办事还有比我更不经脑子的人？

我是习惯性地脑袋一热，血往天灵盖一涌，啪一下就做出决定的人。

第二天就收到大部分房款，按照约定，尾款等可以过户时付清。

女孩跟我说，她租房住外面，她喜欢我的房子，喜欢我的沙发，喜欢我的摇椅，喜欢我的智能马桶盖，我说好好好，都不带走，都给你。

倒也不是我气量大高风亮节，我想着要住市区家里，家里放不下那么多东西。

这时候半路杀出一个花总，得知我在工作地没有立足之地，要舟车劳顿赶去市区住，立马给我一把钥匙，将她闲置的一套房子给了我，还请人帮我装修好，还送我价值几万块钱豪华舒适到我躺下就不愿意爬起来的床。这就不说了。

想着女孩租房在外面，花总这边房子也搞好了，我就搬过去了。

我微信对那女孩说：终于搬好了，你空了就来拿钥匙。

那女孩激动坏了，那时离协议中我搬出时间还有一个半月，她没想到这么快就能拿到房，当晚，她就过来了，她在屋子里欢呼雀跃：这真的是我的房了吗？我今晚就可以住进来了吗？

我说是啊。

我将钥匙给她：这锁我在住进来的时候刚换的防盗锁，钥匙全在这里，你要换就换掉。

她说：不换，我相信你。

昨晚，她发来信息，我还没来得及回，她打来语音电话，说她的一笔钱到账了，想把尾款付清。

我说还不能过户呀，没到时间。

她说没事，暂时不想过户，我还想买套大一点的房子，这房子如果在我名下，首付就要多付了。

我说可是你付清了款，房子依然在我名下，这合适吗？

她说：你写的每一篇小作文我都认真看，我们虽然只见过两次面，两次加一起的时间不过10分钟，但你是最值得我信任的人。你还有个当军人的儿子，军人特别了不起，我崇拜军人。明天，我把尾款转给你，房子在你名下多久都没事。大姐，也许你觉得我突兀得有些匪夷所思，但我就想告诉你：如果你需要钱，100万之内你只需要提前一天跟我说，我一定借给你。我看到你坚持游泳，我也去自学了游泳，我在泳池远远地看到过你几次，大家穿着泳装戴着泳镜，你都不一定认出我，但我知道是你。总之，我特别信任你。或许，我们不一定要成为经常见面的朋友，我也不会说好听话，但我就是想让你知道，你在我心里，是特殊的存在，我无条件相信你。

电话挂了，我蒙，愣怔，我怀疑是在梦中。之前，去银行办贷款，我一朋友自告奋勇：把我房子做抵押吧。可那是我知己知彼的朋友啊，我们熟稔到我有几个钱她比我自己还清楚。

这个女孩，于我，简直就是陌生人。

我给一朋友打电话，说了这事，听得出朋友在电话那端瞠目结舌：陈黎你确定不是发烧说胡话吗？真有这样的好人？借钱是个最敏感的事了，挺好的亲戚朋友，一说借钱，立马玩完，还有人主动要借钱给你，这事真的搞得跟假的一样。

当然，需要说明一点，我不需要借钱。欠银行的，慢慢还就是了。

我的小作文写了什么，我自己都说不清。没有华丽的词藻，只有平实朴素的表达，我不需要树立人设，所有一切来源于真实的日常生活，仅此而已。

最后说一句：那些对我们好的人，给了我们面对生活沉浮的勇气，更让我们懂得了慈悲与善良。

2021年8月24日

朋友的孩子刚大学毕业，今年准备参军。体检下来，身体状况良好，又是一股杠杠的新鲜血液。

这对夫妇，对"报效祖国"有执念。先说朋友的丈夫，当年年轻时阴差阳错没有当成兵，酿成终生遗憾，每每说到当兵，就长吁短叹，唏嘘这辈子无法圆梦。朋友偷偷告诉我：这人病得不轻，在朱日和大阅兵、新中国成立70周年庆典时，面对这些重大的国事、盛事，他啥都不做，就盯着电视看，而且他不坐着，就站着看，跟着电视画面呈现出来的方队立正，踢正步，行举枪礼，喊口令。他还哭，老泪纵横的。

人到中年，参军无望，他打听到有一种跟部队有点关系的叫"预备役"，也是一支建设祖国保卫祖国的重大力量，先要加入民兵应急分队，经过训练后转入预备役。

他二话不说,去当民兵了,40多岁的人,企业主,成功人士,与二三十岁刚退出现役的小年轻一起摸爬滚打,集训时吃盒饭,睡双层硬板床,累成狗,黑成炭,但他说:我要努力,测试成绩要合格,否则就会被淘汰,抢险救灾任务就不会叫到我。

我笑喷,又感动,这世界真的有特别纯粹炽热的人,愿意守卫远山边关,高原海疆,视一身军装为神圣的盔甲,将一腔澎湃的激情奉献给祖国,只要国家需要,自当万死不辞。

他们见我常穿着海魂衫招摇过市,我还有两顶舰帽,羡慕得眼珠子都绿了,觉得我太帅了,我又没忍住,开始吹牛:这个不是网上买的假货,你们看,都有标记呢,是儿子单位的领导送给我的。舰帽的五角星看到了吗?舰的模型都印在上面呢,预示着人民海军心向党,舰行万里不迷航……

我巴啦巴啦一顿炫耀,朋友丈夫小声嗫嚅:以后孩子的领导还会送给你这些吗?如果有,能不能给一顶给我?

我大声说:哪那么容易啊?这可稀罕了呢。

朋友丈夫失落地叹息一下,但表示理解、明白:也是啊,都有编号的,正儿八经的军用品呢,人家领导省下自己的给你的,都给了你,他戴什么?

见他那么眼馋我的海魂衫,我不是没生过网上买一套送给他的念头,但想,我如果敷衍他去网购,那是对他拥有一套"正儿八经军装"这个斩钉截铁梦想的亵渎。我可以不助他圆梦,但绝不可以弄虚作假。

他们一鼓作气生下两个儿子,老大今年大学毕业,专业是外贸金融。这小子会弹钢琴,会吹萨克斯,从小跟着母亲去国外旅行、游学,英语口语说得很溜,妥妥的富二代。但自上大学后,父母就让他假期打工,超市搬货,饭店端盘子,公司打杂,送外卖,跑滴滴,都干过。而且,一个一个假期,他均坚持了下来。他爸说:你要去当兵,这点苦吃不了,还当啥兵啊!

这理念与我一脉相承。当年我娃在安装电动车的流水线上打工,一天干15个小时挣100块钱,回家一身油污倒地上爬不起来,说第二天不干了,我一脚踹过去:今后你去了部队说不干就可以不干吗?你现在就要树立使命感、责任感,与散兵游勇的自己割裂,到了部队,就能与严明的纪律艰苦的训练无缝衔接!

有几家颇具规模的公司向朋友的孩子伸出橄榄枝,目前,这孩子也在一家外贸公司做跟单员,凭着他熟稔的英语口语交际能力,创下了一个对新入门的员工来说挺高的业绩。老板得知他志不在此,给他决意从军的理想所打动,由衷地对他说:赚外国人的钱,一辈子都有机会,从军报国的机会,只在于这几年。去吧。我们的理想其实是一致的:守家护国,与友好邻邦做朋友,共同发展世界经济。

再说回我娃。目前来看,我娃参军这条路是走对了,也算是走成功了,他挤上了一座大学生士兵提干的独木桥,这狭窄的桥上有千军万马,每前进一寸,他都有被挤下桥的风险。政策指标个人努力,甚至运气,天时地利人和,缺一不可。

时至今日,我娃说:这个过程,我的体会,就是太难,太难了。但是,在顽强的拼搏里,我看到了真实的自己,看到自己强劲的身体里迸发出无穷的力量,无数个日日夜夜曾经轰轰烈烈地奋斗。我铆足了劲做点什么,成功失败已不重要了,重要的是,我再也不怕了。

不怕,不屈,无所畏惧,充满斗志,永不言弃,这就是军营生活对一个士兵的锻造吧。

祝福朋友这个充满正能量的家庭,某天的门楣上,"光荣人家"四个字闪闪发光,每张脸上,都有身为军属的荣耀骄傲。

加油,所有的热血青年,不为成功,只为这不可重来的美好年华!

2021年8月30日

前阵,胖子的领导给他介绍了一个姑娘,说是自己之前领导的女儿,在英国攻读音乐教育的研究生,个头1米70,刚回来,正在找工作。领导说:原生家庭根正苗红,教养素质方面没问题,你们先加个微信聊聊天吧。胖子的意思是加微信之前最好通过媒人给对方看个照片,毕竟这眼缘太重要了,要看样貌是否符合自己的审美,然后再决定加不加微信。

领导很理解,夸他:谁说长相不重要的,都是扯淡!以貌取人是第一步,是咱直男的特质!

照片传了过来,很模糊,五官完全看不清,影影绰绰就是一个高个子女孩在玩卡丁车。领导很热心地解读:怎么样?长发亚裔姑娘,动若脱兔、静若处子。

领导的意思是学音乐是静,开卡丁车是动,动静结合,亦庄亦谐。

胖子心里嘀咕:不是亚裔咱也不敢接触啊,但这照片几个眼睛几个鼻子我都看不清，让我判断点啥呢。

领导说加微信！咱们这工作，久困钢铁战舰，人都变得铁板一块，有个学音乐的女孩，小提琴一拉，咏叹调一唱，生活就得到了调剂，力量与柔软，美女与野兽，互补！没有比这更完美的组合！遂加了微信。

胖子隔离期间，两人聊天。女孩比较好学上进，回国不久，在努力备考，职业方向是高校教师。女孩说她的父亲从军20多年，目前已经退役了，但一心想找个军人当女婿，希望红色的种子在这个家族薪火相传。

胖子对这样的家庭是比较满意的，父母是孩子的一面镜子，父母传统正义，尊重军人热爱军营，孩子一般会自带一股浩然正气。唯一的困惑是女孩不愿给他发一张比较清晰的近影，说：兵哥哥，请让我做一个神秘的美少女吧。

胖子心想：完蛋，估计丑。

昨天是周末，胖子请假外出办事，邀请女孩见面，他的意思是是骡子是马拉出来遛遛吧，这纸上谈兵总得落到实处。见一下，好的话继续接触，丑的话不要浪费彼此时间了。

女孩痛快答应。

胖子刚回舰，工作忙，预算好了，只有一个半小时的见面时间，他说如果长得好看，我就待满一个半小时，如果不行，快速吃完饭我就撤退。

女孩皮肤不行，还胖，胖子在约定地点接到她的时候，眼前一黑。

但他仍绅士地给女孩开车门，让她上车。他选择了一个网友评论满意度很高的港式餐厅去吃饭。他心想：第一次也是最后一次，要体现千金散尽的风度。

胖子说：每个女孩都是天使，评论女孩长相不好看，挺不男人的，但男人喜欢美女这是天性啊。道德上要求我们善待尊重每一个女性，这没有问题，但男人的本质就是见到心仪的美女两眼放光，见到长得不在自己审美点上的女孩，就自然地提不起劲，仅限于寒暄。

他给女孩布菜，盛汤，小心翼翼伺候，他内心在说：姑娘，让我做你异父异母的哥吧，只有亲情的那种，哥拜托你以后少吃点，你太胖了。

黑与胖是胖子找对象的大忌，这姑娘都占了。胖子自己以血的教训，将体重减到正常指标，从此以后，他视胖为洪水猛兽，觉得胖代表着不自律，代表着对美妙人生缴械投降。

他说仅有胖，我还可以督促她减肥，但皮肤黑，我就无能为力了。

50分钟结束午餐，胖子将姑娘送回家，姑娘是个单纯天真的少女，她说哥哥，下回我带小提琴来，我还会唱意大利歌曲呢。

胖子说：好的，谢谢你，以后我们船上有军民共建的活动，我一定邀请你来展示才艺。

……

始于颜值，敬于才华，合于性格，久于善良，终于人品。男人与女人的相处，能够走下去，走长远，最终，是靠彼此性情相投，是靠日复一日的磨合凝炼而成的深厚情愫。但起初，谁说不是因为外表的怦然心动呢？肤若凝脂，花瓣似的嘴唇，如月亮一般皎洁的笑容，在雨中奔跑时生动的跳跃，眼睛里的星光……某一个瞬间，让你觉得，从今天开始，我要去走近你，我要把夜晚还给月色，把孤独还给星河，把每一杯酒敬给浪漫，每一道烛光，都留给与你的晚餐，把我，交给你。

胖子与他的几个光棍战友，常会在一起幻想，今后会有一个怎样的姑娘陪伴我们一生？她叫什么名字？她现在在哪里？幻想五花八门，天马行空，但"长得好看""支持我们的工作"，是这几个单身汉坚定不移的刚性原则。

哲学家周国平老师说，人在世上，总是需要一个伴侣的，有人与你在生活上互相照顾，你想到他（她），内心充满力量，感受到温暖，拥有克服困难的勇气与能力，从而获得人生的乐趣。这，或许就是绝大部分人类选择婚姻的原因所在。

愿胖子与他的战友，在漫漫相亲路上，讲究而不将就。海海人生，总有好姑娘，给予你们想要的美与温柔。

2021年8月31日

昨晚与儿子在电话里聊天，我说还记得吗，两年前的今天，我开车从青岛将你送去天津，早上六点多就出门了，下午两点到目的地。原以为办了报到手续后可以出来吃顿饭，在外面住一晚上，谁知道校门一关，我再也进不去，你也出不来了。

儿子说哪能忘记呢，我还以为你会在天津住下，我这边把行李放好，宿舍安顿好，给你打电话，你早调转车头往常州开了。

这辈子不知道还有没有这样说走就走的豪情与勇气，近2000公里独立自驾，江湖快意，人生过瘾，不过如此。

儿子说一整天在忙大会餐的准备工作，欢送老兵退伍。说他们部门想留下的几个战友都如愿以偿地留下了，大伙儿特别开心。我想起去年退伍季，他们部门有个小伙子，想留士官没留成，气得血压猛涨，牙齿咬得咯咯作响，这小伙现在怎么样了？

儿子夸我记性真好：此事一点怨不得领导，他比较散漫，当炊事员又有随便吃美食的便利条件，平时不注重体能锻炼，在留队的统一考核中名次靠后，所以当得知真的留不了的时候，他气坏了，更多的是自责，怪自己不争气。那天送他走，他说：这兵我没当够！我还要杀回军营！去年12月份退役，今年3月份春季征兵，他二次入伍，又来到部队了，现在他在北京。前几天还给我打电话呢，说他入党了，有进步了。

有时，任何人的教育与训导，都不会让一个人大彻大悟，真正让人如梦初醒的，只有经历和吃亏，后悔和受伤。

9月是个分水岭，升学，入伍，每一个孩子，将开启一段全新的生活。今天朋友圈里都是家长送孩子上学的照片，拖着的大包小包里，装满了父母对求学在外的子女的牵念与不舍。

再过20多天，2021年的新兵，就将纷纷踏上征程。

军营是个完全不同于家庭与学校的阵营。儿子入伍前，有过几天役前集训，回来跟我说：哎呀，挺严的，规矩可多了，手机上缴，睡双层床，哨子一吹就起床，还得叠被子，洗漱靠抢，否则来不及去列队。吃饭前得唱歌，吃饭时候不能说话。每天站军姿，腿都麻了。

他以为这就是"严"，就是"规矩多"，以为做足了心理建设，孰料真正进了军营，比役前集训严格艰苦N倍。

后来，看到他记录的日记，他一步三回头地跟我们告别，他双手拎着行李，起先用眼神，后来用渐渐消失在月台拐角的背影来诠释：不必追。

他坐上火车，他不知道自己去哪里，没有人敢问，接兵的班长严厉地吼：坐好了！不许掏手机！

下了车，见到上海站字样，才知道自己的目的地。他想打一个电话给我，但掏了几次，都没敢。

他以为出站后，会出现电影中的画面，系着大红花的大巴来接他们，人民群众敲锣打鼓，少先队员飞奔雀跃，仰面向他们行庄严的队礼，说：解放军哥哥，向你们学习!

然而并没有。

一辆大卡车停在那里,他们默默地爬上去,大卡车没有凳子,他们只能半蹲着。车子一个急刹车,他们蹲不稳,向前一个趔趄,带兵班长就吼:蹲好了!

到了营区,叠了整整两天被子,拆了叠,叠了拆。第三天,体能训练开始,3000米跑,跑到胸口撕裂般痛。跳绳,跳到一头栽地上,班长问:怎么,不行了吗?咬咬牙,爬起来,说:报告班长,行,还能跳!晚上鳄鱼爬,把草坪都抠秃,指甲都掉了,在冬雨滂沱中继续爬。穿大头皮鞋踢正步,踢到脚趾血肉模糊,袜子黏在脚上脱不下来。拉单杠,怎么样都拉不了,给区队长用绑带捆住手臂,双脚离地吊杠子上训练臂力……

三个月后,掉了50斤肉,从体能到体形无一不合格,成为表现优秀的新兵代表,为家长赢得参加阅兵典礼的殊荣。

一切,都是种子,只有经过了埋葬,才能焕发蓬勃生机。

这些,都给他利用零星时间,记录了下来。他说:刚开始,我想我的目光里都是恐惧、无助、绝望,我怕我承受不了严明的纪律,承受不住艰苦的训练。但是,现在回头看,淬火成钢,破茧成蝶,多燃的战斗青春啊!没有这一段天天向体能极限挑战的过程,我在心理上永远是个懦弱的孩子,难以成长为坚毅的男子汉!

不管是将要开学的学生还是将要入伍的新兵,你们青春逢盛世,奋进正当时,放手一搏,确信努力无价,未来的你,一定会感谢如今努力的你!

借用梁启超《少年中国说》中的一句话,祝福每一个有坚定目标与宏大志向的年轻人:纵有千古,横有八方,前途似海,来日方长!

2021年9月8日

这一周里,儿子音讯全无。之前出海,他有时也会一声不吭就出发了,泊码头才跟我讲:刚出去几天,我们战略部署、兵力出动、执行战斗任务,都是军事机密,不能透露的。吓得我捏着手机杵在那里,不知道说些什么。

有次我只是随意地问:你们船上每天要吃掉好多大米面粉吧?他立马很警觉地回答:老妈,这些事情不要打听,敌人或间谍分子会根据我们消耗的粮食来猜测我们的兵力，之前曾经有军人因为无意泄露一份菜谱而遭"喝茶"。我们的兵力，我们的人员编制，我们一整套战斗序列，这些都是核心机密，泄密就会惹大事。

我惊出一头汗，诚惶诚恐跟他道歉：我不懂啊，就随口打听一下的，以后再不问了再不问了。

这次的杳无音信，我以为又是闯荡大洋去了。

昨晚10点，他发来微信：老妈，记得交本月房贷。

他能发信息，说明没出海。

我回复：明天转账。

他说：开了一天的会，快累死了。没时间打电话，今晚还有一堆事，要熬通宵。

我愣怔了一会，给他发了几句废话：安心忙吧，定心些，别忙中出错。

都是废话。说了白说，不说他也知道。就如当年爱我的外婆，第一缕秋风吹来的时候，她就要关照我穿棉毛裤：你要多吃点，多穿点，你走路注意脚下，你骑自行车要小心，你开车让让别人，你喝水不要喝烫的，也不要喝冷的，别人跟你吵你不要还嘴，别人打你你不要还手……

没来由的担心，简直就是可笑的叮嘱，生怕我冻着热着饿着穷着苦着。当年，我也是一脸不耐烦：知道啦知道啦！如今，儿子回都不回复，一来，重复的"可笑的叮嘱"，我说过太多，二来，他是真的忙。

之前他曾经说过一些：基层是部队全部工作和战斗力的基础，基础不牢，地动山摇。基层也是部队各项工作落实的末端，压力层层传导的末端。上面千条线，下面一根针。上面千把锤，下面一根钉。我们的工作，鸡毛蒜皮，杂七杂八，时间会被切割得非常碎，比如，我正在做着这件事，突然接到一个电话，就得去做那件事，合起来这些事情两三个小时能处理完，但切开以后得折腾很久。一项工作，上级只会给个思路或方向，要将它变成详尽并可执行的方案，就得绞尽脑汁列纲目，想点子，通常还有严格的时间期限，不白加黑披星戴月干，根本干不完。另外，有的工作，自己做了一部分，需要向分管领导汇报，形成共识后再继续做，做好后还要分管领导签字，还要机关首长同意，这中间，领导开会了，视察工作去了，你得一直盯着领导动向，一等，时间就耗过去半天。你给领导打电话：报告领导，我要向您请示工作，您在办公室等我一会儿，我这就过来。扯淡，能这么说话吗？根本就不敢！

儿子的一个战友，在机关当参谋，熬了几个夜，加班加点迎接上级检查，结果开会的时候直接晕倒。

儿子之前的老政委,他说过他的工作节奏,印象中有两句话记忆深刻:一、忙得脚打后脑勺。二、连续72小时高强度训练,坐着都能睡着。

儿子前阵体检,查出患有胆结石,0.7公分。海军官兵中,胆结石、肾结石几乎是职业病,这与他们常年出海用的海水过滤装置的水可能有一定关系。医嘱要求多喝纯净水,儿子苦笑:我没时间喝水,多喝了水要多上厕所,哪来空老跑厕所呢。

古希腊哲学家亚里士多德说过:价值观是通过人们日常的习惯、技能和行为反映出来的人类品行与美德。

为国家建功,为民族赴义,在国家的生存与发展利益需要时,军人作为国家安全的保卫者,忠实履行使命,最大限度地释放自己的能量,在奉献自己实现自我价值的同时,更体现了与国家唇齿相依、存亡与共的军人职业的核心价值观。

我想,这就是军人的崇高之处。

儿子很辛苦,休假回来天天胡吃海喝长的肉,一回到部队就瘦了下去。他说:一晚能睡四五个小时是奢望,不太可能,事情太多了,做不完……每天在船舱里都要走近两万步……都没时间吃饭,胡乱扒了几口又得埋头干活……

我准备了一段话,等儿子稍闲下来一些,我要说给他听:当你想要某种东西时,你就全身心地投入,去付出,整个宇宙会合力助你实现愿望。不要怀疑,功不唐捐。

你忙到凌晨,工作仍只完成三分之一,请抬头看天,前途的星光,熠熠生辉。

当然,老母亲仍会可笑叮咛:多喝水,冷的别喝,烫的别喝。定心些,别忙中出错挨批,领导骂你,你别顶嘴,他是急了,更是为你好。睡觉把被子盖好,北方凉了……

2021年9月9日

朋友的儿子今年报名参军了。他们全家都有军营情结,祖父当过兵,父亲当年也通过体检了,但让他去当跳伞兵,他陡然害怕,觉得从高处往下跳准没命,然后与军营失之交臂。等回过神来,痛悔莫及,恨自己怂蛋,少不更事。未竟的理想时时在胸膛燃烧,后来加入了民兵预备役,发到一套迷彩服,经常穿着招摇过市。好不容易熬到儿子大学毕业,立马就让儿子去军营实现他的梦想。

明天去役前训练了，今天，儿子把头发理成板寸，领到的一套作训服也穿上了。朋友发照片给我看，我说很帅，一穿军装，头发一短，兵味就出来了。

因为疫情防控要求，今年与往年还不一样，役前训练结束，如果敲定为今年入伍新兵，就不再回家，部队直接从国防园出发。

我跟朋友说，今晚就是儿子两年内还在你眼前的最后一夜，去跟他黏糊一下吧。朋友说，没啥好黏糊的，儿子在楼上自己卧室里。

我想到四年前，我娃去军营的那晚，印象中我也是正常地训斥了他几句，正常早早地睡觉，儿子倒是心潮澎湃地躲自己房间，给我与他爸各编了一条长长的短信，踏上火车的那一刻发给了我们。短信内容记得不具体了，大意是你们这不争气的儿子就将开始一段全新的生活了，如果遇到困难，我会想起爸爸妈妈是我最坚强的后盾，我就无所畏惧了。还有叮嘱我们别吵架，想吵的时候，想想远方的儿子在保卫祖国，一个小家庭你们得搞好呀。

在离别的火车站，儿子说我是整个广场最理性克制的女性家长。我没有其他妈妈的泪水涟涟。我应该也说了道别的话，但不外乎好好干，期待你凯旋之类的旷远宏观的话，我不是领导，但道别的话竟然说得那么官方。

但现在我心软了，我看着朋友儿子的照片，他认真地整理他的迷彩服，一脸青涩，还有对未知军营的恐慌，有期盼，但更多的是恐慌。我就心酸，想哭。

正怅惘着，我娃来电话，我问他作为老兵，有什么话想对即将入伍的新战士讲？他说：老妈你别杞人忧天，军营是个神秘也神圣的地方，那种气场会让人收敛个性与锋芒，融入整齐划一的团体。也无所谓有经验可传授，别人千叮万嘱作用不大，都要靠自己去摔跤、挣扎、感悟。吃苦是肯定的，不想吃苦别来部队。既然走上了这条路，就不妨沸腾一下血液，试试看，拼一把，拼体能、拼毅力、拼意志，勇敢一点面对自己，说不定，就能获得让自己内心强大的力量！告诉这个弟弟，千锤百炼中获得力量，就是当兵的所有意义！

明天一早，这个孩子就将去参加役前训练，正常情况下，他将很快是个新兵，正常情况下，他的父母两年内看不到他，我更是。我觉得有很多话想对他说，思绪万千半天，又不知从何说起。

我们的国家五岳向上，江河滚滚向东，军人意志永远向前。愿浩田：以吾辈之青春，护盛世之华夏。愿民族之巅，薪火相传，百代不衰！

2021年9月11日

今天是儿子从军四周年纪念日。

去年我突发奇想,也为鼓励他扎根军营,跟他说,你当兵一年,我就给你1000块钱,以此类推。然后,我转了他3000块,以为他会感恩戴德,谁知道他说:前两年的不补给我吗?

父母的就是他的,他的从来是他自己的。

孩子牢牢捂住自己钱袋子的表现不止我家胖子,我一同事家儿子也是这样,读大学期间,有时跟父母在一起,一毛不拔,买瓶水也让父母买单,更别说买衣服买日用品了。有回在学校给狗咬了,要打狂犬疫苗,立马给父亲打电话,讨要疫苗钱。父亲说:你不有钱吗,先用着呀。儿子说那是我的口粮钱,这中间没有狂犬疫苗的预算,不能动,你不给我转钱我就不打针,随便它发狂犬病吧。

我家胖子差不多也是这样,大学也给狗咬过,啪一下传张发票给我,要我报销,我气得就照发票金额给他转了925.30元,严格执行财务制度,一分钱不多给。

反正他们鬼精鬼精的,胖子还常叹苦经:弹尽粮绝了,穷得吃土了,房贷压力大啊,承担家庭重任啊,又垫付了公家钱,苦啊。

但君子一言驷马难追,承诺的必须兑现,就让我穷得吃土吧。

上午给他转了4000,他一句"爱你",骗得我从咬牙切齿秒变心花怒放。

他舅舅给他转了钱,他也毫不客气地照收不误。

中午他舅舅做了一桌菜,算是隔空祝福胖子从军四周年。愿胖子坚定信念,对党忠诚,实事求是,担当作为,努力成为可堪大用能担重任的栋梁之材。

军人很不容易,除了忙碌的日常工作,还有艰苦的体能训练,昨天一口气跑了八公里,他说要加强锻炼,迎接下个月的体能测试,达标是低配,优良是理想。

吃苦这件事,胖子要以此为荣,争先恐后,刀要在石上磨,人要在事上练,鱼冲波而上不损其鳞,鸟逆风飞翔全用其羽呀!

加油,四年兵龄的小战士!

2021年9月17日

朋友的孩子自10号参加役前训练，一直未有任何消息。

今年与往年不一样，役前训练时间拉长了几倍。雨昂四年前去集训，点个名，列个队，象征性地跑了几圈，模拟了一下军营生活，两三天就回来了。

手机的管控肯定是很严格的，估计一到那儿就上缴了。我揶揄朋友：这音讯全无的，指不定儿子在跑得上气不接下气还得给教官训斥，反正还没定兵，你现在后悔还来得及。

朋友很淡定，也对自己儿子有信心：让他吃苦去吧，他能承受得了。

昨天中午，朋友接到儿子微信，4行16个字：拿到手机，15分钟，受了点伤。问题不大。却透露出巨大的信息量：训练是艰苦的，纪律是严明的，他是安全的，受伤是难免的，精气神是杠杠的。

朋友发现微信时，已过了儿子拿到手机规定的15分钟。回复过去，再不见动静了。试着拨打电话，关机了。

这孩子1999年出生，22岁，富二代，读大学时，父母给他买了一辆奔驰车，以他姓名的英文字母与生日组了个特殊的车牌号。但孩子对父母的一掷千金并不"领情"，暑假，他花一块钱刷共享单车骑去超市打工，搬50公斤的米袋子，成箱成箱的食用油。每天早上，他给自己双腿绑上沙袋跑步2000米。人们不解他为什么要自讨苦吃，他说：我就想等我长满18周岁，就能报名参军保家卫国了。

今年大学毕业，他果真一只脚跨进了军营。

始终有人觉得，95后、00后这一代人，他们生在蜜罐里，不知人间疾苦，不懂知足感恩，没有信仰，梦想稀缺，追星，非主流，脑残，沉溺物质享受。

但是，不知不觉中，我们开始被这些95后、00后保护着了。替我们挡在前面抵御危险的，已经是那些我们认为长不大的从没有经历大风大浪的孩子了。

儿子曾经发过一张照片给我，照片中是一双布满茧子骨节粗大十指都有伤痕的苍老的手，儿子唏嘘：老妈，这是我们部门2001年生的小伙子的手。当兵两年，手成这样了。

我心疼不已：买些护手霜给他呀，他妈妈见了该多难受啊。儿子说：我买了，但他时不时地要搬重物，还要浸水、洗菜、刷锅，没时间涂，涂了也没用，磕着碰着烫着伤着是常态。

2001年出生,还是个孩子呀,已经学着大人的样子,勇敢直面伤痛苦累,在一个我们见不到的领域,扛下责任,却什么都不说。

少年自有少年狂,身似山河挺脊梁。

谁说这个时代的年轻人是垮掉的一代呢?

他们有大爱,始终不忘家国情怀。

他们能吃苦,愿意为了理想奋斗。

他们有担当,能够第一个冲锋陷阵。

他们见识广,有能力,有高昂的斗志,既能享受人生也能接受祖国挑选,愿意用智慧和深情照亮国家。

鲁迅先生说:青年之生力,遇见深林,可以劈成平地。遇见旷野,可以栽种树木。遇见沙漠,可以开掘井泉。

中国的年轻人,大抵便是如此。从来没有垮掉的一代,一代人有一代人的信仰,一代人有一代人的担当。

有的年轻人让我们怒其不争,但大多数人,仍积极向上。

在父母长辈的眼里,他们是最最普通的孩子,是有些小梦想又懒得奋斗的平凡人,但是,他们有他们的使命,他们的光一直都在,我们不能假装看不见。而终究,他们将成为这个世界的掌灯人。

他们还很稚嫩,单薄的肩膀上承载的却是保家卫国的重任。他们提灯前行,努力发光,纵然光芒微弱,但点点星光,最终将汇聚成璀璨银河,照亮你我。

少年智则国智,少年强则国强。

中国之青年,就是中国之力量。

我们的愿望,正如李大钊先生所言:进前而勿顾后,背黑暗而向光明。为世界进文明,为人类造幸福。以青春之我,创造青春之家庭,青春之国家,青春之民族,资以乐其无涯之生!

不会有人永远年轻,但永远有人年轻!

向你们致敬,年轻的中国军人!

胖子从军记·2

2021年9月18日

辰安弟：

你好，听我妈说，近日，你将结束役前训练，就要踏上驶往军营的列车，我妈让我跟你说几句，你用手机不方便，抽空给你写封信吧。

我还没见过你呢，但我妈介绍过你，你挺厉害，能被南京审计大学录取，非学霸考不上。大学假期，利用每个假期，你还打工，作为一家企业当仁不让的大公子，你一定不是为了挣钱，只是为了赚取人生体验与社会经验。你热爱运动，常年绑着沙袋跑步，得到过省武术比赛的一等奖。你要求进步，参加建党积极分子培训。你善良，跟着父母跋山涉水去西藏看望他们资助的贫困孩子。你有主见，不想走家长安排的经商之路，愿意去军营磨砺自己……你在我心中的形象已经很具体了。

听说今年想入伍非常困难，疫情当前，就业压力大，可能也是一大原因吧。你能够被海军部队挑中，真是很幸运了。

在传统的陆海空三军里，海军的技术性最强，其装备的研发，人员培训，都有很高的技术要求，有时甚至需要汇聚整个国家的军工科技来搞研发。这些先进武器制造出来，必须要懂得操作的人来掌握和维护、保养。平时我们听说的"十年陆军，百年海军"就是这个道理。1949年4月23日，中国人民解放军海军在离我们家乡很近的江苏泰州成立，70年从无到有，由弱到强，70年风雨兼程，砥砺奋进，如今，中国海军早不是当年的积贫积弱，它已经挺进深蓝，随时可向世界展示大国海军的威武雄壮。你能够成为一名海军战士，见证海军的蓬勃发展，额手称庆吧。

海军制服很帅，夏装浪花白，冬装是象征深邃海洋的藏青色，水兵帽，蓝白相间的披肩。你穿上它就会感慨：我的青春，因为有了这身战袍的加持，帅出了天际。

哈哈，当然，参军入伍，报效祖国是首要任务，摆酷耍帅得放在很次要的位置上。

主要我想跟你聊一聊新兵连的生活。

国防园的役前训练，让你对军营生活有了一定的了解，知道了手机要上缴，起床要叠被，作息要按时，吃饭要唱歌，说话喊报告等等，但这些，与让你从一个社会青年，思想与行动上蜕变成一名军人，还有差距。

简单地说：役前训练的苦，与新兵训练的苦相比，只是冰山一角。

我相信常年坚持锻炼的你，体能上应该没有什么问题，主要是心理上的难关。

你是天之骄子，纵然你比较自律，也未娇生惯养，但你一定从来没被谁劈头盖脸地当众训斥过吧？是的，那个人是你的班长、区队长，甚至班长年龄还比你小个两三岁，但因为你的一个动作做得不规范，你犯了个小小的错，他就指着你鼻子吼你，怒不可遏批评你。人正常的反应就是面子上搁不下去，丢脸，无地自容，耻辱感。老弟，你谨记：忘记尊严这回事。

忘记尊严，并不是让你做懦夫，而是，更严厉地要求自己，做到比班长要求的更好，才想尊严这事。

尊严，别人给不了你，只有自己努力才能赢得。

你知道的吧，我刚入伍时，腰大膀圆胖成猪，体能跟不上，训斥受不了，新环境的难以适应，对家人的思念，充斥着的无助感，让我险些动摇从军的决心：这条路如此艰难，我真的能走得下去吗？每天这么辛苦，我能撑多久？

但事实证明：这条路走对了，我咬牙坚持了下来，我不再是胖子，也不再是胆小鬼，我在一次次的困难与挑战中，收获了勇敢，收获了一颗强大的心。

这是四年军营生活给我最珍贵的礼物：我比之前好，好太多。

恶狠狠训过我的班长，让我颜面扫地的区队长，都是在让我变得更好的路上的贵人。曾经暗暗发誓与他们不共戴天，如今他们成了我最好的兄弟，最感激的战友。

辰安弟弟，军营的严明纪律，领导的严厉批评，你不要从"不够人性化""伤面子"这个角度来理解，它只是强调服从，强化执行力。我们是一个普通的兵，但我们团结起来，就是一支来之能战、战之能赢的部队，没有铁一般的纪律，谈何战斗力？严格，才是战胜一切的保证。

你读完了大学，文化高见识广，连队的活动要积极参与，演讲啊唱歌啊，都挺锻炼人的。脏活累活要抢着干，少说话多做事没坏处。我在新兵连的时候，每天抽时间擦楼梯，我把楼梯擦得比我脸亮多了，我有些私心，想表现给班长看，让他少叫我跳些绳，孰料聪明反被聪明误，班长说：兄弟，今天你跳了5000个绳了吧，再奖你5000个！

哈哈，累垮我了！现在想来，只要练不死，就往死里练，多燃的新兵岁月！

很苦，是的。但是，我们只有努力奋斗，才能让苦有那么一点点草莓味，只有对自己下手狠一点，这个世界才会对我们温柔。

说完这些体己话，我再说几句豪言壮语吧。

我挺喜欢你本家戴叔伦的诗：愿得此身长报国，何须生入玉门关。今天，我将这句诗与辰安老弟分享，期待你的发展进步与我们祖国的发展进步联系在一起，让火热的青春无愧于这个伟大的祖国，无愧于这个辉煌的新时代。

金戈铁马入梦，强军战鼓催征，既然选择了军营，便只顾风雨兼程前行，书写无悔的军旅青春！

幸运的话，我们可能会服役于同一所军营，再见少年拉满弓，不惧岁月不惧风，辰安战友，我们军营见！

鲍雨昂

2021 年 9 月 18 日

2021 年 9 月 27 日

一个溧阳的朋友，偶尔与我会有联系，她的儿子正在读大一，3 月份退学后入伍，当时全家的想法是一致的，旨在磨炼意志，如果能在部队考上军校更好，考不上的话，两年服役期结束回来继续上大学，起码，孩子得到了锻炼。但是，孩子一去部队，这个兵妈妈就茶不思饭不想，孩子用不了手机，不能时时知道他情况，吃得饱吗？与战友相处得好吗？班长凶吗？训练能承受住吗？孩子会不会受伤？……我安慰她：结合艰苦的训练，饮食搭配会比较合理，吃饱没有问题。大家来自五湖四海，刚开始拘谨紧张，在一起摸爬滚打，过几天就熟了，最难忘的是新兵连的战友情，能相处得好。班长不凶带不了一个团队，也不能让咱们孩子成为一个合格的兵，这个"凶"是严格要求，是懈怠时候的当头棒喝，是犯错时候的适当惩罚，但都在正常范围内，不会把我们孩子给吃了，放心。训练科目是科学的循序渐进的过程，挺一挺，都能坚持得下来。新兵训练是培养一个高品质士兵的基础阶段，骏马是跑出来的，精兵是练出来的……

道理都懂，但念及远方吃苦的娃，母亲柔肠寸断，孩子有次好不容易发了手机，让家里给寄一双鞋去，随口又说了句他有三个领导：班长、区队长、连长。这个兵妈妈就琢磨开了，她自作聪明地在寄鞋子的包裹里塞了三条烟，想让孩子送给领导，但也没机会跟孩子说，就这么发出去了。孩子的指导员去拿快递，拿到后当场打开(为了提防邮寄违禁物品,新兵连期间寄来的东西一般都会点验),发现香烟后问孩子,以为孩子抽烟,抽烟是新兵一大原则性错误,孩子吓傻了,不知道家里怎么会寄这个。烟被没收,还遭领导严厉批评:不想着好好训练!满脑子社会上俗气的一套!小小年纪搞行贿!孩子再次打电话回来,抱怨母亲自作主张,差点害了他。

我们当母亲的,总恨不得代替孩子吃所有的苦,承担下所有的累与罪,这是对曾经分享过同一个心跳的生命才会有的最原始本能的爱。不得不说,母爱永远是最伟大无私的,深沉的母爱承载着人类的希望与未来。

中华民族自古都有"昔孟母,择邻处。子不学,断机杼"的传承。岳母刺字,针扎在儿子身上,血却滴向娘的心头。

但是,一代人有一代人的使命和责任,雏鹰只有离开母亲的怀抱,才能自由翱翔于蓝天,寻找属于自己的新世界。

新兵与同期离家的大学新生、刚刚外出谋生的打工仔一样,都是第一次远离家乡、父母、亲人,所不同的是,新兵面临的是比同龄人更多的艰苦磨炼。新兵连里,行走坐卧都要从头学起,吃喝拉撒都是训练科目,穿衣戴帽都有严格规定,待人接物都有正规要求。所以孩子的一举一动都让母亲操心、揪心不已。

我朋友的先生,虽然强烈支持儿子参军,儿子在役前训练,入伍喜报送到家来时,他代表儿子收下了这份荣耀,但捧着喜报拍照时,表情明显忧伤。朋友偷偷告诉我,她先生晚上辗转反侧,半夜坐起,望着窗外明月喃喃自语:养了22年的儿子,真的要离窝了?就这样要两年见不到了?他长得瘦,吃得消那训练吗?我咋越想越要哭呢?

说完终于崩不住了,将脸埋枕头上,呜呜呜地哭得肩头一耸一耸。

或许有些羞愧于自己的儿女情长,他旋即又爬起来,拿出手机,意气风发地发了条朋友圈,硬生生逼退自己软弱的感情:如果信仰有颜色,那一定是中国红!

我之前也是,每到新兵起运,政府院内鞭炮响起,威风锣鼓敲得震天响,佩戴着大红花的新兵背着背囊,送行的汽车鸣笛,离别就在眼前,家长还在酝酿情绪,我已经哭得像狗。白头老母遮门啼,挽断衫袖留不止啊,我想,某一天我的娃穿上军装,与我挥手作别,我该怎样肝肠寸断啊。

事实上,当那天来临时,我非常镇静,道貌岸然叮嘱几句,好像还说了"好好努力,等着你捷报传来"等明明应该军分区首长说的话。儿子心不在焉说好好好,他的眼睛聚焦在别处，时刻等着人武部与接兵人员交接时点名。军装一穿，责任感油然而生。远远目送他进站，直至一溜队伍在视野中成了一条线，成了一个黑点，直至，再怎么踮足引颈，黑点都没有了。我回头，泪水哗哗哗。

但去了部队后孩子的成长，是显而易见的。

一个当过排长的朋友说，他给新兵上的第一堂政治课就是让新兵们写家书。一个河南籍的战士写着写着号啕大哭，他说他之前从来没有想过父母的不易，从来没有思考过自己的责任，从来没有明白自己对家国的担当。来了军营几天，该想的都想起来了，该重塑的也都该开始塑造了。

还有个常州的兵妈妈，春节时去部队看望孩子，按照部队规定，炊事班加了几个菜，孩子端着进排房，连队领导与家长一起用餐。看着之前不守规矩、娇生惯养的儿子乖巧地跑前跑后，给父母盛饭递碗添汤，坐有坐相立有立相，这个妈妈忽然大哭：我教育了18年的儿子，怎么就不如部队教育几个月呢？

父母的爱，真挚无私，感天动地，但也有天然的缺陷。参军入伍，远离父母，恰恰让孩子容易形成独立的人格。军营严格的训练，不仅能够强身健体，更能弥补过度呵护造成的内心柔弱。部队火热的集体生活，是相对封闭的家庭生活的完善补充。规律甚至是枯燥的磨炼，正是针对年轻人以自我为中心好高骛远之缺点的苦口良药。积极正面的思想教育与引导，更是青年度过叛逆期，形成健康、健全人格的理想课堂。

新兵父母的思念无法克制，新兵父母的眼泪弥足珍贵，但是，请放心，在你们深情的泪眼中，你们的孩子在部队是个好兵，回到家，肯定会是你们更好的儿子！某一天，你们眼中闪烁的泪花，不是因为蚀骨的思念，而是因为由衷的骄傲！

2021年10月6日

老妈，我们部门一个战士（2001年出生的小伙子，今年是入伍第二年，江西人）的父亲昨天给我发信息，说他们开车从老家过来看望儿子，并想约我出去吃顿饭。我跟他说，在市区做好核酸检测，我这边再与领导申请一下，就可以办理入港手续，进来看看儿子，看看我们战斗的地方。外出吃饭免了，我们在港内吃个饭，我请客。叔叔说不行，非要邀我外出吃饭。

这个小战士尽管年纪小，还很稚嫩，但工作认真勤奋，苦活累活抢着干。他跟我谈过心，说义务兵服役期结束，他想签士官留队，做职业军人，他说他喜欢舰艇，喜欢这种闯荡大洋的生活。我鼓励了他，告诉他并不是每个义务兵想留就能留下的，脱颖而出的，都是表现优秀，业务能力强，肯吃苦的战士，唯有继续好好努力，方能实现理想。那次谈心后，小伙子更起劲了，在部门工作会议上，班长也两次公开表扬了他。我们班长是个很正直的老兵，带好兵，鼓励他们，帮助他们成长，打造一个积极向上严谨又温馨的团队，是我们俩共同的心愿。

去年入伍以来，这个战士与父母一年多没有见面了，他是我们部门年纪最小兵龄最短的战士。他想爹妈，爹妈也想他。

叔叔信息中说：我主要想看看孩子的领导，感谢领导对我孩子的关心。

这个"领导"就是说的我。还是第一次有人称我为"领导"，我觉得惭愧又害羞。

但是，我不能接受外出吃饭的邀约，一来，工作忙，未必走得开，二来，这个小伙子不错，明明有实力实现留队的理想，如果吃了他家的饭，人家可能会觉得是旁门左道，对他反而不利，对我的不利更加显而易见。拉帮结派搞吃吃喝喝，历来是工作大忌。

叔叔是在开车途中发的信息，为了让他安心驾驶，我说到了青岛后我们再商量吧。

我们港内有各式小饭馆，如果他们能顺利进港，我就请他们一家在这里吃个饭。我也希望与战士的家长见见面，聊聊天。海军指挥学院张晓林教授与我的老政委都曾经倡导过家庭与部队共育共管的教育方式，了解家庭为一个孩子的成长提供了什么样的土壤，家庭教育在他身上刻下了什么样的痕迹，唯有家长的理解、支持、配合，唯有军地共建，家营共育，才能培养一个士兵走向优秀、成熟。

二号晚上，叔叔阿姨到了青岛，但是，由于疫情管控严格，他们进不来营区。而我，更因为一堆工作走不开，三号早上将这个战士送到门岗处，就折返干自己的事情了。

下午，在与父母共处了4个小时后，战士回到舰上，开始忙晚餐制作。

忙完工作后，战士找到我，一见我就流泪了，他说父母从老家过来，妈妈不会开车，爸爸一个人开不了那么远，就请了一个亲戚，三个人一起过来的。本来想着买高铁票比较贵，国庆节高速公路免费，算了算，自驾共能节省几百块钱，孰料堵车堵成那样，足足开了16个小时，人受罪不说，来来回回燃油费都超过了高铁票了。爹妈心疼钱。爹妈都是农民，家里还有两个妹妹，日子一直紧巴巴的。带了个会开车的亲戚，住离军港最近的农家客栈，得开两间房，80块钱一晚呢，为了省今晚的住宿费，吃完午餐就往江西开了。想儿子，就见着这几小时，想见儿子的"领导"，又没见成……

老妈，听了他的话，我自责得不行，感觉自己太生硬粗暴了。我最近比平时工作日更忙，采购物资、搞结算，真是分身乏术，但我怎么样也该与叔叔阿姨见一面，在门岗处见上一面，诚恳地告诉他们：天下父母都是这样，觉得孩子在别人手下工作，唯有与其拉近关系，孩子才能得到关照庇护。我非常理解你们当父母的心情，因为我的父母也一样。但是，作为一个走向职场刚一年的新人，叔叔阿姨，我不愿俗世的价值观来侵蚀我内心的一片净土。在我们这个仅有十几个人的舰务部门，每个人的工作是一样的，每个人的评分考核标准也是一样的，想进步，自己努力，战友们都看在眼里。干不好，家长与领导再接近也没有用。我们希望社会风清气正，我们的单位、部门就要做到风清气正，我们自己也要风清气正。请你们放心，你们的孩子在这里，一定会得到善待，有均等的机会参与竞争，有更美好的未来值得奋斗。

小战友的父母都是农民，没有固定的收入，花那么多钱费那么多心赶那么远的路，我不能吃他们的饭，但抽空简单地与他们做个交流，让他们安心地回家，我怎么也没能做到呢？

老妈，此事让我反省良久，请帮我记录下来，我想我会慢慢成熟的，在坚持原则与做一个有温度的人、知进退有分寸与懂得体谅和宽容之间，找到一个合乎情理恰到好处的平衡点。

2021年10月9日

本月底就到了部队一年一度的体能考核时间了。

2015年，总参、总政、总后、总装等部门联合颁发《军事体育训练改革发展纲要2015—2020年》（以下简称《纲要》），系统提出推进军事体育训练改革发展的发展目标、主要任务等，提出官兵体重达标率必须达百分之九十五以上，推行军人体重控制计划。

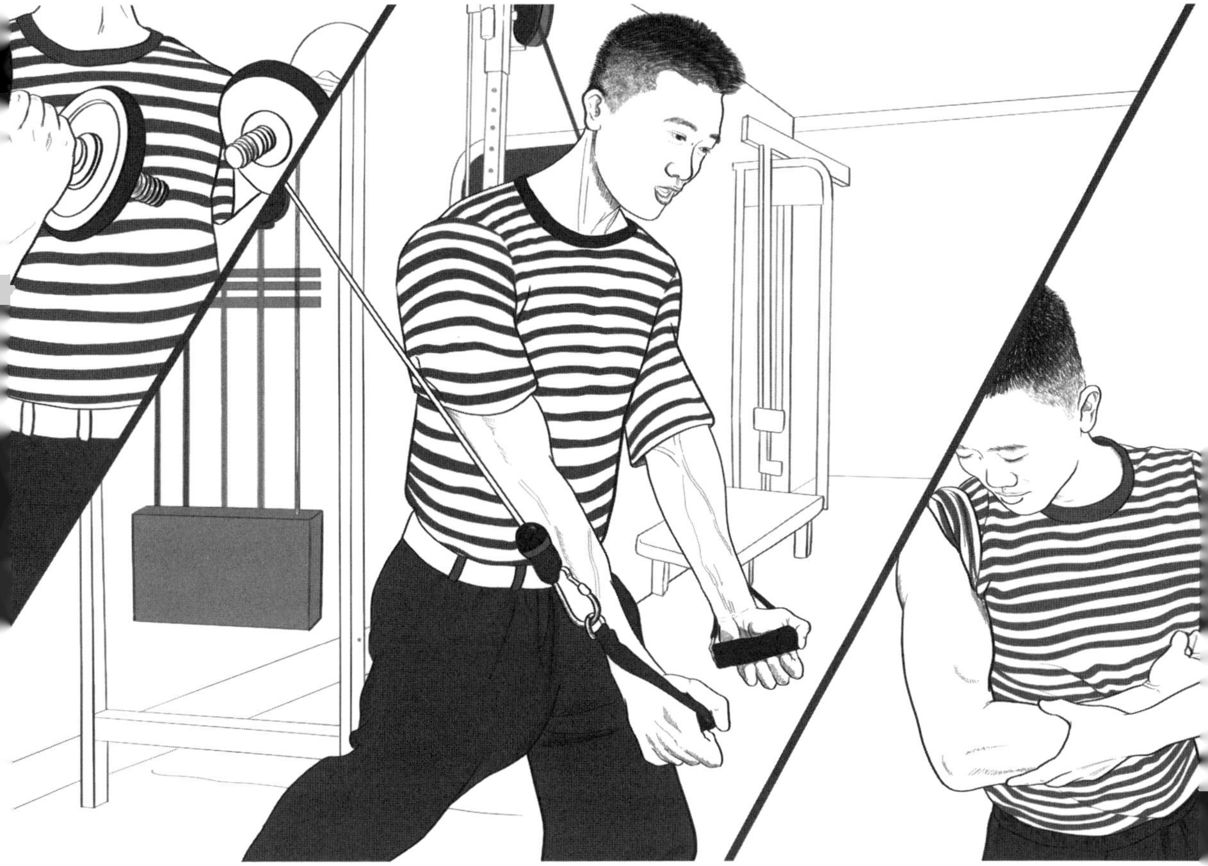

《纲要》出台后，军人体重达标第一次与晋职晋级晋衔挂钩。

这五年间，有统计数字显示，官兵体质水平全面提高，健康水平大幅增强，体能综合素质均衡发展，达到或接近世界主要军事强国军队的水平。官兵军事体育实用技能显著提高，作战部队官兵军事体育实用技能项目及格率达到百分之九十五以上，优秀率达到百分之五十以上。官兵适应特殊环境能力明显增强，满足特殊环境作战训练需要。已经形成具有我军特色、符合现代战争特点规律、满足能打仗、打胜仗要求的军事体育训练体系。

直白地解读《纲要》规定，就是军人体重必须强制性达标，体能考核必须过关，否则晋升评奖无望。

之前听朋友说，体能考核的重要性在逐年递增，他有五排资历章的上司在外学习时都坐着飞机赶回单位参加体能考核，头发花白了，依然吭哧吭哧跑3000米。

有报道说，某防化团第一批机关干部集训考核结束，有两名副营职一名正连职干部体重不达标，团领导当众宣布：这三名机关干部及其他科目不合格人员一起回炉参加第二批集训，如若考核再不合格，继续参加第三批集训。四期集训结束，体重依然不达标，体能依然不合格者，年底不得参加评优评先，取消第二年晋职晋衔。

把体形作为一项人人必须过关的考核指标，既是对总部政策的坚决落实，也是锤炼打仗能力的形势需要。对于军人而言，肥胖绝不仅是形象好坏的面子问题，更是关于战场上个人战术能力发挥的生死问题，亦是从严治军的体现之一。

面对即将到来的体能测试，儿子有了沉甸甸的压力。

曾经成功瘦身55斤的他，如今有了十几斤的反弹。他说这体重在达标范畴，但体能训练需要加强，正常情况下，明年可以晋升上尉军衔，万一不合格，就只能原地踏步，失去一次顺调的机会，以后每一步都滞后。当然不仅仅是为了升官，军人要有军人的样子，舍身为国，义薄云天，排除万难，壮志不朽。跑步都跑不动，单杠都拉不了，怎么能全力备战聚焦打仗？怎么能保证能打仗打胜仗？优秀的体能素质就是提高战斗力的最基础条件。

话说完，他忙中抽空去跑了6公里。

他说虽然大部分官兵的体重和体能都是合格的，但到考核前期，大家还是更注意保持体重与体能锻炼，餐厅放了电子秤，提醒自己科学饮食，健身房进行力量训练，自己去操场跑个十圈八圈，约几个战友打场球，用各种方式迎接测试。

曾经看到过一句话：一个热爱生活，坚守事业的男子汉，往往会拥有健硕的身躯，协调的体形，结实的腹肌。

一个人连自己的形象、体重都不在乎不关注，怎么能够体现你对人生的高度责任感呢？有自我放纵，缺乏约束力的军人，就会有一支自我放纵，缺乏约束力的军队，那么，我们的部队建设，战斗力的凝聚就无从谈起。

小民崛起，方有大国尊严。军人军事过硬，方能百战不殆。

每天坚持锻炼，一年两年三年后，你会发现，你取得的所有进步，百分之九十以上，都是由于你这个好习惯带来的。

最后，用苏轼的一句话，送给儿子，并与儿子共勉：古之立大事者，不惟有超世之才，亦必有坚忍不拔之志。

加油，胖子！

2021年10月19日

10天前记录的《胖子从军记》，说的是本月将要进行一年一度的体能测试。合格者，如明年顺调，晋级晋职晋衔将不受影响。不合格者，回炉训练补考，再考不上，延迟晋升。这是从个人发展的微观利益来说的，宏观上说，通过考核并要求强制达标的方式，提高军人体质体能水平，已成为新军事变革和信息化军队建设相适应的重要课题。

对军人来说，强健的体能是作战必须具备的重要素质，也是保证其他素质得以正常发挥的一个不可或缺的基本条件。

明代著名政治家丘浚曰：军士之所以善战，非但熟于技，亦必养其力。非但养其力，亦必养其心。他的意思是说，士兵之所以善战，不仅因严格训练，熟悉技能，还因为锻炼体能，增强体质；不仅因强化体力，还因其意志坚强，不怕牺牲。

强壮的体魄是军人技能的载体，德国军事理论家克劳塞维茨少将说：战争是充满劳累的领域，要想不被劳累所压倒，就要有足够的体力与精神力量。

在现代高科技战争条件下，战争的突然性、快速性、剧烈性与日俱增，军人在战争中的生存环境发生了巨大的变化，非但对军人的体能要求没有减弱，反而更需要军人体魄健壮，意志坚定，让军人从力量、速度、耐力素质到灵敏、协调素质，都达到一个新的高度。

儿子7月底休假，原本10天的假期，因为疫情，延长至20天。这20天中，难免放飞自我，锻炼停止，胡吃海喝，结果体重飙升，在一个月前的体能模拟考核后，与我视频的时候，他难为情地挠挠头说：没过。

这一个月，他恢复了训练，再怎么忙，也要抽出时间跑个5公里，跳1000个绳，做几组引体向上。有回在健身房，他发几张照片过来，海魂衫湿透，拉单杠的手满是老茧。风华正茂少年郎，身躯威武且健壮，我就确信，10月份的体能测试他一定能顺利通过。

果不其然。

儿子的老政委，大校同志，44岁了，依然每天在坚持艰苦的体能训练。

体能训练不仅是为了个人的前程，最终的目的是提升部队战斗力，抵抗侵略，维护和平，巩固国防。

每个军人，聿求元圣，与之勠力同心，以治天下。

用一首宝塔诗来庆祝儿子月瘦十斤并顺利通过体能测试！

梦
须有
穿流年
奋勇直前
青春之你我
为青春之家国
志存高远走一生
脚踏实地走一程
为青春之家国
青春之你我
勇往直前
穿经年
须有
梦

2021年10月22日

妈妈，昨天，一个高中同学联系我，他当年考上了警校，现在供职于特巡警支队。我们聊了好一会儿，说起高中时的黑暗史，挺耻辱的。晚自习总巴不得停电，那样就可以不用上课。把课桌上的书垒得很高，躲书后面睡觉，老师停下讲课，让全班同学听我打呼。偷拿过家里的钱，买了手机，有回借给这哥们用，哥们忘了关机，上课时手机铃声大作，哥们给抓了起来。学生带手机要受到校纪校规严厉处罚，这哥们扛不住老师的审问，供出了手机是我的，我哪敢承认是我的？承认了，会有一系列问题：手机派什么用场？联系谁？早恋吗？跟谁谈恋爱？哪来的钱买手机？每一项都是死罪。我对班主任说他冤枉我，这手机与我无关。班主任让我俩对质，我们都说是对方的。学生处那个胖胖的处长大骂：真相只有一个！你们都不是好东西！该滚多远滚多远！

他怒不可遏地把手机摔得稀巴烂，把我们轰出办公室，此事也就不了了之。

出了办公室，我与他在楼梯上面面相觑：都1米80的人了，我200斤，他220斤，还能这样混吗？青春就这样不长心智净长肉给蹉跎了？

有时吧，从懵懂中苏醒，也就是一刹那的事。

后来，我们都上了大学，我在大学里当了四年班长，入了党，被评为省优秀大学生。这哥们在半军事化管理的警校，迅速瘦成了一只机敏的猴子，射击散打、擒拿格斗，都是好样的。

我跟他说起新兵连的生活，那时候，每天有跑不完的3公里，浑身湿透再用体温蒸干。有拉不完的紧急集合，时刻警惕，彻夜不眠。有在水泥地上爬不完的战术，衣服倒是完好无损，躺下时才发现胳膊肘、膝盖已是血肉模糊……

吃饭时间只有三五分钟，塞进去的食物根本来不及消化，胃难受得不行，一边做俯卧撑一边吐，但手还不敢停下来……

后来学兵连结束前，我给选去仪仗队，执行迎接参加青岛上合峰会外国元首的光荣任务。正值酷暑，骄阳似火，我与战友穿着春秋常服顶着烈日，站军姿，练动作，踢正步，往往一练就要半天，汗顺着脸颊流下来，像虫子爬一样钻心地痒，但不能用手去擦。有的战友身体不舒服，加上大量流汗，咣一下就晕倒了。倒下的，教官就把他们扶边上，说：身体素质差，回原单位吧。

我想我不能倒，我无比珍惜这次展现中国军人风采的机会，每一分钟的训练，我要像站在天安门广场，全世界的人民都在看着我们一样。我咬紧牙关，让自己保存着意识，脑海中只剩下一个字：练！只要练不死！就往死里练！

当然，后来，我们这支各单位选拔出来的临时承担仪仗队的任务给取消了，当教官一声令下：稍息！解散！我与战友们一下瘫倒在地，太累了，太苦了，但军人的荣誉重于生命，只要不宣布解散，我们仍能拼尽全力去迎接每一场战斗！

今年是我军旅生涯的第五个年头，犹记得新兵训练快结束被授予一条拐的列兵军衔时，我与战友们站在军旗下热泪滚滚吼着入伍誓词。后来，我成为有两条拐的上等兵。再后来，军校培训后，有了兵之末官之初的一条杠。今年，佩上了两颗星的中尉衔。2019年8月，支队一个非常关心我的干事大哥交给我入学通知书，并语重心长对我说：兄弟，道阻且长，行则将至。要对得起未来肩上的星星，那是职级、阶层、利益，更是责任、能力、担当！

是啊，成长、蜕变的过程，充满了辛苦、艰难，但天要挡我我要劈开这天，地要拦我我要踏平这地，不负韶华，全力以赴，忠于祖国，忠于人民！

我跟警官同学说，现在在舰艇上，体能训练不再是重心，繁忙的业务工作占据了每天18个小时以上，仍是很累、很苦，或许，这种累与苦会贯穿从军生涯的始终。但是，我不怕。偶尔有闲暇，我会站在甲板上，看一会儿碧波荡漾的大海，看一眼海鸥振翅翱翔，眺望远方城市的灯火通明，家家户户饭菜飘香。眼前的一片祥和也有我贡献的一份小小力量，就觉得挺满足。

警官同学也很感慨，他说，当年我们都是无知少年呀，浑浑噩噩，糊里糊涂。走到了今天，我们终于明白了一个道理：每一次努力，必有收获，每一次收获，必须努力！

我转发流沙河先生《理想》中的一句话，送给两位年轻人：请乘理想之马，挥鞭从此起程。路上春色正好，天上太阳正晴！

2021年11月20日

儿子所在舰务部门的炊事班班长，是一名四期士官。儿子说：班长是个很好的大哥，业务一流，带领兄弟们在夏天热死冬天冻死的厨房奋斗了十多年，从不叫苦叫累，舰员能说声菜做得好吃，他就挺开心。我工作的很大一部分精力放在财务一块，炊事班的具体事务，都由这位大哥在把控。这方面我的业务水平很匮乏，班长用他丰富的管理经验引导我从一个纯粹的外行渐渐摸出了一点门道。从职务上看，我是他领导，他是我下属，但是，班长爱岗敬业，品行端正，我始终将他视为我的兄长、师父，尊重他、信任他。他是我们炊事班的定海神针，有他在，冷库储备合适，菜品口味有保证，小伙伴们跟着他干得也欢。

儿子数次提起过这位班长，我印象很深刻。

今年，班长要退役了。

年终岁末，又到评功评奖时。作为一名服役十几年的老兵，在收官之战的最后一程，能评个"四有优秀士兵"甚至能立个三等功，这是自己军旅生涯最值得骄傲的荣誉。

名单从部门报上去了。最后一个环节是民主测评。以支部为单位，本支部全体官兵无记名投票。同意评奖人数超过官兵人数三分之二，方能获得"四有优秀士兵"。

结果当场公布，胖子及炊事班所有小伙伴包括部门分管领导愣怔、哗然：同意票数低于三分之二，评奖无望！

班长调休在家，这个测评结果让他沮丧之极，他前所未有地发了一个朋友圈：一直想着，我还年轻，如果军营需要我，我依然愿意为部队做贡献。没有什么大本事，但我能烧好菜，管好一个炊事班，保证一艘战舰上所有兄弟们吃得安全放心有营养。但是，14年了，铆足了劲干了谁都不愿意干的苦差事，却不料有这么多人对我不满意，真的，寒了心。

作为部门负责人，胖子打电话试图安慰他，电话中听到彼此的声音，一个是血气方刚的大小伙子，一个是30多岁的四期老兵，竟然无语凝噎。

胖子说，军舰是一个共同战斗的团队，其中每个部门各司其职，相互之间有协作性亦有独立性，唯炊事班需要与每个人打交道，做到人人满意非常困难。这样的测评结果有炊事班班组特殊性的原因，也有些许班长个人的原因。班长是个原则性很强的老兵，在码头运食物时，每当有人提出：班长，拿罐八宝粥行吗？班长都会喝止：保障基地送过来的食品，是供大家吃的军饷，我要确保每棵菜每瓶水精准入库，谁都没权利多吃多占！

吃饭时，班长会在餐厅一角站着，注意着饭菜够不够，及时做出调整，也会注意是否有铺张浪费的现象。打个比方，今天的荤菜是炸鸡腿，正常情况下一人一个，有的舰员打菜时会打两个，班长会走到他身旁提醒他：吃一个就行了，每个人都跟你一样，第二批第三批来吃饭的人吃啥呢？这无疑就得罪了一批人。

胖子与班长聊了很久。班长说：或许我的工作方法欠妥，导致在我需要他们投出庄严一票的时候，有人恶心了我一把。但我不后悔曾经这么做，军费是国家给军队的费用，一分一厘都是老百姓的血汗钱，一分一厘都要节省着用。国家把江山与庞大的军费交到我们军人手中，我们不能辜负这份重托！

PS：我的朋友圈里，有胖子的战友、领导、顶头上司、首长，如实记录以上，难免会有一些忐忑与忌惮。但是，我想，真诚是一个人最可贵的品质，世界上所有美好的事情，都是简单真诚的。

我心磊落，坦荡如砥。

我们熟悉的评功评奖，往往采取论资排辈，平衡照顾，轮流坐庄的套路，看似雨露均沾，公平公正，实质既损内部关系，也挫伤了大家积极性，不利于一个单位的长远发展，荣誉激励变了味，脱离了本质。地方、军营莫不如此。军营不是一方净土，有人的地方，就有江湖。军人保家卫国，壮怀激烈，义薄云天，但也会有小心思、小计较、小算盘，也会泄气、颓丧、哭泣。

我与胖子一样，对这位班长既心疼又敬重。过几天，他将脱下戎装，永久地离开军营，壮士一去兮不复还。

隔空送他一句话：看到光亮，或许我们仍会喟叹人心险恶。看到进步，或许我们仍会遇到人心不古。青春气贯长虹，勇锐盖过怯懦。正直，应该在中国军人的基因里永远闪闪发光！

2021年11月22日

翻到十几年前的日记，记录的是每天晚上儿子与我躺在床上的夜谈会。

时间是2008年1月10日，彼时儿子12岁多一点。

他兴奋地在被窝里动过来动过去，告诉我两件事：

一、今天音乐考试了，他得了男生中的最高分98分，老师表扬他唱得很好听。他一落座，小女生班长就对他说：以后我们一起合唱啊！

二、老师叫他们写一篇骄兵必败的童话故事，一大半同学写的是《龟兔赛跑》，他写的是《剪刀的故事》：剪刀被磨以后，变得非常锋利，于是很骄傲。它对花说：我能剪断你，于是剪下了花朵。它对老虎说：我能剪掉你的尾巴，于是真的就剪掉了老虎尾巴。它对小河说：我也能剪断你，但无论怎样剪，小河都一如既往向远方奔腾。春天来了，剪了的花朵又开放了，老虎又长出了新的尾巴，小河依然哗哗流向大海，只有剪刀，在小河边，在日晒雨淋中，变成了一小块废铁。

老师将它的这篇作文当作范文在班里读了，表扬他立意新颖，题材独特。

我问他怎么会想到写剪刀，他说五六岁时候外婆给他讲了这个故事，就一直牢记在心。

日记本封面的人革皮都破了，风化了，数次搬家，都没扔掉，翻开它，有陈旧的岁月气息，但字里行间的感动，仍在小雪时节弥散着温暖。

2021年12月10日

很抱歉老妈，这二十来天，我抽不出一点时间与你联系，太忙太忙了。班长退役前夕，有庞杂的交接工作要做，要任用新班长，要准备老兵退役联欢的会餐，年底前的财务结报，来年预算审批……桩桩件件，都要细致思考，谨慎落实，都要让我跑断腿磨破嘴。你信不信，我如果给你打10分钟电话，起码会被中断三五次，分管领导、战友或者支队机关部门负责人的电话会不断打来。

我已经习惯了这种工作节奏，每天半夜12点后的时间，才是自己的，我终于可以结束一天的奔忙，回到战位。因为管理财务，故我享受到了与舰艇主官一样的单间待遇，嘻嘻。我坐下来，揉揉自己累得发酸的膝盖，给自己冲上一杯咖啡，醇厚、浓香、提神，开始安心地做案头工作了。

说起来，对于一艘战舰，备战打仗才是我们的正经事，财务工作不是中心工作，但是，它却是领导关注的"焦点"工作，专业性都很强，工作的好坏直接影响每一位官兵的利益，可谓是小岗位连着大责任，数字里都蕴含着政治。每一个标准，每一项政策，每一分钱，如果稍有疏忽，轻则给工作造成被动，重则给单位建设带来损失，所以，我这个粗枝大叶的毛糙小伙，给这份工作逼得一丝不苟、斤斤计较。老妈，一点不敢马虎啊，细节决定成败，具体工作必须要做到位，细小工作必须要做扎实。我对自己提出了"三精"的工作要求：保障精确、标准精准、管理精细。

工作态度是"三严"：严格、严谨、严肃。依法而行，畏法如天。

我们部门的工作与社会上一些物资供应商会有些接触，之前常去采购的商家给我开票，问我开多少金额。我很好奇：我买多少东西，付你多少钱，就开多少金额啊。他说兄弟，我意思就是多开一点儿，以后你自己需要什么来拿就是了。我吓一跳：还能这么搞？你想害我吗？哥你知不知道有句话，叫人不能把钱带去棺材，但钱却能将人送去坟墓？咱其他话不说，我才20多岁，我的大好前途就值这点蝇头小利？

老妈，求表扬！我党性原则强不强？没钱我可以问我亲爱的老妈要，我妈的就是我的，但国家的钱，咱一分一厘不能碰！后来这商家再也不跟我套近乎腐蚀我了，他规规矩矩做生意，我心安理得购物，多好！

资历老一点的战友私下跟我说：这财务工作吧，每天与枯燥乏味的数字打交道，加班加点累得很，稍有不慎还得挨批，但政绩却难体现出来，还要承担许多责任，忍受许多委屈，所以，根本不是培养人才的岗位，你赶紧想办法离开。

唉，战友说得有道理。老妈，我也是真累啊，一年半了，没睡过一个囫囵觉，睡着了做的都是噩梦，梦见自己哪笔账搞错了，要赔付，吓得从床上惊跳起来，呆愣半响。压力很大，每时每刻如履薄冰。军人长相普遍呈现与年龄不相符的老态，我觉得自己也快要华发早生了。

但是，我是革命一块砖，哪里需要往哪里搬，既然分到这岗位，就得兢兢业业干好。哪来那么多随心所欲的事？别的岗位就没有压力痛苦吗？我之前的老政委，上回我有事联系他，堂堂大校同志，40多岁了，在办公室熬夜写汇报材料呢，熬了整整一夜，烟抽了两包。

抱怨啥呢，向老首长学习，玩命干呗。

老妈，老班长退役后，炊事班处于管理人员青黄不接的时期，一个四期士官，是班长的不二人选，他做菜好，沟通能力强，但是，他对胜任班长一职没把握，他跟我说：兄弟，你们要下行政死命令，我当然不可违抗，但这活累，责任感太强了，一天三顿伺候几百号人，稍有点差错，吃的苦受的累全部抵消，我不想干啊！

我与他谈了很久，由于时间关系，就不细细向你汇报了，下回回家探亲再说。反正，这哥们接手了班长一职，我们每天再忙也要抽半小时研究菜谱，听取舰员建议，分析剩菜原因。我想告诉你的喜讯是：12月上旬，我们部门由全体舰员无记名投票出来的满意度，由之前的百分之四十五一下飙升到百分之七十！

这结果让我与我的小伙伴，还有我们分管领导激动坏了！

我们发扬的，就是死磕精神：你们吃，我们看！你们提意见，我们马上改！好不好吃，统统你们说了算！

妈妈，没有做不好的事，只有做不好事的人！我想让我步入职场的第一个职务，干得有声有色！哪天，我离开了这个岗位，兄弟们依然念叨：之前那小军需官还真不错，做事挺认真的。这样我就会很开心，付出再多辛苦也值得！

金一南教授说：日常的平淡能杀灭所有的志气，做难事必有所成！干没有干过的事，吃别人不想吃的苦，当你的意志力足够大的时候，你就能发挥想象不到的潜力，只有不被平淡所淹没，生命才会绽放！

我要去忙了，容我矫情一下吧：老妈，我知道你惦念着我，每当你惦念的目光穿越万水千山，投射到我身上的时候，我就想变得更好一点。我要成为发光的存在，我要让你啥时候提起我，都是骄傲。

最后，提个小小要求，汽车做了保养，花了几千，本来贫穷的日子一下雪上加霜，这个月房贷能不能你还呢？嘻嘻嘻。

2021年12月23日

儿子那天给我发来一个截屏，他们单位当年有数十人参加全军大学生士兵提干考试，建了一个群，最后剩下了6人，截屏是2019年8月28日中午支队干事突然在群里说开会了开会了，他们纷纷说"到"。干事宣布：恭喜大家统统榜上有名！

群里瞬间炸了锅，敬礼的，放烟花的，大哭的，打滚的……

儿子说：偶然翻到这个，一下子非常感慨，两年多过去了，考学的日子，等消息的日子，真是太痛苦了。

那些天我"潜伏"在儿子部队外面的小渔村，按照惯例，8月20号左右就该出结果，20号盼21号，21号盼22号……分数与录取线迟迟不公布，情况晦暗不明，我每天在渔村像热锅上的蚂蚁一般转悠，倍受煎熬。儿子偶尔拿到手机，我以为他有喜讯报告，他以为我打探到什么情况，当发现彼此都没有好消息时，娘俩在电话里虚弱地叹息，气若游丝地安慰对方：等等吧，应该是快了，看明天吧。

我捂着嘴，含着泪，我知道我的孩子在电话的另一端也含着泪。

晚上，我爬上渔村西侧的山顶，山那边，有一片洼地，洼地的对面，又是一座座连绵起伏的山峦，山峦下，就是汪洋大海，而儿子服役的军舰，就泊在那片我目光触及不到的海面上。

我在山上引颈观望，黑黝黝的，啥都看不到。渔村昏黄的路灯，沉默的高山，惊涛拍岸的声音，遥远的军号，亲眼目睹着我们娘俩的这场奋战。

提干考试要经过民主测评、单位推荐、支队初试，体能、文化合格后，还要提供各类细致严苛的资格审查，此处略举一例：比如，你要提供高二时小高考成绩。正常情况下，作为一个本科毕业生，小高考肯定顺利通过了，才能参加高考，这还需要一纸文书来证明吗？但抱歉，没人跟你说理，你去调档案吧。原先就读的高中，因为每年都有一两千个学生参加小高考，小高考成绩一般保留一年就毁掉了，不作永久保存，抱歉，你继续追根溯源地去查，去区教育局、市教育局、省教育厅吧，查不到，抱歉，资格审查不过，你淘汰了，你复习得再好，体能再棒，初试成绩再优秀，也没有资格参加后面的考试了。

这样做，我想一来是竞争对手太多，僧多粥少，严苛地审核才能保证材料没有瑕疵者上岸。另一方面，杜绝各类营私舞弊，假的东西终究经不起推敲，在细微处死磕，让真正优秀者脱颖而出。

考试过程中，儿子既要正常工作，执行出海巡逻任务，还要请假申请学习时间（他们统一起床，统一熄灯就寝，不能按时休息要向领导申请，得到批准后方能学习），还要站岗值哨，睡眠时间严重不足。我记得对他说过这样的话：人生有许多不得已，一个人在某些时刻，为了维护自己的尊严与体面，就必须战胜一些他们很厌恶的东西。现在对我们来说，通过提干考试就是尊严与体面。没有人会喜欢考试，也不喜欢这种没日没夜的苦干对个人生命的戕害。但是，正因为如此，我们必须战胜它！唯有战胜才可以轻松，不就是几十本考试题库吗？不就是一天只睡两三个小时吗？不就是3000米像风一样跑13分钟吗？有什么了不起？战胜它，我的娃！

"明白，妈妈，"儿子说，"我会竭尽全力！"

儿子从来不是一个学霸，他懒散、迷糊、得过且过。从小学到高中毕业，他的老师都喜欢他，他热忱、朴实、善良，大热天，扫地、倒垃圾、换纯净水，都他承包了。但说到他的学习成绩，老师们都会露出一言难尽的笑容：呵呵呵呵，有进步但进步不明显……学习的决心是有的，方法还欠缺了一点……考试排名不理想，下学期应该会有突破……

但在提干考试这场战斗洗礼中，儿子的智商没有变得更高，我想，他是有了自己真真切切的体会：一个人的尊严与体面皆来自于个人的奋斗。人生有许多关口，你不能计较它是否有道理，你没有时间与资格去抱怨它，总之你必须硬闯，必须过关！

距离那次恶战，已经过去很久了，往日的煎熬，回忆起来，仍清晰如昨。其实，我们并没有"两岸猿声啼不住，轻舟已过万重山"之后的松快与豪迈，对我们的考验依然会不断存在，作为一个母亲，抚育孩子的过程，也是孩子在馈赠我们的过程，在坚守、拼搏、奋斗中，与孩子共同见证了种瓜得瓜、种豆得豆。

昨晚经历了地震，万幸的是，受到的仅是惊吓，常州人民毫发无伤，我们健康、安好。只要我们还在自由地呼吸，随意地走动，我们就会有一个闪闪发光的人生徐徐展开，我们要享受生命亦要努力进取，愿咱们及子孙后代，青山常在，绿水长流，健康快乐，福田无际。

2021年12月26日

儿子休假回家了。

昨天陪他晚餐，回乡下时健身中心打烊了，今日下水后补游了600米，明天再补游一下，就把昨天的损失挽回了。

零下4度，天气预报显示明天零下6度，基本已达到江南冬日最冷的气温，已穿上了最厚最长的羽绒服，如果在小区门口看到一只步履蹒跚香槟色的熊，不要紧张，那是我。

记得去年有几天零下八九度，去游泳的路上，寒风刮得我东倒西歪，在"忘不了"餐厅门口，两个保洁阿姨躲角落跺脚，脸颊两块冻疮，呈现快要溃烂的紫红。人家为了谋生，每天在室外扫八九个小时地，忍受严寒的摧残，游泳有啥好叫苦的呢。

家里人好奇部队的一切，问儿子每天早上需不需要出操，北方这么冷，可以偷个懒吗？

儿子说，必须出操，起床号一吹，大家就迅速从床上弹跳起来，以最快速度冲到码头，列队、点名、开始跑步。跑步穿的是春秋训练服，很薄，抵御不了北方早上动不动零下七八十度的寒冷，而且拉链不许拉到顶，要敞开露出脖子，不许戴手套，别说脸和手，脑壳都冻得疼，但这是规定，穿得很厚跑不起来，再说撒开腿跑个十来分钟，身上就热气蒸腾了，半小时下来，汗都渗出来，就不觉得冷了。军人要有良好的生活习惯、饱满的精神状态和昂扬的革命斗志，时刻都不能懈怠，迎着初升的太阳，一面喊口号一面跑步，是为了唤醒意志，锤炼血性。

我妈心疼外孙，暗戳戳给他出主意：你不是管炊事班的吗，你躲伙房帮他们蒸馒头，就可以逃过出操了，天太冷了啊。

儿子哈哈大笑：如果可以选择，蒸馒头的兄弟宁可天天出操也不愿意蒸馒头，蒸馒头凌晨两三点钟就要起床发面，冷水洗菜，拌馅包包子，和面压面条，淘米煮粥，煎荷包蛋，熬豆浆……伙房雾气弥漫，铁皮顶棚水珠滴滴答答往下滴水，兄弟们像瞎子一样在里面忙乎，一顿饭做下来，满头满脑满身的水和汗，好多人都累出职业病，比如腰椎间盘突出、腰肌劳损等。出个操，跑个步，算什么呢？

外婆，纨绔少伟男，英雄多磨难，承受不住生活的痛苦，就享受不了它某一天赐予的幸福。俄罗斯作家托尔斯泰说过：一个人要真正强大起来，就必须在清水里洗三次，在碱水里煮三次，再在盐水里腌三次。军人之所以受到尊崇，就是我们都能吃苦，都将吃苦看成是工作的核心内容，并且坚信，它会升华成一笔巨大的财富，培养智慧，实现抱负。

这一碗滚烫的心灵鸡汤，让我弟弟拍案叫绝，一饮而尽。懒得成精的他，终于把空调关了，踱出房间，准备去楼下散步消食。当然，走到电梯口，给寒风一吹立马改变主意：似乎去足浴房泡个脚与这气温更相配。

2021年12月28日

晚上6点，儿子驾车，接我从乡下回市区，行驶在运河路接近新闸的地段，一辆由东向西的宝马车突然失控，疯了一般冲过马路中间隔离带，与在我们前面正常行驶的北京现代轿车猛烈相撞后，再次撞向运河岸畔的隔离带。伴随着震耳欲聋的护栏咣咣咣倒地声与两车相撞的四溅火花及再次撞向隔离带剧烈碰撞发生的巨响，整个过程大约三五秒钟，我与儿子目睹了这一切，吓得魂飞魄散，如果我们在北京现代的位置上，宝马撞的就是我们！

我们的车子左冲右突，压过几十根倒地的护栏，在事故现场的前面十几米处停下。

儿子说：老妈，我要下车救人！

我其实怕得不行，不敢看到惨烈的场景，万一血腥呢，我要吓破胆。

儿子知道我怕，他安慰我：所幸我们没事，但别人如果受伤了，我们怎么能自顾自走呢？

我跟着他下了车，我的腿筛糠一般颤抖，不是冷，是害怕，是恐惧。

万幸的是，宝马与现代车主都毫发无损，宝马车主从弹开的安全气囊中钻出来，坐在路牙上，双目呆滞。现代车主的脸呈现与死神擦肩而过的惨白，他激烈地吼宝马司机：你怎么回事？！你究竟怎么了？！怎么会从那边开到这边！我车上还有我老娘还有小孩，今天要出事，我一家不都完蛋了！你说你怎么回事？！

我问宝马司机：你喝酒了吗？他摇摇头：没有喝酒，我是发烧，头晕。

这说法暂且不去追究真假。我也没这权力。

那会儿还是下班高峰期，护栏倒地几十截，还有事故车的残落零部件，狼藉一片。过往车辆很多，都得从那些铁杆子与破碎塑料件上驶过，儿子把所有撞飞的护栏都捡起来，堆在不影响交通的地方。见宝马司机傻愣愣的，他从自己车里拿了一瓶矿泉水，递给他，跟他说：喝口水，人没事就好，交警马上就到了。现代车里的小孩受惊吓后大哭，儿子抱着他，捡了一片圆形的零件，敲击地面，逗他玩。

宝马车主话都说不清楚，吓坏了，现代司机一个劲骂人，在马路中间跳过来跳过去嘶吼。我与儿子劝慰他们：稍安勿躁，还有比人还好手好脚地活着更幸运的事吗？

原谅我狭隘，我说他们没受伤，110也快到了，我们回家吧。儿子说：等交警来了再走，他们都很可怜，尽管大难不死。我们在这边陪着他们，他们会觉得好受一点，会慢慢镇定下来。

寒风中等了足足半个小时，交警来了，我们方离开。

记录此事表扬一下我娃，回乡探亲，忙碌辛苦的部队工作暂告一段落，便装代替了军装，但是，他临危不惧、处惊不乱，军人的责任与担当永在心中驻扎，他们是这个时代最靠谱的一群人，是老百姓真正可以依赖的一群人。

致敬胖子！我爱军人，军人崇高不可亵渎！

2021年12月30日

爸：

明知道您不会回信，但我仍要给您写封信。

到今天为止，您离开我已经整整三年了。三年前的那天，与今日一样的寒冷，我失去了世界上最重要的人。

您知不知道，这三年，我经历了怎样的幻灭、痛苦和挣扎？或许，因为您的离开，这辈子，我再不会与自己真正地和解，也或许，因为您的离开，我再也不会有一次发自内心的开怀大笑了。

但是，老爸，我对自己还是满意的，我坚强地挺了过来，没有垮掉，没有给我亲爱的老爸丢脸。

记得在大二那年，原本属于我的入党机会黄了，我不敢告诉妈妈，偷偷躲在教学楼的顶层给您打了一个电话，电话中，我沮丧气愤地哭了，您开解我：多大点事啊，值得哭成这样吗？这人生，就是一个大山谷，即便摔到谷底，只要肯努力，无论怎样，都是向上。遭遇挫折时，要冷静地把这挫折与你的理想和价值观联系在一起，眼光放长远，坚信自己能战胜它，未来有无限的潜力。

挂了电话，您转给我一笔钱，这是笔巨款，顶妈妈给我的一学期的生活费。转账留言中您打了一行字：安慰金，别跟你妈说。

爸，您知道吗，您带给我太多，又带走了太多。在这带来和带走之间，我已经不是您原来的那个儿子了。

我不是小孩了，没人给我撑天下了。我长大了，是一个有岁月疤痕的成年人了。

三年前，我在与您最后的告别时刻向您鞠躬道谢，今天，我最想对您说的话，依然是谢谢。

谢谢您老爸，茫茫人海中，我有幸成为了您的儿子。谢谢您带给我那么多的快乐、幸福、满足、感动、温暖的时光。谢谢您那么善良、正直、豁达，并能将这优秀的品质毫无保留地遗传给了我。谢谢您做了我23年的好爸爸，也谢谢您那么慈悲，以生命为代价，向我展示了人生的真相，让我有机会，在世界正在剧变的时候，还有力量为给您争些脸面而拼尽全力放手一搏。也谢谢您在天上指引，让我穿上您曾经的海军军官制服，把您对祖国18000公里海岸线的热爱继续传承下去。

爸，我还保留着您的电话、微信，虽然我知道，那个号码再也不会打来，那个微信对话框再也不会有新的内容，但是我不删。我每一滴思念的泪水中都是您，您与我共度每一个不眠的夜晚、忙碌的白天，共享冬日的流岚、春日的细雨。

我现在的工作很苦很繁琐，每天都要干到深更半夜，老爸，依然是您给予我的力量，让我在感觉撑不下去的时候，坚信一定会苦尽甘来，坚信明朝有歌来日方长。

爸，您在的时候，这世上所有的风雨，都绕过我，向您一个人倾斜。如今，您不在了，我就要矗立起来，直面一切艰难困苦。

身无饥寒，父母未曾亏我，人无长进，吾何以面父母？老爸放心，儿子会加油！

虽然这个世界，哪儿哪儿都找不到老爸这么一个儒雅优秀的好男人了，可是，无情的命运只是带走了您的躯体，如今，远眺海面，您在水间，抬头看天，您在云里。您在熙熙攘攘的人群中，您永远住在我的心里，无一刻远离。

三年了，这三年，应该是我这辈子最难熬的三年吧，关关难过关关过，夜夜难熬夜夜熬，悲喜自渡，他人难悟，悄悄崩溃，默默治愈。失去、获得、颓败、崛起、伤痕、成长、含泪、微笑。生活赐予我一场惊惶失措，也赐予了我成长最快的三年。

未来的成长之路，将会缺少您的见证，注定是我一生的遗憾，但您是我榜样这件事永远不会改变。老爸，之前儿子不才，可自您离开，我便一直想做个能令您提起就忍不住嘴角上扬的好小伙！

能够成为您的骄傲，是我孜孜以求的最重要的东西。

你的中尉儿子　鲍雨昂
2021 年 12 月 30 日

2022 年 1 月 6 日

儿子休假的第一天，我们一起去外面散步，他做了个长长的深呼吸：真的回家了吗？跟做梦一样不敢置信，看阳光都是刺眼的，感受大街上的车水马龙，会有穿越感，听商场喧嚣的广播声，特像演电影，我仿佛来自于外星，到地球串个门而已。

纷至沓来的工作重担，哪哪都受严格约束的工作环境，没完没了的战斗任务，谁不渴念着能为自己找一个排解的理由？在我们看来，回乡、探亲、休假，是军人最盼望的事。

儿子的老政委之前说：这人啊，真是犯贱，休假超过五天，就坐立不安，想念我的码头，想念我的兄弟，在家待不住。

另一位我们熟悉的舰长，每年有11个月在茫茫大海上战巡，航迹遍布全球几十个国家。提到唯一的孩子，他都要认真思考一下才记起来女儿多少岁。他说：周末偶尔不出海不值班，可以调休一天，但回家倒头就是睡觉，实在太疲惫了。令人崩溃的是，四平八稳躺家里的床上，没有海浪涌动，竟然睡不着。每次休假，待三天以上，如果副舰长不找我，我就慌了，会主动找他，了解每个部门的情况，不放心啊。党把这么个国之利器交给我们，我们要对得起这份重托，一点疏忽不得！

儿子在吃吃喝喝早上睡到太阳晒屁股的日子过了一个礼拜后，开始出现上述他的两位领导的"症状"。

他铺开一张瑜伽垫，做平板支撑、仰卧起坐：21式作训服和作业服马上就发了，我已经看到样版了，款式结构更合理，材料工艺更完善，对军人的外形要求也更高，腆着一个大肚子裹渎了这么帅的战袍，我得瘦身塑形，把中国军人的形象给展现出来！

元旦前一晚，他接到部门会计发来的长长信息，信息里细诉两人合作一年的工作，感谢胖子作为大哥、作为部门负责人对他的信任与帮助。半夜，儿子坐沙发上感喟：我们部门一帮战友，个个都是好样的。一个比我小5岁的兄弟，一双手沧桑得跟老农民一样，指甲给重物压乌青了，手掌遍布老茧，磕破了，出血了，撕裂了，是常事。我给他买过护手霜，叮嘱他多涂涂，过了一段时间，想着他该用完了，又给他买了一支，孰料第一支还没怎么用，他说总是浸水里干活，没时间涂。这个发信息的会计，7月份的某一天，他奶奶去世了，他是奶奶带大的，祖孙感情很深。当天想回家，一来请不到假，二来也没车，加上悲伤，他躲在储藏室哭了。我去找他，把他喊到码头，陪他散步，告诉他我的经历，生活的甜酸苦辣都要自己尝，体会过艰难孤独，就会释然、勇敢。安抚好他的情绪，我再去找舰首长，请求能多给他批一两天的假，他的活由我来做。

儿子说：一年的部门工作，如果做得不好，那是我的责任，如果得到领导战友的认可，那是所有兄弟们努力的结果。休假之前，尽管我夜以继日将年前工作尽量做好，争取在岁末交个圆满的答卷。但新的一年又开始了，总书记签署了2022年新训命令，精神面貌要昂扬，练兵成效要一流，训令如铁，号角催征，我在家里待不住，要回船上干活啊。

到了第二天，儿子的分管领导跟他联系，布置工作，安排任务，儿子像开店许久没有生意突然来了客人终于开张了一般瞬间兴奋，他念叨：该回去了该回去了，该回去做牛做马了。

他外婆心疼他，噙着泪说：一晚上只能睡三四个小时，咋受得了呀？他做起了外婆工作：这年轻人吧，为事业奋斗的时候，本来就不该把自己当人，该吃苦舍不得吃苦，怎么会有作为呢？如果我一直逗留在你身边，做你的小宝贝，你还能骄傲地向邻居介绍我的外孙是海军战士吗？中国军人不能沉迷于享乐，《肖申克的救赎》中说：舒适区是我们的监狱。使命、荣耀和战火、硝烟共存，那才是我们的责任与担当。

是啊，万家灯火辉映，军人当为执剑守护之卫士，家国天下之坚盾，练强指挥能力，练好战斗本领，练硬战斗作风，保我壮丽河山安然无恙！

儿子于今天一早，自驾离开常州，8小时车程，平安抵达青岛，做好核酸检测后归队，登上他巍峨的战舰，载着满船的星辉，驶向新一年的辽阔深蓝。

父母亲人生活的地方，是他们的故乡，而他们需要保护的，是所有人的故乡，那是我们看不到的远方。

祝福所有中国军人，平安健康，有爱有光。山水万程，皆有好运！

2022年1月23日

朋友的孩子去年3月份应征入伍，现已分配至东部战区海军某部。当年高考失误，被一所很普通的大专院校录取，孩子不甘心，再加上有从军的梦想，大一时就想通过入伍后考军校来让自己圆梦。到了大二，这孩子按捺不住当兵的想法，报名、体检、政审，成为了全国两征两退工作开展以来的首批春季入营新兵。

朋友夫妇均为银行系统高管，双双都是农家子弟，一路靠勤奋踏实的刻苦精神获得现有的一切。对于独生子的梦想，他们理解也支持。孩子去了部队，政府随即送上"光荣之家"的牌子，朋友视若珍宝，他们说：新房子快装修结束了，等乔迁的那一天，在所有亲朋好友的见证下，我们再挂上这个牌子！

孩子目前是场站场务连的驱鸟员。

当朋友得知儿子除了经常要去炊事班帮厨，洗碗刷盆淘米择菜之外，主要工作就是在水泥跑道上赶鸟时，有点坐不住了。

她跟我说：姐，这算哪门子事呢，孩子去当兵，是保家卫国去的，咋总是洗碗？本职工作就是看到鸟追着鸟跑，这不是咱们小时候淘气的小孩干的事吗？能有啥出息？晚上有飞行任务的话，白加黑地在赶鸟。回到营地，班长就让他们"背鸟"，就是背诵鸟的种类特征。这跟当初入伍时实现个人理想继而报效祖国的初心差距太大了呀。有人问我孩子在部队干什么工作，我都不好意思说他在赶鸟。如果像雨昂这样，跟随战舰勇闯大洋，那多威武啊。

前天晚上看《新闻联播》，恰好看到《中国航母上的追梦人》，反映的是辽宁舰于春节前夕的一个普通日子，所有官兵在各自战位紧张有序地开始一天的工作。他们有机电兵、话务兵、调度员等。其中一个叫湛虎的小伙，是清华大学毕业后入伍的舰员，他是舰务部门驱鸟班战士。他说，一只飞过甲板的大型鸟类，如果被舰载机发动机吸入，其威力不亚于一枚炸弹，他与战友每天都要用电子设备与驱鸟弹空爆进行驱鸟作业，凭借出色的学习能力，他收集鸟情资料，了解鸟类习性，航母上的舰载机每一次平安的飞行与降落，都有他们驱鸟班战士默默的奉献守护。

我给朋友发消息，让她回看一下这期节目。

在很多人眼里，戴着大红花，穿上威武的军装，在锣鼓喧天中踏上奔赴军营的列车，这是多么崇高的职业，前方等待的，一定是黄沙飞扬杀声震天的疆场，入伍持戈当好汉，牵驹上阵要冲锋。壮志饥餐胡虏肉，笑谈渴饮匈奴血，仰天长啸，壮怀激烈。孰料和平年代，暂时没有仗要打，不再有硝烟四起战火萦绕的军事战场，但忘战必危、怠战必败，军队的存在，军人的价值，就是为了某一日有可能发生的外敌侵犯。日复一日枯燥单一的严格训练，的确不如战争年代容易产生轰轰烈烈的英雄，但服从命令，履职尽责，则更是一个军人在任何时候都该有的战斗精神。

我对朋友说：雨昂刚上舰艇，我也有同样的疑惑，咋总是半夜凌晨去值武装更，一动不动站几小时？不出海，就得干苦力，他们的口号是要把舰艇的每一个部位擦得"铜发光、铁发亮、面闪金光"，盛夏甲板上五六十度高温，也得顶着烈日擦。要不就是帮厨，刷不完的锅碗瓢盆。这些事，与保家卫国不沾边啊，娃好歹大学毕业，这活随便找个身强体壮的文盲也能胜任。

但后来，我想通了，每艘挺进大洋的舰艇，每架翱翔蓝天的战机，每支英勇善战的部队，背后，都有一个个鲜为人知的普通战士，默默地为每一次的任务而做出努力。他们的工作，似乎不起眼，但却用坚守和奉献描画着自己的强军之梦。而我的孩子，就是千千万万个军人中的普通一兵。

朋友认真回看了《新闻联播》，甚是感慨，鸟类的存在对于战机来说，就是一颗颗移动的定时炸弹。"驱鸟员"的工作与那些高光的职业一样重要，战机撞到鸟与撞到炸弹没有区别，整个空域必须没有任何阻碍，只要有鸟就必须驱赶，将一切有可能引发意外的因素清理掉，守护每一次战机平安起飞降落，是驱鸟班士兵的神圣使命。这样的工作怎么不值得骄傲？

正值三九严寒，而春天也会在凛冽的寒冬后款款走来。春雨灌溉后破土而出的春笋鲜美脆嫩，我们可曾想过，它其实在地下生长了至少3年。竹子生长的前4年时间，仅仅只长3厘米，从第五年开始，便以每天30厘米的速度疯狂生长，只须6周时间，就会长到15米。而前面的4年，竹子将根在土壤里延伸了数百平米，年轻人的成长，不就如这未出土的竹笋吗？成功不会一帆风顺，更不会一蹴而就，要经过像竹一般艰难的扎根、长久的沉淀、痛苦的破茧、涅槃的新生，才能成为苍劲挺直的"林中君子"。

莫嫌雪压地头，红日归时，即冲霄汉；休道土埋节短，青尖露后，立刺苍穹。笋，深深扎根后而潜心汲养，竹，破土而出后奋力生长。愿我们的孩子，能充分认识到自身价值，有发自内心的光荣感，将最平凡的工作干得漂亮出色。

伟大，从来来自于平凡。

2022年3月29日

3月中旬，有天晚上，儿子匆匆给我打电话，说接到任务，马上出去，归期不定，可能一周，可能十来天。

临时出征是水兵的常态，我也是老生常谈地嘱咐几句：注意安全，有机会就给我打电话。

电话是军人与家人联系的唯一通道，自从儿子入伍后，我的手机就没有关机过。有时候儿子几天没有消息，我就会把手机掏出来仔细查看，担心是不是不小心设置了静音或者碰坏了哪个键。

有次儿子出海，他利用卫星电话跟我联系，那一段时间，我每天要接到数个装修公司的电话，看到半夜11点多陌生的青岛号码，我又处在睡意朦胧中，就恼火地挂了，他再打，我再挂。三秒钟后回过神来：万一是儿子打的电话呢？我一个激灵从床上坐起来，盯着手机，但我不敢拨过去，我怕他同时打过来，你拨我我拨你更加耽搁时间。儿子说过的，舰上有卫星电话，但都是在一天的活儿忙完之后，战友们轮流着用，与家人联系，或者与陆地单位沟通工作，这个时间很有限，长话短说，后面排队的人很多。

在焦灼地等了10分钟之后，那个陌生的号码再次闪起来，我瞬间按下接听键，听到儿子的声音：老妈，是我啊，这次出海任务很重，每天一堆做不完的事情，好不容易抽个空打电话，排队倒排了挺长时间……

自此，无论什么电话，哪怕它标注着"诈骗电话"，我也会虔诚地接听，不想错过任何一个有可能听到儿子声音的机会。

这次儿子出去了半个多月，中间音讯全无。

昨晚，他们终于回到港口。

儿子说这次执行任务比以往要求更严格，打卫星电话必须要向领导报备，与谁联系，联系内容都得汇报，想着也没有特殊的事情，就不去找麻烦了。

儿子除了嘱咐我少出门，跟我说起了他工作中的事情。

炊事班老班长去年退役之后，另外一个四期士官的老兵接替了班长的职务，他提出，他任班长期间，应该培养一个人出来，待两年之后他退出现役，对方就可以顺利接手。经过领导商量，最后定下了一个和儿子同岁的二期士官，辅助班长工作。这一正一副的两个班长，业务能力与性格脾气都有差异。班长温和，有高度的责任心，但在引领一个班组的号召力方面有欠缺。副班长做得一手好菜，喜欢动脑子，开发新菜谱，但是贪玩，在该准点交手机的时候拖沓，在该起床的时候还睡着，这在无形中产生了不良的影响。

炊事班的战士每天三点钟起床发面做馒头、压面条，为全体舰员的早餐做准备，但并非每个人都要三点起床，根据值日表轮流排班。轮到值班的战士，就不需要出操，轮不到值班的战士，按规定就该在起床号响的那一刻起来，与其他部门舰员一同出操。

规定是有，但落实不到位，舰领导考虑到炊事班战士的辛苦，也就睁一只眼闭一只眼没有再做硬性的强调。

儿子说：问题来了，舰员用餐时，炊事班工作人员必须有人在餐厅守候，听取舰员反馈的建议，做及时的食物增补。轮到值班的在厨房忙乎，轮不到值班的还在睡觉。三天前的一个早上，我在教导员办公室协调事情，一个战友心急忙慌跑来，说分管领导找我，我赶去餐厅，就知道大事不好，自助餐桌上的面条和稀饭都吃得底朝天，却没有一个炊事班的战士在，还有几个人端着餐盘没吃呢。分管领导指着我鼻子斥责：你就是这样带你的兄弟的？你的兄弟就这样配合你工作的？

再次给剋得灰头土脸，无地自容。

曾经我向分管领导汇报思想的时候说过：我不是高中毕业后考上军校的生长干部，我经过两年义务兵的阶段，太了解义务兵的渴望与需求。我会把部门的所有战友，当成我的兄弟，珍惜朝夕相处的缘分，体恤他们的辛苦。我会带好我的团队，把舰艇的后勤工作保障好。

可是，我的兄弟们，把我的宽容当成有机可乘的偷懒渠道了。

兵舱里，那天没有轮到值班的副班长与几个战友还在睡觉。我克制住怒火，把他们叫了起来。

我不想在发怒时大吼大叫，那时候，更多的是恶劣情绪的简单爆发，解决不了什么。我要好好整理一下思绪，包括对自己的反省。

是的，慈不带兵，老祖宗用他们的聪明才智总结了这四个道尽治军智慧的字。"兵熊熊一个，将熊熊一窝""强将手下无弱兵"这些俗语，也充分说明一个带兵人，必须决断狠辣，要有铁面无私，奖罚分明，恩威并施的管理手段。对手下的兵，保持不了震慑力，怎么能够形成强大的军心与战斗力？

我的老政委之前语重心长对我说过：正直善良、厚道本分是基础，眼光纯净总习惯性地看到美好是天性，但处事需要技巧，在工作中不停地丰富完善，摸索出属于自己的管理之道。

现在的政委对我的评价是：你是一个出色的兵，但你不是一个优秀的干部。这个角色转型，你调整得很费劲。

直指我的短板：过于宽容心软。

我花了两天的时间，详细地拟了部门的奖惩制度，对一些看似难以落实的软指标进行硬化，该奖励的奖励，该惩罚的惩罚，以达到激励先进，鞭策后进，推动部门工作前进的目的。尤其是对功过两抵的习惯性做法做调整，功与过是两个范畴的事情，副班长菜做得好，舰员夸这几个月的菜品色香味俱全，但与此同时他对自己要求不严格，手机该上缴的时候他迟迟缴不过来，出操的时候睡懒觉。

前者高超的业务能力让人佩服，但后者显然是对军营规定的漠视。对于一个团队的负责人来说，恐怕没有对规定的漠视更不利于工作的管理了。

我知道这些制度的公布，会引起战友们的抵触，严厉地约束自己从来不是一件愉快的事情，我准备好了打一场硬仗。即便如此，我依然，也必须要这么做！我只是想竭尽所能地把我们共同的工作完成得圆满！

儿子说，他会找战友们一个个深入地谈话，有的战友是2002年生人，年纪很小，稳定的三观还没有定型。进了军营之后，如果长期处在一种散漫的环境中，今后，再想形成自律、耐心、踏实的品格会很难，但帮助每个人实现目标的途径，永远只有痛苦而持久的自律。他会对副班长说，让自己成为一个榜样，是一件多么有成就感的事情。教会小战士们做菜，让他们在炊烟缭绕与刀板碰撞间感受硬核交融，同时，又用老兵的严格引领他们不断拓展知识的范围，一起朝着同一个方向纵深发展。

他说，与每一个人谈话的框架已经搭建，不想讲那些宏大磅礴的话，人道酬诚，大道至简。我承认自己工作做得不够好，甚至偶尔我会因为战友们的不够积极配合产生过沮丧失落的情绪，怀疑过人性本善。但没关系，我就要在这些事情中学会识人，识己，识众生。前路漫漫，天高地阔，儿子需要学习的东西很多。

PS：电话挂了后，我长久地没有睡着觉，这个电话内容该不该记录下来，也有考量。在世人的眼里，部队是一片净土，每个人都正直向上舍生取义，不可能有不够听话的战士，不够团结的集体。我却记录了它的所谓"阴暗面"，也暴露了儿子的无奈和无能。

但是，所有的记录，都是为了让儿子日后回望来时的路，能够清清楚楚地看到自己成长的足迹：辛辛苦苦，跌跌撞撞，踉踉跄跄，但从来都是披荆斩棘，激流勇进，一往无前。

真实，是成长记录必须一直恪守的灵魂。

想对儿子说：面对大是大非，为什么有的人能够旗帜鲜明忠诚于信仰，有的却不能？面对诱惑围猎，为什么有人能坚持原则严守法纪？有的却不能？面对不高的收入，为什么有人能够爱岗敬业默默奉献？有的却不能？初心都是一样的，只不过在漫长的人生旅途中，前者视之如珍宝时常拂拭，后者却弃之如敝履而委之沟渠。

你的那些暂时的困惑、彷徨、失落，都是成长过程中的正常现象，关键，你要攥紧正确的人生观、世界观、价值观，牢牢守住自己的初心。每一个人心灵的升华与沉沦不是一朝一夕的事情，都是在漫漫的濡染和浸润中完成质变，你务必呵护守卫好你的初心，向古人学习，从曾子的"吾日三省吾身"，到王阳明的"省察克治"，都会给你与你的战友深刻的启迪。

当这一切融会贯通，相信你们都会越来越优秀强大。

在妈妈眼里，儿子永远是个长不大的孩子，却要去处理复杂的人际关系，忐忑地担忧说重了情绪不好，说轻了等于白说。

但这就是成长啊，"成长"这两个字连偏旁都没有，孤独地，一个人暗暗地苦恼，默默地长大。

"奋斗"也没有偏旁。

愿春风替我拥抱你，儿子。

2022年4月17日

翻到这期，清晰地忆起2018年夏天的某个下午，我初中同学高珺联系我，她说她将我记录胖子从军的日记发给了她刚认识的一位出版社编辑，你们先加个微信沟通一下。编辑是沙漠子老师，沙漠子老师说：高珺把你夸上天，我对你的文稿也有兴趣，看了一些，内容充满正义向上的力量，我觉得可以朝出版方向发展，咱们见个面吧，就今晚可以吗？

我对自己毫无信心，何德何能呢，还出书，写的都是大白话，中学生作文的水平，别人夸你，你就真以为自己德才兼备了？自己水平怎样难道没数吗？

高珺鼓励我别妄自菲薄，见个面再说吧。

那晚见面的还有一个诗人，我一听到诗人、作家就胆颤，好在他们也说人话，还吃肉喝酒。我以为他们只喝露水。我确实比较拘谨，高珺是我的代言人，她见的世面比我大，将我的一些情况向沙漠子老师做了介绍。

虽然后来文稿完成，沙漠子老师花了一周时间逐字逐句读过后，打了个电话把我批得基本一钱不值，打印的书稿上到处是他用红色的水笔愤怒地打的大叉，旁边还有斗大的"全删"字样，但我必须承认，他对我是爱护的，多少是认可我的，他给我写过纸质的信，我这三四年搬的家比过的春节都多，但那封纸质的信我都带着，那是一个文学前辈对我这个从没有创作背景也根本啥都不懂的小白的真诚勉励。

　　非常感激沙漠子老师。他一直对我很宽容，即便我倔强地不想改动一个字，他打的大叉我也置若罔闻，他只是长叹一声说好吧，反正文责自负，你要这样就这样吧。

　　书已出版三年多了，正常情况下，数月后，《胖子从军记2》也将面世，感人的故事是记录不完的，它是我们人生的珍珠，有的诉诸笔端，有的铭刻心间。

　　这些美好，这些艰辛，一个少年的前进步履，如果因为我的记录而凝固，而流传，而散发，而被更多人看到，我想就会有更多的人走进军营，亲自投身到那火热的战斗青春中，体会无论路途多险峻，最后都会天堑变通途的奋斗历程。

　　不，你也可以不参军，但你要拼搏，要努力，永远不要放弃蜕变，永远要为成为更好更强大对社会更有益的自己而加油！

　　如果生命真的有馈赠，那一定饱含着血泪。唯奋斗，才不枉青春！

　　这话说给艰辛谋生的每个人听，也说给眼睛快熬瞎的自己听。

　　我们都活在青春里，心滚烫，青春就永不落幕。

2022年5月8日

　　世界上据说有7000多种语言，唯"妈妈"是统一的发音，那是因为婴儿时期，与母亲最亲近，于是，把最容易的发音，给了母亲。

　　但是，孩子长大之后，却渐行渐远，甚至，各自天涯。再怎么引颈观望，却见不到他们的身影。孩子一遍一遍对母亲说再见再见，母亲用一生对孩子说路上小心。

　　感谢我们的母亲，让我们生而为人，在柴米油盐的细致琐碎里，成全了我们甜酸苦辣的丰沛人生。

　　更要感谢我们的孩子，让我们做了母亲。唯成为母亲，方知道自己柔弱的血肉之躯有神一般不可战胜的力量，在千千万万个细节的拼凑里，用爱托举起孩子的巍峨成长。

　　今天是母亲节，我与花总，两个年轻军人的母亲，去探望另一个80多岁的兵妈妈，老人的儿子，还是现役军人。两代人，三个海军官兵的母亲。

君不见孤雁关外发，酸嘶度扬越。梦里故乡慈母泪，滴滴穿石盼儿归。

但是，我们知道，我们的孩子，不再仅独属于我们，他们属于远方，属于疆场，属于祖国，属于每一寸他们必定要挥洒汗水与热血的河山。

祝福天下平凡又伟大的母亲，祝福所有的兵妈妈，朱颜常在心长乐，人寿年丰福无边!

2022 年 5 月 12 日

回过头来看《胖子从军记》的章节，觉得一些地方坚持我的"原汁原味"的确不妥。当时我就是那么潦草地记录一下，出版时，只想保持原貌，不愿意再去增减一个字。

郴州一个部队邀请我去给今年春季入伍的新战士做个讲座，新兵训练阶段的艰苦，历来令人胆寒。我细细地回忆了儿子当年在新兵连期间，我们与他的两次见面。

清晰记得 2017 年 12 月 11 日的晚上，9 点过了，我在开车回家的路上（恰好那段时间有拆迁工作），儿子用他指导员手机打来电话，跟我说：妈妈你有空吗，14 号阅兵式，我属于进步快表现优秀的士兵，领导说请你们家长来参加典礼。

我说：什么？

我不敢相信。

三个月了，他打过三次电话，加起来时间不过 30 分钟，每一次都哭，尽管每一次在挂电话之前，都倔强地说：没事的，我会坚持住。但每次都抽泣着诉说：太苦了，实在太苦，管得太紧了，练得太狠了。

我天天担心着他会逃回来，或者他的领导会来电话，说：这孩子不行，我们不要，带回去吧。

这样的一个人会"表现优秀进步快"？

我数次忧心忡忡问他爸：万一他吃不消，好歹要回来，怎么办？

他爸沉吟片刻：唉，没授衔之前逃就逃吧，不影响啥，授了衔拒服兵役就有污点了。

我说他应该不会逃回来吧？

他爸眼一瞪：你问我我问谁去? 你现在担心有什么用! 早就跟你说他那么胖，

受不了当兵的罪，你偏要送他去！

我跟他理论：在身边净长肉能行吗？一点苦吃不得的男人有什么出息？

他冷笑：哼，你就等着他逃回来吧！我的一张老脸要给他丢尽！送出去那么多兵，天天跟人家说一人当兵全家光荣，最后自己儿子当了逃兵！

儿子去了军营后的一个礼拜，打回一个电话，在《胖子从军记》的第一页就写过，我们知道了他在上海，他爸就动用他所有关系，查到了他隶属哪个训练基地，再查，最后知道了他在几营几区几连。帮着查的是他爸仍在服役的战友，大海捞针，终于知道了儿子的去处。

他爸对战友说：想办法让我们见他一下吧。

战友与我们接触很多，雨昂小时候常跟着他，立正、稍息、敬礼都是他教的。

但他说：老连长，缓缓吧，现在刚去，正在转型时期最苦的阶段，没稳定，家长一去，全线崩溃，过一段时间咱们去。

昂爹觉得有道理，他当初当兵三年没回过家，三年后，他考上军校才有机会回家。但他舍不得自己儿子：他能跟我比吗？我们苦惯了，儿子没吃过苦啊。

过了国庆节，他战友跟基地联系好，我们一行人去了。

那天，儿子并不知道我们去，他们的指导员只是在他完成上午的训练后对他说：跟我出去一趟。

儿子懵圈地跟着他出了营房的门。

昂爹战友对我说：嫂子，只有一个小时会面时间，抓紧把要说的说一下，他就要回去训练。

我说明白。

我们在酒店门口站着，远远看到两个穿海军迷彩服的人走过来，其中一个好像是儿子，又好像不是，再走近，确信是他，他宛若一个又黑又脏又瘦的挖煤的矿工、种土豆的农民。一张圆脸变成鞋拔子脸，光头……

他低着头，跟在指导员身后，离得很近的时候，才抬头，见到我们，他愣住了，面部凝固成一种既想哭又想开心地笑的错综复杂的表情……

我上前拉住他手，他往后缩，不给我拉，他的手掌，除了老茧就是血泡，还有带血的皮吊在上面，没撕下。手背上，大大小小的都是伤痕。

在酒店的包厢坐下，我看到他浑身是泥与灰，他小声说：爬战术爬的。我问啥叫爬战术啊，他说：上面是铁丝网，保持低姿匍匐前进。我说裤子这么脏，不能洗洗吗？他说：当兵哪来那么多讲究？别讲这些，指导员在呢。

那一个小时，我们的交流差不多就这几句吧，他没有空说话，啥都要吃，牛肉、猪肉、鱼肉、鸡肉、鸭肉，生吞活剥地吃。

他爸看着他吃，眼珠子都舍不得转。也没跟他说话，就在临别时拍一下他肩膀，说：嗯，瘦了不少，坚持住！

他的指导员也怜惜地看着他吃：小家伙实在太胖了，不减下去他体能没法跟得上，看他饿得可怜啊，但我不能包庇他让他多吃。体能上去了，他找到自信，日子就不觉得那么苦了。你们放心，这孩子我喜欢，上回35公里拉练他是扛大旗的排头兵，当着六七百号官兵的面脱稿演讲，还领唱，我们的基地领导都夸他表现不错。中秋节与共建单位搞联欢，他压轴唱的两首歌，全场掌声雷动，给我们营争了光。目前就是体能还需要加强。他能行，肯吃苦，不偷懒，天天加练。

指导员看下手表，说一个小时到了，抱歉我要带他走了。

雨昂当时在啃一块排骨，他吐了出来，瞬间起立，对指导员说：是！

他们两个人，一前一后，离开饭店，我跟在后面，拍了几张背影，我希望他回头，不要走得那么决绝，但他没回头……

很遗憾，这些内容，都没有放进《胖子从军记》中，去上海看他回来的路上，我流了三小时泪，好长时间缓不过来。因为我看到他的腿上，血肉模糊，他的指甲，掉了几个，他说爬的，天天鳄鱼爬，抠掉的。

母亲的心，肝肠寸断。当时的我，别说写，想一下心就痛。

接到受邀参加阅兵典礼的电话，我不可置信地跟昂爹说：这说明他不会逃回来了？他还有进步？还表现优秀？

他爸坐沙发上，脸上也是陷入云里雾里的蒙圈：见鬼了，他这样的一个人，还能给我们争点面子？我还没见过什么阅兵式呢，沾他的光还能参加阅兵式？我咋觉得不可能，这是做梦吧。

2022年5月13日

2017年12月13日傍晚，我与昂爹驱车到了上海，网上订了一个离训练基地最近的酒店。

去之前，我们不确定能不能见到儿子，或许仅能远远观摩一下阅兵式，然后就必须离开。带东西还是不带东西给他，我犹豫了很久，最后决定少带一点吃的吧，如果见到儿子最好，见不到，也不造成太大浪费。我记得买了一堆卤菜，鸡爪子、牛肉这些。

晚上，我步行去基地，远远地，就看到地上画着的警戒线和"军事重地"的字样，有哨兵荷枪实弹站岗，铁栅栏拉得严严实实，听不到里面任何动静。我的孩子就在里面，他是在鳄鱼爬，还是在跳绳？不得而知，咫尺天涯。

那天零下5度，很冷，寒风吹得我脸生疼。我还去了10月份见到儿子的酒店门口站了一会儿，就在基地大门右侧，想到那天儿子的模样，他泥人一般，瘦得脖子都细了一圈，掌心都是硬得剥都剥不动的老茧，他一拉裤腿，膝盖上与小腿处新伤旧伤叠加，谁叫他名字，他都条件反射似的答"到"，我在凛冽的风中垂泪。

回到酒店，昂爹见我快快的，骂我：你是有病还是怎么的？早跟你说，别让他当兵，当兵很苦，你不听，一意孤行！真当了兵，你牵肠挂肚，千万个不放心，现在他有进步了，还能争取到让我们来参加阅兵式，你应该欣慰啊，高兴啊，不懂你哭个啥！

男人是头猪，永远读不懂女人这本书。我不屑理他。

阅兵式在14日上午10点举行。我们8点就到了基地门口。基地门口到处找不到停车位，有停车位的地方都停了车。我说瞎停吧，随便它罚款。昂爹说不是怕罚款，万一给拖走呢。见儿子要紧，拖走就去找吧，充其量也就是多交点罚款。后来扣6分，罚款200元，没被拖走。

我们傻子样在门口守着，冻得直哆嗦。昂爹一直在旁边骂骂咧咧：部队的规则你半点不懂！说10点，9点50分都不可能！根本不需要提早来！你这么早来看到什么了？想到还有一两个小时就能见到儿子了，这种兴奋完全覆盖了与他吵架的欲望。

正在我伸长脖子引颈观望的时候，我眼尖，发现基地里面走出来一个大高个，足有1米90，应该就是上回有过一面之缘的雨昂的指导员。我喊他，他注意到了我们。我记得他叫我阿姨，叫昂爹副营长。他来训练基地之前，曾经是昂爹老单位的一名军医，他说雨昂爸爸是前辈。

他说：没想到你们昨天就来了，还以为你们现在在来上海的路上呢。

匆匆寒暄了几句，他就有事去了。

门口开始陆陆续续有家长来，都是参加阅兵式的，一问，有的来自山东，有的来自河南，有的来自四川，真是可怜天下父母心，舟车劳顿，千里迢迢，就为见孩子一面。

我们几乎算是最近的了。

终于熬到9点半，门岗验明身份后发给我们每人一张"观礼卡"，准许我们进场，我们直接被带到阶梯式的观礼台就座。

训练场有几个足球场那么大，四周拉满"炼就钢筋铁骨，报效祖国人民""保家卫国守边防，一生从军终不悔"之类的横幅。

一个个方队已经在训练场了，但人太多，又太遥远，一色的海洋蓝迷彩服，头戴钢盔，好像脸上还涂着油彩，根本看不清谁是谁。

我问昂爹：为什么脸上要涂油彩？平时他对我的无知非常不屑，可能马上能见到儿子，他心里也很激动，多了些耐心，告诉我涂油彩有三个原因：一是防蚊虫防晒，二是破坏面部结构，三是增强对敌人的震慑力，从外形上吓退敌人。他还延伸开来讲解：比如军人喊口令，为什么要吼？为什么要响亮？只要能听到，声音低一点不行吗？当然不行，那有什么气势？能体现无条件执行军令的服从性吗？军人的威严勇猛从方方面面都要得以展示！军人从外形到口令到精神，都要硬核！

这时候，有几个穿白色礼服的军人在观礼台前面走过，挂中校、上校衔，我说真帅啊。昂爹嗤之以鼻：我要现在还留在部队，少将了！

我冷笑：当兵18年少校转业，全军你最差了吧？

他说我生不逢时，换现在，哼，中将都有可能。

他也发现自己吹牛过了头，终于不往大里说了。

这个训练基地是一家师级单位，应该有两三千名战士在这里完成新兵训练及专业培训。观礼台上，与我们一样得以参加阅兵式的家长只有区区几十个，每个人的脸上都写着兴奋与激动，都瞪大眼睛眺望远处的方队，寻找着自己的娃。

根本找不到。

大家不由自主站起来，另一侧穿着礼服的军人立刻过来打招呼：请家长坐下，阅兵式马上开始了。

掐着10点准，一辆吉普车缓缓驶进训练场。

整个训练场鸦雀无声。

车上下来一名穿白色礼服的领导，后来，我们知道他是基地主任，大校军衔，也是今天检阅新兵训练成果的首长。

一名中校站在首长跟前，立正，敬礼，用气吞山河的声音吼：主任同志，2017年入伍新兵列队完毕，请您检阅！阅兵指挥员某某某！

主任回礼，回吼：开始！

然后，震耳欲聋的音乐开始，昂爹介绍，这是《义勇军进行曲》，是"中国人民解放军军歌"。

我憋了半天的眼泪开始刷刷淌。一来，这些穿着胸口有金黄流苏的白色礼服的军官，个个都是男神啊，无一不拥有笔直的腰杆，横看成岭侧成峰，没有一点油腻的大肚腩，虽然我看不清他们的脸，但体形挺拔成这样，脸还重要吗？一下见到那么多男神，这幸福消受不起。二来，那一个个踢着正步的方队，扛着枪的小伙子中，就有我亲爱的娃啊。

我娃能行吗？他能踢出军队威仪，踢出士兵雄风来吗？

大喇叭响起：首长同志，观礼嘉宾，家长朋友们，现在走过来的是一号方队，他们是一营五连，他们的口号是"一号一号，永葆第一"！这些平均年龄19.5岁的小伙子，三个月以来，刻苦训练，顽强拼搏，展示了新一代海军战士的光辉形象！

队伍慢慢朝观礼台走近。

我瞪大眼睛找，看不清啊，都一个样。昂爹说：肯定不在一方队，喇叭里说这是五连，雨昂不是二连的吗？

哦，对。

但每个方队走近，我都忍不住去找，雨昂个头高，他肯定排在前面几个，我就在前面几个孩子中间找。

对于我这个外行来说，我觉得他们踢正步踢得非常好，动作整齐划一，步伐铿锵有力，气势排山倒海，昂爹说：差远了，跟朱日和沙场大点兵不可同日而语，那个小孩刚才一步没跟上，好在他很快调整了。

我对他的吹毛求疵非常愤怒：这些小孩能跟朱日和比吗？你能跟那阅兵首长比吗？他们都是零基础！你下去踢几脚正步给我看看呢！

他鼻子发出不可一世的哼：当年我踢正步，踢到晕过去，班长给浇盆冷水，醒了过来，浑身是水继续踢！

这时候，我陡然发现，出现在眼皮底下的方队，第三排第二个孩子的脸似曾

胖子从军记·2

相识!

  是雨昂!

  正好是向右转的时候,他同时也看到了我们!

  他竟然向我们微微点了一下头!

  我捂着嘴惊呼:看到了看到了!

  旁边一个女家长比我还激动,明明不认识,但她搂着我肩说:真的看到儿子了?

  我泣不成声:是的,刚刚走过去了。

  昂爹平静地说:第三排,第二个,我也看到了,好像也没瘦多少。

  因为当时我正在用手机录小视频,他说的话同时给录了下来,这是他留给我们唯一的声音。

2022 年 5 月 17 日

  阅兵式是展示三个月训练成果的方式,亦是一批社会青年向新时代革命军人转型后的第一次亮相,是体现他们自信心与自豪感的重要形式,新兵连结束时期的阅兵是一支年轻的军队向首长、领导、家长的庄严报告。

  每个孩子的身形,都一样挺拔,每个孩子的神情,都一样刚毅。他们步履铿锵,英姿勃发,阅兵首长吼:同志们好!孩子们吼:首长好!首长吼:同志们辛苦了!孩子们吼:为人民服务!

  我是资深军迷,虽然我啥也不懂,但就是单纯地迷恋军装,觉得威武、帅气。儿子的方队不知道走到哪里去了,我的目光就火辣辣地追随着检阅首长与阅兵总指挥,我问昂爹:他们胸口那花花绿绿一格一格的是啥?他告诉我那是军官的资历章,反映的是他的职务等级与军龄,也有展现成绩和功勋的成分。级别越高军龄越长的人,资历章就越大,小排长仅草绿色一小行。我不忘挤对他:你现在要还是现役,整个胸口都挂不下了吧?他说有可能啊,黄色的军级问题不大。但造化弄人,转业后8年,姓名牌、资历章才在军装中体现。我痴心妄想:雨昂要穿这套衣服就好了,真威武啊。他嗤之以鼻:穿上这套衣服,他目前唯一的途径是通过大学生士兵提干考试。文化成绩不硬气,体能又不行,你说他可能有机会穿上它吗?

  这时候,眼前有了另一番景象,两个方队解散,在训练场上表演起了擒拿格斗,反恐演习，他们被对手撂倒在地，瞬间又弹跳起来回击，场地尘土飞扬，杀声震天。昂爹感慨：现在对军事素质体能要求真高，我新兵连3000米都没跑过，就走队列，整理内务。越是要求高，对儿子越不利，他不是皮实的人，长一身肥肉，玩不过别人。

阅兵式的最后一个议程是基地政委讲话，具体内容我想不起来了，但一个细节我记得，起先他是脱稿讲的，后来，他从裤兜里掏出稿子：今天，我激动到忘词了，短短三个月的时间，你们发生了脱胎换骨的变化，令我想起了我从军生涯的第一站，艰苦、痛苦，但那份苦，是我的峥嵘岁月，是浸透了我汗水与泪水的青春，是我一生最可靠的财富。

后来雨昂接触的领导多了一些，他跟我说：每一个指导员、教导员、政委，写材料与演讲都是基本功，他们的口头表达能力都很强，既能润物无声地做思想工作，又能热烈地渲染气氛，还能硬核地搞宣传发动，无一不厉害，名不虚传。基地政委的这几句话，给我顽强地背了下来，也成为日后我反复鼓励儿子的金句：你的前辈，你尊敬仰视的人，你觉得高不可攀的人，他们都曾经吃过与你一样的苦，有过与你一样的卑微时光。只是他们，对自己下手特别地狠，咬牙忍住的日子比你长，生活才对他们温柔了那么一点点。

阅兵式在雄壮的军歌声中结束。

观礼台的家长都按捺不住地冲向训练场，在千百人中寻找自己的娃。

啊，竟然可以这样？

我们也随着人流涌向训练场。

找到儿子了！

他的眼里，浮现一层晶亮的泪光，虽然强忍着很快憋了回去，但我注意到了。

他走向我们，说：爸，妈，我活下来了。

他爸拍拍他肩，打着官腔：表现尚可，基本动作到位了，但个别细节还需要加强。

我拉着他戴着黑色手套的手，抚摸着他腰间挂着的弹夹，儿子说：小心，我的这个是真枪。

旁边他的战友们羡慕地看着我们。他们叽叽喳喳地说：鲍哥进步大，表现好，所以叔叔阿姨才有机会来参加阅兵式，我们的爸爸妈妈没资格来呀。

我说你们都辛苦了，太不容易了。

儿子说：有没有带东西来给我们吃啊，我们都快饿死了。

我这才想起带来的卤菜都放在车上，没拿下来，没敢奢望能见着他们呀。

昂爹去车子里取卤菜,我仔细打量着儿子,即便涂着油彩,也看得出他曾经自带美颜的白净皮肤不再,脸那么长,我说现在是正宗鞋拔子脸了。儿子嘻嘻笑着:不是猪腰子脸了吗?

一侧一直挨着儿子的小战士调皮地捅着儿子的屁股:不用再给区队长讲长这么多肉你想一屁股坐死敌人吗?现在有真本事了,实弹射击百步穿杨一下就能灭了他!

这时候,喇叭里传来声音,让孩子列队,家长退后,列队完后家长可随孩子去食堂用餐,餐毕后有半小时会面时间。

队伍浩浩荡荡开向营区,每个参加阅兵式的家长都攥着孩子的手,所有的女性家长都在抑制不住地抹眼泪,给孩子嘴里塞吃的,把三个月以来的爱与惦念、牵肠挂肚、担惊受怕给汹涌地表达出来。

有张照片,是他们列队时拍的,雨昂憋不住笑意,后排的一个叫马俊宇的小伙,干脆咧大了嘴,乐开了花。俊宇是徐州人,他妈妈也来了。想到马上可以吃牛肉,他们开心坏了(俊宇后来考上海军工程大学,这是后话)。

我们先随孩子到他们宿舍。

一楼二楼三楼是男兵,四楼是女兵,雨昂说女兵与我们一样,天不亮就要出操,每天在训练场摸爬滚打,半夜搞紧急集合。偶尔会在楼梯上与她们擦肩而过,她们已经没有性别特征了,脸上有一道道泥汗淌过的痕迹,眼睛里面有不买账的杀气。我们战友悄悄议论,今后咱们不能找她们当老婆,看那个样,好凶,个个母老虎,一言不合就拔拳头的主。

每一层楼梯的拐角上,有条令条例,有军歌歌词,有"不怕苦=不怕死",有"当兵就要上战场"这样的标语。

每看到一行这样的标语,我的心就一缩,不敢看。

宿舍里,每张铺位上,海军蓝的被子叠得方方正正,但每条被子都脏兮兮。12个孩子站着,就我与昂爹两个家长。他们的表情,既拘谨又欢快、亢奋,昂爹说你们坐啊,别站着。孩子们从床底下掏出小马扎,让我们坐下,他们不坐,说怕压皱床单。雨昂简单介绍了每个战友的姓名与籍贯,之前他写信还是打电话提过的体能特别强的福建孩子(几天后分去海军陆战队),还有睡在他上铺的河南兄弟,还有他生日那天给他一块糖醋排骨作为礼物的战友,之前耳听为虚,今天终于眼见为实了。雨昂还让他们班里得到过数次内务评比第一名的战友现场表演了一下叠被子，这孩子将被子抖开，三下五除二就将乱七八糟的一床被子叠成刀劈斧削的豆腐块，我惊叹不已。雨昂让他爸也露一手，他爸在我面前不可一世，在新生代期待的目光中，终是不敢骄傲了，他摆摆手：我就不叠啦，万一叠得比你们好，班长要批评你们还不如一个退役老兵。哈哈哈。

这时候，一个孩子在宿舍门口，想进来，又没进，只是犹豫羞涩地站着，雨昂喊他名字，原来，这个孩子就是雨昂来新兵连第一天认识的常州籍班长，他比雨昂早一年入伍，在邻班当班长，知道那一批来了个常州兵，他就主动找过来了。雨昂进了军营一周后第一个打回来的两分钟电话，就是这个孩子偷偷将手机借给他，让他躲在厕所里打的。

我的一个朋友，她孩子入伍后，三个月杳无音讯，她愣了：我将儿子送去部队，的确是保家卫国，可好歹让我知道他在哪里、他目前状况吧，怎么一丁点儿消息都没有呢？

我特别理解兵妈妈的这种焦灼，"音讯全无"是对家长巨大的折磨，你们在天涯的哪一端？你们好吗？你们一定要健康平安，母亲的爱才有所附着。

黄班长比雨昂还小一岁，他害羞地跟我们打招呼，我们说以后到常州请你吃大餐啊。

事实上，承诺到目前为止仍未兑现，四年多了。这孩子后来以东部战区第一名的成绩考上大连舰艇学院，那是海军最厉害的学府，国内百分之八十以上的水面舰艇长师出舰院。

征程漫漫，愿黄班长不负军营培养，不负常州亲友重望，为海军的强劲发展贡献青春力量！

带来的卤菜都摊在桌上，孩子们看卤猪蹄、卤牛肉的目光宛若凝视肤白貌美大长腿的女孩，灼烈、深情。雨昂对战友们说：我让我爸妈到隔壁会议室坐着，你们别不好意思，吃吧。

孩子们嘻嘻笑着，一哄而上，扑向卤菜盒子。

等十分钟后我们回到宿舍，只剩下一堆骨头，雨昂啥都没吃到。我一个劲地赔礼道歉：不知道会近距离见到你们，早知可以来宿舍，我宰一头猪带过来。

在会议室，儿子挨着我们坐下。

他的钢盔及身上背的枪支与子弹，刚才在去宿舍之前已经全部卸下，整齐地码放在仓库里了，此刻他戴着与作训服配套的迷彩帽。

他摘下帽子，给我们看帽檐里面用钢笔写的一个小小的"忍"字。

他说要忍啊，时时刻刻都在忍，忍受太阳的炙烤，忍受寒风中一动不动站几个小时军姿的痛苦，忍受双腿灌满了铅一寸都跑不动也要坚持跑完5000米的力竭，忍受给比自己小两三岁的班长当众大声呵斥，忍受夜半袭来的火烧饥肠的馋，忍受练到满手是血泡却依然拉不了单杠的绝望，忍受想家又无法联系的孤独。

他从作训服里面的绿马甲中掏出一张纸，打开，上面是密密麻麻的阿拉伯数字，还有一道道杠。他说：来的第一天，我就偷偷画了这张日历，新兵连是三个月，每过一天，我就划去一道。

有时候，我忍着一个礼拜不划，凑满七天，就狠狠划去一长条，特别解气，离开这鬼地方的日子越来越近了。

他爸摩挲着他的手掌，长吁短叹：不容易啊，这双手跟种了10年地的老农民有啥区别呢。我们一直担心你会逃回去呢，后来，得知你授衔了，已经是军人身份了，才稍稍定下些心来，授衔之后当逃兵的利害关系你懂，你一定不愿意后面漫长的人生为自己的怕苦畏难买单。

儿子说：不，我从没有动摇过扎根军营的信念，在7月份，我决定减肥减到军检标准体重的那一天起，我就想明白了，这条路，肯定是要走的，无论今后如何，能不能提干成功，还是仅仅当两年义务兵就退役，但一旦决定下来，就不会半途而废。

儿子说他的一个战友，浙江人，在授衔之前回去了。

他们两个人体能都不好，都被分在"体能小分队"，都要在常规训练结束之后加练到深更半夜。战友跟雨昂说：不行，我受不了，我们撤吧。

雨昂说忍忍吧，一个月都过去了，再说我要当逃兵我妈会打死我的。

战友说宁可回家给打死也不愿在这里给苦死！必须走！

他开始抗拒训练，不起床，不说话，他的父母赶到营地，与领导一起苦口婆心做工作，似乎说通了，好了一个礼拜，又故态复萌，还是吃不了这个苦，最后，父母再次赶来，在走廊上，他爸爸气愤地抽了他两个耳光，但即便这样，战友仍是脱下军装，跟着家长回去了。

雨昂说：我比他还要胖，我能坚持下来，他却放弃了。如果他看到还有这样盛大的阅兵式来展示我们三个月的训练成果，还能通过这三个月证明自己不是那个好吃懒做的怂蛋，他一定会后悔的吧。

他说苦是真的苦，每天泥猴一样，不知道要流多少汗。这一个月，就没怎么洗过澡，一来没有时间洗，半夜才能回到宿舍，太累了。二来，踢正步把脚趾头踢烂了，血肉与袜子黏连在一起，撕下来痛，我就不洗了。我都闻到自己身上的馊味，宿舍里也都是臭味，脚臭汗臭，窗户不打开人都要熏晕。老妈你闻一下，我身上是不是挺臭？

2022 年 5 月 19 日

要不是有这本书，我都记不住胖子是哪一天离开上海训练基地，哪一天抵达南泉，哪一天分到位于青岛李沧区的学兵营的。

但我记得 2017 年 12 月中旬末期的某天下午，胖子来电话，他有些不安，说娘，战友们都一批批离开了，班里就剩我一个人了，咋还没通知到我呢。

过了一个小时，他又来电话，说接到命令了，让他准备好行囊，20 日凌晨出发。我问有没有告诉你去哪里，他说没有讲，我不能问，不敢问，不好问。

20 日一大早的情景书中有详细记录，指导员在黑暗中为他送行，叮嘱他作为军人的后代不能丢了父辈的脸。他都爬上卡车了，曾经把他骂得灰头土脸的朱班长拉了拉他衣角，他跳下车，朱班长抱住他，哭得泣不成声：兄弟，之前说的、训的、吼的，咱一笔勾销，行吗？冒着处分危险让他打第一个电话的老乡黄班长搂着他，在他耳边说悄悄话：哥们，我们穿上军官制服常州见！我们一定要做常州最靓的仔！

高铁到了青岛北站，再给一辆依维柯车子拉到南泉训练基地，车上有十几个兵，胖子一个都不认识。直到到了南泉也是通过司机与另一个接站的士官交流时听到的。胖子说：新兵连的三个月，教会了我们不该问的话不问，不该说的事不说。

到了目的地，在手机还没上缴之前，他偷偷给我发了一个信息，说到南泉了。

我把这消息告诉他爸，他爸感慨不已：昔日重来啊，36 年前，我也在南泉度过我的新兵生涯。那时我们吃饭，没凳子，就围着一块水泥板站着吃，菜是土豆片与大白菜，一片薄薄的肥肉就开荤，饭也不够吃。第一年过春节，还是那样的菜，我们都吃哭了，家里穷，到部队还是过这日子，天天训练，给班长训，何时是个头呢？当时也不知道可以考学，不知道未来在何方，过得特憋屈。但我仍是怀念南泉。如果老家是我苦难的童年，南泉就是我的青春，我在那里学了报务，我的报务成绩在全区队如果第二,没人敢称第一,当然,我练残了我的一根手指头。如今,我的儿子去了那里,但愿他能依稀看到我之前奋斗的影子,也能在南泉取得一点进步吧。

但胖子在南泉只是过渡,两天后,他被分去李沧区。

依然没人告诉他下一站去哪里。

抵达李沧区是夜里,胖子在后来的日记中写道:透过卡车篷布的缝隙,我看到外面有霓虹灯闪烁,写着"青岛啤酒二厂",我就知道,到青岛了。

到了营区,学兵连的管理要比新兵连的管理略略宽松些,领导把所在地址告诉他们,允许他们当即给家长写信,内容包括所学专业、部队坐落位置等,同时也表示家长有时间可以来营地探望孩子,胖子去的第二天,就被连长指导员任命为新兵班长,与一个兵龄五年的老班长一起管理一个班的工作。

班长在部队是兵头将尾,号称军中之母,执勤训练,学习生活各种都要带头落实。胖子在新兵连竞选班长与骨干时,虽然全票通过,但因为胖,体能不行,落选了,这次的"钦点",让他受宠若惊,他给我写信:才来第二天,就当上班长,领导完全不了解我,可能只是看了我的档案,知道我是大学生,是党员,年龄比较大,或许认为我有一定的管理能力。我唯有做到体能与学习都在战友们之上,有说服力,才能树立威信,才能不辜负领导的期望。

学兵连的半年学习,他的确延续了新兵连一不怕苦二不怕死的劲头,努力学习,刻苦训练,门门功课名列前茅。在学兵结业时,他以全营唯一的满票获得了一次嘉奖,而我与他爸,也再次接到部队邀请,参加他们的立功授奖大会。

学兵连期间,基本每周六可以通一次电话,他再也不哭了。我问他:还苦吗?他说:依然苦。想成绩考好,想体能训练做表率,玩命学玩命练是唯一办法。但有新兵连的苦做基础,做比较,啥都能克服了。痛苦是一件好事,它激发你拿出必胜的勇气和信心去继续战斗,你要向上,就要剧烈奔跑。你想逆天改命还是平庸一生,由自己说了算。我要奋斗啊,我想在一年后的大学生士兵提干考试中,成为那个喜极而泣的人。

梦想,已经在心头悄然萌芽。

2022 年 5 月 23 日

《胖子从军记》在"常州征兵"与"江苏征兵"官微连载,也被一些部队作为新兵思政教育课的学习内容。

儿子说:这本书读到的人越多,我的压力就越大。诚如我的老政委说的那样,你得配得上别人对你的期待。你所有的进步成绩都是应该的,而你稍有瑕疵都会被无限放大,别人会说:哦呦,不过如此。

我一直在说:这本书,不是树立榜样,只是记录成长。这话不是为儿子终究是一名普通的海军战士而不是一个全身散发光芒的英雄人物找托词。他有他的优点,理性、沉稳、明事理、懂进退、宠辱不惊、临危不乱。但他的弱点也很明显,他不是学霸,学习能力一般,不够果断,工作拖沓,疲于应付时会有得过且过的心态。

他如大海中的一滴水,卷入滚滚浪潮,看不见一点璀璨的粼光。如果不是承蒙错爱,《胖子从军记》得以面世被很多有缘人关注,他终究如千百万年轻的人民子弟兵一样,纵然有血性有斗志,愿意把自己的一切奉献给祖国的国防事业,但无人知道他的名字,无人知道他在军旅生涯最初的一年多,是怎样一种巨大的折磨与滔天的痛苦让他完成形象的蜕变和精神的矗立。

我对邀我去做讲座的部队领导说:我就是一个寻常不过的兵妈妈,学历低见识少,完全谈不上授课。面对今年春季入伍的新战士,我的身份只是长辈,只是母亲。我表达的,只是母亲对孩子的牵念与叮嘱,展现的只是一个老党员对建设钢铁长城忠肝义胆的赤子之心,对远离家乡远离亲人从此开始孤身奋战疆场的少年的不舍与鼓励。没有什么振聋发聩的大道理可讲,我只想把我孩子这几年的成长轨迹中总结的一点点经验传递出去:要想获得一些甜,总得吞下很多苦。吃苦、奋斗,是百分之九十九的人必走的道路,路的尽头还是路,可能也看不到终点在哪里,但往前走,坚定地往前走,你会看到沿途盛开的花,母亲欣慰的笑。

我娃出海去了,上次出海执行任务,他说海况差,呕吐,头痛欲裂,睡不着,还时不时拉战斗警报,非常难受。但旋即他又说:回到码头,睡了一夜就调整过来了。呕吐再剧烈的时候,我都未有一丝抱怨,抱怨现在的工作和生活,吐完后,我漱一下口,摇摇晃晃去干活,心里,给自己点了个赞,感谢那个尽最大努力不断进步的自己。

如果还有机会面对一茬一茬的新战士,我仍要说:对未来的慷慨,是把一切献给现在。唯有跋山涉水，方能创造精彩！

2022 年 7 月 14 日

儿子目前参加战区海军预任政工干部培训，去了十来天，昨晚终于抽空给我打了个电话。我发现抛开杂务潜心学习的人有了挺大的变化，他说二十大马上要召开了，我们全军指战员按照党中央部署要求，工作中要披坚执锐，实干担当，只争朝夕，以饱满的政治热情，昂扬的战斗状态，迎接党的盛会，共享伟大荣光，共铸复兴伟业。

我听得愣在那里，这是四年多前五项体能全不行给我打电话哭得上气不接下气的人吗？

还没回过神来，他说再不能以十八大之前的老思想来看待工作，不被十八大之前社会上一些邪恶庸俗的东西侵蚀，要纯洁思想，树立正确的三观，争做德才兼备的强军之路践行者。

我说你这是背诵的上课内容吗？

他说不是，是我自己感悟出来的，生逢盛世，积极向上，光明磊落，担当作为，奋力进取是我的心声。

他说培训后期有场文艺演出，他报名要求独唱《平凡之路》，给领导试唱了，领导听后满意，他这独唱被批准纳入节目单。

电话里他唱了一段：

徘徊着的在路上的
你要走吗
易碎的骄傲着
那也曾是我的模样
沸腾着的不安着的
你要去哪儿
谜样的沉着的
故事你真的在听吗
我曾经跨过山河大海

也穿过人山人海

平凡之路

我曾经拥有着的一切

转眼都飘散如烟

我曾经失落失望

失掉所有方向

直到看见平凡才是唯一的答案

当你仍然还在幻想

你的明天

它会很暖还是很冷

对我而言是另一天

我曾经毁了我的一切

只想永远地离开

我曾经堕入雾的黑暗

想挣扎无法自拔

我曾经像你像他像那野草野花

绝望着也渴望着

也哭也笑平凡着

我曾经跨过山河大海

也穿过人山人海

我曾经拥有着的一切

讲真，此刻我还陷于不敢置信的恍惚中，幸亏有手机录音功能。

热泪盈眶。

感谢军营栽培。

感谢军营生活严酷的历练，感谢那么多跑不动也要坚持跑下去的3000米；感谢跳了6000个绳趴地上给一把拎起来继续跳的日子；感谢在泥地里低姿匍匐前进抠烂了手指甲的冬夜；感谢把一根口香糖分成四截解解馋的时光；感谢给领导严厉批评躲角落委屈得抹眼泪的岁月。感谢连续一个月每天睡眠不超过两三个小时的惩罚性值哨。

痛苦，折磨，是通向开智的必经之路。

加油，我的少年！

2022年7月17日

  这个央视拍摄的纪录片反映的是海军航空兵官兵的战斗日常，主体是战机飞行员。

  在我们的传统认知里，开飞机的都是空军，海军都在舰艇上，事实上，海军航空兵是在天空执行作战任务的一个兵种，亦有大量压根儿没有上过舰艇的官兵，他们也是海军。

  我先生就曾经是海军航空兵部队的一名基层带兵人，他没有上过舰艇，没有开过飞机。之前他极少提他工作，我只知道他当过教员，专业是无线电发报，后来依然搞通信，但近之不恭。作为寻常夫妻，他身上没有高光，我又年轻浅薄，对他的工作情况一无所知，只是早年会听他说夜航去了，今天要飞行之类。然后我们所住的家属院上空不断有飞机起降的巨大轰鸣。

  我对他工作的了解仅止于此，他搞通信，下辖的一些台站有引导灯，有塔台，战机起降，估计他就负责这方面的事情吧。

  那时爱国，也崇拜军人，但因为年轻，感情不深沉扎实，再加上这些热情都给一个三四岁的孩子占据了，日日夜夜尿布奶瓶幼儿园，疲惫不堪，还抱怨，总是烦躁。

  这个纪录片是东部战区一家基层航空兵部队的领导发给我的，他曾经担任过我先生之前战位的职务。

  一二十年了，战机更新换代，一茬茬官兵用青春托举战鹰奋击长空，海军航空事业突飞猛进。

  儿子义务兵阶段，是舰艇油料兵，他说，舰载直升机的飞行员很帅，他们的飞行服帅，头盔帅，墨镜帅，登机下机的动作也帅，他们的飞行补贴也高。我非常羡慕他们，油料兵工作就是在降落时将战机的轮子固定在飞行甲板上，给战机加油，细心擦拭。他们在台前，我们在幕后，他们光鲜，我们默默无闻。但是，我们也以平凡之举心系它的每一次起飞降落，也以最多的细心与最强的责任心去维护战机，为它每一次的成功返航而做出微薄的奉献。

　　他热爱他的战位，并不以与他同龄的官兵已经开着舰载直升机飞赴海洋上空而他仅是个油料兵而自惭形秽。他后来当军需主任，即便他当得不好，常被领导批评。但他并没有妄自菲薄，他说：舰艇是一个设备精良五脏俱全的战斗武器，统统去搞射击搞雷达谁做饭呢，谁保障后勤呢？太多官兵的工作可能重复，单调又机械，永远不可能在舞台的中央，丝毫不光鲜，但只要在自己的战位，便要全力以赴。

　　儿子目前在培训的课程应该很紧张，又有好几天没有联系了，我想他是不会抱怨辛苦的。

　　是的，不该去抱怨努力的苦，那是你去看世界的路。

　　感谢站长发来的报道，作为一名海军航空兵老兵，我想如果我先生看到，他一定会为如今充满使命责任，忠诚担当的新一代航空兵官兵的默默奉献而骄傲而祝福：你们辛苦，生逢盛世，得天独厚者，当替天行道！再磅礴的人类发展史都是由恒河沙数的小人物的悲欢离合堆积而成的，以史为镜可以知兴替，以人为镜可以明得失。很遗憾此生我没有机会表达对我先生身处普通战位的敬意了，但过去已翻篇，未来可期，还有那么多平凡且了不起的人民子弟兵，他们值得我用余生讴歌，热爱。

2022年7月26日

　　我来儿子部队看他期间，有天晚上，我出去买个东西，进门时两个年轻的哨兵要求我登记、测温，我口罩帽子裹得严丝合缝，当时他们没有认出我，等我摘下时，他们知道我就是昨天做讲座的胖子的妈妈。因为他们要值勤，不能到主会场，在分会场听了。

　　今年3月刚刚入伍的小伙子在认出我来的瞬间落泪了，他戴着头盔、口罩，汗水与泪水纵横四溢。我几近痛心地问他：是不是特别苦？他点点头：苦。我说给家里打电话时，也和我家胖子一样哭了吗？他说没有哭，哭也没有用，就偷偷哭，避着人哭。我说后悔吗？他擦一擦眼睛，说：不后悔！每个军人都是这样过来的，都苦。义务兵结束后，我要签士官，我要留队，我不怕苦。

　　最后一天送我回程的司机是河南上蔡籍的一个8年军龄的班长，他的哥哥也在部队当士官。班长与雨昂同岁，正当青春无敌精力旺盛的时期，在持续站岗的三年间，患上了腰椎间盘突出症。他说站岗看似没有技术含量，但保持一动不动的军姿，对体力和精神是一种极大的考验，神经紧绷，时刻聚精会神，久而久之，腰椎就出现问题，疼痛，弯不下、直不起。但当我再次问后不后悔这个问题时，他正色道：阿姨，怎么会后悔呢？站岗是军人的基本功，和3000米跑步一样，这个都做不到，怎么去打仗并且打胜仗呢？军人的意志需要磨炼，上战场才会既不怕苦又不怕死。对自己的成长有好处，对国防建设有好处，无非就是多吃点苦，才不后悔呢。

与这支部队的政委聊天的时候，政委说：刚考入军校时，一上来就让我们跑10公里，真正跑到哭跑到趴地上哀嚎。在后来残酷的体能训练中，我数次累出血尿。

政委的一个小下属悄悄告诉我：政委是个特别励志的人物，对自己狠，工作忙完，就撒开腿跑它个20公里，用他的话说，现在多流汗，战时少流血。我们也给影响着，动不动跟着他跑个半马。

他们的女营长是一个真正力拔山兮气盖世的军中花木兰，她与丈夫服役于不同的部队，仅五分钟车程，但一个月见不到面是常事。女营长说：我当营长他当教导员，我们都得带兵，各住各的单人宿舍，哪有空碰头？四岁的娃丢给老家母亲带，半年多见不到了。

此次行程，我传递了一些作为兵妈妈对孩子的牵念、鼓励与祝福，但更多的是，我得到了教益和洗礼，让我更多地见识到奋战一线的官兵的艰苦与奉献。

军队之生死存亡，全在于官兵能否战斗，战斗之胜败，在于精神力量是否充分调动，量之崛起，在于大家的心能否唤醒。

这篇推文中的一句话让大家纷纷立下决心书，"我们每个人都可以是鲍雨昂"，让我深觉诚惶诚恐，小子何德何能呢。优秀的人恒河沙数，鲍雨昂只是沧海一粟，他不是特别优秀的孩子。"优秀"的释义是突出、卓越、非凡，我娃太普通了。像他的老政委说的：短期内减肥成功，的确体现毅力，但不减他没有别的办法能让体能合格，他要撑下去，就只能饿着肚子练！提干成功，也没什么了不起的，他只是运气不错，各方面符合提干要求，分数也达到了。仅此而已。

老政委器重他，爱惜他，见他战靴底磨歪了，调任时悄悄让文书给他一双九成新的。有回工作没干好，给自己舰上的两位领导严厉批评，他委屈得快哭了，没忍住，给老政委发了信息诉说，老政委在他心目中是亦父亦师的存在。信息发出去后,老政委旋即回复,劈头盖脸把他又训一顿:你想干吗? 打退堂鼓了? 受不了是吗? 这都承受不住人家打败你还需要费力气?

儿子说:一下就把我给惊醒了。

老政委不给他好脸色:凡成大事者无不是矢志不渝之愚者,哪来一路凯歌高奏? 摔跟头,搞几身泥,这是常态,关键是,这么狼狈你还能不能坚持初心爬起来继续走! 承受不住,就出局! 受得住,就出色!

儿子最近参加战区预任政治军官培训,培训结束后,也将听令调到另一艘舰艇。不管以后工作会有什么样的调整,他说他都做好了持续不断吃苦的准备,他说他离优秀还很远,如果非要说优秀,那只是心理上甘愿接受吃苦,这是对他的考验。

他说每次深夜加班,他都会插上耳机听《无名的人》:致所有顶天立地却平凡普通的无名的人啊,我敬你一杯酒,敬你的沉默和每一声怒吼,敬你弯着腰上山往高处走,头顶苍穹努力地生活。

是的,不要抱怨努力的苦,那是你去看世界的路。

2022 年 8 月 1 日

再回头看这些文字的时候,仍清晰记得儿子当年给我打电话,说睡地铺的事情。

军舰寸土寸金,兵舱有限,分去后没有铺位,他就睡在两排床铺的过道间。

熄灯后,战友们都上了自己的床,他才能摊开被褥,钻进去。战友晚上上卫生间,他得腾出地方让他们,即便这样,被踩了脚踩了胳膊甚至踩了脑袋也是常有的事。

他心大,说没事,这样不需要叠被子了,把被褥卷着塞在一个角落就行了。

他睡地铺睡了有两个多月,直到有战友退役腾出铺位。

初来乍到,也不知道干部的职务,不敢问。套近乎,就称人家"首长"。就像在地方官场一样,副主任叫主任,副局长叫局长,想着往大里叫总归不会错。谁知道部门长是个非常较真的人,才到第一天就给批评了:你瞎叫什么? 首长是瞎叫的吗? 这条船,统共只有两个首长,舰长政委是军政主官,他们才是首长! 你这样瞎叫他们会以为是我让你这么叫的!

自此刻骨铭心。

儿子是航空部门的油料兵,日常工作是给舰载直升机加油、维护、保养。学兵连期间的专业也是这个，但理论与实践终有差距，实操起来，他业务不熟，做不到如老兵一般利索。笨手笨脚干活时，少不了被嫌弃。其中一个胖胖的战友，年龄比他还小一岁，但是二期士官了。经常挤对他、斥责他。儿子是党员，胸口别着党徽，支部开会会去参加，这个战友就会阴阳怪气说：明天还有会议吗？又可以不干活了。

被挤对多了，儿子想着得搞好关系啊，活要他教，工作要他配合好。他去码头买饮料西瓜冰淇淋，其他战友都吃，唯独这个胖战友看都不看一眼，任冰淇淋在那化掉，儿子再小心翼翼扔垃圾桶。

有回大家在一起说笑，说笑对象是这个胖战友，儿子为了显得合群，也附和着说了句：是够胖的呢。

胖战友眼睛一瞪：你有什么资格说我？你以为我跟你很熟吗？

我都不能想象儿子那时候讪讪的无地自容的脸，他连声说不好意思不好意思。

私下里，一个老班长说：新兵来了，都这样，给损，给捉弄，给孤立，因为你干不了什么事，在这个部门的作用很小，熬过来就好了。听说我们舰长之前还是学员，上一艘船实习，天天给收拾，憋屈得不行。离开时他发誓：总有一天，我要当上这条舰的舰长！你忍着吧，好好学，好好干。

这些事，应该是后来他零零星星告诉我的，儿子怕我担心，怕我难过。他说诉苦也没有用，谁都帮不了我，世间冷暖，唯有自渡。

所幸，在三个月之后，这个胖战友在舱室的拐角对儿子说：兄弟，满100天了，我观察你，你还真是个能忍的主，你情绪稳定，心里有方向，你这哥们我认了！

两人握手言欢，自此成为好兄弟。

"屈辱"这种感觉应该每个人都有过，被领导批评，不被人珍惜，存在感低，活得卑微。

可正是"屈辱成全了我们"。当我们发现世界回馈的好，不是无条件的，而是对我们有要求的时候，我们对爱和成功的渴望，才会让我们变得更好。

接受这个世界的残酷，永远葆有进步的动力。

对命运照单全收，对所遇到的人与事照单全收，好的坏的都变成阶梯，这是每个人都需要学习的能力。它与运气无关，只关乎顽强。

2022年8月1日

儿子：

　　今天是你在部队过的第五个八一建军节，时间过得真快，2017年9月11日你背上行囊去军营，那时候你的脸上还有刚减下20斤赘肉的婴儿肥，现在，你有了属于男子汉刚毅威严的面部线条。去了部队后，可以联系的机会很少，你也总是只会给你妈妈打电话，我口讷，即便你妈妈让我跟你说些什么，我也只能说一些注意安全好好工作团结同志一切行动听指挥之类的话。2018年建军节，你在军营过的第一个属于军人的最隆重的节日，我决定给你写一封信，把我对你的思念、期待和祝福交代一下，那封信写了差不多10天，遣字造句铆足了我所有的劲，比我早年给姑娘写情书还累。当年追求女孩，总觉得希望不大，自惭形秽，所以情书也写得潦草，反正没戏，爱咋咋地吧。而现在给你写信，一来，你妈妈监督着，我如果写得不好，她会鄙夷地让我重写。二来，你是我亲爱的儿子，你在军营那么辛苦，但你顽强地接受着这种锤炼，即便短暂地痛哭，抹干眼泪后依然对父母说：放心，我能行，我没事的。

　　儿子，你是我热爱这个世界的几近全部理由。你跟任何人都不同，你是我生命的延续，你是我的独生子，你是我相隔36年的战友，你是我完成未竟梦想的践行者，你高大的体形像我，你善良真诚的性格与我如出一辙，你是另一个我自己。

　　我如此爱你。

　　当时我想，今后，只要你穿上这身军装，我就会在每一个八一给你写一封信。可能我没有跟你说，但我跟你妈妈说了。我说，絮絮叨叨婆婆妈妈的事你来，我在未来的每一个建军节给儿子写封信，向他提一些纲领性的建设性的意见和建议，就可以了。

　　但是，老爸食言了，第一封信写后的五个月，我就永远地拿不起笔了。

　　今后的建军节，只能拜托你妈妈，代替我来做这件事。儿子，你知道我们并不是传统意义上的恩爱夫妻，我们都有鲜明的个性，我大男子主义严重，你妈妈巾帼不让须眉，但24年风雨同舟，从一无所有到创建一个人人羡慕的家庭，知夫莫过妻，你妈妈明白我要对你讲的话，而唯一的原因，就是因为你是我们共同的至爱的孩子。

　　上月初，你参加了战区第二期预任政治军官培训，也就标志着，今后，你有可能会走上一条政工干部的道路。与我在部队的情况有一些不同，我是军事干部，院校毕业后，被分配去当教员。后来当副连长，连长，副营长。我在部队的发展就于副营长的岗位上戛然而止了，34岁，18年军龄，就一副营少校。看看现在的干部，年轻有为得简直让人不敢置信。拉萨舰的蔡青舰长也就从军18个年头吧，都副师了。你还说过你的分管领导，30出头吧，副团了。多么有朝气有希望的生力军啊，我除了羞愧，就是羡慕，甚至嫉妒。你们坐在那样高大上的课堂里听课，幻灯片，影视教学，在光影交错中深化认识，这都是我见都没有见过的高科技。你们重实践，支部换届选举，发展党员，民主测评，在模拟演练中，发挥组织功能，规范程序标准。你们全程自编自导自演，用一台精彩纷呈的晚会讲述心中的强军故事，我看到你站在舞台上唱《平凡之路》的风采了，还有吉他手架子鼓手为你现场伴奏。儿子，你真还可以啊，比老爸落落大方多了。你从小爱唱歌，学校的歌咏比赛总会积极参与，得到过很多奖项。这爱好看似不务正业，但克服了天性的羞怯，培养了你的舞台经验，所以在新兵连35公里拉练的时候，你勇敢地在几百个领导与战友面前唱了《强军有我》。你们的陶导刻录了光盘，送给你妈妈了，你妈妈一定会珍藏好的。四年多前，你还青涩，现在，你在舞台上，吼出"向前，向前，就这么走"，我觉得你太帅了。

　　我们那时候要搞一台文艺演出，真困难啊，一介武夫的大老爷们，没有多少文艺细胞，我们当连长指导员的都不行，怎么要求战士呢？我给逼着学弹吉他，还花几块钱买了一把口琴，抽空就瞎弹，瞎吹，瞎琢磨了多少年，一曲《打靶归来》都弹不完整。

　　儿子，谢谢你，把我的口琴放在我身边，老爸也曾经风华正茂过，也曾经文艺地想成为一个吹拉弹唱都行的人才。

　　虽然最后事与愿违，我沉没于人海，寂寂无名，然后消失于人海，永不再现，但是，我知道，我的儿子比我行，就足以安慰吾心。

　　"预任"只是组织上对你的岗位有方向性的设计，而"胜任"，能够真正成为一名优秀的政工干部，还有足够漫长的道路需要自己去探索去跋涉。军政双优是军营培养人才的主流趋势，部队需要的是素质全面，品质优秀，文武兼备，值得信赖的干部，笔杆子枪杆子都能拿得起来，才不辜负军营对你们全力以赴的悉心培植。

　　儿子，你要多思考，多请教，多学习。你说过数次，你想成为一个和你老政委一样的人，你对他，话里话外都是崇拜敬仰，你说他温暖，儒雅，知进退，有格局，沉得住气，稳得了局面，和谁搭班子，都能团结一致，将一艘舰艇的军心融合在一起。

这样的人，必定有浩然之气，没有傲慢与偏见，不计较一星半点的得失，内心无邪，克己慎独，默默努力。鸟随鸾凤飞腾远，人伴贤良品自高，儿子，你只有让自己优秀，你才好意思说：那个优秀的人，是我的偶像。

你对你妈妈说，你轮岗去了另外一艘军舰了，电影《红海行动》执行也门撤侨任务的英雄之舰，媒体评论你们的老舰长激情满怀，有灵气，有硬气，胸中怀着一团火。你说已经调任的政委，对下属要求特别严格，干部也必须于晚上10点半后统一上缴手机，每天的工作需要用中英两种文字写好后交给他。你"庆幸"没有落到这样严厉的政委手中，同时又惋惜地说：给这样的领导逼着，当时痛苦不堪，但一两年之后，自己的能力水平得到长足的进步，就会真正感激他的栽培。你说战友评论你们现在的舰长，没有见他上床睡过觉，困了就趴办公桌上打个盹，迷糊一下继续工作。你说你们的现任政委，读的都是砖头厚的英文原版书，刻苦得不得了。

你向你妈妈感慨：偷懒谁不知道舒服呢，但自制力自控力打败欲望的那一刻，才是真正的自由和自律。

光明的前途哪会从天上掉下来呢，成为理想中的自己怎么会容易呢？只有持续不断地痛苦地磨砺，才会在芸芸众生中闪光。

你反思了自己之前的工作，"拖沓""懒惰""得过且过"，这些是主要问题，你妈妈对你一直不满意，她去部队做讲座，觉得没有底气，因为自己的孩子不够优秀，或者说，离真正优秀的人还有很大的差距。

你妈妈是凌厉的虎妈，你在她身边时，她看你不顺眼，抬手就打，用棍棒教育来规范你的言行举止，但现在你大了，远离她了，每次听说你的工作出现差错或者挨领导批评，她就扼腕，急躁，忧心如焚。

母亲的苦心，儿子，你要体谅。你成不成为治国安邦的雄才，你妈妈倒并不奢求，她只是希望你勤奋、进取，不要辜负曾经受过的打击和磨难。

结果真的不重要，内心无愧才重要，我们终将离开这个城市，离开这个人间，重要的是，我们是否为仅有一次的精彩人生尽己所能地拼搏过。

儿子，不要怕苦畏难，这也是我最想对你说的话。在新兵连的时候，那么苦，那么饿，那么绝望，你孤独，你无人问津。后来，爸爸离开你了，你去医院的太平间接我，你给我擦额前的血迹，你怕得发抖。你不敢睁开眼睛看爸爸在火光中化为渣，你跟跟跄跄地抱着爸爸的骨灰盒。你独自坐火车去虹桥机场再辗转搭乘航班去青岛，一路上你都摸着我的手表，还有我的一枚军功章。你在提干考试前违规使用电子产品被抓，你颤抖着给你的老政委打求助电话，你说你的两条腿筛糠般战栗。你被惩罚连续值哨一个月，你走路都能睡着，可是你还要张大眼睛看书。凌晨和你一起站岗的更位长说你看书吧我顶着就行，你克制着深深的感动与委屈，红着眼睛发誓：哥，我拼了命也要考上！你在等通知书的几天时间里，晦暗不明的情况把你折磨得长出了人生的第一根白发……

你小小年纪，这几年却承受了太多的苦难，正因为这些，才蜕变成如今的你。而你现在的好，也都是你一次次苦难后的重新开始。儿子，命运不会刻意为难你，也不会专门奖励你，所有兜兜转转的经历，背后可能都会有一个美好的礼物在派送的途中。

给你讲个台湾学者李敖经常讲的一个小故事：

光武帝刘秀打仗的时候，有一次吃了败仗，夜里去巡视营房，看看那些战败的士兵是什么心态。结果一看，这个帐篷里几个人，都是满脸的眼泪，哭哭啼啼地写家书的，写情书的。跑到下一个帐篷里一看，几个人喝得醉醺醺的，也是满脸的眼泪，抱在一块又唱又哭，丑态百出。走着走着，发现一路都是这样，终于，走到一个帐篷，往里一看，里面坐着一个年轻的将军，他拿着一块破布，不停地擦拭自己的武器和盔甲，擦得雪亮雪亮。脸上的表情，既不忧伤，也不沮丧，既不愤怒，也不亢奋，很平静，跟没事似的，就坐在那里擦武器，准备下一场战斗。刘秀很惊讶，说："这小子肯定能成事。"

后来这小子真的成了事，他就是东汉的大将军吴汉。

这个故事告诉我们的就是：挫折、打击发生的时候，不要伤心，不要难过，不要沮丧，甚至不要控诉，不要愤怒，不要抗议，埋头默默擦亮你的武器，准备下一次的战斗。

儿子，不要嫌弃爸爸说话传统迂腐，现在你到新的单位，那么，请一定要有崭新的表现与面貌，勤奋创造奇迹，实干成就未来，我相信你的明天定会与星辰大海一般璀璨。

给你买的房子已经可以交付了，装修是个浩大的工程，往下的一年时间里，你妈妈要在常州、青岛两地奔波,她还要上班,还有那么多事情需要处理,会很辛苦。不过相信她,她会做好,她始终会是你坚强的后盾。西汉名将霍去病有豪言云"匈奴未灭,何以家为",对于你,我们一点不希望你为琐碎家事分心,你只管练好战斗本领,练硬战斗作风,成为强军兴军征途中的中流砥柱!

  听党指挥,坚定信念,是八一精神。为民奋斗,百折不挠,是八一精神的魂魄风骨。儿子,扛起责任,奉献忠诚,担当有为,励精图治,祝福属于你的建军节快乐!祝福属于我们共同的节日快乐!祝福我们的军队与祖国强盛!

  最后,我还要请你接受一个老兵硬核的致礼!虽然,我更想说的是:山河远阔,纸短情长,亲爱的儿子,老爸会在世界以及世界之外的任何一个地方想念你,牵挂你,祝福你,护佑你,爱着你。

爸爸
2022 年 8 月 1 日

2022 年 8 月 21 日

  儿子之前向我提起的一个河南籍义务兵的父母,他们去年国庆节赶到青岛来看离家一年的孩子,国庆假期期间高速公路免费,为了省钱,他们选择了开车。但是,堵车,导致车在路上行驶了 16 个小时,油钱都不止过桥过路费。

  来了后,他们想见见胖子,约他吃饭。他婉拒了,说如果有空,就邀他们进港,到码头参观一下孩子战斗的军舰,他请他们吃饭。

  但他没能抽出时间,只是将这个孩子送到门岗,让他外出与父母待了半天。胖子连见他父母的空都没有。

  他父母除了看孩子,也想来拜访一下胖子,他们给他发信息,说主任,请多关照,给您带了点土特产。

  胖子回复:我们这里吃的喝的啥都有,不需要费心。您儿子表现也很好,他会在我们这个团队得到成长,一定会有进步,会成为你们更好的儿子。

  他们第二天就带着遗憾返回了,这孩子回到舰上,流着泪对胖子说:主任,我爸妈知道您对我好,就想见见您,可是您既不肯收东西又没空见面,怪我是不是有啥事干得不好。

这孩子才18岁，比胖子小一大截，怯生生的。在家还是一个需要父母照顾的娃，成为军人后，却要像个成年人一般艰苦地训练，起早贪黑地工作。胖子心疼他，他瘦弱的胳膊推不动一筐子菜的时候，他凌晨三点起来发面干得不好被班长训的时候，他不小心给高温的油烫伤的时候，胖子都会默默地帮他，安慰他，照顾他。

胖子跟我说：妈妈，他们真的不容易，还是孩子，并不强大的肩膀上，却承担着保家卫国的重任。

这孩子的父母不知道胖子已换岗到其他军舰，前几天给他发信息，义务兵服役期快满两年了，他们及孩子都有留下签军士的迫切意愿，但又担心名额有限，竞争激烈，孩子的爸爸小心翼翼地问：主任，我该怎么做？如何打点？请您给我指点一二。

一个40多岁的河南农民，家里还有两个读书的女儿，日子很不宽裕，为了儿子有个相对稳定的工作，能赚些钱减轻家庭负担，向一个完全是小辈的孩子的领导巴结地说话，一口一个"您"。

胖子叹气：可怜天下父母心。他们谦卑恭敬得让我心酸。

胖子向之前单位同部门的班长与战友了解这孩子的情况，又详细咨询了今年的义务兵签军士政策，他给这孩子的父亲回复信息：叔叔，您放心，您儿子是有机会留下的，他训练刻苦，做事认真，群众基础不错，胜算很大。

在最后去留的阶段，相信他依然会对自己严格要求，争取到更多的支持票。现在不再是以前了，我与小W都很幸运，赶上了一个风清气正从严治军的好时代。军士去与留都有一整套公开公平公正的竞选程序，体能测试、业务能力考核、单位推荐、民主测评，每一个环节都公示，都接受官兵监督，都暴露在阳光之下。如果一个人某方面不合格，即便哪个领导想留下他，也留不住。用考核成绩来说话，让关系到军人切身利益的热点敏感问题透明化，确保选上的硬气，落选的服气，大家凭本事立身，靠实力进步，才能把所有精力用在工作和备战打仗上，而不会总惦记着跟谁拉关系搞不正之风。

那个孩子的父亲感激涕零地回话：谢谢你，但愿我的孩子总会遇到鲍主任一样善良的人。

我给胖子讲了一个故事：从前有个巷子狭窄，又没有路灯，每到晚上，走路很不方便。

后来，有一个瞎子提着灯笼慢慢走来，巷子便明亮了起来。

有个和尚云游路过此地，觉得那瞎子有趣，便与他攀谈起来：施主，请恕小僧多事，您既然啥都看不见，为什么还要提着灯笼出行呢？

　　"为了保护我自己呀，我听他们说，一到晚上，他们就像我一样什么都看不见，我点盏灯，他们看见了光，就会躲开我，不会撞到我身上了。"

　　大多数人会觉得瞎子点灯白费蜡是愚蠢的行为，是一个笑话。但这时候，人们才恍然大悟，原来瞎子是个聪明的人，因为，善待他人，就是善待自己。

　　儿子，心怀真诚与善良，才能体恤到别人的难处与不易，这永远是最高尚的品质，无论别人怎样，你都要保持你的善意。如果你遇到恶意，那只是提醒你不要成为那样的人。你向世界付出的任何善意，都会以更大的善意回到你的身边。

　　爱出者爱返，福往者福来。

　　嗯，为我品性纯良的儿子点赞。

2022 年 8 月 30 日

　　身边有两个兵妈妈朋友。

　　甲娃是去年的春季兵，在浙江台州某场站。

　　乙娃是今年的春季兵，在辽宁葫芦岛某海岛。

　　两个孩子，都是大二时选择休学应征入伍，都给海军部队挑去，都出生于经济条件较好的家庭，都是读了《胖子从军记》后决定参军。

　　生活当中，真的有很多不期而遇的神奇相逢。

　　我与甲娃的父亲在某次饭局中相识，他坐我一侧，跟我说孩子读了本书，想当兵，想考军校。我们整个家族都没有军人，不了解这方面的情况，生怕他吃不了苦，又怕万一真去了，分到偏远艰苦地区，舍不得啊。可孩子的想法，我们得支持。他说他能行，他看的书，里面的内容是说一个大胖子男孩，减肥后去当兵的故事，这书我还没翻呢，我孩子中毒了。

　　我说哈哈，我就是那个大胖子男孩的妈妈。

　　甲娃父亲不敢置信地猛一下站起来：啊，还有这么巧的事！

　　乙娃的母亲是银行高管，有次来我们单位搞八一共建金融服务活动，跟我们领导说她孩子读了微信公众号连载的《胖子从军记》，毅然决然中断学业，当兵去了。

领导说需不需要我把胖子妈叫来你们见个面?

我当时在41度高温下奔波办事,热得像一只快煮熟的青岛大虾。我跟领导说,我这形象不方便接待读者,好歹得让我换套衣服凉快一下再去吧。领导说:刻不容缓,来吧,人家知道能看到你,当场都激动得流泪了。

妈呀,人家都哭了我还在意啥形象呢?

乙娃母亲的下属在我跨进门的那一刻,就用手机对着我与乙娃妈咔咔咔拍照,这个兵妈妈更是激动得语无伦次,一会儿叫我陈姐一会儿叫我胖妈。

说这么多,不是炫耀显摆。我的文字没有啥魅力,但真实的陈述、真诚的情感是所有人类追求的东西,在物欲横流的今天,它有些罕见了,所以得以被珍视,被触动。

于是,生命中与这两个家庭有了联结,两家的孩子我没见过,但通过他们父母的描述,这两个因为一本书的影响而选择打破原生优越家庭藩篱勇敢从军的少年,我发自内心喜欢,情不自禁关注。

甲娃分到了远离繁华都市的航空兵部队某场站,战斗阵地是高温炙热的水泥跑道,具体工作是驱鸟(之前文字记录过),附带清除跑道缝隙长出的杂草,拔不尽,要背着几十公斤重的剧毒药水桶喷洒,药水味道重,又高温,中暑倒地两次。喝点水凉快一下继续喷药。用手去掏过粪坑。夜航到半夜,回到宿舍睡了三小时不到,凌晨又得起来帮厨,连轴转。班长隔三差五训斥,委屈至极却不敢吭声。

甲娃妈妈痛惜儿子,颤声问儿子:还有半年,要不咱就退役回家吧?

甲娃倔强地说:不,现在当兵那么难,体检加政审越来越严格,我能跨进军营太幸运了!能考上军校是我的梦想,当两年义务兵体验一下就回去我不甘心,我想留下来!这个苦没吃够!

甲娃母亲含泪对我说:儿子这一年半的变化太大了,从一个毛躁懒惰的小孩,变得沉着稳重大气,这些变化,对他的未来,他的一生,对我们整个家庭的走向都有太大的帮助,我们父母随着儿子思想的进步,也成了更加积极进取的社会好公民。孩子爸之前不以为然,现在在外面总会骄傲地说,我的儿子是军人!在保家卫国呢。

乙娃母亲最大的担忧是,儿子历来散漫,现在分到机关,工作就是给领导跑腿,打印材料,收发文件之类,这工作须与各部门接洽,手机就不用统一上缴了,这会让儿子又染上打游戏的瘾。再加上儿子话多,与领导接触频繁,万一胡说八道让领导烦咋办。

她每次都会问我：状态这么悠闲会废了他，我怎么才能做到让他多吃苦呢？

儿子太过辛苦，母亲揪心不已。儿子环境舒适，母亲又担心得不到足够的锤炼。普天之下，母亲的样貌不一样，但母亲的心，同样地柔肠百结。

我常会宽慰甲娃母亲：人生的痛苦不可避免。每一个成功的人，无一不经历过同样的挫折、打击、压制，都会有长长的蛰伏期。这些苦难，挺过去了，就会欣喜，就会得到成长，就会有质的蜕变，就会变成更强大的人。

不要怕苦难，那只是在考验着我们的孩子。他们在挨训遭罪，说明他们不够优秀，那他们就更该奋发进取，让自己破茧成蝶熠熠生辉，让别人打量你的时候，你有底气经受得住别人的找茬挑刺。

我对乙娃母亲说：放宽心，部队不会养闲人。孩子有机会与领导经常接触，是很多人梦寐以求的事情。领导都是在艰苦的戎马生涯中成长出来的业内翘楚、军营精英，身上有太多的优秀值得孩子学习效访。与智者同行，与强者为伴，得以良师，何其有幸！

孩子在母亲目光触及不到的远方工作、生活，联系不便，信息闭塞，作为对部队有些了解且孩子也刚刚度过义务兵阶段不久的我，便成了她们倾诉的对象，倾诉思念、忧虑、疼惜、期望、祝福。

与我一样一样的。

我的孩子，我有事给他留言，他过两天都不回。我几乎都没有给他打过电话，怕打扰他。有回有点急事给他打电话，他按了，回复信息，三个字：谈工作。我肃然起敬得马上站立起来，孩子在与领导或者战友交流工作呢，他们从事的是安邦定国的千秋伟业，咱们家长里短赶紧闭嘴不要说算了。

作为兵妈妈，我们与孩子一样，热爱祖国，热爱他们保卫的海洋、岛屿、跑道、军舰、战机，热爱他们用青春热血维护的和平盛世。

这是个初秋微凉的清晨，拥抱我们远在天涯的孩子，即便路上有荆棘沼泽，但前方有盼头，你们要奋斗啊！妈妈与你们同在！

2022年9月23日

　　五点半去餐饮中心的炊事班。

　　一个戴眼镜的男孩见我进去，愣了一下，一边揉眼睛一边快速套上一件蓝色工作服，系上围裙。这时候又进来一个看上去年龄更小的孩子，他几乎是闭着眼睛进门的，没睡醒。当年我家雨昂读高中阶段，每天被我吼着从被窝里挣扎着下床，他走下楼梯的时候，一般都闭着眼睛，有次我竟然能听到他还在打呼，是的，一边机械地往下挪腿一边打呼。

　　小孩子能睡，天刚亮就起床是我们这些中老年人的习惯。

　　灶上的锅大得惊人，能煮整只羊。炒菜的铲子柄有一米多长，我试了一下，连直径都抓不过来。

　　年长些的男孩说他之前在通信连，两年前领导让他来炊事班，负责做早餐的小菜之类，今年25岁。问他苦吗？他笑一下：还行。

　　年纪小的实在是犯困，板着脸去冰箱搬菜，是隔夜切好的蒜叶、豆腐干之类。一铁皮筐子估摸着有三四十斤，我试着搬一下，很费劲，搞不动。我问他：你入伍几年啦？他恶声恶气地回答：四年！

　　他个头小，裤子发大了，不合身，腰部的布都拥在那儿，拥在那儿不舒服呀。他还没洗脸，面颊上有睡着时的流涎印痕。我很心疼他，虽然他恶声恶气的。

　　没睡够，能有好心情吗？

　　雨昂说：啊呀老妈，你对别人咋变得这么仁慈？啥时候能对我宽容点呢？是可怜啊，谁不可怜？各级都压力大，任务重，活儿多，要求高，觉得辛苦劳累，然后顾影自怜怨天尤人，能成事吗？没那么多矫情，所有人都得玩命干。往大里说，忠诚维护核心，矢志奋斗强军。往小里说，不想吃苦来当啥兵呀，在家做妈妈的小宝贝不挺好？

　　此处省略一万字感言，部队真是个雕刻人塑造人成就人的好地方啊，我家胖子五年前，是个能窝沙发一天不动弹，连续打两天游戏不合眼恨不得吃一辈子外卖的懒汉啊。

　　蜕变，从外及里，沧海桑田，改头换面。

　　朋友的孩子也在部队干着最辛苦的清扫飞机跑道的活，他嘿嘿乐：说基层大有可为。问他最近忙不忙，他说：主要任务是保安全，求稳定，迎盛会。

21岁的孩子，伸出的一双手，食指都有又厚又硬的老茧。

但是他说：是很苦，但这个苦没吃够。与吃苦相比，我收获得更多。我想考学，想留下，想成为一个真正有本事的人。

魏巍说：他们的品质是那样的纯洁和高尚，他们的意志是那样的坚韧和刚强，他们的气质是那样的纯朴和谦逊，他们的胸怀是那样的美丽和宽广！我思想感情的潮水，在放纵奔流着，我最急于告诉你们的，是我思想感情的一段重要经历，我越来越深刻地感觉到，谁是我们最可爱的人！

我们的战士，是我们最可爱的人！

2022年9月26日

儿子随舰艇执行任务去了，解缆起航前，抽空给我打了个电话，祝我国庆节快乐，元旦快乐。

下回回到母港，就是2023年了。

有些心酸啊。

上次联系还是一周前，他说最近要出远门，此次出征任务要求规格高，实战意味浓，严格落实疫情防控要求，精心筹划部署，严密组织实施，细化完善方案，全舰官兵都忙得脚不着地。儿子说：人民海军将牢记祖国重托，精武强能，高度戒备，守护好每寸海域的安全，以实际行动与优异成绩喜迎党的二十大胜利召开。

我说：咱母子俩说话立意不需要那么宏伟吧，俯下身来，讲点接地气的。

他哈哈大笑：儿子这么辛苦，母亲大人是不是该免掉我这个月的房贷？这要求接地气，朴素如雨后蘑菇吧？

我说：按月还贷是体现你对家庭建设负责任的态度，远航出征是用忠诚与使命铺就一条献身国防的逐梦之旅，有国才有家，家是最小国，国是最大家，两手都要抓，两手都要硬。

他差点给我绕晕：停！打住！这条忠诚与使命铺就的海军战士逐梦之旅，映射着人民海军加快转型的铿锵步伐，凝结着全体官兵对海军事业的炽烈情怀，饱含着军人背后亲人的深情守望。难不成我还得倒贴你点钱？

我说：讲钱伤感情，我的就是你的，你的目前还是我的，我的以后还是你的，你的将很快不是我的。所以你的是我的这个阶段必须还贷!

儿子咬牙切齿：思路清晰没老年痴呆啊,算你狠!

我说吟诗一首送给你吧:浊酒一杯家万里,燕然未勒归无计。羌管悠悠霜满地,人不寐,将军白发征夫泪。

儿子说没那么悲壮,没有白发,也不流泪,阔步星辰大海,驰骋万里海天,亮剑辽阔深蓝,不经风雨,难成大树,千锤百炼,方能成钢!

那我换两句诗吧：但使龙城飞将在,不教胡马度阴山。忠诚担当,热血使命,永远是你们的脊梁,祝福你们顺利安全,期待你们捷报频传,盼凯旋!

儿子让我放心,晚上11点了,他还要去忙工作,遂挂机。

放下电话,怅惘暗袭：日后的人生旅程,母子俩还是要有太多的飘萍离散,军人的家庭哪里来恒久的厮守?

但是,五年的从军经历,儿子不言艰苦,不说放弃,没有抱怨,不恋尘世享乐,不忘初心,牢记使命,始终充满着踔厉奋发,笃行不息的战斗精神,我还奢求什么呢?

2022年10月10日

熟人前一阵还与我联系,问我人武部领导的电话,说孩子快退役了,有些事情想咨询一下。

这个叫周亚冻的孩子,我对他印象很深刻,一来,他母亲的妹妹与我婆家是亲戚。二来,五年前,他与我家胖子一起参加役前训练,一起入伍。役前训练时,人武干部给我发来一张他们吃早餐前站着唱歌的照片,我家胖子虎背熊腰,周亚冻站在他边上,黑,精瘦。回来后胖子哀嚎:周亚冻没问题,他个头小,动作敏捷,跑步特别快,我不行啊,我走几步都喘。

后来他们都如愿以偿,胖子去了海军,周亚冻去了武警北京总队。

时间真快啊,义务兵与一期士官服役结束,周亚冻回到了家乡,五年咦一下过去了。我还记得他们俩当年戴着大红花,在政府院子里与家人合影后坐上大巴车的情景,锣鼓喧天,鞭炮齐鸣,家长擦不完激动又不舍的泪水。

这孩子比胖子还小三岁。服役期间他妈妈与我联系过,说孩子在北京远郊的一个监狱当武警,2小时一岗,日夜轮换,说这2小时中,不能咳嗽,不能打喷嚏,不能挠痒痒，记得我当时还说：咳嗽、打喷嚏都是正常的生理反应，动一下也不影响啥呀。

我家胖子说：没当过兵的人自由散漫惯了，不太会理解军营铁一般的纪律，觉得稍微动一下腿，咳嗽两声都是小事，但不积跬步，无以至千里；不积小流，无以成江海。你动一下，他动一下，站岗值勤有什么严肃性？士兵的哨位怎么体现它的神圣？长此以往，一盘散沙的军营如何能够确保来之能战，战之能胜？细节决定成败，这细节就在每一位士兵必须严格恪守的令行禁止与必须高度统一的奉献精神上。

讲真，听胖子一席话，作为母亲，羞愧不已，咱境界不如他，常常有逾矩的歹念，总觉得这算啥呢，小事一桩啊，无所谓吧。胖子说：军中无小事，事事连政治，强军必先强心，强心重在铸魂。点滴抓养成，从严抓管理，方能永葆威武之师、文明之师的良好形象。

回过头来说周亚冻，刚入军营，尽管有胖子所羡慕的身体瘦小，反应敏捷的优势，但他体能弱，不够健壮，新兵连期间，别人的引体向上都达到优秀，他还实现不了零的突破，每天加练的运动场上，只有他一个人在苦练，班长在旁边虎视眈眈盯着。他说：那段时间，很苦，很孤独，很难熬。

我问他：哭过没？

他笑：哭过啊，哈哈，阿姨，这不丢脸吧？自己练不好，挨班长批评，又委屈又急，就偷偷哭。

我想到胖子的新兵连，死去活来的新兵连，心就一抽一抽的：班长凶吗？

周亚冻又发出笑声：当时觉得凶，但后来想，如果没有我的班长鞭策我、鼓励我，没有我的战友不离不弃地帮助我，新兵连我挺不过来。我们共同发力，先进拉后进，各项考核全优被评为示范班。下连后，我又分到了应急班，是中队的尖刀班，我们的班长是中队的尖子兵，全能兵，他也特别严厉，也正是他严厉地培养，我参加过中非论坛轨道交通定点执勤一次，两会轨道交通定点执勤两次，两会住地警卫安保两次，建党100周年住地警卫安保任务一次。这些任务级别高，要求严，考验的都是一个士兵的实战能力。能够执行这样重大的任务，再苦再累，我都感到无比光荣与自豪。而这一切的成绩，无不来自于班长以及领导对我的严厉要求，是他们，把我从一个啥都不懂乳臭未干的小孩，培养成了一名顶天立地的军人！

一气呵成的一段话，听得我险些老泪纵横。五年前，这孩子见到我，羞怯得都不好意思说话。

我问他：吃了这么多苦，后悔吗？

他提高了声音，几近有些急眼：怎么会后悔呀阿姨？不后悔不后悔！这五年的经历太值得了，完全改变了我，让我各方面都得到了成长。第一，毋庸置疑，每天都在训练，身体健壮了。第二，军营的正能量教育，让我成为一个正义阳光、积极向上的人，我想我永远都不会走偏。第三，挫折、打击、压力，对我来说，都不是事，都会用强大的意志来克服。一个人能战胜困难，他就能收获成功，赢得幸福。

是啊，一颗坚韧不拔的心，才能让我们在滔滔人生中，泰山崩于前而面不改色，黄河决于口而心不惊慌。

周亚冻妈妈向我骄傲地展示了孩子带回的一沓荣誉：基层人武部要给带回荣誉证书的退役军人发 2000 元奖金，孩子说，军功章有父母的一半，奖金也要给你们 1000 元。今年 3 月份疫情，大家封控在家，挣不到钱，我慌得很，亚冻立马就给我转钱，让我稍安勿躁，他有钱呢。这孩子，太让我们感动了。当了 5 年兵，拿到 40 多万，后面装修房子，买车，都他自己掏钱，他说他能自立了，不要父母操心了。

唉，有多少 1998 年生的孩子，正在啃老呢，晚上不肯睡，早上起不来，对父母别说敬畏之心，连起码的尊重都没有，恶声恶气，满脸不耐烦，就惦记着自己的享受，赖责任，没有担当。

当兵真香。

我要有小儿子，还会把他送去部队。

我家胖子此次远航执行任务，已经半个月了，无音信，归期据说是明年 1 月份。浪花激扬，长风浩荡，舰艇所向，曙光奔涌。他与他的战友，正在祖国的大洋上挥洒汗水，血肉之躯书写忠诚，那些远离亲人颠沛流离的艰苦岁月，正是最闪亮的青春！

而青春，理应吃苦！奋斗！

致敬，所有现役的退役的军人！你们辛苦了！

2022年10月25日

周亚冻从部队退役回乡两个月了，领导让他录个视频，跟战友们谈一谈这一阶段的所思所想所感。

他妈妈发给我看，认真听完，感慨颇多。

一个青涩害羞的少年，五年军营历练，让他学会了勇敢表达自己，坦荡、无畏。

我娃新兵连期间，有次组织35公里拉练，中场休息还安排演讲与唱歌。指导员找到他，问他能行吗，他那时候还没彻底瘦下来，还在夜以继日地加练，鳄鱼爬爬到指甲脱落，跑步跑到尿血，基本没有时间、精力去写背演讲稿，更没时间去练唱歌，但他一口答应了下来。

这个过程我当时并不知道，后来他告诉我，他说：我知道有七八百号战友参加拉练，还有好多领导，是一个大场面，我心里犯怵，忍不住哆嗦，万一演讲忘词了咋办？万一表现不够好咋办？但是，想到自己是军人，不能说"我不行"。又想到不就是不睡觉玩命背稿子吗？难道比饿着肚子跳一万个绳还困难？比单杠拉不了给战友用绑带把手臂吊单杠上双脚离地还痛苦？这些苦都扛过来，还怕当众演讲与唱歌？不怕！

艰苦的磨砺，让血性、勇气、无惧，就这样在一个孩子的心中渐渐滋生。

而在参军之前，我带他参加一些须上台做分享的活动，他给我逼着也去了，但轮到他，就找各种借口临阵脱逃，有回给我一脚踹上去，他连滚带爬上去说了三句话，就仓皇跑掉了。

深陷过沼泽奋力挣扎上来的人，还怕在平地上摔个跟斗吗？

周亚冻在这个视频中数次提到"吃苦"，提到"吃苦"对坚韧不拔性格的塑造，提到回乡后周围人对退役军人素质与品德的认可，提到军旅生涯对他坚定选择创业的影响，他说：未来如何我不确定，但曾经的军人身份告诉我，顽强地走下去，百折不挠地走下去，只要肯付出，肯吃苦，总归有回报！

《道德经》中说：苦难是一种修行，逆境是一种沉淀。

人需要经历一些苦难才能真正成长。能百毒不侵的人，都曾经遍体鳞伤过。能笑看风云的人，都曾经千疮百孔过。每一个自强不息的人，都曾无处可依过。每一个看淡爱情的人，都曾经至死不渝过。

想起前天我侄子的订婚宴上，准侄媳妇儿的奶奶，是一个90岁的老兵，她患有阿尔兹海默症，脑子偶尔清晰经常迷糊。家人故意问她：你当机要员发电文这个工作很重要吧？

风烛残年的高龄老太陡然双目炯炯：一字之差，人头落地！

翻烂过多少本专业书，背过多少密码，受过多少批评，吃过多少苦头，才能让一个行将就木的耄耋老人在说到军旅生涯的时候，眼神里面依然燃烧着不屈不挠的生命之光！

所以，要吃苦啊，我远方的孩子，这些苦，终有一天，会让你脱离平庸，与众不同。它亦会是一个阶梯，带你走向更辽阔的前方。

2022年11月10日

儿子的军舰靠岸补给，逮着一些时断时续的信号，抽空给我打了个电话。他的声音常常被岛上的风割裂，或者信号中断，一句话缺了几个字，我只能大体揣摩他说的是啥。

他说很忙，海巡期间，每天晚上都要准备值班官兵的夜宵，夜宵时间是12点半到1点半，上半夜睡不了觉，躺下就到凌晨两点了。5点起床准备早餐，早餐结束后可以补觉到10点。再准备午餐，餐后午休一小时。下午，雷打不动地开会，舰首长召集各部门长及教导员开会，了解各部门工作情况，分析当下军事形势，集思广益做出战略部署与调整。散会后体能训练，准备晚餐。晚餐后部门点名，开会。忙完后与班长、会计碰头，制定食谱，优化菜单。回到自己舱室，整理工作日志，思考一下部门工作，这时候就快11点了。他说这一个多月，每天如此，晚上睡觉的时间很少，白天睡不踏实，再加上祖国的边陲非常炎热，一整天都汗淋淋的，战友都说他瘦了很多，但到底瘦了多少，他想等返回母港的时候再称，见证一下几个月的减肥成果。

他是易胖体质，稍不控制就呼呼长肉。从205斤到150斤，再到170斤，胖了瘦，瘦了胖。他说每天的消夜，只能看不能吃，这绝对是一种修行。我们舰首长偶尔半夜也会去餐厅慰问值班官兵，但他们只是站那儿看望一下大家，绝不坐下，坐下就忍不住要吃上一点，吃了一块肉要惩罚自己在跑步机上虐上半小时，不合算啊哈哈。

我问他：你能忍住吗？

他说：必须忍！放纵口腹之欲，就是向低级的欲望屈服，只会满足自己的短期价值，牺牲的，是长远的价值。一时的享受，换来的是往后的痛苦。长一身肥肉的同时，也消磨掉向上的动力。

哦哟，这句话从曾经205斤的肥仔嘴里说出，真是不可思议啊。

他说不苦！虽然身处祖国的最南端，但我们与祖国，与北京同呼吸共命运。在祖国固有的海洋领土上，我们组织收看了二十大报告，观看了二十大中发表的重要讲话，我们都进行了深入学习讨论。牢记职责使命，锻炼高强本领，这个本领就是一旦有事，拉得出，上得去，打得赢！就是要求我们广大官兵锻造政治过硬，绝对忠诚，敢打必胜的意志力量！个人的一点小小艰苦，与新时代赋予我军的使命任务相比，还值得一提吗？

一席慷慨激昂的话，听得我异常震惊：这就是我亲自生下的娃吗？他人生的前22年，就是一个懒汉啊，虽然听话乖巧，没有啥过分的不良嗜好，但既没斗志也没理想，昏昏沉沉、浑浑噩噩，迷茫、糊涂、散漫，左手一杯奶茶，趴电脑上能打一天游戏。205斤的时候，还不以为然地嘻嘻笑：我再胖点看看，皮会不会给肉撑破。

儿子说：处地远，梦想更远。海拔高，斗志更高。任务紧，备战更紧。老妈，我们一切都好，也时刻做好了为祖国与人民为所有的母亲去战斗的准备！既然选择了滚烫的人生，就必须风雨兼程！相信我们，祝福我们！

2022年12月4日

一个兵妈妈激动地告诉我，服役一年半的孩子被评为四有优秀士兵。

这份荣誉来之不易啊，孩子的手掌，一串老茧，按都按不动。有次体能测试，要测7个项目，担心通不过，发手机跟妈妈联系时，急得直哭。给班长狠狠训斥后，委屈得吃不下饭。在外场50摄氏度高温的飞机跑道上除草，农药洒身上，又痒又痛。

而这些，孩子的反馈是：

谁都有老茧，我们来当兵，又不是来抓笔杆子的，哪来秀气的手呢？

害怕通过不了才拼命去练啊，没有压力就不会有动力。

总是自己做得不够好，才会给领导批评，先反省自己。《胖子从军记》第6页中说：人生，哪能不受委屈？格局，就是由委屈撑大的。

又痒又痛的确很难受，都挠破出血了，但再苦的活，总得有人干。

作为一名义务兵，被评为四有优秀军人真不容易，它是给有灵魂、有本事、有血性、有品德的四有精神风貌军人的一种荣誉。它承载着战友的拥护、领导的认可，通过集体提名，民主推荐，再上墙公示，再由军人大会宣布，这份荣誉才算尘埃落定。

这个孩子在得知自己获此荣誉后，也只是谦虚地告诉妈妈：其实大家都一样认认真真地干活，我们连是一个非常风清气正的单位，没有偷奸耍滑的人，我给评上，属于运气好。还有就是我会开车，多一项技能，战友们可能觉得我活干得比他们多一点，就想把这荣誉给我。如果不受名额限制，谁都是四有呢。

都半夜了，孩子的妈妈依然按捺不住兴奋，问我：姐姐，听说得到荣誉后会敲锣打鼓送喜报上门呢，是真的吗？

同样作为母亲，我的激动不亚于她，孩子在军营的努力、奉献得到了领导与战友们的认可，取得的任何一点进步都令母亲倍感骄傲啊。我说我来问清楚，半夜都要问清楚。

我们辖区的兵役登记机构的负责人告诉我：这个可不一定，有的地方很重视，把十九大报告中明确提出的推进军人荣誉体系建设"让军人成为全社会尊崇的职业"落到实处。送喜报有利于激励军人珍视荣誉，让家属共享尊崇荣光。但有的地方不够重视这项工作，或者军地双方衔接没到位，喜报直接寄到了军人家中，那么，送喜报上门就无从谈起了。

孩子妈妈说：当初孩子入伍后"光荣之家"的牌匾，都是居委会打电话让我们自己去拿，自己挂门上的。

我家的"光荣之家"，说起来更是寒碜。我有次路过民兵营长家门口，与他妻子闲聊几句，见到他家桌子上放着两块"光荣之家"的金属牌子，一层灰。我说我家怎么没有这个呢？给我一块行不行？营长妻子说：啊呀，好像其中一块就是你家的，都忘了给你了，快拿回家吧。

我那天啥都没干，把防盗门擦得锃亮，从文具店买来双面胶，爬梯子上把它粘住，再爬下来横看竖看左看右看，觉得不牢靠，怕胶风干后掉下来，又去杂货店买铁钉。防盗门那么厚重的金属材质，硬是给我钻出几个窟窿，我也要将"光荣之家"给牢牢地钉在门楣中央。

后来搬家，又费了老鼻子劲把它拆下来，装在新居所的防盗门上。新居所是朋友的房子，我是借住，朋友开玩笑说，门又给你钻出几个小窟窿，除非你把光荣之家牌匾送给我，否则就赔我门。

我说宁可赔你们，牌子也不送。

数年前一个朋友跟我说，她的外甥在川藏高原上服役两年后退伍，坐的绿皮火车，到丹阳站是凌晨。孩子背着行囊，军衔卸掉了，穿着磨损严重的作战靴，就跟一个外出打工归乡的民工一样，接站的仅是孩子的家人。两年驻扎边防，一身伤痛，为国家而战的光辉岁月，与这个凌晨一般，隐匿于黑暗中，悄无声息。

那孩子参加过汶川地震救灾，吃住在救灾现场半个多月，腿给石块砸伤，至今有后遗症，他们的单位曾经得到过集体二等功。

记得我当时安慰朋友：有多少英雄，为新中国解放事业浴血奋战，脑袋里有弹壳，肚皮上有枪疤，但解甲归田后身份就是个农民，事了拂衣去，深藏身与名，咱别计较退役后是不是有人敲锣打鼓接站。

现在想来，我这话就是道貌岸然。这两个朋友要的，仅是敲锣打鼓的虚荣吗？不是。要的是，孩子无私奉献，英勇拼搏，献身国防，忠诚担当的战斗岁月，能够得到社会各界的认同，这份有仪式感的认可，也能更加有效激发官兵矢志强军的内在动力，营造参军报国的良好风尚，鼓励军属更加一如既往支持祖国的国防事业。

2023年春季征兵登记工作又拉开帷幕，愿所有的热血青年，都能有机会走进军营，去吃苦、去磨砺、去拼杀、去战斗。男子汉的血，应该是火热的、沸腾的、澎湃的、燃烧的。

从军报国，义不容辞，无论是否立功受奖，亲爱的兵娃，你们都是母亲牵念不已的孩子，都是母亲心目中最了不起的英雄！

2023年1月16日

还是100多天前见了儿子一面，匆匆几分钟。而失联是常态，一个月有20天杳无音信。

孩子步入军营的那天，家长就做好了长期骨肉分离的思想准备。当了干部的情况好多了，手机的管理不那么严格，义务兵的两年，联系很难。一朋友几个月接不到儿子电话，儿子也是海军，出海去了，海上没有信号，手机发了也没用，军线电话总不可能给你拉家常吧，长时间失去音信。朋友叹息：上大学联系少的时候，发个红包诱惑他，他就会跳出来，第一时间收下红包，现在发红包都没用，第二天原封不动退了回来。天天发，天天退。

  他们没有办法，事情多，工作忙，任务重，无暇顾及，也没有与亲娘老子联系的客观条件。

  而即便音信不通，所有母亲的心，都牵念着在茫茫大洋上持干戈以卫社稷的兵娃，牵念着他们的冷暖、辛苦、进步、委屈、喜悦、健康、痛苦、变化、成长。

  我娃的老领导说：在军营要走得稳、走得长，第一要务当然是自身坚持不懈地努力，但身后家庭的全力支持同样重要，这个病了那个哭了，婆媳矛盾不可调和了，孩子叛逆了……后方不稳定，严重动摇其继续前行的决心。所以，人们看到的是一个将军的威武与荣耀，没有看到他身后有一群人，几十年如一日，用独守，用不打扰，用报喜不报忧的大包大揽，成就了这一份壮丽但注定艰辛的事业。

  军人伟大，军属也不容易，所以我们要珍惜健康，确保后方稳定，让军人义无反顾地在前线战斗，维护国家主权与领土完整。

  收到市府的慰问金，钱不多，代表的是对军属的关心与敬意。

  仍要说：尊重军人，热爱军人，军人崇高不可亵渎。

2023 年 1 月 22 日

  汤圆香甜软糯，符合江南人口味，寓意为团团圆圆，故年初一早餐吃汤圆是我们这里的习俗。

  之前物质匮乏，吃的汤圆都是自制，将糯米粉加入滚烫的开水，搅拌成絮状，揉成团，分成一个个小剂子，再搓成小圆球。后来听说有人都不会搓汤圆，我目瞪口呆：这事都不会做？

  于江南人而言，自打生下来，开始能站能跑，这活就上手干了，童叟无欺，妇孺皆会。

  后来又觉得人家不会搓汤圆很正常呀，就好比南方人和面包饺子，他就是搞不过北方人，北方人闭着眼睛都能捏出个有模有样的饺子，我把面皮摊掌心，小心翼翼地布菜，目测半天，再左右对齐，再合上，再捏，十只饺子十种样，只只奇形怪状。

我妈说你年初一都半夜鸡叫，天不亮就起床，就不能赖个床？

我没有睡懒觉的习惯，遵循日出而作日落而息的古老习俗。昨晚6点半开始呵欠连天，我侄子说春晚还有一个半小时开始了，一个半小时不能撑吗？我困得一分半钟都坚持不了。

躺下后，就快朦胧入睡了，一个帅哥瞬间激活了我，我一跃而起，刹那眼睛发亮，熠熠生辉。

前几天给我发信息说已经回到母港，然后又不再有任何消息的儿子！他打的是视频电话，四个月了，几乎都在失联状态中。刚刚与战友们吃完年夜饭，终于能抽出一点空，跟我联系一下了。

他说一切都好，这次是从军史上最长的一次远征，任务完成得圆满。与部门战友及分管领导都配合得很好，远征中看到很多学到很多。远征辛苦，考验着舰艇的战斗力，也考验着每位水兵的体力、耐力。希望以后仍有这样的机会，走向深蓝，在更广阔的海域展示中国海军的实力。

他说码头上张灯结彩，归港的舰艇枕戈待旦，还有的舰艇仍在海防一线游弋巡逻。他说：有节日的气氛，但放假不放制度，战斗警报何时拉响，我们何时紧急出动。

有人给他打电话，我俩十分钟的聊天，匆匆收线。

兔年已经拉开帷幕，想必每个人都会被此起彼伏的拜年信息所淹没，我也不给诸位添烦了。

祝福国泰民安，盛世繁荣。祝福我们在新年遇到的每件事，每个人，都美好得如一首诗。

2023 年 1 月 24 日

一年多，没见上父母，在军营摸爬滚打累死累活，这下猝不及防见上了，该有多激动啊，甜酸苦辣百般滋味涌上心头。

我们会在新闻中看到这样的镜头，母亲与部队领导联系好，瞒着孩子千里迢迢奔赴军营。孩子与战友在食堂吃年夜饭，领导提醒他：你回头，看是谁来了？孩子莫名其妙转身，门缓缓开启，母亲伫立在那里，孩子愣怔，镜头给了孩子一个特写，委屈、心酸、思念、欢欣，哭与笑截然不同的两种表情，神奇地凝结在一起。母子俩同时向对方飞奔，拥抱，呜咽。

　　母子情深感天动地，令人动容，尤其是长期难以聚首的军人家庭，体会更甚。

　　而其实，这样的见面，于家长于孩子，都是比较幸运的，更多的父母，没有机会去孩子的部队探望，一来路途遥远。二来，训练任务重，军营管理秩序不能打破，孩子未必有时间。三来，尤其是义务兵期间，部队也不太提倡家长来队探亲，好不容易扎根下来，母去，一撒娇一心疼，稳定的军心说不定就动摇了。

　　第三点是我瞎猜的，不知道对不对。像我这样的虎妈，应该可以网开一面探望，我比儿子的班长区队长还下手狠。

　　第一次去看儿子，他不知道我们去，指导员只是对他说：你跟我出去下。

　　我在营区的大门外翘首以待，远远两个人走过来，个头都很高，我猜其中一个会是儿子，走近些，更确定了。但他变了样，光头，脸黑似炭，体形缩水一大圈，浑身是刚从泥地里爬上来的灰、脏。

　　他见到我与他爸，一愣，嘴瘪了一下，想哭，但领导在旁边，控制住了。

　　我拉着他手，那双从没干过活，碗都没洗过一只的手，粗糙，有五六个硬得按不动的老茧，掌心与手背都有大小不一的伤口，有的在渗血，有的已结痂。

　　迷彩裤的膝盖磨破了，我扯了一下他裤腿，腿上也是划伤的痕迹，他小声说：爬，爬战术。

　　我们6个人吃了一顿饭，那顿饭，鸡鸭鱼肉，他啥都要吃，一副饿了几百年的样子。

　　一个小时的会面，我们几乎没说上三句话，记得我就问他：能行吗？他边吃边低声含糊回答：嗯，没事。

　　席间，指导员说：小家伙还不错，那么胖，能坚持下来，瘦了好多，体能明显上去了。他年龄比其他新兵大，情绪也稳定，不抱怨，不叫苦，你们放心吧。

　　规定的时间到了，指导员打招呼：中午有训练，我们要走了。

　　儿子瞬间站起来。

　　还是指导员提醒他：跟爸爸妈妈拥抱一下吧。

　　他羞涩而短促地拥抱了我们。

　　然后，我们目送他们，但是，他没有回头，快速疾步离开。

见面的这一个小时,我没有儿女情长,也没有流露出对他伤口与辛苦的不舍。他爸也没有,他爸只是拍拍他肩膀,用官方口吻说:好好干!相信你。

但是,从上海回常州途中,我难受得一直流泪,他爸则长吁短叹:现在新兵这么苦,怎么瘦得像只猴?

他爸战友是看着雨昂长大的叔叔,还是现役军人,也心疼得怏怏不乐:鸡爪骨头都舍不得吐,都吃下去了,咋搞成这样了?嫂子,有必要让孩子这样吃苦吗?咱孩子是愁吃还是愁穿?

我抹一下眼泪,咬牙切齿转头对他说:正是不愁吃不愁穿,才更要他去吃苦。当兵的路,他即便走不长,但吃了当兵的苦,什么困难挫折,他都能够对抗!

千淘万漉虽辛苦,吹尽狂沙始到金。

吃苦,奋斗,才不枉青春。

2023 年 6 月 9 日

自 2021 年起,全国"两征两退"工作全面展开,也就是说,一年分上半年与下半年两次征兵,两次退役。

作为一个兵妈妈,看到了自己的孩子在军营的蜕变与成长,故也常常呼吁,所有的年轻人,要去争取这样的机会吧。

有次刷一个视频,一个月薪 3000 左右的保洁工大叔,去手机店给读高二的儿子买手机,儿子挑来挑去,最后选了上万元的最新款手机。

店员都于心不忍,跟孩子商量,电子产品更新换代迅捷,不如买台实惠点的旧机型。但孩子不依不饶,坚持要最新款的,父亲妥协了,掏出口袋里所有的钱,连硬币都凑上了。

下面评论纷纷,有指责孩子白眼狼,不体谅父母谋生艰辛的。有怪家长拼尽全力,却培养了一个自私懒惰的巨婴的。

难怪某教育家发出这样的感慨:中国父母给予孩子的爱,不是太少,而是太多了,且舍不得他们吃苦受委屈,孩子硬生生被父母塑造成另外一个阶层。

雨昂在学兵连训练结束的时候,获得嘉奖一次。这嘉奖虽然是最低等级的奖励,但作为一个入伍 9 个月的新兵,由全营官兵投票选出,委实也不容易。表彰他的视频中对他的评价是：担任新兵班长，带领全班战士刻苦训练，顽强拼搏，体能测试优秀，门门功课名列前茅。他那时候瘦得判若两人，但健硕刚毅，我有些心疼他，记得他说：我们这一代人，没有吃过苦，父母给予的保护无处不在。但是，父母的爱，在带给我们温暖的时候，却给予不了社会这个大环境必定会给我们的挫败、坎坷、磨难，所以父母之爱是不完善的，片面的，而军营生活，补充了父母之爱狭隘的一面，它让我们看到了一个更大的世界，一个只能靠自己拼命努力才能够撑得下去的残酷的世界，它培养了我们吃苦耐劳的精神。人生的苦，是一个常量，现在不吃苦，今后要吃苦，现在多吃苦，今后少吃苦。每时每刻的艰苦，都是在为未来的轻松做铺垫，苦亦是甜，亦是乐。

如果没有部队生活严酷的历练，穷其一生，也悟不出这真知灼见啊。

军队是所大熔炉，会磨掉孩子很多的娇骄之气和毛病，会让他们知道天高地厚，会唤醒血性，培养他们崇高的精神，会让他们拥有面对各种困难无敌的勇气。

我们的一些新生代孩子，泡在蜜罐里长大，丧失斗志，没有血性。一个没有血性的民族，是悲哀且失去精神灵魂、无法复兴崛起的民族。一个没有血性的人，是无法真正寻求探索大义之道践行革命初心的人。世界格局与世界公共安全并不太平，都需要靠侠之大者去挺身而出，胸怀天下，其志犹坚，此生焉能苟且偷安，为碎银几两吃吃喝喝而度之乎？

人生征途中，我们不管做什么行业，都会遇到各种各样的问题与困难，而那些拥有无敌勇气的人，才能走得更长，走得更远。因为每一个困难，都会变成他们脚下的石头。没有勇气的人会被石头绊倒，而拥有我们中国军人这种品质的人，任何一块石头，都会变成他脚下的一个台阶，会让他的生命提升一个高度。

今天也是高考落幕的日子，12年寒窗苦读，学子们也真是不容易。是的，我们需要知识，但是更需要面对困难的勇气。我们需要智慧，但更需要有一种把自己的生命与国家、民族的命运联系在一起的灵魂的高度。考试最重要的不是成绩，而是向上的那颗心与一身正气的品质，无论何时，身上的品质可以决定你达到什么样的一个高度。

让孩子接受正常的磨炼，不要掩饰普通家庭的现实，告诉他们生活的本来面目从来不那么轻松，独立、勤奋、刻苦，方能成为自我命运的引领者，自己，才能救赎自己，成就自己。

致 谢

到 2023 年 9 月,我入伍 6 年。

一路风雨泥泞,许多不容易。

6 年间,母亲写下了两本书,记录我的军营生活。但我的故事远不止这几十万字,可以继续写下去的梦依然很多,很长。我会一直奔走在寻找自我、完善自我的路上。

翻阅母亲的文稿,催泪,感慨。甜酸苦辣,百般滋味,都被母亲详尽记于笔端。这种记录与其说是一段我的成长史,不如说是母亲送给我的岁月的礼物。

母苦儿未见,儿劳母不安。感谢母亲的默默奉献与无条件的支持,理解我、鼓励我、鞭策我,在工作与生活的细枝末节中教会我一次又一次的改变和成长。

如今,我不再青涩,是个能够保护她的男子汉了,可我仍愿意做那个令她骄傲的少年,行正道,诚待人,谨记教诲,奋发图强。

树欲静而风不止,子欲养而亲不待,最想感谢的是我的父亲,23 年父子一场,他给我留下了人生最宝贵的精神财富。虽然再没有坐在家中客厅的促膝长谈,接不到他铆足了劲写下的信,收不到他发来的大笔转账……但我始终相信他只是走出了时间,却会在另外一个空间守护着我,看着我求学、毕业、分配、娶妻、生子,看着我晋职、授衔,一次次听令远征,一次次劈波斩浪,一次次跌倒爬起。

如果有来生,希望还能遇到父亲,下次换我照顾他。

6 年,2100 多个日夜一晃而过,我的绝大部分时间随军舰远行。曾经伟大且陌生的钢铁战舰,早已成了最熟悉、最亲密的家。感谢这 6 年间遇到的所有领导与战友，我们一起吹过渤海湾的风，淋过太平洋的雨，一起听导弹呼啸而过，一起看飞鲨迎风而起。我们一同度过惊心动魄的时刻，也一起走过每一个平凡琐碎的日子。我们一起仗剑深蓝，怀着永远忠诚的担当，在蓝色国土上坚定前行，勇敢追梦。

感谢我的老政委，无论命运把我抛入低谷还是耗尽心力想争取些什么，让我那么无助的时候，想起他，想起他期待的灼灼目光，就咬着牙又继续跋涉在奋斗的路上。

六载寒暑，无论喜悦心酸，所有的经历，于我，都是礼物。所有的相遇，于我，都是宝藏。母亲剖肝以为纸，沥血以书辞，写下《胖子从军记》，也就希望我做到一生铭记，一生感恩。

惟愿此去经年，海军战士鲍雨昂磊落做人，身怀赤诚，磨砺本领，精忠报国，永远和"理想中的自己"做比较，在新时代青年的接续奋斗中走出一条越来越广阔的道路！

最后，祝福我热爱的祖国海晏河清，时和岁丰！

海军战士　鲍雨昂